Gustav MEYRINK

W0312511

LE GOLEM

Présentation, traduction, notes,
chronologie, bibliographie

par

Jean-Pierre LEFEBVRE

Ouvrage traduit avec le concours
du Centre national du livre

GF Flammarion

© Éditions Flammarion, Paris, 2003.
ISBN : 2-08-071098-2

PRÉSENTATION

D'UN GOLEM L'AUTRE, OU LE COUP DU CHAPEAU

Un homme se trompe de chapeau en sortant de l'office du dimanche, dans la cathédrale du Hradschin, à Prague, et pendant la nuit qui suit, le patronyme d'emprunt qu'il y découvre, brodé en lettres d'or sur la soie blanche de la doublure, devient le sien, investit son être, et entraîne l'ainsi nommé Athanasius Pernath dans une aventure plus fantasmagorique que vraiment fantastique, où il connaît d'autres métamorphoses, au sein du vieux Prague juif de la fin du XIXᵉ siècle, avant l'assainissement du ghetto. Un spectre hante ce récit, le Golem. Un autre spectre y traverse jusqu'à lui-même le filtre de ses hantises et de ses métamorphoses : l'auteur-narrateur-personnage principal.

À la fin de l'histoire, l'élégant couvre-chef usurpé retrouve son propriétaire. L'état civil récupère ses patronymes. Les brumes et les anachronismes du rêve semblent se dissiper. On pourrait croire que ce dénouement prosaïque sonne l'heure du dégrisement, après la longue saoulerie onirique, l'heure bien connue des retours à la réalité, souvent soulignés d'un trait d'humour.

Le lecteur fatigué d'avoir lu si tard éteint alors sa lampe et croit pouvoir s'endormir enfin dans la quiétude de l'ordre des choses retrouvé.

Bien mal lui en prend : il se pourrait qu'un trouble discret vienne hanter sa propre nuit.

À la fin de l'histoire, en effet, pour qui ne se laisse pas séduire par le plaisir de l'atterrissage apparent dans le réel, c'est « reparti » : on ne retrouve la réalité que pour constater qu'elle avère le fantastique contenu du rêve. Ou si l'on veut : que la fin du rêve faisait elle-même partie d'un rêve que le point final n'interrompt pas. Que l'histoire est infinie.

Tel le Bateleur du tarot, l'arcane ésotérique qu'on voit passer dans quelques chapitres, l'auteur relance les chapeaux dans les airs, jongle avec eux, si vite, si bien, que le lecteur lui tire le sien et l'abandonne, médusé.

À cette histoire sortie d'un chapeau, un écrivain plus tout jeune (quarante-sept ans en 1915) et point trop connu, dont les dernières photos nous montrent le crâne fortement dégarni, sous un regard étonnamment dissymétrique et brûlant de fièvre, donne au début de la guerre de 1914-1918 un titre qu'il faut bien dire d'enfer : « Le Golem ».

Commence alors dans le monde réel de l'édition, et dans le public des lecteurs, une autre aventure, qui touche aussi le fond des âmes. Celle du premier roman véritable du feuilletoniste Gustav Meyrink, un livre qui, en dépit de ses artifices, connut aussitôt un succès considérable dans les pays de langue allemande, alors en guerre, et depuis a fait le tour du monde.

Ce *Golem* est dès l'origine un objet à plusieurs fonds, de genèse spéciale.

L'auteur en aurait pétri la glaise grise pendant près de sept ans.

Puis, tel le rabbi de Prague en des temps révolus, dans une des légendes dont il s'est inspiré, l'aurait lancé dans la foule des lecteurs travaillés par la guerre, marqué au frontispice de ce mot singulier, mi-nom commun, mi-nom propre, qui consonne étrangement avec ses propres initiales.

Cette genèse n'est pas dépourvue d'un versant réaliste.

En janvier 1907, le feuilletoniste Gustav Meyrink écrit à son cadet, le dessinateur, peintre et romancier pragois Alfred Kubin (1877-1959), et lui demande des illustrations pour un roman auquel il travaille, destiné à paraître « d'abord dans la revue *März*, puis en livre ». De ce programme à double paternité, les compères espéraient un profit substantiel. Les choses pourtant ne se firent pas comme prévu. Le peintre Kubin n'aimait pas la méthode décousue de Meyrink, l'envoi au fur et à mesure de chapitres à illustrer. Les illustrations serviront pour finir au roman fantastique que Kubin écrit de son côté l'année suivante en douze semaines, *Die andere Seite* (« L'autre côté », 1909). Kubin désespérait que le travail de Meyrink aboutît jamais. Non sans raisons. Après avoir rédigé quatre-vingts pages, Meyrink se retrouvait déjà en charge de cent vingt personnages, qu'il finit par réduire à… trente.

Quatre ans plus tard, en 1911, il fit paraître dans la revue *Pan*, sous un titre qui n'était pas encore *Le Golem* mais *Der Stein der Tiefe* (« La pierre des tréfonds »), une première ébauche dont l'examen révèle le rôle décisif que joua, sous le changement de titre, la nouvelle articulation du récit autour de la légende du Golem proprement dite, qui jusqu'alors n'était qu'un réquisit second, un ornement folklorique.

En raison, sans doute, de ces incertitudes, Meyrink – qui n'avait pas encore écrit de véritable roman – dut vendre les droits de son livre pour un prix plus modeste que prévu. Il s'en mordit vite les doigts : en trois ans, 145 000 exemplaires étaient vendus. L'éditeur lui-même, Kurt Wolf, pensait n'en écouler que 3 000 ou 4 000 !

L'auteur avait été doublé par lui-même.

Il faut dire que les fées de l'hybride ne lâchèrent jamais cet étonnant personnage.

Drôle d'arcane majeur que cet élégant directeur de banque recyclé dans l'écriture après d'injustes déboires, figure bien connue des milieux pragois, sportif accompli, qu'il s'agît de l'aviron ou de l'escrime, séducteur talentueux, adepte de l'occultisme et des longues nuits de vadrouilles d'un café à l'autre, du *Ungelt* au *Continental* par exemple, dont on retrouve sans peine les tracés dans la topographie restreinte du roman : et par conséquent terreur des bourgeois et petits-bourgeois de Prague. Cela jusqu'en 1902 : cette année-là – il avait alors trente-quatre ans – il fut à tort soupçonné d'escroquerie (une entourloupe de son premier beau-frère apparemment), traîné devant les tribunaux et même quelque temps en maison d'arrêt. Bien qu'innocenté à cent pour cent, il abandonna le métier de financier qu'il avait appris, quitta cette ville où il était venu achever ses études en 1882, et un beau jour changea de nom.

Il revint d'abord un temps (1904-1905) dans sa ville natale, Vienne. Quand il écrit *Le Golem*, à la veille de la Première Guerre mondiale, Prague – où il avait vécu plus de vingt ans et qui bientôt ne serait plus qu'une métropole du « monde d'hier » – était déjà pour lui une ville du passé, un souvenir à double fond, le décor de ses jeunes années. Mais il garda de ce long séjour et de son épilogue judiciaire et carcéral une mémoire virulente et quelques haines tenaces, dont certains personnages de juge, greffier, policier et autres potiches figuratives de l'autorité impériale font les frais. Peu avant les événements, le banquier avait anticipé le règlement de ses comptes et franchi le pas de l'écriture, en envoyant à la revue satirique *Simplicissimus*, dont le siège était à Munich, une nouvelle intitulée *Der heiße Soldat*, qu'un destin favorable (en l'espèce la main de Ludwig Thoma) sauva de la poubelle où elle avait d'abord échoué et fit paraître le 29 octobre 1901.

À Vienne, toujours capitale royale-impériale de la Cacanie, capitale du sabre et du goupillon, où il demeura jusqu'en 1905 mais ne fut jamais en odeur de sainteté, Meyrink retrouva plusieurs collaborateurs du *Simplicissimus* (Roda Roda, Paul Busson, Ludwig Thoma *et alii*), mais se consacra principalement à l'aventure d'une autre revue, *Der Liebe Augustin*, avec Paul Leppin, O. A. H. Schmitz et Max Brod. Malheureusement, la revue dut cesser de paraître, pour des raisons principalement financières que l'ex-banquier Meyrink n'était pas en mesure de résoudre : il dut abandonner ses fonctions de rédacteur.

Après un passage par la Suisse, à Montreux, on le retrouve enfin en Allemagne, à Munich, dans le quartier de Schwabing, au café *Stefanie* ou *Luitpold*, avec les graines de proscrit : l'enfant terrible et scandaleux Wedekind, le romancier progressiste Heinrich Mann ou le poète anarchiste Erich Mühsam. Il écrit pour *Simplicissimus* des récits dont le succès est tel que l'éditeur A. Langen, qui avait regroupé les précédents en plusieurs recueils successifs, *Der heiße Soldat* en 1903, *Orchideen* en 1904 et *Wachsfigurenkabinett* (1907), les rassembla tous en 1913 sous un titre quasi politique et sans équivoque, *Des deutschen Spießers Wunderhorn* (« Le cor enchanté du petit-bourgeois allemand »).

Cette partie de son œuvre fut recouverte ensuite par la renommée des romans, mais à la différence de ceux-ci elle lui valut l'admiration des gens de lettres de son temps, notamment Tucholsky et surtout Max Brod, l'ami de Kafka, qui avait connu Meyrink dans le biotope pragois, et n'hésitait pas à le comparer aux plus grands de l'époque : Ibsen, Wedekind, Heinrich Mann... Mais cette admiration reflua brusquement quand parurent les romans à succès, comme si aux yeux attristés des siens Meyrink avait trahi une veine poétique prometteuse en se réclamant d'un Grand Savoir ésotérique peu dans le goût des esprits forts du *Simplicissimus*, ou si l'on veut – c'est le sens des reproches de Tucholsky, suivi par Rilke –, en mettant son talent imaginatif et narratif, sa poésie, au service de démonstrations ésotériques et mystiques : au service d'une idéologie qui paraissait bien désuète, voire intempestive en ces temps de sale guerre et de révolutions.

C'est seulement une fois installé à Munich que Meyrink, anticipant sur cette mutation, ou développant les effets de crises psychiques survenues l'année de ses vingt-trois ans, avait troqué son état civil initial, Gustav Meyer, contre celui de Gustav Meyrink, d'après le nom d'un lointain ancêtre de sa mère, officier saxon de son état : la chose reçut l'assentiment royal de Bavière dix ans plus tard. Sa jeunesse devenait l'histoire d'un autre, né le 19 janvier 1868 à Vienne. Thomas Mann s'est inspiré de cette histoire dans son roman *Tonio Kröger*. Ajoutons que s'appeler Meyer, en Allemagne, incline à tenter la métamorphose. Une expression courante dit à peu près : « je veux bien m'appeler Meyer (ou Otto), si cette histoire (extraordinaire) est vraie... »

Cette mutation avait à voir avec la genèse singulière de l'individu, fils illégitime et sans doute peu désiré d'un ministre du Wurtemberg, le baron Karl von Varnbüler, et d'une danseuse née à Hambourg, Maria Meyer, comédienne au Hoftheater, tragédienne favorite du roi fou Louis II de Bavière. Elle ne s'était jamais occupée de son fils. Il passa sa vie à la vomir.

Homme à deux noms, issu de deux univers, et bien sûr marié deux fois. La première femme, Hedwig Aloysia Certl, épousée en 1892 à Prague, pendant les années de banque, ne le resta pas longtemps. Quatre ans plus tard, Meyrink rencontrait la seconde, une cousine de Rilke âgée de vingt-trois ans, Philomena Bernt (un prénom dans le genre d'Athanase, et un nom qui consonne bizarrement avec Pernath...). Il l'épousa le 8 mai 1905. Elle était malade. Il la guérit. Elle vécut quatre-vingt-treize ans. À peu de choses près elle aurait connu les événements de mai 1968 : nous sommes toujours dans la « génération de parole » de Meyrink.

Quand la fortune est contraire, l'homme de lettres se prolétarise : par exemple, en faisant des traductions. On oublie souvent que Meyrink fut le traducteur et préfacier allemand de Dickens – notamment de *David Copperfield*, de *Bleak House* et de *Mister Pickwick* (1910), de *Oliver Twist* (1914) et de... Camille Flammarion.

Mais traduire n'assure que la survie, remet à plus tard les bénéfices de l'écriture « fécondée » par un autre.

Ils vinrent.

Le succès considérable et immédiat du *Golem* lui permit de s'installer dans une existence moins hectique, plus productive, et homogène. Il acheta une propriété près du lac de Starnberg, non loin de Munich, s'y retira et produisit alors roman sur roman, qui tous explorent les différentes contrées de l'ésotérisme, cultivent l'inquiétante étrangeté, les passages de l'Un à l'Autre… Après la kabbale dans *Le Golem* : le yoga dans *Le Visage vert* (1916) et les védas dans *La Nuit de Walpurgis* (1917). Après le yoga et les védas : le tao (*Le Dominicain blanc*, 1921). Après le tao, l'alchimie (*Histoires de faiseurs d'or*, 1925), et pour finir le tantrisme (*L'Ange à la fenêtre d'occident*, 1927). Rien que des classiques de la littérature fantastique tramée dans l'ésotérisme universel.

Cette veine ne le quitta plus. Jusqu'à sa mort, le 4 décembre 1932, après une fin de vie marquée par les ennuis de santé, des difficultés financières qui l'amenèrent à revendre sa propriété de Starnberg, et surtout le suicide de son fils, qu'un accident de montagne avait laissé incurablement paralysé. Sa mort, racontée par son épouse, a quelque chose de stoïcien. Quand le soleil fut levé, après une nuit de lutte contre l'angoisse, il ôta sa chemise, écarta les bras et exposa sa poitrine nue au froid de l'hiver qui entrait par la fenêtre ouverte.

L'année suivante, Hitler, déjà présent dans la région depuis dix ans, prenait le pouvoir.

On pourrait penser que, tout à ses expériences et travaux ésotériques, Meyrink n'avait guère prêté attention à ce qui se passait en Allemagne dans le champ politique, en particulier à la résistible ascension du véritable Arturo Ui. Beaucoup l'ont cru, avec quelque raison, et le lui ont reproché. À y regarder de plus près, il semble cependant qu'il ait entretenu dans l'occultisme même une sorte de criticisme invétéré, une veine dénonciatrice qui l'amenait entre autres à montrer les charlatans et les impostures du mysticisme. Dès 1907, il dénonçait une certaine collusion entre la théosophie et le nationalisme raciste. Vingt ans plus tard, dans l'une de ses dernières publications, un article du 12 juillet 1927 dans la *Chemnitzer Allgemeine Zeitung,* intitulé *Hochstapler der Mystik,* il met en garde contre les imposteurs qui se prétendent « *Führer* » en politique comme ailleurs. Et quelques jours avant sa mort paraît dans les *Münchener Neueste Nachrichten* du 1er décembre 1932 un article intitulé *Dämonenfang in Tibet* (« Capture de démons au Tibet ») qui respire le même esprit.

Tous les témoins dignes d'estime saluent, malgré sa bizarrerie, l'originalité et la générosité de l'homme, admirent sa vie romanesque : il est sympathique, et cette sympathie a duré.

Les jugements sur l'œuvre sont plus circonspects, peut-être parce qu'une partie de sa gloire fut d'emblée « portée » par les militants de l'Étrange, mais aussi sans doute, plus ou moins explicitement, en raison de certains aspects de ses romans.

Une ombre en particulier, qui pourrait se condenser en grave soupçon, naît dans le cœur du lecteur (et a fortiori du traducteur) dès les premières pages du *Golem.*

Celle de l'Histoire, si l'on veut, dont le bât du *Golem* blesse douloureusement les flancs. Et inquiète.

Autant poser la question sans détours.

Le Golem est-il un livre antisémite ?

Le roman invite en tout cas, comme malgré lui, à penser l'antisémitisme rémanent dans la culture des pays de langue allemande depuis sa stupéfiante banalité. Dans un ouvrage consacré à Goethe, j'ai tenté de poser la question du rôle que la figure de Méphistophélès avait pu jouer dans la structuration de l'antisémitisme allemand après 1833. Je persiste à penser qu'il est considérable. Malheureusement, la question semble tabou : la gloire de l'auteur incline à la refouler.

Le rôle du *Golem* est plus modeste, plus ordinaire, mais il n'est pas sans rapport avec le précédent.

Il ne revient pas tant au personnage nommé *Golem* qu'à d'autres éléments du roman : on apprend assez vite que ce croquemitaine « de type oriental » qui apporte au narrateur un livre à réparer est un être de légende. Et au demeurant, l'être ainsi désigné ne joue qu'un rôle second dans l'histoire.

Un mot, d'abord, de ce rôle.

Golem ici ne prend pas en compte le sens du mot en yiddish : un gros balourd un peu niais ! rien de plus, indigne d'une majuscule, tout le contraire d'un patronyme…

Le Golem dans le roman, c'est à quelques variations près – peu anodines il est vrai – l'article du dictionnaire des familles : le « héros » secondaire de la fameuse histoire du Maharal de Prague, alias Rabbi Loew, qui n'est cependant jamais cité comme tel dans le roman. Celle du personnage façonné dans la glaise et doué de vie superficielle par l'effet d'une sorte de formule-miracle qu'on lui glissait dessous la langue – mais qui un jour… mille ans d'embrouilles… conquit une manière d'autonomie, s'échappa, et fit quelques dégâts dans la ville, jusqu'à ce que son inventeur le fasse retourner à l'état de limon. Le Rabbi Loew voulait seulement – si la légende qui l'implique est vraie, car beaucoup le contestent – une espèce de lave-vaisselle et vaguemestre à sa botte, un robot pas trop débile qui lui soulage ses humaines, et trop humaines vertèbres. Une légende technologique plus naïve que celle d'Adam, mais qui « marche » toujours, tant cette question des origines nous est à longueur de vie posée, et tourmente inutilement les mortels.

Cette légende connaît des dizaines de versions poétiques, dramatiques ou romanesques, sans oublier les mille variantes de la tradition orale.

Elle était racontée depuis les temps bibliques. Dans le Psaume 139, 16, le mot désigne la masse informe (que Luther traduit par « non élaborée » [*unbereitet*]). Dans le Talmud, le terme est appliqué à un état préliminaire, « embryonnaire » d'Adam. On y rapporte également des créations d'êtres vivants, d'animaux à partir d'une masse de terre informe. Depuis le XIIe siècle, notamment sous l'influence de la kabbale, le mot s'applique dans la tradition européenne à un personnage mythique, quasi humain, créé sans enfantement à partir de la terre et doué de vie par l'effet d'une formule rituelle : créé par des hommes et non, comme son rival Adam, par Dieu.

Cette légende connaît dans l'histoire, au XVIIe siècle, une première variante polonaise, dans laquelle c'est le rabbi de Chelm qui se livre à l'expérience créatrice : sa créature étant devenue incontrôlable, il aurait ôté du front du Golem la lettre *aleph*, et serait mort écrasé par la masse du monstre.

C'est cette variante polonaise qui fut d'abord utilisée dans la littérature romantique. Par Jakob Grimm (dans l'article *Entstehung der Verlagspoesie*, 1808), Achim von Arnim (dans *Élisabeth d'Égypte*, 1812), Clemens Brentano (dans *Erklärung der sogenannten Golem in der Rabbinischen Kabbala*, 1814). En 1882, Gottfried Keller y a encore recours dans le récit *Ein Schuldlos Unwahrer*.

Du point de vue poétologique (du côté du *logos*) la version polonaise est plus riche que la version pragoise, déjà en chemin vers le cinéma (les images). C'est elle qui développe le jeu avec les combinaisons de lettres hébraïques. En retirant *aleph* du groupe de trois lettres qui composait le mot *emeth* (la vérité), en ne laissant donc subsister que les deux lettres *mem* et *tav*, c'est le mot *meth* qui apparaît, qui signifie « mort ». Et comme par ailleurs ces lettres étaient précédées de la mention JHWH (le nom divin), la formule complète pouvait désormais se lire « Dieu est mort ».

Il est assez probable que le motif de l'arcane du Bateleur, dans le roman de Meyrink, est une lointaine allusion à cet élément alphabétique de la légende polonaise.

La légende pragoise renvoie comme la légende polonaise à la mystique juive, en insistant davantage sur la notion de « transmigration ». Ce sont les lettres de l'alphabet qui créent. Le cosmos est un texte. Elle est postérieure de deux siècles au Rabbi Jehuda Loew ben Zelazel de Prague. En lui attribuant la création miraculeuse d'un Golem, elle transgresse délibérément les règles de la philologie et l'enseignement même de

Loew, très hostile à la croyance aux miracles. Dès lors que Prague était devenue le centre de la Kabbale, le personnage historique Loew, qui avait été reçu au Château par l'empereur Rodolphe et vécu cent ans (son épouse cent quatre), devenait un héros de légende. Cette légende apparaît au XVIIIe siècle, semble-t-il, mais c'est seulement en 1837 qu'un ouvrage publié la rapporte explicitement : le *Spinoza* de Berthold Auerbach, suivi en 1841 par un article du journaliste Franz Klutschak dans la revue *Panorama des Universums.* Une mutation, toutefois, s'est produite par rapport à la légende polonaise, dans le sens de la sécularisation : la formule n'est plus inscrite au front, mais sur une sorte de ticket glissé dans la bouche comme un vulgaire tranquillisant. Un jour que le rabbin avait oublié de placer la formule au bon endroit, le Golem devint fou et commença à détruire la synagogue. Mais, par ailleurs, le Golem se voit désormais attribuer une sorte de fonction protectrice à l'égard de la communauté juive de la ville, dont il devint l'ange protecteur.

Quelques années plus tard, l'éditeur Wolf Pascheles publiait cette histoire, au milieu d'autres, dans un recueil de *Sippurim* (récits) destiné aux lecteurs juifs du ghetto, mais rédigé en allemand. Les rédacteurs des histoires étaient pour la plupart des hommes des Lumières, davantage intéressés par Moses Mendelssohn et pour lesquels les histoires de spectres témoignent surtout de la puissance de l'obscurantisme (dont les Juifs ont tant à souffrir).

Meyrink pour sa part ajoute au bagage légendaire quelques traits « syncrétiques » puisés dans son propre folklore chrétien : les trente-trois ans (l'âge du Christ) qui séparent les apparitions cycliques du Golem les unes des autres, et surtout des fonctions de bedeau catholique pas très rituelles : il lui fait « sonner les cloches » dans la synagogue… Il est vrai que c'est dans un rêve !

De toute façon, le personnage principal du roman n'est pas le Golem, mais le nommé par erreur Athanasius Pernath, et en dernière instance le narrateur par soi renommé, Meyrink.

Or Meyrink-Pernath, l'ectoplasme *bi-frons*, provisoire héros de l'affaire qui nous parle, n'y va pas par quatre chemins pour nous délivrer d'emblée ses préjugés (positifs et négatifs) à l'égard des Juifs *en général.* L'histoire se passe dans la ville juive (Josefstadt, aujourd'hui Josefov), et celle-ci est habitée pour moitié, à l'époque, par une population juive, désignée comme telle dans les statistiques officielles.

Si Pernath n'a apparemment jamais entendu parler du Golem à la cathédrale du Hradschin, il « sait » qu'il y a plusieurs sortes de Juifs, des sous-ensembles plus ou moins ethniques ou éthiques si l'on veut (mais il ne dit pas lesquels). Il a une vague culture anthropologique, pas très éloignée de la *Physiognomonie* de Lavater revue et corrigée à la mode scientiste du temps.

Pour Meyrink auteur-créateur de Pernath et de son Golem, il y a deux sortes de Juifs. Il nous les crée par la parole.

L'une qui se dissout depuis les origines dans la spiritualité universelle, où l'origine elle-même abolit son sens dans la finalité – entendons : fréquentable, aimable, assimilable, susceptible d'abolition dans la grande abstraction humaine, au besoin après un passage par quelque Loge ésotériste. Les enfants du sage Nathan, bons, pieux, cultivés, humains, secourables : ici, l'archiviste Hillel et sa fille Myriam.

L'autre suant son corps propre, torve, bifide, empuantie par ses noirs desseins, vermine menaçante à la chair molle, catin qui toujours vient séduire par le sexe ou aliéner par l'argent, et entraîne ses victimes dans la luxure de l'altérité insondable, les tient par les instincts ou par les dettes, jamais partie de Babylone. Cet autre Juif, c'est le brocanteur Wassertrum et sa pseudo-engeance : Rosina-la-rousse, la putain, ou l'abominable Dr Wassory, l'oculiste qui crève quasi les yeux de ses patients. Des êtres dits « répugnants » dès le début du roman. La première substance du rêve exhibe la phobie d'un certain type d'humanité spécifiquement désignée comme juive.

Un Juif n'efface pas l'autre : le méchant Wassertrum redoute à la fois la punition divine et les admonestations de Hillel. Mais l'autre est là pour être effacé. Un beau jour de dénouement, quand le lecteur respire et y voit enfin clair, le ghetto est comme on dit : « assaini ». Autrement dit, rasé : il n'en reste rien. On « avait peur du typhus ». Quant à Wassertrum et Wassory, ils se sont donné la mort…

Mais, dira-t-on : la figure principale, après le narrateur, n'est-elle pas ce Juif positif Hillel, qui compense la bassesse inouïe du brocanteur Wassertrum ? Pernath n'est-il pas profondément amoureux de Myriam, sa fille ?

Hillel, du moins au niveau primaire de la fantasmagorie spontanée, de la « scène primitive » du rêve, ne compense rien.

Il est noyé, pour commencer, dans un double patronyme qui le rend déjà irréel, en fait un arcane saturé de références culturelles : Schemayah + Hillel !

Hillel est un sage éminent de la tradition juive, de l'époque cruciale où le christianisme apparaît (il aurait eu soixante-dix ans à la naissance de Jésus de Nazareth.). Il a étudié la Torah sous la conduite des maîtres Chemayah (et voilà…) et Avtalyon, tout en continuant d'exercer des métiers manuels. Il est expert en la résolution des contradictions théologiques, il a fondé la méthode herméneutique, et présidé le Sanhédrin (l'Hôtel de ville…). On rapporte qu'il enseigne la Torah aux gens du peuple. Tout le monde s'accorde à lui reconnaître une influence sur le développement du… christianisme… On note même chez le Hillel du *Golem* une pointe de scepticisme rationaliste à l'égard des légendes et de l'humaine crédulité naturelle.

Physiquement, il est « mince », adéquat à son essence fantasmatique. Veuf, apparemment débarrassé de la sexualité.

Sa fille Myriam est brune à souhait, un peu égyptisée ici et là. Dégagée de la communauté insoutenable. Elle n'embête personne avec son corps pour une raison simple : elle n'en a pas (à la différence de ses deux « rivales » virtuelles, Angelina et Rosina, qu'apparente aussi la rime de leurs prénoms). Pas question de la toucher : c'est même la grande angoisse que fait naître chez Pernath l'arrivée du violeur assassin Laponder. Un seul trait, bien discret, lui donne quelque vie : l'évocation des discussions avec ses « copines ».

En revanche, le brocanteur Wassertrum, avec son faciès inquiétant, ses lèvres fendues par un inesthétique bec de lièvre, ses ongles encrassés, son physique de fourbe, est parfaitement fidèle à l'imaginaire antisémite du bon peuple. Brocanteur perfide, homme dangereux, menace permanente, objet de haines impérissables, il est d'emblée associé à la corporéité. Celle des objets pesants dont il fait son louche commerce. Celle de sa protégée Rosina-la-rousse, dont on se demande si elle n'est pas sa fille, la blanche catin aux cils roux, qui sent autant le foutre que le soufre et se colle au corps de ceux qu'elle a décidé de séduire, la satanique enfant...

Mais, conformément à l'archétype de l'antisémitisme ordinaire, ce brocanteur crasseux est multimillionnaire : il dissimule une énorme richesse sous l'apparence de la pauvreté. De même son fils, l'abominable Dr Wassory, avec son patronyme partiellement modifié (un peu magyarisé, introuvable dans les annuaires...), est évidemment médecin, mais demeure mû par la soif de l'or et la vanité, toujours sur fond de dissimulation : c'est une ordure. Son père l'a élevé dans l'amoralité.

Si l'on ajoute au portrait le fait que Wassertrum est censé avoir voulu prostituer sa femme (la mère de Charousek, qui porte un nom plutôt tchèque), l'addition est particulièrement lourde : fourbe, menteur, voleur, assassin, maquereau, abominablement laid, il représente à lui seul le ghetto comme corps social étranger, menaçant d'autant plus l'intégrité physique du corps national qu'il est capable – comme le démontre l'histoire de Wassory – d'un mimétisme absolu, d'une intégration maléfique (un *dibbouk* dans la Kabbale) dans la société.

L'affaire est ainsi engagée dès les premières pages : Hillel arrive trop tard. La messe antisémite est dite. Tout le ghetto de Prague en est contaminé : le moindre recoin obscur est habité par un maléfice qui a ce nom. La figure même du Golem, en ce qu'elle désigne aussi une menace cyclique, donc permanente, dont l'histoire ne parvient pas à se défaire – tant que le ghetto n'est pas rasé et reconstruit –, la figure même du Golem incarne, après ces préambules qu'on ne perçoit pas d'abord comme proprement oniriques, la menace juive qui plane sur la ville insouciante, tout occupée à héberger les amours – éphémères et peu sensuelles à y bien regarder – d'une comtesse en peau de lapin et d'un docteur Machin que Wassertrum croit responsable de la mort de son fils, et qui porte un nom de contrepèterie italo-française.

Hormis trois ou quatre schibboleths quasi touristiques, la culture juive du ghetto est absente : la ville juive de Meyrink est en réalité le fantasme allemand de la ville juive, un quartier de bordels, de cabarets… et de recoins menaçants. Sa population est quasi inexistante comme telle.

Dans son ouvrage consacré à la comparaison du personnage de Faust et du Maharal de Prague, André Neher examine les visages du Golem dans la littérature, et dans cette longue série, où figurent la ballade de Goethe « L'apprenti sorcier » et les poèmes de Nelly Sachs, *Golem Tod*, il consacre une page entière au « Golem-fantôme » de Meyrink. Sa conclusion est très négative. *Le Golem* de Meyrink concentre selon Neher l'ensemble des éléments antijuifs de la tradition (notamment romantique) : « Son succès foudroyant, dès sa parution en 1915, en a fait l'une des armes les plus sournoises, et partant, les plus dangereuses, de l'arsenal antisémite de l'époque prénazie en Allemagne et dans l'Europe entière du XXe siècle. *Le*

Juif Süss, ce chef-d'œuvre de diabolisme cinématographique antisémite, conçu par Goebbels et réalisé par Veit Harlan, est directement inspiré par le roman de Meyrink. Sans rime ni raison historiques, il introduit le Haut Rabbi Loeb dans le rôle de l'un de ces "sages de Sion", travaillant dans l'ombre à la destruction de l'âme humaine. Et le héros du drame, le Juif de cour Süss Oppenheimer, est aiguillé de son rôle de financier vers celui d'un golem tout-puissant, partout présent, cynique, sensuel, vampirique – et dirigé par un maître invisible –, le peuple juif tout entier [1]. »

Dans les premières pages de son étude, André Neher avait proposé une comparaison « structurelle » assez convaincante entre la relation Loew-Golem et la relation Faust-Méphistophélès. À aucun moment, cependant, il n'envisage d'appliquer à Méphistophélès le rôle que Meyrink fait jouer selon lui au Golem. Ce faisant il épargne le « grand auteur » Goethe et n'accuse que l'*escribidor* mineur Meyrink (dont le nom n'a été introduit que récemment dans le *Grand Larousse* en dix volumes !). Il est vrai que la judéité de Méphistophélès est traitée avec plus de finesse que celle de Wassertrum : mais le personnage de Goethe, compte tenu de l'autorité de son créateur, n'en a pas moins joué pendant un siècle un rôle particulièrement efficient dans la structuration de l'antisémitisme allemand, en ce qu'il spécule sur la possibilité qu'on ne reconnaisse pas le Juif, qu'il soit plus allemand que les Allemands [2].

Gershom Scholem avait de son côté [3] dénoncé le roman de Meyrink dans des termes plus académiques, éreintant en particulier le syncrétisme de bazar qui préside à la construction du fond « mystique » ou ésotérique.

1. In André Neher, *Le Maharal de Prague*, Paris, PUF, 1972, p. 127-128.

2. Voir Jean-Pierre Lefebvre, *Goethe, modes d'emploi*, Belin, Paris, 2000 (notamment le chapitre : « Le juif Méphisto »).

3. *De Berlin à Jérusalem*, trad. française, Paris, Albin Michel, 1977.

Il va de soi que la fantaisie qui préside chez Meyrink à la composition de ce fond fait système avec les représentations ordinaires de l'époque et donc avec le succès de l'ouvrage : la France en l'espèce n'est pas mal servie, avec les Goncourt ou d'autres, sans parler de ses nombreux idéologues militants de l'antisémitisme.

Sur un point cependant, le discours du roman diverge fortement d'avec les composantes classiques de l'antisémitisme : la figure de l'intellectuel est positive. Hillel est archiviste : il gère la mémoire. Il ne coupe pas les cheveux en quatre, mais dialogue plutôt directement. Et ses qualités d'esprit, tout kabbaliste qu'il semble, servent une humanité bien réelle. Il est à la fois *hassid* et *tzaddik* : il est vrai que l'éthique hassidique est proche à bien des égards du piétisme, et que la haine de « l'intellectuel judéo-bolchevique » n'était pas encore venue compléter tragiquement l'équipage de l'antisémitisme traditionnel.

D'autres éléments de la culture juive appellent quelques explications corrélatives : « Ibbour » par exemple.

Il s'agit d'un mot hébreu qui désigne un concept particulier, associé à la théorie générale de la transmigration des âmes (*Gilgoul*) et au traitement de la question de l'immortalité, tels qu'on les trouve dans la Kabbale et le Zohar. D'après cette théorie, qui est l'un des fonds des croyances hassidiques, toutes les âmes singulières sont les étincelles d'une grande âme unique initiale.

Il y a *Ibbour*, c'est-à-dire « fécondation ou engrossement des âmes » lorsque du vivant d'une âme humaine, d'une manière non donnée à l'avance, celle-ci est visitée (« engrossée ») par une autre âme, qui vient à son secours pour l'aider à vivre et surtout à vivre pieusement.

Cet *Ibbour* peut dégénérer en *dibbouk*, (ou « *ibbour* malin ») lorsque cette fécondation prend les proportions d'une véritable possession, pour laquelle il faut quasiment le secours d'un exorcisme, notamment quand c'est l'âme d'un pécheur qui prend possession de l'âme d'un vivant.

On peut considérer que le recours à cette variante de l'ésotérisme mystique juif (le fait que le Golem vienne donner à Pernath ce livre qui n'existe pas comme tel dans la tradition) conforte le dispositif symbolique du roman : Pernath est visité par l'âme du Golem, il finit d'ailleurs par porter ses hardes. De même, il est hanté par le Bateleur du tarot, etc.

Mais le dispositif de l'*Ibbour* malin est aussi celui qui préside à la répulsion antisémite, comme exorcisme affrontant un envahissement par un Autre dangereusement semblable, en exhibant-exagérant la corporéité différente de l'autre. Pernath se prémunit contre l'envahissement de son être par Wassertrum en le réduisant à sa dimension repoussante.

Le tarot kabbalistique, en revanche, est ici purement folklorique : le Bateleur est plutôt beau joueur, le Pendu n'est pas très pendu. À l'inverse, Meyrink n'exploite pas ici les symboliques du Diable, de la Mort ou Arcane sans nom (n° 13 !), non plus que celle du Fou. Peut-être parce qu'il vise l'usage de la carte (du « petit ») dans la partie de tarot ordinaire, c'est-à-dire dans une pratique « mélangée » des symboles (il y a autant de tarots que de villes en Europe !).

Enfin, il y a Prague, la *Golemstadt*, comme dit A. M. Ripellino. Le roman se passe à l'époque de la destruction du ghetto de Prague : celle-ci est l'œuvre des autorités municipales ou des promoteurs et non celle de la SS ou de la Wehrmacht. Toute histoire de ghetto est enfermée aujourd'hui dans celle du ghetto de Varsovie et des ghettos d'Europe « assainis » par les Allemands et leurs alliés de la Seconde Guerre mondiale. Meyrink-Meyer se souvient pour sa part de ses dix-sept ans, *via* la lecture d'E. E. Kisch, l'homme qui monta sous les toits de la synagogue Vieille-Nouvelle « pour voir ». À l'époque, c'étaient surtout les bordels et autres établissements qui intéressaient le jeune fils naturel : on ne fuyait pas le ghetto, on y était attiré comme en soi-même.

De fait, l'espace apparent du roman est extrêmement réduit, quasi ponctuel : il se limite au périmètre de l'ancienne ville juive (Josefov aujourd'hui) et à la frange nord de la vieille ville (*Staré Město*), à quoi s'ajoutent deux visites au Château (le Hradschin, l'autre côté, la hauteur, où se trouvent à la fois la cathédrale et… la ruelle des Orfèvres) en passant par le pont Charles (*Karluv Most*).

Les monuments et quartiers évoqués resserrent encore ce cadastre : outre l'horizon permanent du Hradschin, à l'ouest, la Synagogue Vieille-Nouvelle, l'église du Týn, le café « *Zum alten Ungelt* », l'axe est celui de l'actuelle Pařížská (avenue de Paris !). Les synagogues Klaus et Pinkas, pourtant voisines, ne font pas partie du paysage du *Golem*, non plus que le cimetière juif de Prague, qui avait partiellement échappé aux travaux de rénovation de la ville à la fin du XIXe siècle. Cette absence est d'autant plus étonnante que la synagogue Klaus et le cimetière bordent la *Hahnpassgasse* (aujourd'hui *U Stareho Hrbitova*), théâtre principal des épisodes du roman, où se situe la demeure du héros-narrateur… Ajoutons que la tombe la plus célèbre du cimetière est celle du Rabbi Loew, l'inventeur du Golem…

En réalité, chacun de ces lieux, et leur ensemble apparemment restreint, comportent une dimension verticale qui se combine à la surface au sol – donnant ainsi un volume spirituel à l'espace mis en place – et qui constitue l'axe propre du roman, entre la psychologie des profondeurs et l'aspiration ésotérique à un Au-delà supraterrestre. Les deux figures du tarot convoquées par Meyrink désignent ce mouvement : l'arcane du Bateleur et celle du Pendu. Cette géométrie de tube se retrouve à certains égards dans le long passage en cellule, vers la fin du roman.

Pour économique que soit le panorama urbain (parcourir le Dantzig de Günter Grass dans *Le Tambour* est sans doute bien plus fatigant…), ses éléments assument une fonction symbolique manifeste, véhiculent des thèmes constants.

La *Hahnpassgasse* devait son nom à la pudeur des édiles : c'était en réalité la rue des bordels (ou plutôt l'une des rues commises à cette industrie). Elle dessine un coude qui part à l'ouest depuis la synagogue Vieille-Nouvelle et longe le cimetière parallèlement au cours du fleuve. À certains égards, elle constitue pour un piéton de Prague soucieux de se rendre quelque part un détour parfaitement inutile. Elle s'appelait ainsi pour dissimuler le terme initial, qui était *Hahnbissgasse* (« rue de la Morsure du coq »), lequel évoquait sans fioritures la copulation du coq monté sur la poule. Sur les façades des bordels, on pouvait voir la scène animale reproduite avec réalisme pour l'information des passants.

La forme même de la rue en fait une sorte de détour non nécessaire : elle n'est pas un lieu de passage, mais une sorte d'Ailleurs dans la ville.

La synagogue Vieille-Nouvelle (*Staronová synagoga*) est le plus vieux sanctuaire juif d'Europe et fut construite en 1270. Elle a survécu aux incendies des pogroms et à l'assainissement, et doit son nom au fait qu'on l'avait d'abord appelée synagogue Nouvelle, mais qu'une nouvelle synagogue l'avait supplantée dans la nouveauté. C'est là souvent que les Juifs de Prague trouvèrent refuge. On peut y voir encore aujourd'hui le fauteuil du Rabbi Loew. Il ne faut pas la confondre avec la Vieille Synagogue (*Altschule*), la plus ancienne de Prague, qui a disparu et donné son nom à une rue (*Altschulgasse, U staré Školy*) un peu à l'est de la synagogue Vieille-Nouvelle, près de la synagogue Espagnole.

Un peu au sud de cet ensemble, auquel on peut ajouter l'Hôtel de ville juif, Meyrink évoque deux lieux proches, mais déjà quasi extérieurs au ghetto : l'église du Týn et le cabaret « *Zum alten Ungelt* », dont les dénominations sont liées.

L'église du Týn (*Teynkirche*) sur le côté est de la place de la Vieille Ville, avec son double clocher, est très célèbre. Elle s'appelle aujourd'hui église de Notre-Dame du Týn. Elle date du XIVe siècle et doit son nom (comme tout le quartier, notamment le *Teynhof*) au verbe tchèque *týniti*, qui signifie « enclore, entourer, ceindre, fermer ». Au Moyen Âge, les marchands voyageurs pouvaient « parquer » leur voiture et leurs marchandises dans une cour fermée et surveillée, moyennant un droit qu'on nommait *Ungelt* : d'où le nom du local installé dans l'ancien bâtiment d'octroi « *Zum alten Ungelt* » qu'on pourrait franciser par « Au vieil octroi »...

Pour le reste, il faut faire travailler son imagination. Dans le roman, le « Loisitschek » se trouve dans la ville juive, ou non loin. Janusch, l'ami et partenaire littéraire de Kafka, évoque le cithariste aveugle Loisitschek, accompagné de sa harpiste difforme ; de même il évoque le « Bataillon ». Ces deux noms sont historiques : simplement, Meyrink donne le nom de « Salon Loisitschek » à ce local nommé « Bataillon », qui était installé dans les locaux d'une maison appelée « Au mouton noir » (*Zum schwarzen Lamm*) dans la *Rathausgasse* (*U radnice*), dont on ne peut plus guère qu'imaginer la position, là où s'élève aujourd'hui le mur arrière de la Nouvelle Mairie.

Rien n'apparaît en revanche dans le roman, censé couvrir une période historique décisive pour l'évolution de la ville, de la mutation démographique considérable au terme de laquelle ce n'est pas seulement la vieille ville juive qui disparut, mais la ville « allemande » proprement dite, si ce terme eut jamais un sens. Entre 1890 et 1910, l'agglomération pragoise passe de 397 000 à 617 000 habitants. En 1930, peu avant la mort de Meyrink, la population avait plus que doublé (848 000 habitants). Cette augmentation considérable est due essentiellement à l'afflux d'immigrants intérieurs venus des campagnes tchèques (ceux qu'on retrouve dans le « Bataillon » ou en prison dans le roman...) : la composition nationale de la ville s'en ressent directement : la population « allemande » passe de 10,6 % en 1890 à 6,1 % en 1910. En 1921, la population juive proprement dite ne représente plus 1 % de la population globale. Quant aux statistiques confessionnelles, elles font apparaître une domination écrasante de l'Église catholique en 1890 (qui décroîtra rapidement dans la période suivante) héritée de l'Empire austro-hongrois : elle se manifeste notamment dans le nom des lieux de culte et des monuments religieux.

Le ghetto de Prague était habité en 1900 par neuf mille personnes environ, dont la moitié étaient de confession chrétienne. Il comprenait à peu près deux cents maisons. Le 11 février 1893, la décision officielle d'« assainir » le quartier avait été prise pour des raisons d'hygiène publique... Les travaux commencés en 1897 ne s'achevèrent qu'en 1917 : pendant ces vingt années le quartier fut un gigantesque chantier, dont Meyrink ne vit que les premières phases. Il ne subsista de l'ancienne ville que cinq synagogues, une partie du vieux cimetière juif et l'Hôtel de ville juif. Le tracé des rues fut profondément remanié.

Mais Prague n'était pas seulement une collection de rues et de monuments. Prague était peuplée d'habitants, principalement de Tchèques, de Juifs, d'Allemands. Meyrink en fait vivre un petit nombre autour des personnages principaux, renouant à l'occasion avec les pratiques éprouvées dans ses nouvelles : caricature, imitation des différents parlers. Il vaut peut-être mieux cependant rechercher une vision plus vaste de Prague dans les ouvrages de ses contemporains.

Meyrink combine, avec la brève liste de toponymes réels, quelques « noms propres » d'une patronymie en partie inventée qui peut contenir quelques clés.

Ces noms servent, entre autres, à identifier et différencier les positions sociales et « nationales » des uns et des autres.

Pernath peut sembler l'anagramme de Panther, clin d'œil anticipé à Tucholsky, mais en réalité c'est un nom réel, représenté dans toute l'Europe.

Wassertrum en revanche (prénommé Aaron, sans doute parce qu'il va affronter Moïse-Hillel) semble n'avoir jamais existé ailleurs que dans le roman, non plus que Wassory. Le mot signifie littéralement « ruine d'eau » et n'est pas un patronyme juif typique comme celui du

Dr Rosenblatt dans l'épisode de la prison, ou de Frau Pick dans la chanson.

Charousek, que dans une première phase de conception du roman Meyrink avait songé à déguiser en Golem, porte un nom tchèque bien qu'il soit le fils naturel de Wassertrum. Le plus célèbre des Charousek est un maître d'échecs mort à l'âge de vingt-sept ans, l'un des plus grands joueurs de tous les temps, contemporain de Meyrink : Rudolf Charousek (1873-1900). Il semble bien que le choix de ce patronyme dans *Le Golem* ne soit pas un hasard : l'étudiant Charousek utilise en permanence la métaphore échiquéenne pour décrire les stratégies des uns et des autres.

Le peintre Vrieslander semble avoir vraiment existé sous un nom à peine différent (John Jack Vriesländer), de même que Zwakh, qui serait le peintre et sculpteur pragois Richard Teschner, et Alois Otschin (le conseiller aulique… Olic, bête noire de Meyrink). Quant à Prokop, c'est aussi un nom tchèque très répandu.

Tous ces éléments, thèmes et motifs sont brassés dans une langue singulière, parfois déroutante. Certains critiques et écrivains l'ont trouvée insupportable. Le recours systématique au discours emphatique ordinaire et aux comparaisons dans l'expression des émotions d'étonnement, de frayeur ou d'angoisse peut lasser. D'une certaine manière, il renvoie au côté roman-feuilleton à épisodes induit par la genèse même de ce premier roman, qui succédait à une longue pratique du court récit publié dans des revues, moins affecté par les effets de rémanence.

Mais Meyrink y ajoute des caractères propres qui constituent autant de difficultés d'écriture pour les traducteurs.

Le premier concerne le système de coordination. Meyrink n'utilise pratiquement que la conjonction *und*, qui correspond en gros au français « et », et qu'on peut considérer comme la coordination élémentaire et neutre par excellence, fuie par certains styles soucieux d'accélérer le récit. À l'inverse, les coordonnants *aber* (mais) et *nun* (or), qui engagent déjà les énoncés dans des procédures quasi syntaxiques, sont assez rares. Il en résulte une sorte de demi-parataxe, adéquate à la nature onirique du déroulement des événements. Toute coordination préréflexive (introduisant des « considérations ») installerait implicitement dans le récit une conscience raisonnante éveillée, en contradiction avec les données narratives fondatrices du roman.

Au sein même de la temporalité du récit, ce « *und* » modifie la perception du temps, notamment le rapport du présent, du passé et de ce qui suit, et donc la relation de causalité. Ce qu'on serait tenté d'énoncer comme une conséquence ou une simple suite est tendanciellement installé dans une sorte de simultanéité, dont la dernière page nous fournit en quelque sorte la clé : il ne s'était écoulé qu'une heure depuis la première page. Non seulement le rapprochement du passé (le ghetto avant l'assainissement) et du présent (la veille de la parution du roman !) bénéficie du procédé, mais la nature « ésotérique » du livre, son intuitionnisme irrationnel, sont ainsi exhibés dans une substance langagière « sensible ».

Le traitement des temps dans la prose narrative allemande favorise fortement cette tendance. Il n'existe en effet qu'un temps passé en allemand pour « couvrir » le spectre discriminé des trois temps français : imparfait, passé simple (ou « défini »), passé composé. Or la différenciation spontanée de ces trois temps en français induit une sorte de syntaxe sous-jacente, ou si l'on préfère une hiérarchie des indications dans laquelle les unes sont subsumées sous les autres, ou mises dans un certain rapport. L'omniprésence exclusive de la forme unique du passé en allemand, et en particulier dans *Le Golem*, abolit ainsi la possibilité d'une structuration discrète par les changements de temps, dans le même temps qu'elle induit une surcharge de marqueurs supplémentaires que la traduction ne peut éliminer.

Parallèlement, Meyrink recourt systématiquement au style direct, qui a pour effet d'évacuer les subjonctifs, dans le même temps qu'il accentue le rapport paratactique : ce qui est dit n'est pas imputé à un sujet locuteur qui contrôlerait la phrase. N'est attribué qu'*a posteriori* à un locuteur.

S'il subsiste un « aspect », il est de nature sémantique : dans le terme choisi pour énoncer la modalité du discours (dit-il, cria-t-il, murmurai-je, tremblai-je, pensai-je, susurrai-je, grogna-t-il, etc.), presque toujours postposé, à rebours des usages du « français de roman ». La simplification de l'arsenal syntaxique transfère les enjeux dans le champ des paradigmes.

Or, à ce niveau, le registre général qui enveloppe les différents épisodes « marquants », caractérisés par des langues propres et même par un jeu délibéré avec les différents « exotismes » langagiers, est lui aussi relativement monotone : tout est enveloppé dans une brume, voire une obscurité de fond, d'où émergent avec d'autant plus de coloris ou de luminosité certains événements.

Ce ton général est celui du « cadre », de ce qui fonctionne comme principe de continuité. C'est la « voix » angoissée ou déprimée du narrateur. Mais c'est aussi une substance visitée par le livre : celle d'une subjectivité morose ébranlée par des expériences singulières qui finissent par constituer la matière d'un apprentissage. À ce titre le roman n'est pas sans parenté avec les schémas romantiques où l'ennui de l'existence quotidienne est aboli par un voyage au loin. Ici le voyage au loin est un voyage au-dedans, comme dans certains romans d'apprentissage : il ne franchit pratiquement pas le périmètre exigu du ghetto, à tel point que l'enfermement devient irrespirable et oppressant. Et dans le même temps il s'affranchit de toute limite, de tout octroi réaliste : la libération est d'une autre nature, qui confine aux expériences spirituelles, mystiques. L'au-delà du ghetto de la vie commune n'est donc pas en fait, comme l'épilogue du roman le donne à penser, sur l'autre rive réelle de la Moldau, sur la hauteur du Château historique, au-dessus des miasmes, mais *dans* une villa de rêve où Pernath et Myriam sont mariés, protégés par les deux battants d'un portail hermaphrodite, dans un ghetto de luxe où les contradictions de la réalité extérieure sont abolies. Le narrateur n'est pas invité à pénétrer dans cette utopie. Un serviteur vient fermer les portes en excusant son maître : « c'est depuis toujours une règle très stricte de la maison… ». Il reste encore deux-trois phrases à lire, la pirouette humoristique autour du chapeau et du mal de tête. Mais la véritable fin du roman, c'est la fermeture du portail : une interdiction, un malaise. Le lecteur redescend vers la ville et les angoisses infinies de la vie moderne. Dans la boîte aux lettres une convocation l'attend, un ordre de mobilisation pour la guerre mondiale, la première coagulation de l'antisémitisme traditionnel, de la mort de masse et de l'obsession du péril judéo-bolchevique. L'idyllique retrouvaille des deux dernières pages n'est qu'un papillon éphémère scintillant au-dessus du gouffre.

Jean-Pierre LEFEBVRE

LE GOLEM

SOMMEIL

Le clair de lune tombe au bout de mon lit et reste là couché comme une grosse pierre plate et luisante.

Quand les contours de la pleine lune commencent à se racornir et que son côté droit se resserre peu à peu – tel un visage en chemin vers la vieillesse, dont l'une des joues commence à se plisser légèrement, puis se creuse – une trouble inquiétude s'empare de moi et me tourmente à cette heure précise de la nuit.

Je ne dors pas, je ne suis pas réveillé, et dans mon âme se mêlent au sein d'une sorte de demi-rêve toute une foule de choses vécues, lues, entendues, comme confluent parfois des fleuves de couleurs et de transparences diverses.

Avant de me mettre au lit, j'avais lu un certain nombre de choses sur la vie du bouddha Gautama, et il me restait de ces lectures une phrase obsédante dont le début ne cessait de me revenir en mémoire sous mille formes différentes : « Une corneille vola jusqu'à une pierre qui avait l'apparence d'un morceau de gras, et se dit : voilà peut être quelque chose de bon à manger. Mais ne trouvant là rien de bon à manger, la corneille s'envola et disparut. Et, telle cette corneille qui s'est approchée de la pierre, nous aussi nous nous éloignons – nous les tentateurs – de l'ascète Gautama, parce que nous avons perdu le plaisir que son influence nous procurait. »

Et l'image de cette pierre qui ressemblait à un bout de gras se met à grandir démesurément dans mon cerveau : je marche dans le lit d'une rivière asséchée, j'y ramasse des galets.

Des galets bleu-gris recouverts d'une fine poussière où poudroient des étincelles, sur lesquels je m'interroge et m'interroge intensément, sans savoir en fin de compte ce qu'il convient d'en faire – et des galets noirs tachés de jaune soufre, semblables à ces ébauches de salamandre mouchetée que les enfants pétrissent gauchement et qui finissent par se pétrifier.

Ces galets, je voudrais les jeter loin de moi, mais ils me tombent toujours de la main, et je ne parviens pas à les bannir de mon champ de vision.

Toutes les pierres qui ont pu jouer un rôle quelconque dans ma vie surgissent alors autour de moi.

Beaucoup ont du mal à s'extraire du sable pour se hisser péniblement jusqu'à la lumière – tels ces gros crabes couleur d'ardoise, quand revient la marée montante, et comme si elles voulaient tout faire pour attirer mes regards, me dire des choses d'une importance infinie.

D'autres, complètement épuisées, retombent sans forces dans leurs trous et renoncent définitivement à se faire entendre.

Parfois aussi j'émerge brusquement de la grisaille de ces demi-rêves et, l'espace d'un instant, je peux voir la lueur de la lune posée au bout du lit sur ma couverture, la grosse pierre plate et luisante, puis je recommence à tâtonner comme un aveugle au-delà des confins de ma conscience vacillante, à rechercher fébrilement cette pierre qui me tourmente – sûrement cachée quelque part dans les gravats de ma mémoire et qui a l'apparence d'un bout de gras.

Je me dis et m'imagine qu'une descente de gouttière, jadis, débouchait sûrement par terre tout près d'elle – avec un angle obtus en fin de parcours, et le bord mangé par la rouille – et je me mets au défi de forcer un passage pour cette image jusqu'à mon esprit, afin de tromper mes pensées effarouchées et de les rendormir gentiment.

Mais je n'y parviens pas.

Une voix obstinée – aussi infatigable que ces volets que le vent fait battre à intervalles réguliers contre le mur – ne cesse de m'affirmer avec une insistance idiote qu'il en va tout autrement, que ce n'est pas du tout la pierre qui ressemble à du gras.

Et rien à faire pour se débarrasser de cette voix.

Quand cent fois je lui objecte que tout ça est parfaitement secondaire, elle se tait bien un bref instant, puis elle recommence, têtue : bon, bon, d'accord, mais il n'empêche, ce n'est pas la pierre qui ressemble à un bout de gras.

Lentement un angoissant sentiment d'impuissance s'empare de ma personne.

Après cela, ce qui s'est passé, je n'en sais plus rien. Ai-je renoncé de plein gré à toute résistance, ou mes pensées m'ont-elles submergé, terrassé, ligoté ?

Il n'y a qu'une seule chose que je sache vraiment : c'est que mon corps est couché et dort dans mon lit, et que mes sens s'en sont détachés, qu'ils n'ont plus aucun lien avec lui.

Une question soudain monte en moi : qui est donc ce « je », ce « moi » ? Je réalise alors que je n'ai plus d'organe pour poser ces questions ; j'ai peur que la voix idiote se réveille et reprenne son interrogatoire interminable sur la pierre et sur le gras.

Et donc, je me détourne.

JOUR

Je me retrouvai soudain au milieu d'une cour lugubre, et dans l'arche rougeâtre d'un portail qui s'ouvrait là, je vis, juste en face, de l'autre côté d'une ruelle étroite et sale, un brocanteur juif appuyé contre un mur, à l'entrée d'une échoppe voûtée dont les pieds-droits étaient garnis en façade de vieilles ferrailles usagées, d'outils cassés, d'étriers et de patins à glace rouillés, et de tout un fatras d'autres objets qui avaient vécu.

Et cette image exhalait la monotonie lancinante caractéristique de toutes ces impressions qui, jour après jour, comme feraient des colporteurs [1], n'en finissent jamais de franchir le seuil de nos sens. Elle n'éveilla en moi ni curiosité ni surprise.

Je me rendis compte que je séjournais depuis longtemps déjà dans cet environnement, qu'il m'était parfaitement familier.

Mais cette sensation, qui contredisait pourtant ce que je venais de percevoir juste auparavant et la façon même dont j'étais arrivé là, ne laissa pas davantage en moi la moindre empreinte un peu marquante.

Sans doute qu'un jour j'avais entendu parler d'une comparaison bizarre entre une pierre et un bout de gras, ou alors j'avais lu ça quelque part : cette hypo-

1. *Hausierer* (colporteur), en allemand, suggère un déplacement de maison en maison.

thèse m'envahit soudain, tandis que je gravissais les marches éculées de l'escalier qui menait à ma chambre, et que toutes sortes d'idées éphémères sur l'aspect usé et gras des marches de pierre me passaient par la tête.

J'entendis alors, plus haut, les pas d'une personne qui me précédait dans l'escalier, et quand j'arrivais à ma porte, je vis qu'il s'agissait de Rosine, la jeune rousse de quatorze ans qui vivait chez le brocanteur Aaron Wassertrum.

Il fallait bien que je passe tout contre elle : elle s'était arrêtée, le dos contre la balustrade, lascivement penchée en arrière.

Pour ne pas tomber, elle tenait la rambarde de fer avec ses mains malpropres, et dans la pénombre indistincte je pouvais voir la pâleur livide de ses avant-bras dénudés. J'évitai les regards qu'elle me lança.

Elle me dégoûtait avec son sourire insistant et son visage cireux de petit cheval de bois.

Elle avait sûrement, je sentais ça, une chair blanche et mollasse, comme l'axolotl que je venais de voir chez l'oiselier, dans la cage à salamandres.

Les cils des roux me répugnent, on dirait des cils de lapin.

J'ouvris grand ma porte d'un coup et la claquai brutalement derrière moi.

De ma fenêtre, je pouvais voir le brocanteur Aaron Wassertrum posté devant son échoppe.

Il était appuyé à l'entrée de la voûte obscure et se triturait les ongles avec des tenailles.

Qui donc était Rosine la rousse : sa fille ou sa nièce ? Il n'avait aucune ressemblance avec elle.

Parmi tous les visages de Juifs que je vois surgir jour après jour dans la Hahnpassgasse, j'arrive à repérer très nettement différents lignages, dont les apparentements étroits entre individus n'arrivent jamais à effacer les traits distinctifs, pas plus qu'on ne saura jamais mélanger l'huile et l'eau. On ne peut pas dire en les voyant : ces deux-là sont des frères, ou c'est le père et le fils.

Tout ce qu'on peut dire en voyant leur visage c'est : celui-là, c'est tel lignage, et celui-ci, tel autre.

Et donc, qu'est-ce que ça pourrait bien prouver, si même Rosine ressemblait au brocanteur.

Ces lignages nourrissent les uns à l'égard des autres un sentiment de dégoût et de répugnance secrète qui peut franchir les bornes de la parenté consanguine la plus étroite – mais face au monde extérieur, ils savent taire ces sentiments, à la façon dont on garde jalousement un dangereux secret.

Personne n'en laisse rien percer et cette unanimité les fait ressembler à ces aveugles haineux cramponnés à une grosse corde dégoulinante de crasse : les uns carrément et à pleines mains, les autres au contraire à contrecœur et d'un seul doigt, mais tous possédés par la peur superstitieuse qu'ils pourraient se perdre à jamais s'ils venaient à lâcher ce lien partagé et à se séparer des autres.

Rosine est de cette branche dont le type roux dominant est plus répugnant encore que tous les autres. Où les hommes ont la poitrine étroite et de longs cous de poulet avec des pommes d'Adam proéminentes.

Tout chez eux semble couvert de taches de rousseur. Et ces hommes doivent souffrir pendant toute leur existence la torture lancinante de leurs désirs lubriques, contre lesquels ils mènent secrètement une guerre ininterrompue et vaine. Ils vivent dans le tourment permanent et insupportable des craintes qu'ils nourrissent pour leur santé.

Je ne voyais pas bien les raisons qui me permettaient d'établir un lien de parenté entre Rosine et le brocanteur Wassertrum.

Il faut dire que, malgré tout, je ne l'ai jamais vue, elle, à proximité du vieux, et je n'ai jamais remarqué qu'ils se fussent une seule fois adressés l'un à l'autre.

En outre, quand elle n'était pas en train de se cacher un peu partout dans les coins sombres et les couloirs obscurs de notre maison, c'était presque toujours dans notre cour qu'on la trouvait.

Sûr que tous les autres habitants de mon immeuble croient qu'elle est une proche parente du brocanteur, ou à tout le moins une enfant placée chez lui, et en même temps je suis persuadé que personne ne pourrait avancer la moindre raison qui fonde ces suppositions.

Je voulus détacher mes pensées de Rosine et par la fenêtre ouverte de ma pièce principale j'allai regarder ce qui se passait dehors, dans la Hahnpassgasse.

Aaron Wassertrum, comme s'il avait senti mon regard, tourna brusquement son visage dans ma direction.

Un visage figé, effrayant, avec des yeux de poisson tout ronds et la lèvre supérieure entièrement ouverte, fendue par un bec de lièvre.

J'avais l'impression de voir une espèce d'araignée humaine, capable de percevoir les plus subtils effleurements de sa toile, tout en ne s'occupant de rien en apparence.

De quoi peut-il donc vivre ? Et que se passe-t-il sous son crâne, qu'est-ce qu'il concocte ? – Je n'en savais rien.

Quel que soit le jour de l'année, ce sont invariablement les mêmes objets sans vie et sans valeur qui pendent à la devanture de son antre.

J'aurais pu les dessiner les yeux fermés, tant je les avais vus et revus : la trompette en fer blanc complètement tordue et sans clapets, l'aquarelle jaunie avec ces soldats si bizarrement disposés.

Et devant, par terre, entassés les uns sur les autres en piles si denses que personne ne pouvait franchir le seuil du local, toute une série de ronds de fourneau en fonte.

Jamais la quantité de ces choses n'augmentait ni ne diminuait, et quand par hasard un passant s'arrêtait et demandait le prix de tel ou tel objet, le brocanteur entrait soudain dans une espèce de transe.

Il avait alors une façon épouvantable de tirer sur les commissures de ses lèvres et de relever son bec de lièvre, puis de bafouiller en crachotant une réponse agacée et incompréhensible, avec une voix de basse qui semblait buter sur les mots, faisait passer chez l'acheteur toute envie d'insister et l'invitait à continuer son chemin, terrorisé par ce qui lui était arrivé.

Le regard d'Aaron Wassertrum avait fui le mien en un éclair : il observait maintenant avec une attention soutenue les murs nus qui vont de la maison d'à côté jusqu'à ma fenêtre.

Que pouvait-il bien regarder là ?

Il s'agit en effet d'une maison qui tourne le dos à la rue, et dont les fenêtres donnent sur la cour intérieure. Sauf une, une seule, qui est tournée du côté de la rue.

Le hasard voulut que j'aie alors l'impression que quelqu'un était effectivement entré, par hasard, dans les pièces de l'appartement voisin, au même étage que mon logement – je crois bien qu'elles font partie d'un minuscule atelier – car j'entendis à travers les murs une conversation entre un homme et une femme.

Il n'était tout de même pas possible que le brocanteur ait entendu ça depuis le bas !

Quelqu'un se déplaça devant ma porte et je me dis que c'était encore Rosine qui attendait dehors dans le noir, dans l'espoir, peut-être, que je l'invite à entrer chez moi.

Et en dessous, un demi-étage plus bas, il y a encore sûrement cet avorton de Loïsa, le grêlé truffé de cicatrices, tapi dans les escaliers et retenant son souffle, des fois que j'ouvre ma porte. Je perçois parfaitement le souffle de sa haine, le bouillonnement de sa jalousie qui écume jusqu'à moi.

Il a peur de s'approcher davantage et d'être repéré par Rosine. Il a beau savoir qu'il dépend d'elle comme le loup affamé dépend de son gardien, il préférerait bondir comme un fou et lâcher la bride à sa fureur.

Je m'assis à ma table et cherchai mes pincettes et mes poinçons.

Mais je n'arrivais à rien de bon, ma main était trop agitée pour réparer les fines gravures japonaises.

L'existence morne et morose qui suinte des murs de cette maison plonge mon esprit dans une espèce de torpeur ; et des images d'autrefois me reviennent sans cesse en mémoire.

Loïsa et son jumeau Jaromir ont sans doute à peine un an de plus que Rosine.

Je ne me souvenais presque plus de leur père, le fabricant d'hosties, et je crois que maintenant c'est une vieille femme qui s'occupe d'eux.

Simplement je ne savais qui ça pouvait bien être, parmi toutes les vieilles recluses dans l'immeuble comme des crapauds dans leur trou.

Quand je dis qu'elle s'occupe des deux garçons, cela veut juste dire qu'elle les héberge ; en échange ils doivent lui remettre tout ce qu'ils ont pu dérober ou mendier çà et là.

Est-ce qu'elle leur donne aussi à manger ? Je pensais bien que non, car la vieille ne rentre que fort tard à la maison.

On dit qu'elle est laveuse de cadavres.

Avant, souvent, je voyais Loïsa, Jaromir et Rosine, quand ils étaient encore enfants, jouer innocemment tous les trois dans la cour.

Mais ces temps-là sont loin, très loin.

Loïsa passe maintenant ses journées à courir aux basques de la petite Juive rousse.

Parfois il la traque pendant longtemps sans succès, et quand il ne la trouve nulle part, il se faufile jusqu'à ma porte et reste là, le visage ravagé par les tics, à attendre qu'elle vienne me voir en catimini.

Et tout en travaillant à ma table, je l'imagine aux aguets, dehors, dans le couloir plein de coins et de recoins, penché en avant avec sa nuque décharnée, à l'écoute.

Parfois un bruit violent retentit soudain dans le silence.

Jaromir, qui est sourd-muet, et dont toutes les pensées sont habitées en permanence par un désir fou de Rosine, erre comme une bête féroce dans l'immeuble, hors de lui, rendu dément par la jalousie et les soupçons, et les rugissements inarticulés qu'il pousse alors sont si effrayants que le sang se glace dans nos veines.

Il les soupçonne toujours de s'être isolés ensemble quelque part et les traque tous les deux dans l'une des mille niches crasseuses de la maison, en proie à une fureur aveugle, taraudé par l'idée de ne pas lâcher son frère d'une semelle, le désir que rien ne se passe avec Rosine qu'il ne sache.

Et c'est précisément ça, pensais-je – cette torture incessante qui tourmente l'éclopé –, l'excitant qui travaille Rosine, la pousse a toujours aller avec l'autre. Quand l'inclination ou la bonne volonté de Rosine faiblit, Loïsa invente toujours de nouvelles horreurs pour enflammer à nouveau les désirs de Rosine.

Alors, par exemple, ils font semblant ou se font réellement prendre en flagrant délit par le sourd-muet, entraînant méchamment le furieux dans une course folle à travers les couloirs obscurs où ils ont installé toute une série de sales pièges dans lesquels le malheureux ne peut que culbuter et se blesser jusqu'au sang, avec des cerceaux de tonneau rouillés qui sautent en l'air quand on marche dessus, ou des râteaux de fer posés pointes en l'air.

Parfois Rosine imagine elle-même des tours diaboliques pour pousser le supplice à l'extrême.

Elle change alors complètement d'attitude à l'égard de Jaromir et fait comme si soudain le garçon commençait à lui plaire. Sans cesser d'arborer ses sempiternels sourires, elle lui débite à toute vitesse des choses qui mettent le malheureux dans un état d'excitation proche de la démence. Pour la circonstance, elle s'est inventé un langage des signes à elle, à moitié compréhensible, qui semble très mystérieux et ne peut que plonger le sourd-muet dans un réseau inextricable d'incertitudes et d'espoirs ravageurs.

Un jour je l'ai vu face à elle dans la cour. Elle s'adressait à lui avec des mouvements des lèvres si frénétiques et des gesticulations telles que j'avais l'impression que le pauvre allait s'effondrer, terrassé par un paroxysme de surexcitation. La sueur coulait sur son visage, il dépensait une énergie surhumaine pour saisir le sens des messages qu'elle formulait délibérément de façon obscure et accélérée.

Toute la journée qui suivit, il ne bougea pas des escaliers obscurs d'une maison à moitié effondrée qui se trouve dans le prolongement de la Hahnpassgasse, où il l'attendit, mangé par la fièvre, jusqu'à ce que fût passé le temps qu'il aurait dû consacrer à mendier quelques kreutzers aux coins de l'étroite ruelle malpropre.

Quand il voulut rentrer chez la vieille, le soir, à moitié mort de faim et d'énervement, la vieille marâtre avait tiré le verrou depuis longtemps.

Un joyeux rire de femme venu de l'atelier attenant a traversé le mur jusqu'à moi.

Un rire ! Un rire joyeux dans ce quartier ? Il n'y a personne dans tout le ghetto qui soit susceptible de rire joyeusement.

Il me revint alors que, quelques jours auparavant, le vieux marionnettiste Zwakh m'avait confié qu'un jeune Monsieur très distingué lui avait loué l'atelier un bon prix – manifestement pour pouvoir y recevoir l'élue de son cœur à l'abri des regards.

Et maintenant, toutes les nuits, il faut monter tout là-haut, l'un après l'autre et en grand secret, les meubles précieux du nouveau locataire.

Le brave vieux s'était frotté les mains de contentement en me racontant tout ça, et s'était réjoui comme un enfant d'avoir si habilement procédé qu'aucun locataire ne pouvait avoir ne fût-ce que l'idée de l'existence de ces amoureux romantiques.

Il m'avait alors expliqué qu'on pouvait accéder discrètement à l'atelier depuis trois maisons différentes.

Il y avait même un autre accès encore, par une trappe.

Et même que, si l'on ouvrait la poignée de la porte de fer du grenier – ce qui d'en haut était très facile –, on pouvait en passant devant ma chambre rejoindre l'escalier de notre maison et s'en servir pour sortir…

Une nouvelle fois, le rire joyeux retentit jusqu'ici et fait surgir en moi le vague souvenir d'un appartement luxueux et d'une famille noble où l'on me convoquait souvent pour de petites réparations sur des antiquités de valeur.

Tout à coup, j'entends un cri strident, juste à côté. Je tends l'oreille, effrayé.

La trappe de fer s'ouvre dans un bruit violent et l'instant d'après une dame se précipite dans ma pièce.

Elle a les cheveux dénoués, elle est blanche comme le mur, elle a jeté un carré de brocart doré sur ses épaules nues.

« Maître Pernath, cachez-moi, pour l'amour du Christ notre Seigneur – ne demandez rien, cachez-moi ici. »

Avant même que j'aie pu répondre, ma porte était de nouveau ouverte d'un coup, puis refermée aussi brusquement.

L'espace d'une seconde j'avais vu le sourire ricanant du brocanteur Aaron Wassertrum entrer dans la pièce comme un masque affreux.

Une tache ronde, lumineuse, surgit devant moi, et dans la lueur du clair de lune je reconnais une nouvelle fois le pied de mon lit.

Le sommeil pèse encore sur moi comme un lourd manteau laineux, et le nom de Pernath est inscrit en lettre d'or au premier plan de mon souvenir.

Où ai-je seulement jamais lu ce nom ? – Athanasius Pernath ?

Il me semble, il me semble qu'un jour, il y a longtemps, très longtemps, je me suis trompé de chapeau, et je m'étais étonné alors que ce couvre-chef emprunté m'allât si bien, alors que j'ai une forme de tête assez particulière.

Et j'avais regardé à l'intérieur du chapeau… Autrefois oui… Et alors oui, c'est ça… Il y avait une inscription en lettres d'imprimerie dorées sur la doublure de soie blanche :

ATHANASIUS PERNATH

Ce chapeau m'avait impressionné, m'avait fait peur, je ne sais plus pourquoi.

Et soudain, la voix que j'avais oubliée et qui voulait toujours que je lui dise où se trouvait la pierre qui ressemblait à un bout de gras me fonce dessus comme une flèche.

En un instant je me représente le profil coupant, le ricanement délicieux de Rosine la rousse, et parviens ainsi à éviter la flèche, qui va se perdre aussitôt dans les ténèbres.

Oui, c'est ça, le visage de Rosine !

Il est encore plus fort que la voix qui papotait stupidement ; et puis surtout, maintenant que me voici de nouveau mis au monde dans ma chambre de la Hahnpassgasse, je peux être tout à fait tranquille.

I

Si je ne me suis pas trompé en ayant le sentiment que j'étais suivi à distance toujours égale par une personne en train de monter l'escalier derrière moi, et ce dans l'intention de me rendre visite, cette personne devrait maintenant se trouver à peu près sur le dernier palier.

Elle contourne à présent l'angle où l'archiviste Schemajah Hillel a son appartement, et franchit les dernières marches de pierre usées avant de passer dans le corridor de l'étage supérieur, qui est pavé de brique rouge.

Elle avance maintenant à tâtons le long du mur, et là, en ce moment même, elle est certainement en train d'épeler mon nom dans l'obscurité, de déchiffrer péniblement ce qui est écrit sur la plaque.

Et donc, je me suis planté au milieu de la pièce et j'ai dirigé mes regards vers la porte d'entrée.

La porte alors s'est ouverte, et il est entré.

Il a seulement fait quelques pas dans ma direction, sans ôter son chapeau ni prononcer le moindre mot de salutation.

C'est comme ça qu'il fait quand il est chez lui – tel fut mon sentiment – et donc je ne me suis nullement étonné qu'il agît ainsi et pas autrement.

Il a plongé la main dans sa poche et en a tiré un livre.

Puis il a feuilleté ce livre un certain temps, plutôt long.

La couverture était en métal, et les incrustations en forme de rosettes ou de sceaux étaient garnies de couleurs et de petites pierres. Il finit par trouver l'endroit qu'il cherchait et le désigna.

Je parvins à déchiffrer que le chapitre était intitulé « Ibbour », la « Fécondation des âmes »[1].

La grande initiale I composée en rouge et or occupait presque la moitié de la page entière, que je survolai malgré moi. Elle était abîmée sur le bord.

Il voulait que je la restaure.

L'initiale n'était pas collée sur le parchemin, comme je l'avais déjà vu faire dans de vieux livres, elle semblait composée de deux minces plaques d'or soudées au milieu, dont les extrémités pinçaient le bord du parchemin.

Fallait-il donc qu'on ait découpé un trou dans la feuille à l'endroit où se trouvait la lettre ?

Et si tel était le cas, nécessairement, le I était à l'envers sur la page suivante.

Je tournai la page, et mon hypothèse fut confirmée.

Sans le vouloir, je lus aussi cette page-là, et celle qui lui faisait face.

Et je continuai à lire, sans m'arrêter.

Le livre me parlait comme un rêve peut vous parler, mais de façon beaucoup plus claire et compréhensible. Et mon cœur en était tout ému comme par une question qu'on m'eût posée personnellement.

Des paroles se déversaient d'une bouche invisible, prenaient vie et venaient vers moi. Elles se tournaient et contournaient sous mes yeux telles des esclaves vêtues de mille couleurs, puis s'enfonçaient dans le sol, ou disparaissaient en l'air comme une vapeur scintillante, faisaient place à la suivante. Chacune espérait un bref instant qu'elle serait l'élue de mon cœur et que je renoncerais à voir la suivante.

Parmi elles, il en était certaines qui s'avançaient comme des paons, dans des robes luisantes, à pas lents et mesurés.

D'autres étaient comme des reines, mais des reines vieillies et usées par la vie, paupières teintes – avec un

1. Littéralement : « l'engrossement des âmes ».

rictus de catin autour des lèvres, les rides masquées par du fard.

J'évitai de les regarder et passai à celles qui venaient ensuite, et mes yeux glissaient sur de longs cortèges de silhouettes grises avec des visages si ordinaires et pauvres d'expression qu'il semblait impossible de les graver dans ma mémoire.

Puis je les vis traîner vers moi une femme nue comme un ver et aussi gigantesque qu'un colosse d'airain.

La femme resta devant moi pendant une seconde et s'inclina très bas à mes pieds.

Elle avait des cils aussi longs que mon propre corps, et sans dire un mot me désignait le pouls de sa main gauche.

Il battait comme un tremblement de terre et je sentis palpiter en cette femme la vie de tout un univers.

Un cortège de corybantes fonçait vers moi depuis le lointain.

Un homme et une femme s'enlacèrent. Je les vis venir de très loin tandis que le cortège se rapprochait de plus en plus dans un vacarme effrayant.

J'entendais maintenant les échos de plus en plus denses de l'hymne des extasiés et cherchais des yeux le couple enlacé.

Mais il s'était mué en une seule et même silhouette unique, un hermaphrodite assis – mi-homme, mi-femme – sur un trône de nacre.

Et la couronne de l'hermaphrodite se terminait par une planche de bois rouge, dans laquelle le ver de la destruction avait rongé des runes mystérieuses.

Puis apparut, au milieu d'un nuage de poussière, un troupeau de petits moutons aveugles trottinant avec hâte : c'étaient les bêtes que l'hybride colossal emmenait à sa suite, pour nourrir et maintenir en vie la bande de corybantes.

De temps en temps, parmi les silhouettes qui s'écoulaient de la bouche invisible, certaines sortaient de tombeaux – avec un linge devant le visage.

Et elles restaient plantées devant moi, laissaient soudain tomber leurs voiles et fixaient mon cœur avec des yeux de prédateur affamé ; la frayeur glaçait alors mon cerveau et tout mon sang refluait tel un fleuve quand soudain de gigantesques rochers sont tombés du ciel dans son lit.

Une femme passa à côté de moi comme un souffle. Je ne vis pas son visage, qu'elle détournait. Elle portait un manteau de larmes. Des cortèges de masques défilaient aussi, dansant, riant et ne se souciant pas de ma personne.

Seul un Pierrot tourne pensivement les yeux dans ma direction et revient en arrière, se plante devant moi et plonge son regard dans mon visage comme s'il s'agissait d'un miroir.

Il fait des grimaces très étranges, lève et agite les bras, tantôt lent et hésitant, tantôt rapide comme l'éclair, et une pulsion spectrale s'empare de moi, me pousse à l'imiter, je cligne des yeux, hausse les épaules par saccades, tire sur les commissures de mes lèvres.

Des silhouettes impatientes viennent alors s'agglutiner autour de lui, le repoussent, veulent passer sous mes yeux à leur tour.

Mais aucun de ces êtres n'a de consistance. Ce sont des perles qui glissent, alignées sur un fil de soie, les notes isolées d'une mélodie qui s'écoule de la bouche invisible.

Ce n'était plus un livre qui me parlait. C'était une voix. Une voix qui attendait de moi quelque chose que, malgré tous mes efforts, je ne parvenais pas à comprendre. Qui me tourmentait de questions brûlantes, incompréhensibles.

Mais la voix qui énonçait ces paroles visibles était morte et sans résonance.

Le moindre son du monde présent comporte un grand nombre d'échos, de même que tout objet, quel qu'il soit, possède à la fois une grande ombre et plusieurs ombres de moindre dimension. Or cette voix n'avait plus aucun écho. Il y avait longtemps, très longtemps que ceux-ci s'étaient dissipés, évanouis.

Et j'avais lu le livre jusqu'à la fin et le tenais encore dans mes mains ; avec l'impression d'avoir feuilleté non pas un livre, mais mon propre cerveau, à la recherche de quelque chose.

Tout ce que la voix m'avait dit, je l'avais, depuis ma naissance, porté en moi, mais tout avait été recouvert et oublié, était resté caché à ma pensée jusqu'à aujourd'hui.

Je relevai les yeux du livre.

Où était l'homme qui me l'avait apporté ?

Parti ?

Est-ce qu'il viendra le chercher quand le travail sera fini ?

Ou étais-je censé le lui rapporter ?

Mais je ne me souvenais pas qu'il m'eût dit où il habitait.

J'essayai de me remettre son apparence en mémoire, mais sans succès.

Comment était-il habillé, par exemple ? Était-il jeune ou vieux ? Quelle était la couleur de ses cheveux, de sa barbe ?

Rien, je ne pouvais plus rien imaginer. Toutes les images que je me faisais de lui se désagrégeaient et perdaient leur consistance avant même que j'aie pu essayer de les assembler en esprit.

Je fermai les yeux et pressai la main sur mes cils pour tenter de capter ne fût-ce qu'une infime partie de son portrait.

Rien, rien.

Je revins me planter au milieu de la pièce et contemplai la porte, comme je l'avais fait juste auparavant, quand il était venu. J'imaginais la scène : le voilà qui tourne au coin, il marche sur le sol de brique, il est en train de lire le panonceau sur ma porte « Athanasius Pernath », et maintenant, il rentre chez moi… En vain.

Rien à faire, pas la moindre trace du moindre souvenir de son aspect extérieur.

Je regardai le livre sur la table, espérant revoir en esprit la main qu'il avait ôtée de sa poche et qu'il m'avait tendue.

Plus moyen, même, de me rappeler s'il portait des gants, ou si ces mains étaient nues, ni si c'étaient des mains jeunes ou ridées, avec des bagues ou non.

J'eus alors soudain une idée étrange.

Le genre d'inspiration à laquelle on ne peut résister.

Je mis mon manteau, mon chapeau, sortis dans le couloir, descendis les escaliers. Puis je remontai lentement chez moi.

Lentement, très lentement, comme il avait fait quand il était arrivé. Et quand j'ouvris la porte je constatai que la pièce était plongée dans la pénombre. Ne l'avais-je pas quittée à l'instant, alors qu'il faisait plein jour ?

Il a bien fallu que je passe un temps fou à ruminer toutes mes histoires, pour ne pas m'être rendu compte à quel point il était tard !

Après cela, j'ai essayé d'imiter la démarche et les mimiques de l'inconnu, mais je ne parvenais absolument pas à m'en souvenir.

Et comment serais-je parvenu à l'imiter, dès lors que je ne pouvais me raccrocher à l'aspect extérieur qui pouvait être le sien...

Et pourtant tout est revenu enfin, mais bien autrement que je l'imaginais.

Ma peau, mes muscles, tout mon corps se sont soudain souvenus, sans rien trahir à mon cerveau. Ils se sont mis à faire des mouvements que je n'avais ni l'envie ni l'intention d'effectuer. Comme si mes membres ne m'appartenaient plus ! D'un seul coup, avançant de quelques pas dans la pièce, je réalisai que ma démarche était devenue incertaine et traînante, bizarre.

Je me dis : voici la démarche d'une personne qui est toujours sur le point de buter et de tomber devant soi.

Eh oui, eh oui, c'était bien comme ça qu'il marchait !

J'étais sûr d'une chose : c'était bien lui.

J'avais un visage imberbe, inconnu de moi, avec des pommettes saillantes, et regardais tout autour de moi avec des yeux plantés en biais.

Je sentais tout cela, mais je ne pouvais pas me voir moi-même.

Je voulus hurler, épouvanté : ceci n'est pas mon visage ! Je voulus passer les doigts sur ce visage, mais ma main n'obéissait pas à ma volonté, elle plongea dans la poche et en sortit un livre.

Exactement comme il avait fait, lui.

Et soudain je me retrouve assis sans chapeau ni manteau, à ma table et je suis moi-même. Moi.

Moi, Athanasius Pernath.

L'effroi et l'épouvante s'emparèrent de moi : je tremblais de tout mon corps, mon cœur battait à se rompre et je pensai : des doigts de fantômes, qui à l'instant fouillaient encore dans mon cerveau, m'ont enfin laissé tranquille.

Je sentais encore derrière ma tête l'empreinte froide de leur contact.

Je savais désormais à quoi ressemblait l'inconnu, j'aurais pu ressentir de nouveau sa présence en moi, n'importe quand, il suffisait que je le veuille ; mais le voir, me le représenter, le regarder les yeux dans les yeux, m'était toujours, me sera toujours impossible.

Je compris : c'est comme un négatif de photographie, une forme creuse, invisible, dont je ne peux saisir les lignes précises, dans laquelle je dois me glisser moi-même chaque fois que je veux prendre conscience de sa silhouette et de l'expression de son visage.

Dans le tiroir de ma table, il y avait une cassette de fer ; je voulus y enfermer le livre avec l'idée de n'aller l'y rechercher qu'une fois remis de cet état pathologique, afin de me mettre à la réparation de l'initiale brisée « I ».

Je pris le livre sur la table.

J'eus alors l'impression de n'avoir rien pris dans la main. J'attrapai la cassette : même chose. Comme si la sensation tactile avait dû parcourir une très, très longue distance pleine d'obscurité épaisse avant de déboucher dans ma conscience, comme si les choses étaient loin, séparées de moi par une couche de temps d'une année au moins, appartenaient à un passé que j'ai bien vu défiler devant moi, mais il y a des lustres et des lustres !

La voix qui circule dans les ténèbres et me cherche pour me tourmenter avec cette pierre graisseuse vient de passer devant moi sans me voir. Et je sais qu'elle vient du royaume du sommeil. Mais ce que je viens de vivre, je l'ai bien vécu, c'était de la vraie vie : c'est pour ça, je le sens, qu'elle n'a pas pu me voir, qu'elle me cherche et ne me trouvera pas.

PRAGUE

L'étudiant Charousek était à côté de moi. Il avait remonté le col de son pardessus, une pelure tout élimée, et je l'entendais grelotter, claquer des dents.

Je me dis qu'il pourrait bien attraper la mort dans le courant d'air glacial de ce porche, et je l'encourageai à venir dans mon appartement. Mais il refusa.

Il murmura en frissonnant : « Je vous remercie, Maître Pernath ; malheureusement, je n'ai plus tellement de temps ; il faut que j'aille en ville sans traîner. Et puis rien qu'à mettre les pieds dans la rue, en trois-quatre pas, on sera trempé jusqu'aux os de toute façon. Ça ne veut pas diminuer, cette averse… »

Les trombes d'eau balayaient les toits et dévalaient le long des façades comme des torrents de larmes sur un visage.

En avançant la tête et en la tournant un peu je pouvais voir ma fenêtre au quatrième, là-haut, l'eau ruisselait sur les vitres, qui avaient l'air complètement ramollies, opaques et grumeleuses comme de la gélatine d'esturgeon.

Un flot de saletés jaunâtre se mit à dévaler la ruelle, et le porche se remplit de passants qui voulaient attendre que le mauvais temps se calme.

« Regardez, un bouquet de mariée qui flotte là-bas ! » s'exclama soudain Charousek en désignant un bouquet de myrtes fanés qui passait à l'instant, poussé par le torrent de saletés. Un rire retentit derrière nous.

Je me retournai et constatai que l'auteur de ce rire était un vieux monsieur habillé avec élégance : il avait les cheveux blancs, et un visage de crapaud, complètement soufflé.

À son tour, Charousek jeta un bref regard derrière lui et grommela quelque chose.

Il émanait de ce vieil homme une impression désagréable – je détournai mon attention de sa personne et m'employai à scruter les façades délavées du troupeau de maisons tassé devant moi sous la pluie. Elles étaient toutes dans un état calamiteux, étrange, inquiétant !

Elles étaient plantées là tel un chiendent dans un ordre totalement anarchique, irréfléchi.

On les a appuyées là contre un mur de pierres jaunes, plutôt bas, unique vestige encore debout d'un ancien bâtiment tout en longueur, il y a deux ou trois siècles de cela, comme ça venait, sans se préoccuper des autres maisons alentour. Là, une demi-bicoque toute de guingois, mal équarrie, fronton fuyant, à côté une autre, en saillie au contraire, qui sort de l'ensemble comme une canine.

Elles semblaient endormies sous le ciel terne et on ne percevait pas cette vie mauvaise, hostile, qui émane parfois d'elles quand la brume des soirs d'automne s'est déposée dans les rues et masque un peu plus encore leur mimique discrète, presque imperceptible.

À force, depuis le temps que je vis en ce lieu – une génération entière –, un sentiment s'est incrusté en moi, dont je ne peux plus me défaire. Il me semble qu'à certaines heures de la nuit et du petit matin, ces maisons s'agitent et tiennent entre elles de mystérieux conciliabules silencieux. Et parfois un léger tremblement transpire de leurs murs, que rien n'explique. Des bruits courent sur leurs toits et s'engouffrent dans les gouttières – et nos sens émoussés enregistrent ces bruits machinalement, sans que nous nous posions de question sur leur origine.

Souvent j'ai rêvé que j'avais écouté ce que disaient ces maisons dans leur fantomatique besogne et découvert avec un étonnement angoissé qu'elles étaient en fait les véritables maîtres secrets de la rue, qu'elles pouvaient aliéner tout ce qu'elles vivent et ressentent, et le prêter, le jour, aux habitants du lieu, pour le leur réclamer la nuit venue avec des intérêts.

Et quand je fais défiler mentalement les étranges personnes qui les habitent comme des spectres, comme des êtres qui n'auraient pas été enfantés par leur mère, mais semblent avoir étés assemblés ici indifféremment, dans leurs pensées et leurs agissements, élément après élément, je suis alors plus que jamais enclin à penser que ce genre de rêves recèlent d'obscures vérités et que celles-ci continuent de rougeoyer faiblement dans mon âme éveillée comme autant d'impressions de rêves colorés.

C'est alors que dans le secret de la mémoire se réveille en moi la légende du fantomatique Golem, de cet homme artificiellement créé auquel un rabbin expert en kabbalistique donna forme un jour ici même, dans le ghetto, à partir de la substance élémentaire, et conféra une existence d'automate dépourvue de toute pensée, en insérant dans sa mâchoire une formule chiffrée magique.

Et de même que ce Golem s'est figé en une figure de glaise à la seconde même où la secrète syllabe de la vie fut ôtée de sa bouche, je me dis que tous ces êtres humains devraient eux aussi s'effondrer soudain en un instant, dépourvus de toute âme, si l'on effaçait de leur cervelle une quelconque notion minuscule, un petit effort accessoire, une habitude sans finalité chez l'un, ou chez l'autre la vague et obscure attente de quelque chose d'imprécis et d'inconsistant.

Mais quelle tension fiévreuse, permanente, effrayante, chez ces créatures sans cesse aux aguets !

Jamais on ne les voit travailler, ces gens-là, et pourtant ils sont réveillés dès les premières lueurs de l'aube, retenant leur souffle, comme s'ils étaient dans l'attente d'un sacrifice qui cependant ne vient jamais.

Et quand il semble enfin qu'effectivement quelqu'un est entré dans leur périmètre, quelque être sans défense susceptible d'être pour eux source de richesse, une peur paralysante leur tombe dessus, les renvoie effarouchés dans leur coin, tremblants, loin de toute espèce de projet.

Aucun de ces êtres-là ne semble faible au point qu'il leur resterait assez de courage pour s'emparer de lui.

« Ce sont des bêtes de proie dégénérées, édentées, auxquelles on a ravi toutes leurs forces et toutes leurs armes », me confia Charousek sur un ton hésitant, tout en me regardant.

Comment pouvait-il donc savoir à quoi je pensais ?

Je me dis qu'on attisait parfois si fortement ses pensées qu'elle étaient capables alors de sauter comme des étincelles dans le cerveau du voisin.

Au bout d'un instant, je demandai : « Et de quoi peuvent-ils bien vivre ? »

« Vivre ? De quoi ? Mais il y en a plus d'un chez eux qui est millionnaire ! »

Je regardai Charousek. Que pouvait-il vouloir dire par ces mots ?

Mais l'étudiant s'était tu et contemplait les nuages.

Pendant un bref instant, les murmures entendus sous le porche s'étaient tus, on n'entendait plus que le chuintement continu de la pluie.

Que veut-il dire par là : « Plus d'un chez eux est millionnaire » ?

De nouveau j'eus l'impression que Charousek lisait dans mes pensées.

Il désigna du doigt la boutique du brocanteur à côté. La pluie lessivait la rouille de la ferraille, emportait des mares brun-rouge dans la ruelle.

« Aaron Wassertrum, par exemple, est millionnaire. Il possède presque un tiers de la ville juive. Vous ne le saviez pas, Monsieur Pernath ? »

J'en eus littéralement le souffle coupé. Aaron Wassertrum ! Le brocanteur Aaron Wassertrum millionnaire ? !

« Oh, je le connais parfaitement, continua Charousek sur un ton à la fois crispé et insistant, comme s'il avait simplement attendu que je l'interroge. Je connaissais aussi son fils, le Dr Wassory. Vous n'avez jamais entendu parler de lui ? Le Dr Wassory, le célèbre oculiste. Il y a un an, toute la ville parlait encore de cet homme avec enthousiasme, un si grand savant… Personne ne savait qu'il avait changé de nom et s'appelait auparavant Wassertrum. Il aimait jouer les hommes de science toujours à l'écart du monde, et quand parfois la question de son origine surgissait dans la discussion, il vous lançait comme ça, à mi-mots, très ému et modeste à la fois, que son père habitait encore dans le ghetto, qu'il avait dû, après des débuts très difficiles, travailler dur et connaître toutes sortes de soucis inimaginables pour en arriver là où il était maintenant. Oui ! Toutes sortes de tracas, de soucis.

Ce dont il ne parlait pas, c'était des victimes de ces tracas et de ces indicibles soucis !

Mais, moi, je sais ce qu'il en est du ghetto. »

Charousek me saisit le bras et le secoua violemment.

« Maître Pernath, je suis si pauvre que je comprends ça à peine ; regardez-moi, je vais à moitié nu comme un vagabond, alors que je suis un étudiant en médecine, quelqu'un de cultivé. »

Il ouvrit brusquement son pardessus et je vis qu'il n'avait rien en dessous, ni chemise ni vêtement, et portait le manteau à même la peau.

« Et j'étais déjà pauvre comme ça quand j'ai provoqué la chute de cette bête immonde, de ce tout-puissant et célèbre Dr Wassory – et personne ne sait encore aujourd'hui que c'est moi qui suis la véritable cause de tout cela.

On pense en ville que c'est un certain Savioli, un autre docteur, qui aurait mis en lumière ses pratiques et l'aurait poussé au suicide. Mais le Dr Savioli n'a été que mon instrument, je peux vous le dire. C'est moi et moi seul qui ai concocté le plan et rassemblé les pièces, qui ai fourni les preuves et fragilisé imperceptiblement, pierre après pierre, tout l'édifice du Dr Wassory jusqu'au moment où tout l'or de la terre, où toutes les ruses du ghetto n'auraient plus suffi à empêcher sa chute. Il ne manquait plus qu'une discrète chiquenaude.

Vous savez, comme quand on joue aux échecs.

Exactement comme on joue aux échecs.

Et personne ne sait que c'était moi.

Le brocanteur Wassertrum, parfois il n'en dort pas à cause d'un terrible pressentiment qui le travaille et lui dit qu'il existe une personne qu'il ne connaît pas, toujours à proximité de lui, mais que malgré tout il ne peut attraper, qui n'est pas le Dr Savioli, et qui a sûrement joué un rôle dans l'histoire.

Wassertrum est sans doute du genre à voir à travers les murs, mais il n'empêche, il ne comprend pas qu'il existe des cerveaux capables de calculer comment on peut piquer ce genre de murs avec de longues aiguilles invisibles mais empoisonnées, passer le long des pierres de taille, de l'or et des pierres précieuses, et atteindre l'artère vitale. »

Et Charousek se frappa le front et se mit à rire comme un dément.

« Aaron Wassertrum découvrira ça dans peu de temps ; le jour même où il compte faire la peau du Dr Savioli ! Le jour même ! Cette partie-là aussi je l'ai calculée jusqu'au dernier coup. Cette fois-là, ce sera un gambit de fou du roi. Et là, jusqu'à la fin de la partie, qui va faire mal, il n'y a plus un seul coup pour lequel je n'aie échafaudé une riposte terrible.

Quand on accepte le gambit de fou avec moi, je vous le dis, on est là comme une pauvre marionnette suspendue à ses fils, et les fils, c'est moi, vous m'entendez bien, c'est moi qui tire dessus tout doucement, tout doucement sur les petits fils. Alors, hein, ses libres choix, à lui, pfft… envolés, plus rien… »

L'étudiant parlait comme dans une fièvre. Je le regardai, effrayé.

« Mais que vous ont donc fait Wassertrum et son fils, que vous soyez à ce point rempli de haine à leur égard ? »

Charousek écarta la question brusquement.

« Laissons ça – demandez-moi plutôt ce qui a rompu le cou du Dr Wassory ! Ou bien préférez-vous que je vous parle de ça une autre fois ? La pluie a cessé. Nous pourrions peut-être rentrer ? »

Il baissa la voix, comme quelqu'un qui soudain se calme entièrement.

Je secouai la tête :

« Avez-vous jamais entendu dire comment on soignait le glaucome aujourd'hui ? – Non ? – Eh bien, il faut que je vous explique ça pour que vous compreniez bien tout parfaitement, Maître Pernath !

Écoutez, le glaucome est une méchante affection de l'œil interne qui se termine par la cécité, et il n'y a qu'un seul moyen de contenir la progression du mal, ce qu'on appelle l'iridectomie, qui consiste à exciser l'iris et à en retirer un petit fragment conique.

Il s'ensuit d'affreux symptômes d'éblouissement qui persistent toute la vie durant ; mais le processus qui mène à la cécité est alors le plus souvent enrayé.

Simplement, le diagnostic du glaucome est de nature assez particulière.

Il y a des périodes, en effet, notamment au début de la maladie, pendant lesquelles les symptômes les plus clairs régressent apparemment en totalité, et dans ce cas, même s'il ne repère pas la moindre trace de la maladie, le médecin ne peut, ni n'a le droit d'affirmer que son prédécesseur, s'il est d'un avis différent, s'est nécessairement trompé.

En revanche, une fois que l'iridectomie en question a été pratiquée, aussi bien sur un œil sain que sur un œil malade, on ne peut plus constater s'il y a eu antérieurement un glaucome ou non.

Et c'est là-dessus, et sur d'autres choses encore, que le Dr Wassory avait échafaudé un plan abominable.

Quantité de fois, il a constaté un glaucome, une taie verte comme on dit aussi – en particulier chez les femmes – alors qu'elles ne souffraient que de troubles mineurs de la vue, à seule fin de pouvoir pratiquer une opération plutôt facile à réaliser et très lucrative.

Il tenait là enfin sous sa coupe des êtres entièrement dépourvus de moyens de défense ; plus besoin du moindre soupçon de courage pour pratiquer le pillage.

Comme vous voyez, Monsieur Pernath, cette bête de proie dégénérée se retrouvait dans des conditions d'existence où elle n'avait plus besoin d'armes ni de forces pour dévorer ses victimes à pleines dents.

Et cela sans rien investir ! Vous comprenez ? Sans devoir risquer quoi que ce soit ! Le Dr Wassory avait su se faire passer pour un exceptionnel spécialiste grâce à une foule de publications truquées parues dans des revues médicales spécialisées, et abuser jusqu'à ses propres collègues, trop corrects et trop peu soupçonneux.

D'où, naturellement, un flux ininterrompu de patients en quête de secours, qui se pressaient à sa porte.

Quand une personne venait le voir avec des troubles mineurs de la vision et se faisait examiner, le Dr Wassory se mettait immédiatement à l'ouvrage pour accomplir son sinistre programme.

Il commençait par l'interrogatoire ordinaire du malade, mais ne prenait en note, très habilement, pour être couvert, que les réponses qui suggéraient l'existence d'un glaucome. Et il avait également la prudence de sonder le patient pour savoir si d'autres diagnostics n'avaient pas déjà été faits antérieurement.

Puis, sur le mode de la conversation, il instillait à son patient une information toute fraîche selon laquelle il venait de recevoir un appel urgent de l'étranger relatif à des affaires scientifiques d'importance, et qu'en conséquence il devait partir le lendemain.

Puis, et seulement alors, il procédait au fond d'œil à l'aide de rayons lumineux électriques et s'arrangeait pour causer au patient les plus fortes douleurs possibles. Tout cela avec préméditation.

Quand l'examen était terminé et que le patient avait posé la question rituelle afin de savoir s'il y avait matière à s'inquiéter, Wassory poussait son premier pion sur l'échiquier.

Il venait s'asseoir devant le malade, laissait s'écouler une minute puis prononçait d'une voix à la fois pondérée et sonore la phrase suivante :

"La cécité bilatérale est sans doute inévitable à très brève échéance."

Il résultait de cela, évidemment, une scène atroce.

Souvent les gens s'évanouissaient, pleuraient, hurlaient, se jetaient par terre de désespoir.

Perdre l'usage de la vue, c'est tout perdre.

Et quand survenait tout aussi rituellement le moment où la malheureuse victime étreignait les genoux du Dr Wassory et le suppliait de lui dire s'il n'existait plus le moindre recours sur cette terre, cette ordure poussait alors le second pion, se métamorphosait en la divinité qui pouvait l'aider !

Tout en ce monde, tout, Monsieur Pernath, est coup d'échec !

"Opération le plus vite possible ! – décrétait alors le Dr Wassory posément – c'est la seule chose qui puisse vous sauver", et il se lançait alors, ça n'arrêtait plus, avec une vanité folle et vorace, dans la description détaillée de tel et tel cas, tous bien sûr extraordinairement ressemblants au cas présent, énumérait la liste des innombrables malades qui lui devaient, et à lui seul, d'avoir conservé la vue.

Il se goinfrait littéralement du sentiment d'être tenu pour une espèce d'être supérieur tenant entre ses mains les heurs et malheurs du reste de l'humanité.

Les malheureuses victimes restaient là devant lui, désemparées, le cœur brûlant de mille questions, hébétées, brisées, suant l'angoisse, n'osant lui couper la parole, par peur de le mettre en colère, lui, l'homme, le seul, qui pouvait leur porter secours.

Le Dr Wassory mettait alors un terme à son discours en expliquant que malheureusement il ne pourrait procéder à l'opération que dans quelques mois.

Puis il ajoutait : "J'espère – il faut toujours espérer le mieux dans ce genre de cas – qu'il ne sera pas trop tard à ce moment-là."

Là-dessus, évidemment, les malades bondissaient, épouvantés, clamaient qu'ils ne voulaient à aucun prix attendre un jour de plus, le suppliaient de leur conseiller un confrère ophtalmologiste dans la ville qui pourrait se charger de l'opération.

C'est à ce moment-là que le Dr Wassory portait le coup décisif.

Il marchait de long en large dans le cabinet, tout son front semblait se froncer sous l'effet du souci et il finissait par murmurer qu'il était très ennuyé parce qu'une intervention pratiquée par un autre médecin impliquerait un nouvel examen, donc une nouvelle exposition de l'œil aux rayons lumineux, qui avait de fortes chances d'être catastrophique, le patient avait pu se rendre compte par lui-même à quel point c'était douloureux – que précisément à cause de la nécessité de procéder à un nouvel examen, on ne pourrait pas opérer avant que soit écoulé un certain temps assez long, le temps que les nerfs optiques soient bien reposés. »

Charousek serra les poings.

« On appelle ça, cher Maître Pernath, un coup forcé. Mais ce qui suivait en était un autre, un coup forcé juste après l'autre.

À moitié fou de désespoir, le patient adjurait le Dr Wassory de compatir, de repousser son voyage d'un jour et de pratiquer lui-même l'opération. L'assurant que c'était une épreuve pire encore qu'une mort rapide, que cette peur effrayante, lancinante, de voir l'inévitable cécité survenir à chaque instant était la chose la plus épouvantable qui se puisse imaginer.

Et plus cet être infect résistait et geignait qu'un report de son voyage pourrait avoir pour lui de funestes et incalculables conséquences, plus les malades proposaient spontanément des sommes élevées.

Quand le Dr Wassory estimait que la somme était assez élevée, il cédait, et le jour même, avant qu'une circonstance quelconque vînt par inadvertance contrarier ses plans, causait aux deux yeux sains des pitoyables patients le dommage irrémédiable d'une sensation d'éblouissement permanent qui transformait leur existence en une torture continue, mais effaçait une fois pour toutes les traces de sa crapulerie.

Grâce à toutes ces opérations sur des yeux sains, le Dr Wassory voyait grandir sa gloire et sa réputation de médecin exceptionnel, dès lors qu'à chaque fois il arrêtait un processus de cécité menaçante, mais en outre et simultanément il satisfaisait son amour effréné de l'argent et servait sa vanité sans limites, chaque fois notamment que ces victimes inconscientes, atteintes dans leur corps et leurs biens, levaient les yeux vers lui comme vers un Sauveur.

Seul un homme enraciné par toutes ses fibres dans la terre du ghetto avec ses ressources innombrables, insignifiantes en apparence, et cependant d'une puissance irrésistible, éduqué depuis l'enfance à guetter ses proies comme une araignée, connaissant chacun dans la ville, devinant et décelant les relations et les ressources financières de chacun, seul un "demi-voyant" de ce genre, comme on pourrait dire, a pu pendant des années commettre ce genre d'atroces forfaits.

Et sans moi il continuerait aujourd'hui sa sale besogne et l'aurait poursuivie jusqu'en son grand âge, achevant ainsi son existence entouré de tous les siens, vénérable patriarche comblé d'honneurs, offrant aux générations à venir un lumineux exemple à suivre avant que… avant que la grande mort universelle l'emporte lui aussi, enfin, à son tour.

Mais voilà, moi aussi, j'ai grandi dans le ghetto, mon propre sang est gorgé de cette atmosphère de ruse infernale, et c'est grâce à cela que j'ai pu l'entraîner dans sa perte – comme les Invisibles entraînent un homme dans la chute, ou comme un éclair jaillit d'un ciel pur.

C'est à un jeune médecin allemand, le Dr Savioli, que revient le mérite d'avoir dévoilé ce manège. Je l'ai poussé en avant et j'ai accumulé preuve sur preuve, jusqu'au jour où la main du procureur s'est avancée vers le Dr Wassory.

Cette sale bête s'est suicidée ! Béni soit cet instant !

On aurait dit que mon double était à ses côtés et dirigeait sa main : il a mis fin à ses jours en absorbant la fiole de nitrite d'amyle que j'avais abandonnée intentionnellement dans son cabinet à l'occasion d'une visite où je l'avais moi-même mené en bateau et conduit à diagnostiquer chez moi un glaucome – avec au cœur le désir brûlant qu'un jour ce produit lui donnerait le coup de grâce.

Dans toute la ville, on a raconté qu'il était mort d'une attaque cérébrale.

Quand il est inhalé, le nitrite d'amyle tue comme une attaque cérébrale. Mais cette rumeur n'a pas pu tenir bien longtemps. »

Charousek parut soudain complètement absent, il regardait devant lui, les yeux hagards, comme s'il s'était égaré dans un problème insoluble. D'un mouvement de l'épaule, il désigna la brocante d'Aaron Wassertrum.

Il murmura : « Désormais, il est tout seul, tout seul avec sa cupidité… Et avec la poupée de cire. »

Mon cœur se mit à battre furieusement.

Je regardai Charousek, épouvanté.

Était-il fou ? C'étaient sûrement des fièvres délirantes qui lui faisaient inventer toutes ces histoires.

Certainement, certainement ! Tout ça est inventé, rêvé !

Tout ça ne peut pas être vrai, toutes ces choses abominables qu'il a racontées sur l'oculiste. Il est phtisique, les fièvres de la mort tournent dans son cerveau.

J'entrepris donc de le calmer, de diriger ses pensées vers des régions moins inamicales en prononçant quelques paroles plaisantes.

C'est alors que, soudain, avant même que j'eusse trouvé les mots, un éclair traversa ma mémoire : le visage de Wassertrum avec sa lèvre supérieure fendue, tel qu'il était apparu à ma porte jadis avec ses yeux de poisson, quand il avait regardé chez moi.

Dr Savioli ! Dr Savioli ! Mais oui, mais oui… C'était aussi le nom de ce jeune homme, le nom que le marionnettiste Zwakh m'avait chuchoté, le nom de l'élégant locataire qui lui louait l'atelier…

Dr Savioli. Ce nom se mit à retentir en moi comme un cri. Toute une série d'images brumeuses s'agitaient dans mon esprit, se poursuivaient les unes les autres, en compagnie d'effrayantes hypothèses qui m'assaillaient sans relâche.

Je voulus interroger Charousek, lui raconter rapidement avec angoisse tout ce que j'avais vécu autrefois, mais constatai alors qu'une forte quinte de toux l'avait repris et le secouait au point, ou presque, de le faire tomber à la renverse. Je pus à peine encore le voir s'éloigner péniblement sous la pluie en se tenant aux murs avec les mains, après m'avoir adressé un fugitif signe d'adieu.

Sûr, Charousek n'avait rien inventé, il ne parlait pas sous l'effet de la fièvre, je sentais cela. C'était bien l'insaisissable spectre du crime qui rôdait jour et nuit par ces rues et cherchait à s'incarner.

Il est dans l'air et nous le ne voyons pas. Puis tout à coup il se cristallise dans une âme humaine, nous ne devinons pas sa présence, un peu partout. Et avant que nous ayons pu l'attraper, il a perdu toute espèce d'apparence et quitté les lieux depuis longtemps.

Ne nous parviennent plus alors que quelques paroles obscures évoquant un épouvantable événement qui se serait produit.

D'un seul coup, je compris dans leur essence la plus intime ces créatures énigmatiques qui habitaient autour de moi : elles passent à travers l'existence dépourvues de tout vouloir, animées par un invisible courant magnétique – un peu comme ce bouquet de fleurs de mariée était passé devant moi dans les saletés du caniveau.

J'eus l'impression que, d'en face, toutes les maisons me regardaient avec des visages mauvais, pleins d'une méchanceté sans nom : les portails étaient des gueules noires grandes ouvertes dont les langues auraient pourri et disparu, des gosiers susceptibles de glapir à chaque instant une vocifération haineuse, qui nous emplirait d'effroi au plus profond…

Qu'avait encore dit l'étudiant à propos du brocanteur ? Je me murmurai les mots qu'il avait prononcés :

qu'Aaron Wassertrum était seul maintenant avec sa cupidité et… sa poupée de cire.

Qu'a-t-il donc pu vouloir dire avec cette poupée de cire ?

Je me consolais en pensant que ça ne pouvait guère être qu'une comparaison – une de ces comparaisons morbides avec lesquelles il aime surprendre les gens brutalement, que d'abord on ne comprend pas, mais qui peuvent, quand elles deviennent transparentes un beau jour, longtemps après, sans crier gare, vous effrayer aussi profondément que ces objets aux contours insolites qu'éclaire soudain crûment un rayon de lumière.

J'inspirais profondément, afin de retrouver mes esprits et de chasser l'horrible impression que m'avait faite le récit de Charousek.

J'observai plus attentivement les gens qui attendaient avec moi sous le porche : j'avais maintenant le vieil obèse à côté de moi, celui-là même qui avait ri auparavant de si repoussante manière.

Il portait une redingote noire et des gants, et ses gros yeux écarquillés fixaient sans discontinuer le porche de la maison d'en face.

Son visage rasé de près, avec ses traits épatés et vulgaires, tressaillait d'excitation.

Involontairement, je me pris à regarder dans la même direction que lui et constatai qu'il était comme fasciné par le spectacle de Rosine-la-rousse, avec son sourire indéfectible, en face, de l'autre côté de la rue.

Le vieux essayait de lui faire un signe, et je vis qu'elle le savait pertinemment, mais faisait comme si elle ne comprenait pas.

À la fin, n'y tenant plus, le vieux traversa sur la pointe des pieds la chaussée détrempée de la ruelle et se mit à sautiller au-dessus des flaques avec une démarche élastique ridicule qui le faisait ressembler à un gros ballon de caoutchouc noir.

Apparemment, l'homme était connu, car j'entendis toutes sortes de commentaires qui le donnaient à penser. Derrière moi une graine de canaille, écharpe de tricot rouge nouée autour du cou, casquette militaire bleue et mégot de Virginia [1] coincé dans l'oreille, se mit à ricaner des allusions que je ne comprenais pas.

J'en déduisis seulement que dans la ville juive les gens avaient affublé le vieux du surnom de « franc-maçon », et que ce sobriquet désignait dans leur langage les individus qui ont l'habitude d'aller se commettre chez les adolescentes, mais qui, grâce aux relations très personnelles qu'ils entretiennent avec la police, échappent à toute espèce de poursuites pénales.

L'instant d'après, le visage de Rosine et le vieux avaient disparu dans l'entrée d'en face.

1. Sorte de cigare à embout très répandu à l'époque.

PUNCH

Nous avions ouvert la fenêtre pour que les flots de tabac qui emplissaient ma petite pièce puissent s'écouler.

Le vent froid de la nuit s'y engouffrait en soulevant les pans des manteaux miteux accrochés à la porte, les faisait aller de-ci, de-là.

« La vénérable parure qui couvre le chef de Prokop préférerait se faire la belle », dit Zwakh en désignant le grand chapeau claque du musicien, dont les larges rebords ondulaient comme les ailes d'un oiseau noir.

Josua Prokop cligna gaiement des paupières.

« Il le veut, dit-il, sans doute qu'il veut… »

Vrieslander prononça la fin de la phrase : « … qu'il veut aller au "Loisitschek", où l'on danse et fait de la musique ».

Prokop éclata de rire en tapant la mesure sur la table pour cadencer les sons qui parvenaient jusqu'ici, portés par la mince brise d'hiver.

Puis il décrocha du mur ma vieille guitare toute défoncée, fit mine d'effleurer les cordes cassées, et se mit à chanter avec sa voix de fausset braillard et des accentuations excessives une étonnante chanson en argot :

> « An Bein-del von Ei-sen
> recht alt,

An Stran-zen net gar
a so kalt,
Messinung, a'Räucherl
und Rohn
und immerrr nurr putz-en.... »

Vrieslander commenta : « Quelle maestria tout à coup dans la pratique argotique », puis il éclata d'un rire tonitruant en grognassant les paroles avec l'autre :

« Und stok-en sich Aufzug
und Pfiff
Und schmallern an eisernes
G'süff
Juch, –
Und Handschuhkren, Harom net san... [1]. »

Zwakhack m'expliqua : « Tous les soirs au "Loisitschek" ce *mèshouguènèr* [2] de Nephtali Schaffranek débite cet air-là avec sa visière verte accompagné par une bonne femme peinturlurée qui le soutient à l'harmonica en braillant le texte... Vous devriez venir une fois avec nous dans ce bistrot, Maître Pernath. Tout à l'heure peut-être, quand nous aurons fini le punch... qu'en pensez-vous ? On fêterait votre anniversaire, c'est aujourd'hui, non ?... »

« Oui, oui, venez avec nous, après, ajouta Prokop en fermant l'espagnolette, il faut avoir vu ça... »

Puis nous bûmes le punch brûlant et restâmes suspendus à nos pensées.

Vrieslander sculptait une marionnette.

Zwakh rompit le silence : « Vous nous avez littéralement coupé du monde extérieur... Depuis que vous avez fermé la fenêtre, plus personne n'a prononcé un seul mot. »

« J'étais seulement en train de réfléchir... quand les manteaux se sont envolés comme ça tout à l'heure... à l'effet bizarre que ça produit, quand le vent fait bouger des objets inanimés. »

1. Mélange peu compréhensible d'argots viennois, pragois, et de yiddish.
2. *Mèshouguènèr* : fou, qui a perdu la tête (terme yiddish).

Prokop avait répondu ça vite, comme pour s'excuser de son silence. Il continua :

« C'est tellement étrange quand les objets se mettent tout d'un coup à battre des ailes, alors qu'ils étaient toujours là complètement morts devant nous. Pas vrai ? Un jour, alors que je n'avais pas perçu le moindre souffle de vent, parce que j'étais à couvert d'une maison, j'ai vu tout à coup de grands lambeaux de papiers déchirés, sur une place complètement déserte, qui se mettaient à danser une ronde démente en se poursuivant comme des damnés. L'instant d'après ils avaient l'air calmés. Et brusquement, voilà que le délire recommence et qu'ils se recourent après avec une fureur insensée, se coincent tous dans un renfoncement, puis repartent comme des hallucinés et s'expédient dans tous les sens avant de disparaître pour finir derrière un coin de rue.

Il n'y avait qu'un gros journal à ne pas pouvoir les suivre ; il restait là plaqué sur le pavé, s'entrouvrait et se refermait d'un coup comme une bête essoufflée qui happe de l'air.

Ce jour-là, un obscur soupçon m'a envahi : je me suis demandé si en fin de compte nous autres, les êtres vivants, nous n'étions pas aussi des bouts de papier dans ce genre-là. Est-ce que finalement ce n'est pas un vent invisible, incompréhensible qui nous pousse de-ci de-là et commande nos actes, pauvres sots que nous sommes, qui croyons n'obéir qu'à notre libre vouloir ?

Et si la vie qu'il y a en nous n'était pas autre chose qu'un tourbillon énigmatique ? Le genre de vent dont il est dit dans la Bible : Sais-tu d'où il vient, où il va… Est-ce qu'il ne nous arrive pas aussi par moments de rêver que nous plongeons la main dans une eau profonde et y pêchons des poissons d'argent, alors qu'en fait c'est seulement un courant d'air froid qui est passé sur nos mains ? »

« Prokop, vous parlez comme Pernath, qu'est-ce qui se passe ? » dit Zwakh en regardant le musicien d'un air soupçonneux.

« C'est l'histoire du livre d'Ibbour qu'on avait racontée juste avant – dommage que vous soyez arrivé si tard et que vous n'ayez pu l'entendre comme nous, fit Vrieslander, c'est ça qui l'a rendu si méditatif ».

« Une histoire de livre ? »

« Plus exactement, l'histoire d'un homme qui lui a amené un livre et qui avait l'air très étrange. Pernath ne sait pas comment il s'appelle, où il habite, ce qu'il voulait, et bien qu'il ait eu une apparence vraiment spectaculaire, il n'est plus possible de la décrire. » Zwakh tendit l'oreille.

« C'est très étrange, dit-il après un temps de silence, cet inconnu n'était-il pas imberbe, avec des yeux en biais ? »

« Oui, ai-je répondu, enfin, bon, je – je – j'en suis tout à fait sûr. Alors comme ça, vous le connaissez ? »

Le marionnettiste secoua la tête. « Il me faisait seulement penser au Golem. »

Le peintre Vrieslander laissa tomber son couteau :

« Au Golem ? J'en ai déjà tellement entendu parler. Vous savez des choses sur le Golem, Zwakh ? »

« Qui peut dire qu'il *sait* quelque chose sur le Golem ? répondit Zwakh en haussant les épaules. On l'expédie au pays des légendes, et puis, un beau jour, il se passe quelque chose dans les rues qui le ressuscite tout d'un coup. Et alors là, pendant un certain temps, tout le monde parle de lui et les bruits se mettent à courir et finissent par prendre des proportions monstrueuses. On les exagère et on les gonfle tellement qu'ils finissent par mourir d'eux-mêmes tant ils sont incroyables. C'est une histoire, à ce qu'on dit, qui remonterait au XVIIe siècle. Celle d'un rabbin qui, en suivant certaines indications trouvées dans la Kabbale, et aujourd'hui perdues, aurait fabriqué un homme artificiel – le Golem en question –, pour se l'adjoindre comme serviteur, lui faire sonner les cloches à la synagogue et exécuter toute une série de travaux assez sommaires.

Mais ça n'aurait pas donné un homme véritable : cette créature n'aurait été animée que d'une faible vie végétative, à moitié consciente. Et encore, à ce qu'on dit, seulement pendant la journée et grâce à une espèce de billet magique qu'elle aurait eu fiché derrière les dents et qui faisait converger vers elles toutes les forces sidérales disponibles de l'univers.

Et puis, lorsqu'un soir, avant la prière, le rabbin avait oublié de retirer le sceau en question de la bouche du Golem, celui-ci serait devenu complètement furieux, se serait précipité comme un fou dans les rues noires de nuit et aurait démoli tout ce qui se mettait sur son chemin.

Cela jusqu'à ce que le rabbin l'ait retrouvé et se soit jeté sur lui en détruisant le billet. À l'instant même, la créature se serait effondrée sans vie, et il n'en serait rien resté d'autre que la toute petite figurine d'argile qu'on peut encore admirer de nos jours dans la synagogue Vieille-Nouvelle. »

Prokop intervint : « Une autre fois, le même rabbin aurait été convoqué chez l'empereur, où il aurait adjuré les spectres des morts et les aurait rendus visibles... Certains savants modernes prétendent qu'il se serait servi en fait d'une lanterne magique... »

Zwakh ne se laissa pas décontenancer : « Ah oui, c'est ça, il n'y a pas d'explication assez nulle, de nos jours, pour soulever l'enthousiasme de nos contemporains... Une *laterna magica* ! ! Et quoi encore ? Comme si l'empereur Rodolphe, qui s'est occupé de ce genre de choses pendant toute son existence, n'aurait pas évidemment percé au premier coup d'œil un subterfuge aussi grossier !

Bien sûr, je ne peux pas savoir à quoi renvoie cette légende du Golem. En tout cas, il y a une chose dont je suis sûr : c'est qu'il y a quelque chose qui ne peut pas mourir et qui traîne un peu partout dans ce quartier, et qui est lié à cette histoire du Golem. Mes ancêtres ont vécu ici pendant des générations et personne d'autre que moi, sans doute, ne peut évoquer plus de souvenirs vécus et fidèlement transmis sur les réapparitions périodiques du Golem. »

À le voir comme ça, assis à la table, la tête appuyée sur les mains, dans la lumière de la lampe, avec ses joues rouges de jeune homme qui faisaient un contraste déroutant avec ses cheveux blancs, je me surpris à comparer ses traits, en esprit, avec les visages de masque de ses marionnettes, qu'il m'avait montrées si souvent.

Bizarre, leur ressemblance avec ce vieil homme.

Même expression, même coupe du visage.

J'avais l'impression que certaines choses sur cette terre ne parviennent jamais à se débarrasser les unes des autres, et tandis que je faisais défiler dans mon esprit la destinée toute simple de Zwakh, il me sembla soudain irréel et monstrueux qu'un homme comme lui, qui avait pourtant joui d'une bien meilleure instruction que ses ancêtres, et aurait dû être comédien, ait pu soudain faire retour au vieux théâtre de marionnettes, repartir faire les foires et recommencer à imprimer les mêmes mouvements gauches d'avant en arrière, à faire vivre les mêmes histoires soporifiques aux mêmes marionnettes qui avaient assuré à ses ancêtres une subsistance si miséreuse.

Je m'expliquai la chose : il n'arrive pas à se séparer d'elles ; elles participent de sa vie, s'en nourrissent. Quand il était trop loin d'elles, elles se sont métamorphosées en pensées, ont habité son cerveau et l'ont agité et inquiété, jusqu'à ce qu'il finisse par revenir à elles. C'est pour ça qu'il les garde avec tant d'amour et les habille fièrement de paillettes.

« Vous ne nous raconteriez pas la suite, Zwakh ? » Tout en adressant cette demande au vieux avec insistance, Prokop nous regarda, Vrieslander et moi, comme pour savoir si nous ne partagions pas son souhait.

« Je ne sais pas trop par où commencer, hésita le vieux, l'histoire du Golem n'est pas facile à saisir. C'est comme l'histoire que racontait Pernath à l'instant : il savait exactement de quoi cet inconnu avait l'air, et en même temps il ne pouvait pas le décrire. À peu près tous les trente-trois ans, se répète dans nos rues un événement qui en soi n'est pas particulièrement ébouriffant, et qui pourtant répand une épouvante que rien n'explique ni ne justifie vraiment.

Voilà donc ce qui arrive chaque fois : un individu parfaitement inconnu, imberbe, jaune de peau et de type mongolien, s'en vient depuis la rue de la Vieille-Synagogue, enveloppé dans de vieux vêtements démodés et hors d'usage ; il marche à pas égaux, mais bizarrement trébuchants, comme s'il allait à chaque instant se casser la figure, et traverse ainsi la ville juive, et puis tout d'un coup… il devient invisible.

D'habitude, il tourne dans une rue et on ne le voit plus.

Une autre fois, on raconte qu'il aurait décrit un cercle en marchant ainsi et serait revenu au point d'où il était parti : une très, très vieille maison non loin de la synagogue.

Certains excités prétendent aussi qu'ils l'auraient vu se diriger vers eux après avoir tourné à un coin de rue. Et pourtant, bien qu'ils aient marché très nettement l'un à la rencontre de l'autre, il serait devenu de plus en plus petit à mesure qu'il passait devant eux, comme quelqu'un dont la silhouette se perd au loin, et pour finir il aurait disparu complètement.

Quand il est réapparu il y a soixante-six ans, l'impression qu'il a produite a dû être particulièrement forte, car je me souviens – j'étais encore un jeune garçon – qu'on a fouillé de fond en comble l'immeuble de la rue de la synagogue Vieille-Nouvelle.

On a constaté aussi qu'il y avait effectivement dans ce bâtiment une pièce dont les fenêtres sont fermées par des grilles et pour laquelle il n'existe aucun accès. À toutes les fenêtres on avait étendu du linge à sécher, pour vérifier depuis la rue, et c'est comme ça qu'on avait deviné la chose.

Comme on ne pouvait pas l'atteindre autrement, un homme s'était fait descendre du toit au bout d'une corde, afin de jeter un coup d'œil à l'intérieur. Mais à peine était-il arrivé au niveau de la fenêtre, que la corde s'était rompue, et le malheureux s'était fracassé le crâne sur le pavé en dessous. Et quand plus tard on avait refait la tentative, les opinions sur l'endroit où se trouvait la fenêtre divergeaient tellement que finalement on avait renoncé. Pour ma part, j'ai rencontré le Golem pour la première fois de mon existence il y a trente-trois ans de ça.

Il avançait vers moi dans un passage d'immeuble et pour un peu on se serait rentré dedans.

Je ne comprends toujours pas aujourd'hui ce qui s'est passé dans ma tête ce jour-là. On n'est pas en permanence habité par l'espoir de rencontrer le Golem !

Mais ce jour-là j'en suis sûr, absolument sûr, à cet instant précis, avant même que j'aie pu le voir, une voix horrible a crié en moi : "le Golem". Et au même moment quelqu'un a surgi de l'obscurité du porche en trébuchant et est passé devant moi. Une seconde après, tout un flot de visages livides, complètement excités, s'est rué vers moi en m'assaillant de questions pour savoir si je l'avais vu.

Et quand j'ai répondu, j'ai eu l'impression que ma langue se dénouait d'une espèce de crampe dont je n'avais rien perçu auparavant.

J'étais surpris, par exemple, de pouvoir bouger et je me suis rendu compte alors que, l'espace d'un battement de cœur sans doute, je m'étais trouvé dans une sorte d'état catatonique.

J'ai beaucoup réfléchi à tout ça par la suite, souvent, et longuement, et je crois m'approcher au plus près de la vérité en disant que, pendant tout le temps de vie d'un homme, il y a toujours une épidémie spirituelle qui traverse la ville juive à la vitesse de l'éclair, s'abat sur les âmes des vivants à des fins qui nous demeurent inaccessibles, et fait surgir comme un mirage les contours d'un être caractéristique, qui a peut-être vécu ici voilà des siècles et se languit de retrouver une configuration.

Il est peut-être parmi nous, à chaque heure que nous vivons, sans que nous percevions sa présence. Après tout, est-ce qu'on entend la note du diapason avant qu'il ait cogné le bois et l'ait fait vibrer lui aussi ?

Peut-être que ça n'est rien d'autre qu'une espèce d'œuvre d'art psychique, sans la moindre conscience à l'intérieur – une œuvre qui apparaît comme un cristal, qui surgit de l'informe et croît selon un schéma parfaitement immuable.

Va savoir ?

Comme les jours orageux où la tension électrique monte jusqu'à devenir insupportable et accouche finalement de l'éclair, est-ce que ça ne pourrait pas être un phénomène comparable, une accumulation constante de ces pensées immuables qui empoisonnent l'air du ghetto ici, qui devrait bien finir par se décharger de manière soudaine et brutale – une espèce d'explosion psychique qui fouette notre conscience onirique et la projette dans le plein jour – et qui crée alors, comme l'éclair dans la nature, un fantôme qui, par ses attitudes, son allure et son comportement, bref sous tous ses aspects, manifeste de manière infaillible le symbole de l'âme collective, pour peu qu'on sache interpréter correctement le langage secret des formes.

Et de la même façon que toute une série de phénomènes annoncent la frappe de l'éclair, certains signes avant-coureurs assez effrayants trahissent l'irruption imminente de ce fantôme dans le règne des actes réels. L'écaillage d'un vieux mur y dessine une figure qui fait penser à un homme en train de marcher ; dans les fleurs de givre sur les carreaux se dessinent les traits de visages figés. On dirait que le sable qui tombe du toit le fait autrement que d'habitude, et suggère avec force à l'observateur le soupçon qu'une intelligence invisible, à l'abri de la lumière, jette elle-même ce sable, s'essaie en secret à esquisser des contours étranges. – Quand l'œil s'arrête sur un treillage monotone ou sur les irrégularités de la peau, notre esprit se voit souvent gratifié d'un phénomène peu réjouissant qui nous force à voir partout des formes prémonitoires et pleines de signes, qui ensuite envahissent nos rêves et prennent des proportions fabuleuses. Et toujours on voit passer une espèce de fil rouge dans ces tentatives que font les armées de pensées pour ronger les murailles du quotidien, la certitude lancinante, si vous voulez, que notre être le plus intime est, par l'effet d'une décision contraire à notre volonté, aspiré par une force qui veut que les figures du fantôme deviennent plastiques.

Et donc quand, à l'instant, j'ai entendu Pernath me confirmer qu'il avait rencontré un homme imberbe, avec des yeux placés de travers, j'ai revu le Golem tel qu'il m'était apparu jadis. Il était là devant moi, comme sorti du sol. Et du coup, une espèce de peur diffuse que quelque chose d'inexplicable soit encore imminent a fait naître en moi la même angoisse que celle qui m'avait saisi quand j'étais enfant, quand les premières manifestations fantomatiques du Golem avaient commencé à projeter leurs ombres.

C'était il y a soixante-six ans maintenant, et c'est lié à une soirée où le fiancé de ma sœur était venu nous rendre visite pour mettre au point la date de la noce.

À l'époque, on fondait du plomb – pour rire – et j'assistais à la manœuvre, bouche ouverte, sans comprendre ce que ça pouvait signifier. Avec mes idées un peu folles de jeune enfant, je reliai ça à l'histoire du Golem, que mon grand-père m'avait souvent racontée, m'imaginant qu'à chaque instant la porte allait s'ouvrir inévitablement et que l'inconnu allait entrer.

Ma sœur vida alors le métal liquide de la cuiller dans le bol d'eau froide en se moquant joyeusement de mon excitation.

Puis, les vieilles mains flétries et tremblantes de mon grand-père sortirent le morceau de plomb étincelant et le brandirent dans la lumière. L'instant d'après la frénésie était générale, il y eut un brouhaha soudain, tout le monde parlait, on ne s'entendait plus ; j'essayai de m'infiltrer entre les adultes. On me repoussa.

Par la suite, quand je fus plus âgé, mon père m'a raconté que le métal fondu s'était figé en prenant la forme d'une petite tête aux traits tout à fait nets, lisse et ronde comme si on l'avait juste démoulée. Elle ressemblait tellement au visage du “Golem” que tout le monde avait été épouvanté.

J'ai souvent parlé de ça avec Schemajah Hillel, le conservateur qui garde les objets rituels de la synagogue Vieille-Nouvelle, ainsi que la figurine d'argile en question, qui date de l'époque de l'empereur Rodolphe. Il a travaillé sur la Kabbale et pense que ce bloc de terre aux proportions humaines n'est peut-être rien d'autre qu'un signe avant-coureur ancien, tout comme la tête de plomb de ma propre histoire. Et que l'inconnu qui hante nos rues ne peut être que la figure imaginaire et mentale que ce rabbin du Moyen Âge avait d'abord pensée vivante avant de pouvoir l'habiller de matière. Elle reviendrait à intervalles réguliers – dans des conjonctions astrologiques identiques à celles de sa création – poussée par son lancinant besoin d'existence matérielle.

Feu l'épouse de Hillel avait elle aussi vu le Golem en face, et tout comme moi, elle avait éprouvé ce sentiment de tétanisation qui s'empare de vous tant que la mystérieuse présence demeure à proximité.

Elle avait dit être formellement convaincue que jadis, dans cette circonstance, c'était son âme propre qui était sortie de son corps et lui avait fait face en la regardant les yeux dans les yeux sous les traits d'une créature étrange et différente d'elle.

Malgré la terrible frayeur qui jadis s'était emparée d'elle, à aucun moment la certitude ne l'avait abandonnée que cet autre ne pouvait être qu'un morceau de son propre être intime. »

« Incroyable ! » murmura Prokop, perdu dans ses pensées.

Le peintre Vrieslander semblait lui aussi abîmé dans ses préoccupations.

C'est alors qu'on frappa à la porte, et qu'entra la vieille bonne femme qui m'apporte l'eau le soir, ainsi que tout ce dont je pourrais avoir besoin ; elle posa le cruchon de terre sur le sol et ressortit sans dire un mot. Nous avions tous levé les yeux et inspections la pièce comme au sortir du sommeil, mais pendant un long moment personne ne dit rien.

Comme si une influence nouvelle s'était subrepticement glissée dans la pièce en même temps que la vieille, et qu'il fallait d'abord qu'on s'y habitue.

« Ça, pour sûr, Rosine la rousse, ça aussi c'est un visage qu'on ne peut pas oublier et qu'on voit surgir partout, dans tous les coins et recoins possibles et imaginables. » Zwakh avait dit ça soudain, sans transition. « Ça fait toute une vie que je le connais, ce sourire fixe, ricanant. D'abord la grand-mère, après la mère, et toujours les mêmes visages, trait pour trait ! Et le même nom, Rosine – c'est toujours la même qui ressuscite. »

Je demandai : « Rosine n'est-elle pas la fille du brocanteur Aaron Wassertrum ? »

« C'est ce qu'on raconte, fit Zwakh, mais Aaron Wassertrum a plus d'un fils et plus d'une fille dont on ne sait rien. La mère de Rosine non plus, on ne savait pas qui était son père – ni non plus ce qu'elle est devenue. À quinze ans elle avait eu un enfant et depuis elle n'était pas réapparue. Autant qu'il m'en souvienne, cette disparition était liée à un meurtre qui avait été commis à cause d'elle dans cette maison. Et tout comme sa fille aujourd'hui, c'était *elle* qui à l'époque hantait l'esprit des adolescents. L'un d'entre eux est encore en vie – je le vois souvent – mais son nom m'est sorti de la tête. Les autres sont morts assez vite et je ne me rappelle de cette époque que quelques brefs épisodes qui traversent ma mémoire comme des images délavées.

C'est ainsi qu'en ce temps-là il y avait un homme à moitié stupide qui passait les nuits à errer de bar en bar et découpait des silhouettes pour les clients dans du papier noir. Et quand on le faisait boire, il sombrait dans une tristesse indicible et se mettait à son découpage sans cesser de pleurer et de renifler, mais découpait alors toujours le même profil aigu de jeune fille, et cela jusqu'à épuisement de sa réserve de papier.

En faisant des recoupements, que j'ai oubliés depuis longtemps, j'ai appris qu'il avait, quand il était encore enfant ou presque, aimé si fort une certaine Rosine – sans doute la grand-mère de celle d'aujourd'hui –, qu'il en avait perdu la raison. Si je ne me trompe pas dans mon calcul rétroactif, ça ne peut être personne d'autre que la grand-mère de la Rosine d'aujourd'hui. »

Zwakh se tut et s'affaissa dans son dossier.

Dans cette maison, le destin erre en rond et revient toujours au même point : cette idée me traversa l'esprit tandis que surgissait devant mes yeux une image repoussante, que j'avais déjà vue et même regardée – celle d'un chat avec une moitié du cerveau ouverte par une blessure, tournant en rond et titubant.

Soudain j'entendis la voix claire du peintre Vrieslander : « Et voilà la tête maintenant. »

Il sortit un morceau de bois rond de sa poche et commença à le sculpter.

Une fatigue épaisse vint peser sur mes paupières, et je repoussai mon fauteuil vers l'arrière, hors du cercle de lumière. L'eau du punch bouillait dans la casserole. Josua Prokop remplit une nouvelle fois les verres. Du dehors la musique de la danse nous parvenait à peine à travers la fenêtre fermée ; par moments on n'entendait plus rien du tout, puis elle se ranimait un peu, selon que le vent la perdait en chemin ou au contraire la ramenait jusqu'à nous par la rue. Est-ce que je voulais trinquer ? me demanda le musicien au bout d'un moment.

Mais je ne lui répondis pas, la volonté de bouger m'avait à tel point abandonné qu'il ne me venait pas même à l'idée d'ouvrir la bouche.

Je me dis que je dormais, tant j'étais pétrifié par le silence intérieur qui s'était emparé de moi, et pour recouvrer la certitude que j'étais éveillé, il fallait que j'écarquille péniblement les yeux et que je les fixe, au-delà de ce silence, sur le couteau étincelant de Vrieslander, qui arrachait imperturbablement des petits copeaux au morceau de bois.

Loin, très loin, j'entendais la voix de Zwakh marmonner des histoires et des histoires de marionnettes plus merveilleuses les unes que les autres, ainsi que les contes abracadabrantesques qu'il avait inventés pour ses pièces.

Il était question aussi du Dr Savioli, et de l'élégante – l'épouse d'un noble – qui venait en secret lui rendre visite dans l'atelier caché.

Et de nouveau m'apparut le rictus méprisant et triomphant d'Aaron Wassertrum.

Ne devais-je pas informer Zwakh de ce qui s'était passé ? Je me posai la question, puis considérai que ça ne valait pas la peine et que c'était sans importance. Je savais aussi que ma volonté renâclerait si je voulais tenter de parler.

Tout à coup les trois compères assis à la table tournèrent les yeux vers moi et m'observèrent attentivement, puis Prokop dit à voix forte : « Il s'est endormi », si fort que ça résonnait presque comme une question. Ils continuèrent à causer à voix plus basse, et je me rendis compte qu'ils parlaient de moi. Le couteau de Vrieslander dansait çà et là, capturait la lumière qui tombait de la lampe, et les reflets brillants me brûlaient les yeux.

Un mot tomba soudain, quelque chose comme « être fou », et je tâchais d'entendre ce qui se disait à la ronde.

Josua Prokop dit sur un ton de reproche : « Il ne faut pas aborder des sujets comme celui du Golem devant Pernath. Quand il a parlé du livre d'Ibbour juste auparavant, nous nous sommes tus et n'avons pas posé d'autres questions. Je veux bien parier qu'il a rêvé tout ça. »

Zwakh opina : « Vous avez parfaitement raison. C'est comme si on voulait entrer avec une lampe non protégée dans une pièce poussiéreuse où les murs et les plafonds sont tendus de draps moisis, et où le sol est jonché sur une bonne épaisseur de toute l'étoupe sèche du passé : un simple effleurement de rien du tout et le feu jaillit dans tous les coins en même temps. »

« Est-ce que Pernath est resté longtemps à l'asile ? C'est quand même dommage pour lui, il a à peine quarante ans apparemment », dit Vrieslander.

« Je n'en sais rien, je n'ai pas non plus la moindre idée de l'endroit d'où il vient, ni de ce qu'il a fait comme métier dans le passé. Il a un côté *vieille-France*[1] noble, avec sa silhouette élancée et sa barbiche. Il y a très long-

1. En français dans le texte.

temps, des années de cela, un vieux médecin de mes amis m'a prié de m'occuper un peu de sa personne et de lui dénicher un petit appartement ici dans ces ruelles, où personne ne se soucierait de lui ou n'irait l'importuner avec des questions sur sa vie antérieure. » Zwakh, de nouveau, regarda dans ma direction. « Depuis il vit ici, répare des antiquités et taille des gemmes, ça lui a permis de s'établir avec un peu d'aisance. C'est une chance pour lui qu'il semble avoir oublié tout ce qui est lié à sa folie. Surtout ne lui demandez jamais de choses qui pourraient réveiller ses souvenirs du passé ! Que de fois le vieux médecin en question m'a répété cette supplique ! "Vous savez, Zwakh, disait-il toujours, nous avons une espèce de méthode ; nous avons muré son passé à grand peine, je dirais : comme on enclot et interdit un lieu de malheur parce qu'il est lié à un souvenir triste." » Les mots du marionnettiste m'étaient tombés dessus comme un tueur d'abattoir qui occit un animal sans défense, et m'écrasaient le cœur dans une poigne brutale et cruelle.

Depuis une éternité j'étais rongé par un tourment opaque – une espèce de conviction floue qu'on m'avait pris quelque chose et que j'avais cheminé comme un somnambule pendant une partie de mon existence au bord d'un abîme sans fond. Et jamais je n'étais parvenu à en élucider l'origine.

Et voilà que la solution de l'énigme était grande ouverte devant moi et me brûlait comme une blessure à vif, insupportable.

Ma mauvaise volonté maladive, ma répugnance à m'accrocher au souvenir d'événements passés – puis ce rêve étrange qui resurgissait toujours par périodes, où j'étais enfermé dans une maison avec une suite d'appartements inaccessibles –, le refus angoissant de ma mémoire devant des choses qui touchaient à ma jeunesse, tout cela trouvait d'un coup son effrayante explication : j'avais été fou, et on avait employé l'hypnose, on avait bouclé la « pièce » qui faisait le lien avec les appartements de mon cerveau, on avait fait de moi un sans-patrie au sein même de la vie qui m'entourait.

Et pas la moindre perspective de reconquérir jamais les souvenirs perdus.

Les ressorts profonds de ma pensée et de mes actes sont cachés dans une autre existence, et celle-ci a été oubliée. Voilà ce que je réalisai – jamais je ne pourrais les connaître : je suis une plante coupée, un brin d'herbe, poussé sur une racine inconnue. Même si je parvenais à pénétrer par force dans cette « pièce » verrouillée, ne faudrait-il pas que je tombe entre les mains des fantômes qu'on y avait bannis ?

L'histoire du Golem racontée par Zwakh une heure auparavant me traversa l'esprit, et je reconnus soudain un lien colossal et mystérieux entre le légendaire appartement sans accès où cet inconnu était censé demeurer et mon propre rêve si riche de sens.

Pardi ! Dans mon histoire aussi « la corde se romprait », si je voulais tenter de regarder à l'intérieur de moi-même à travers la fenêtre condamnée.

Ce lien étrange était de plus en plus clair à mes yeux et prenait pour moi une dimension terrifiante, indescriptible.

J'eus le sentiment qu'il y avait là des choses inconcevables, soudées les unes aux autres, galopant en troupe comme des cavales aveugles, sans savoir où va le chemin.

Dans le ghetto aussi : une pièce, un endroit dont personne ne peut trouver l'entrée – une espèce d'ombre spectrale qui habite là et dont on entend seulement taper les pas dans les ruelles, parfois, à seule fin de plonger les gens dans l'effroi et l'épouvante !

Vrieslander était encore en train de travailler à sculpter la tête, et le bois crissait sous la lame.

Entendre ce bruit me faisait presque mal, et je le regardai comme pour lui demander si ça allait durer encore longtemps.

À voir la tête tourner et retourner dans la main du peintre on aurait dit qu'elle était douée de conscience et inspectait tous les coins et recoins de la pièce. Puis ses yeux finirent par s'arrêter longuement sur moi, satisfaits de m'avoir enfin trouvé.

Moi non plus je n'arrivais pas à détourner mes regards et je fixais continûment le visage de bois.

L'espace d'un instant le couteau du peintre sembla chercher quelque chose en hésitant, puis il entailla résolument une ligne dans le bois, et les traits de la figurine furent soudain animés d'une vie effrayante.

Je reconnus le teint jaune et le visage de l'inconnu qui m'avait apporté le livre autrefois.

Après quoi je ne parvins plus à rien distinguer ; la vision n'avait duré qu'une seconde, je sentis mon cœur qui cessait de battre, en proie à des contractions angoissées.

Et cependant – comme jadis – je gardai la conscience du visage.

Et j'étais devenu moi-même ce visage, et j'étais là dans les bras de Vrieslander en train de regarder tout autour de moi.

Mes yeux naviguaient à travers la pièce et une main étrangère faisait bouger ma tête.

Je vis alors tout à coup l'air effaré de Zwakh et l'entendis me dire : « Mon Dieu, mais c'est le Golem ! »

Il s'ensuivit une lutte brève, les autres voulaient arracher la tête sculptée des mains de Vrieslander. Celui-ci se défendait et s'écria en riant :

« Qu'est-ce que vous me voulez, il est complètement raté ! » Il se dégagea, ouvrit la fenêtre et lança la tête dans la rue en dessous.

À cet instant précis je perdis conscience et plongeai dans de profondes ténèbres tendues de fils d'or scintillants. Quand je me réveillai au bout d'un temps extrêmement long, à ce qu'il me sembla, j'entendis seulement le bout de bois retentir sur le pavé.

« Vous dormiez si profondément que vous ne vous êtes pas rendu compte que nous étions en train de vous secouer, me dit Prokop, il n'y a plus de punch, vous avez tout raté. »

La douleur brûlante causée par tout ce que j'avais entendu raconter me submergea de nouveau, et je voulus crier que je n'avais pas rêvé quand je leur avais parlé du livre d'Ibbour – que je pouvais aller le chercher dans la cassette et le leur montrer.

Mais ces intentions ne purent s'articuler dans des mots, ni se frayer un chemin dans l'ambiance de départ général qui régnait maintenant parmi mes convives.

Zwakh me tendit brutalement mon manteau en criant :

« Venez donc avec nous chez Loisitschek, Maître Pernath, ça va revigorer vos esprits vitaux. »

NUIT

Zwakh m'avait fait descendre l'escalier sans que je réagisse trop.

Je sentis l'odeur du brouillard de la rue qui s'engouffrait dans la maison, de plus en plus distincte. Josua Prokop et Vrieslander nous avaient précédés, on les entendait parler dehors dans le passage.

« Elle a dû tomber directement dans la grille d'égout. C'est quand même inouï. »

Nous sortîmes dans la rue, et je vis Prokop se pencher et chercher la marionnette.

« Bien content que tu ne retrouves pas cette tête d'idiot », grommela Vrieslander. Il s'était placé contre le mur et son visage s'éclairait fortement, puis plongeait de nouveau dans l'obscurité à intervalles rapides, tandis qu'il tirait sur une courte pipe en suçotant la flamme d'une allumette.

Prokop fit un violent mouvement du bras comme pour se défendre et se pencha plus encore. Il était presque à genoux sur le pavé.

« Oh, silence ! Vous n'entendez donc rien ? »

Nous nous approchâmes. Il montrait la grille de l'égout sans dire un mot, la main en pavillon autour de l'oreille. Un instant nous restâmes parfaitement immobiles en tâchant d'entendre jusqu'au fond de la canalisation. – Rien.

« Qu'est-ce que c'était ? » finit par chuchoter le marionnettiste ; mais Prokop lui accrocha brutalement le poignet.

L'espace d'un instant – le temps, à peine, d'un battement de cœur –, il m'avait semblé qu'une main là-dessous tapait sur une plaque de fer – un bruit à peine audible. Quand je réfléchis une seconde plus tard à ce que ça pouvait bien être, on n'entendait déjà plus rien. Le bruit ne résonnait plus que dans ma poitrine, comme un écho enregistré par la mémoire, qui se fondit lentement en un sentiment de terreur indéfinissable.

Cette impression fut chassée par des bruits de pas, quelqu'un montait dans la rue.

« Partons, qu'est-ce qu'on fiche ici ? » recommanda Vrieslander.

Nous repartîmes le long des maisons. Prokop n'obéit qu'à contrecœur :

« Je veux bien parier tout ce qu'on veut que j'ai entendu quelqu'un hurler à la mort là-bas en dessous. »

Aucun de nous ne lui répondit, mais je sentis que quelque chose comme une angoisse diffuse nous paralysait la langue.

Peu de temps après nous étions en face d'une vitrine d'estaminet tendue de rideaux rouges.

SALON LOISITSCHEK

Aujourd'hui grand concert[1].

Ces mots étaient inscrits sur un couvercle en carton, dont les franges étaient couvertes de photos de femmes pâlies.

Avant même que Zwakh ait pu poser la main sur la clenche, la porte d'entrée s'ouvrit de l'intérieur et un costaud à cheveux noirs gominés nous reçut avec des courbettes. Il n'avait pas de col de chemise, mais portait une cravate de soie verte à même la peau du cou

1. *Heinte großes Konzehr* (pseudo-yiddish).

et son habit était orné d'un bouquet de dents de sanglier.

« Tiens, tiens, voilà mes invités. – Vite, Pane Schaffranek, un petit refrain », ajouta-t-il à ses mots de bienvenue par-dessus son épaule, en se tournant vers la salle complètement bondée.

En guise de réponse on entendit quelque part une sorte de raffut métallique, comme si une souris avait gambadé sur les cordes d'un piano.

« Eh oui, eh oui, voilà mes invités, voilà mes invités, voyons, voyons », marmonnait le costaud, l'air affairé, tout en nous aidant à retirer nos manteaux.

« Eh oui, eh oui, aujourd'hui toute la vénérable noblesse du pays est réunie chez moi », ajouta-t-il triomphalement comme pour répondre à l'air étonné de Vrieslander, tandis qu'au fond de la salle on pouvait apercevoir quelques jeunes élégants en tenue de soirée sur une sorte d'estrade séparée de la partie avant de la taverne par une balustrade et deux marches d'escalier.

Il y avait d'épaisses volutes de fumée âcre au-dessus des tables, et, derrière, les grandes banquettes de bois, le long des murs, étaient toutes occupées par des individus complètement déguenillés : des filles des fortifs, pas peignées, sales, pieds nus, les seins fermes, à peine dissimulés par des châles aux couleurs indéfinissables, leurs maquereaux à côté, avec des casquettes militaires bleues et la cigarette coincée dans l'oreille, des maquignons aux pognes poilues et aux doigts boudinés, dont chaque mouvement parlait l'idiome muet de la bassesse, des serveurs insolents et des commis vérolés en culotte à carreaux.

« Je vais vous installer un paravent tout autour pour que vous soyez pas gênés », grinça la voix grasse du costaud avec son accent bizarre, et une paroi roulante tapissée de petits danseurs chinois fut poussée lentement devant la table de coin où nous étions assis.

Les arpèges mécaniques d'une harpe firent taire le brouhaha dans la pièce. Une seconde de pause rythmique.

Silence de mort, comme si tout le monde retenait son souffle.

Puis, soudain, on entendit, de manière épouvantablement distincte, les bouches de fer des becs de gaz propulser leurs flammes plates en forme de cœur – puis la musique s'abattit sur ce bruit et l'engloutit.

Je distinguai alors deux silhouettes étranges, qu'on aurait crues créées à l'instant même, surgissant de la tabagie.

Un vieillard était assis là maintenant, longue barbe blanche de prophète et petite calotte de soie noire sur son crâne chauve, comme les vieux pères de familles juives ont coutume d'en porter – fixant le plafond avec des yeux d'un bleu laiteux, aveugles, vitreux. Il remuait lentement les lèvres, et trifouillait de ses doigts secs – de vraies serres de vautour – les cordes d'une harpe. À ses côtés, assise elle aussi, une bonne femme obèse engoncée dans une robe de taffetas noir luisante et graisseuse, portant au cou et aux mains une parure et une croix de jais, symboles d'une morale bourgeoise factice. Elle serrait contre elle un accordéon.

Un magma de sons cahotants sortit des instruments, puis la mélodie s'effondra bien vite pour n'être plus qu'un simple accompagnement de fond. À plusieurs reprises, le vieux avait mordu l'air et ouvert toute grande une bouche plantée de chicots noirs. Lentement, on entendit s'arracher de sa poitrine, assortie d'étranges râlements en hébreu, une voix de basse sauvage :

« Étoile – rouge, étoile – bleue – »

« Rititit ! » Par intervalles, la bonne femme intercalait sa voix de crécelle dans la basse, puis elle refermait d'un coup le clapet de sa boîte à rouspétance, comme si elle en avait dit trop.

> « Étoile rouge, étoile bleue
> Les croissants j'aime bien aussi
> rititit
> barbe-rousse, barbe-verte
> partout des étoiles –
> rititit, rititit »

Les couples se levaient pour danser.

C'est la chanson du « Chomezigen borchu [1] », nous expliqua le marionnettiste avec un sourire, tout en battant doucement la mesure avec la cuiller d'étain bizarrement accrochée à la table par une chaînette : « Il y a bien cent ans ou plus encore, deux apprentis mitrons, Rotbart et Grünbart, le soir du Shabbat hagodel [2], avaient empoisonné le pain – les étoiles et les croissants – pour causer dans la ville juive un nombre de morts bien fourni ; mais le Meschores – le bedeau de la communauté –, éclairé par une inspiration divine, avait découvert la chose à temps et put livrer les deux criminels à la police municipale. En souvenir de cette merveilleuse intervention qui les avait sauvés d'une mort certaine, les Landonim et les Bocherlech, les élèves de la yechivah, ont alors composé ce chant étrange que nous entendons aujourd'hui entonné pour un quadrille de bordel. »

« Rrrititit – Rrrrititit ! »

« Rouge – étoile, étoile bleue... » Les vociférations du vieux étaient de plus en plus caverneuses et fanatiques.

Tout à coup la mélodie se fit plus confuse encore et se transforma peu à peu en simple cadence, en Schlapak de Bohême, une espèce de tango tournant, pendant lequel les couples se collaient l'une contre l'autre avec ferveur leurs joues dégoulinantes de sueur.

« C'est parfait. Bravo. Allez, vas-y, hep, hep. » L'homme qui avait crié ça au harpiste depuis l'estrade était un jeune élégant à la silhouette élancée, en habit, monocle calé dans l'œil. Il sortit une pièce d'argent de sa poche et la lança dans sa direction. Mais elle n'atteignit pas son but. J'eus tout juste le temps de la voir voler en étincelant parmi la cohue des danseurs ; puis plus rien. Elle avait disparu. Une arsouille, dont j'avais l'impression de reconnaître le visage – je crois bien que c'était le même individu que celui qui peu auparavant s'était

1. *Borchu* désigne un moment de la prière (la bénédiction). *Chomezigen* peut s'appliquer au vin aigre ou, plus vraisemblablement, à la pâte levée (interdite certains jours).

2. Grand chabbat, dans le mois de la Pâque.

trouvé à côté de Charousek au moment de l'averse –, avait retiré la main de derrière le corsage de sa cavalière, où jusqu'à présent il l'avait obstinément tenue appuyée. Un geste en l'air d'une rapidité simiesque, sans sortir d'une mesure de la musique en cours, et la pièce était gobée quelque part. Pas un seul muscle n'avait tressailli dans le visage du type, deux-trois couples à proximité ricanaient discrètement.

Zwakh commenta en riant : « Sans doute un gars du "bataillon". Si j'en juge par son habileté à conclure. »

« Sûr que Maître Pernath n'a encore jamais entendu parler du bataillon », intervint Vrieslander de manière étonnamment précipitée en faisant au marionnettiste un signe que je n'étais pas censé percevoir. Je ne comprenais que trop ; c'était comme la fois d'avant, dans mon appartement. Ils me tenaient pour malade. Voulaient m'amuser un peu. Et Zwakh était censé raconter quelque chose, n'importe quoi.

À voir le brave vieillard me regarder ainsi avec compassion, des larmes brûlantes me montèrent du cœur. S'il avait su à quel point sa pitié me faisait mal ! Je n'entendis pas les premiers mots que prononça alors le marionnettiste – je sais seulement que j'avais l'impression de perdre lentement mon sang. J'avais de plus en plus froid, me sentais de plus en plus rigidifié, comme auparavant, quand je m'étais trouvé, visage de bois, dans les mains de Vrieslander. Et tout à coup je me retrouvai au milieu de l'histoire, elle m'enveloppait comme un corps étranger, m'emballait, comme un passage sans vie tiré d'un livre. Zwakh commença :

« Et voici l'histoire du Dr Hulbert, expert juriste, et de son bataillon :

… Ouais, bon comment dire… il avait le visage plein de verrues et les jambes tordues comme un petit basset. Jeune homme, il ne jurait que par ses études. Des études sèches, anesthésiantes. Le peu d'argent qu'il gagnait en donnant des heures ici et là, il le dépensait à entretenir sa vieille mère malade. Je crois bien qu'il n'a jamais su, hormis par les livres, à quoi pouvaient bien ressembler un vert pâturage, des haies ou des collines couvertes de fleurs et de forêts. Vous savez bien vous-même qu'il pénètre bien peu de soleil dans les ruelles ténébreuses de Prague. Il avait obtenu son doctorat avec mention ; le contraire, à dire vrai, eût été étonnant.

… Bref, peu à peu voilà qu'il devint une célébrité dans sa branche, à tel point que tous, juges et vieux avocats, venaient lui poser des questions quand ils étaient dans l'embarras. Mais cela ne l'empêchait pas de vivre pauvrement, comme un mendiant reclus dans une chambre obscure dont l'unique fenêtre donnait sur la cour du presbytère de l'église du Týn [1].

… Les années passaient ainsi, et la renommée du Dr Hulbert était devenue légendaire dans tout le pays. Il était le phare en quelque sorte de sa discipline. Personne n'aurait jamais cru qu'un homme comme lui pût encore être accessible à de tendres sentiments, d'autant que ses cheveux commençaient à blanchir et que personne n'avait souvenir de l'avoir jamais entendu parler d'autre chose que de jurisprudence. Et pourtant, c'est dans ce genre de cœur barricadé que brûlent les désirs les plus ardents.

Le jour où le Dr Hulbert parvint au but suprême qu'il s'était fixé sans doute depuis le temps de ses études, je veux dire, le jour où Sa Majesté impériale de Vienne le nomma *rector magnificus* de notre Université, le bruit se mit à courir avec insistance qu'il s'était fiancé avec une fort jolie personne, de famille pauvre, mais noble.

Et de fait il semblait que le bonheur fût entré à dater de ce jour dans la demeure du Dr Hulbert. Bien que le mariage demeurât sans enfant, il était aux petits soins pour son épouse, sa plus grande joie était de satisfaire le moindre de ses désirs, dès qu'il en avait perçu la présence dans ses regards.

Bien qu'il fût tout à son bonheur, il n'en oubliait pas pour autant – comme d'autres l'auraient fait à sa place – ceux qui se trouvaient dans la misère. Il aurait dit :

1. L'église du Týn (aujourd'hui église de Notre-Dame du Týn) est l'un des plus célèbres monuments du vieux Prague. Ses deux tours dominent la place de la Vieille-Ville.

“Dieu a comblé mon désir le plus cher, il a fait advenir à la réalité une vision de rêve qui m’a accompagné depuis l’enfance ; il m’a permis de posséder l’être le plus cher qui soit sur la terre. Et donc, je veux qu’un peu de cette lumière et de ce bonheur retombe sur les autres, pour autant que la chose soit en mon pouvoir.”

Et c’est ainsi qu’un beau jour il prit en charge un pauvre étudiant, comme il l’eût fait de son propre fils. Sans doute en se disant combien il aurait aimé, jadis, au temps de sa soucieuse et chagrine jeunesse, bénéficier concrètement de pareille bonne œuvre. Mais de même qu’il arrive souvent sur cette terre que mainte action perçue comme bonne et noble par le plus grand nombre ait des conséquences dignes d’une malédiction, parce que nous ne savons pas faire la distinction convenable entre ce qui porte en soi des semences empoisonnées, et ce qui apporte le salut, il advint que l’œuvre compatissante du Dr Hulbert engendra pour lui le plus amer des malheurs.

La jeune femme eut tôt fait de brûler d’un amour secret pour l’étudiant, et un destin impitoyable voulut qu’au moment précis où le recteur rentrait chez lui inopinément avec un bouquet de roses qu’il comptait offrir à son épouse, le jour même de son anniversaire, pour lui dire son amour, il trouva celle-ci dans les bras de l’homme qu’il avait comblé de bienfaits.

On raconte que le myosotis peut perdre à jamais sa couleur bleue si l’éclat pâli et sulfureux d’un éclair lointain annonçant quelque orage vient à l’effleurer soudain ; une chose en tout cas est sûre : du jour où son bonheur se brisa en mille morceaux, l’âme du vieil homme devint aveugle à jamais. Le soir même, lui qui jusqu’à présent avait tout ignoré de ce que peut être la démesure, demeura attablé jusqu’à l’aube ici même au “Loisitschek”, quasi inconscient, assommé par la gnôle. Et le “Loisitschek” devint ainsi son repère, pour le restant de sa pauvre existence détruite. L’été, il passait la nuit affalé sur un tas de gravats dans un chantier de construction, l’hiver, il dormait ici sur les banquettes de bois.

Par une espèce d'accord tacite, on lui maintint son titre de professeur et docteur ès sciences juridiques. Personne n'avait le cœur d'élever le moindre reproche à l'adresse de cet homme qui jadis avait été un si célèbre savant, de lui faire part du moindre ombrage qu'on eût pris de sa nouvelle conduite.

Peu à peu on vit se rassembler autour de lui tout ce que la ville juive comptait d'individus louches toujours en quête de mauvais coups, et il finit par se constituer ainsi cette étrange communauté qu'on appelle encore aujourd'hui “le bataillon”.

Les connaissances exhaustives du Dr Hulbert en matière légale devinrent un bastion protecteur pour tous ceux qui faisaient l'objet des soins attentifs de la police. Quand un détenu sortant de prison était sur le point de crever de faim, le Dr Hulbert l'envoyait nu comme un ver sur le boulevard qui fait le tour de la vieille ville, et les services de la “Fischbanka” étaient dans l'obligation de lui fournir une tenue complète. Quand une fille sans soutien était menacée d'expulsion de la ville, vite elle épousait un lascar en règle avec le permis de séjour, et se retrouvait résidente.

Le Dr Hulbert connaissait des centaines d'expédients de la sorte, et la police était bien en peine de lui opposer quoi que ce soit. Tout ce que ces exclus de la société des hommes pouvaient “gagner” était versé au sou près dans une caisse commune qui servait à l'entretien de tous. Jamais ne se produisit la moindre indélicatesse en la matière. C'est peut-être d'ailleurs en raison de cette discipline de fer que le nom de bataillon fut trouvé.

Chaque année, le 1er décembre, anniversaire du jour de malheur qui avait accablé le vieil homme, une étrange festivité était organisée au “Loisitschek”. Tout le monde était là, on se serrait l'un contre l'autre : mendiants, vagabonds, maquereaux et prostituées, poivrots et chineurs. Un silence de mort, comme dans un office religieux, régnait dans le local. Le Dr Hulbert se mettait alors à parler depuis le coin où se trouvent présentement nos deux musiciens, juste sous le tableau du couronnement de Sa Majesté l'Empereur, et racontait sa vie : comment il s'était élevé à la force du poignet, était devenu docteur ès sciences juridiques, et plus tard *rector magnificus*. Quand il arrivait à l'endroit du récit où il entrait dans la chambre de sa jeune femme, le bouquet de roses à la main, pour fêter son anniversaire et célébrer l'heure heureuse où il lui avait fait sa déclaration, et lui avait demandé sa main, l'heure où elle était devenue sa chère et tendre fiancée – sa voix chaque fois défaillait soudain et il s'effondrait en pleurant sur la table. Il arrivait alors parfois qu'une fille de mœurs plus que légères vînt en secret lui glisser pudiquement dans la main une fleur à moitié fanée.

Personne ne bougeait dans l'assistance et ce silence immobile durait encore un certain temps. Ces gens-là sont trop endurcis pour pleurer, mais ils baissaient les yeux et contemplaient leurs guenilles en se tordant les doigts sans savoir quoi faire.

Un matin, on retrouva le Dr Hulbert mort sur un banc au bord de la Moldau. Il est sans doute mort de froid.

Je vois encore ses funérailles. Le bataillon s'était mis en quatre et saigné pour faire les choses avec la plus grande munificence possible. À l'avant marchait le *pedell*, l'appariteur de l'Université en grand uniforme, tenant dans ses mains le coussin de velours pourpre sur lequel était posée la chaîne d'or, et derrière le corbillard s'étirait la troupe interminable du "bataillon", pieds nus, crasseux, en loques, déguenillés : l'un d'eux avait vendu tout ce qui lui restait et s'était enveloppé le corps et les membres dans plusieurs épaisseurs de vieux papier journal. Tels furent les derniers honneurs qu'ils lui rendirent.

Sur sa tombe, dans le cimetière hors la ville, il y a une pierre blanche, toute droite, avec trois figures gravées au burin : le sauveur crucifié entre deux voleurs. Donateur inconnu, mais on murmure que c'est sa femme qui a élevé le monument.

Or, dans le testament du défunt juriste, une disposition stipulait que tous les jours à midi chaque membre du bataillon se verrait servir une soupe gratuite ; c'est à cette fin que ces cuillers sont accrochées au bout d'une chaîne à la table, et qu'on y a taillé un creux qui sert d'assiette. À midi la serveuse vient y verser la soupe à l'aide d'une grosse seringue en tôle. Si jamais un fraudeur ne peut pas prouver qu'il est du bataillon, elle reprend la soupe en l'aspirant. La coutume née à cette table est devenue, depuis, une histoire drôle qui a fait le tour du monde. »

Une impression de vacarme dans le local me sortit de ma léthargie. Les dernières phrases prononcées par Zwakh s'esquivèrent de ma conscience. Je le vis encore bouger les mains en avant et en arrière pour imiter le mouvement du piston, puis toutes les images qui se déroulaient à droite et à gauche autour de nous se mirent à défiler de manière si rapide et automatique devant mes yeux que je m'oubliais moi-même par moments, j'avais l'impression de n'être plus que le rouage d'une horlogerie vivante.

La salle n'était plus qu'un chaos humain indistinct. En haut sur l'estrade : des douzaines de messieurs en habit. Manchettes blanches, bagues étincelantes. Un uniforme de dragon avec des cordons de rittmestre [1]. À l'arrière-plan, un chapeau de dame avec des plumes d'autruche rose saumon.

À travers les barreaux de la balustrade, le visage déformé et tordu de Loïsa était tendu vers le haut. Je voyais bien qu'il pouvait à peine se tenir droit ; Jaromir était là, lui aussi, et n'arrêtait pas de regarder dans la même direction, le dos collé contre la paroi, comme si une main invisible l'y avait plaqué avec force.

Tous les personnages cessèrent soudain de danser : le tenancier avait dû leur crier quelque chose qui les avait effrayés. La musique jouait encore, mais tout bas ; elle avait perdu son assurance, elle tremblait, c'était perceptible. Et pourtant le visage du tenancier s'extasiait d'une expression de joie mauvaise et folle.

1. *Rittmeister* : maître-écuyer.

Soudain, dans l'embrasure de la porte d'entrée apparaît le commissaire de police en grand uniforme. Il écartait les bras pour empêcher les gens de sortir. Derrière lui, un agent de la criminelle.

« Alors, c'est comme ça qu'on danse ! Malgré l'interdiction ! Je ferme la taverne. Vous le taulier, je vous embarque ! Et tout ce beau monde, ouste, au poste ! »

Ça sonne comme des ordres. Rompez…

« Gueule carrée » ne répond rien, mais le ricanement mauvais est toujours sur son visage. Juste un peu plus pâle.

L'accordéon s'est étouffé. Il ne fait plus que siffler faiblement. La harpe aussi s'est faite discrète.

Tous les visages, soudain, sont de profil : ils fixent l'estrade, pétrifiés, attendant quelque chose.

C'est alors qu'un élégant personnage tout de noir vêtu descend tranquillement les quelques marches et s'avance lentement vers le commissaire.

Les yeux du policier sont littéralement rivés aux souliers noirs vernis qui progressent nonchalamment dans sa direction.

Le gentleman s'est arrêté à un pas du policier et le dévisage de la tête aux pieds, et inversement, avec un profond air d'ennui.

Les autres jeunes gens à particules sont restés là-haut sur l'estrade, penchés à la balustrade, et se retiennent de rire dans des mouchoirs de soie grise.

Le rittmestre des dragons se cale une pièce d'or dans l'orbite et crache son mégot dans les cheveux d'une fille appuyée juste en dessous de lui.

Le visage du commissaire vire au pâle, il a les yeux rivés sur la perle dans le jabot de l'aristocrate.

Il ne peut supporter le regard vitreux et indifférent de ce visage rasé de près, imperturbable, ce nez crochu.

Ce regard lui fait perdre son calme. L'écrase.

Le silence de mort qui règne dans l'établissement est de plus en plus insoutenable.

« On dirait des statues de gisants dans les cathédrales gothiques, avec leurs mains jointes », chuchote le peintre Vrieslander sans quitter le gentleman du regard.

C'est alors que l'aristocrate finit par briser le silence. « Heu Hmm. » Il copie la voix du taulier : « Oui, oui, ce sont mes invités, on voit bien… » Ça se met alors à brailler d'un seul coup de toute part dans le local, on ne s'entend plus, les verres en tremblent ; les lascars se tiennent le ventre en riant aux éclats. Une bouteille s'envole et vient exploser sur le mur. « Gueule carrée » nous commente les choses en béguetant avec emphase et respect : « Sa Magnissime Excellence, le Prince Ferri Athenstädt. »

Le Prince tend au fonctionnaire une carte de visite. Le malheureux s'en empare, exécute un bref ballet de salutations et claque les talons. Le silence se rétablit. La foule retient son souffle, en attente de ce qui va se passer.

Le gentleman reprend la parole :

« Toutes ces dames et tous ces messieurs ici rassemblés ici, sont – euh – mes très chers invités. » Son Excellence décrit alors d'un large geste nonchalant du bras l'ensemble de la racaille présente. « Peut-être souhaitez-vous, Monsieur le Commissaire… euh… que je vous présente ? »

Le commissaire fait non de la tête avec un sourire contrit, bredouille quelques mots gênés où l'on reconnaît « … remplir les obligations… pas très agréable » et pour finir se ressaisit et déclare : « Je vois que tout ici se passe correctement… »

Ces paroles ramènent le rittmestre à un peu d'animation : il file vers le fond, là où l'on voyait le chapeau de femme avec les plumes, puis revient l'instant d'après dans la salle en serrant de près, sous les acclamations de la jeunesse à sang bleu… la jeune Rosine.

Celle-ci titube sous l'emprise de la boisson, les yeux clos. Le grand chapeau luxueux est posé de travers sur sa tête, elle a pour tous vêtements de longs bas roses et un frac d'homme. Pour le reste, elle est entièrement nue.

Un signe et la musique repart, furieuse. « Rititit, Rititit », étouffant le cri gargouilleux que le sourd-muet Jaromir, là-bas, près du mur, s'est expulsé du gosier quand il a vu Rosine.

Nous voulons partir d'ici. Zwakh appelle la serveuse.

Le vacarme général noie ses paroles.

Les scènes qui se déroulent sous mes yeux prennent des dimensions fantastiques, comme si j'avais fumé de l'opium.

Le rittmestre serre Rosine, à moitié nue, dans son bras et tourne lentement en cadence.

La foule, respectueuse, leur a fait de la place.

Un murmure se répand alors sur les bancs : « Loisitschek, Loisitschek ! », les cous s'allongent, un deuxième couple vient tenir compagnie au premier, plus bizarre encore. Un garçon d'allure féminine en tricot rose, avec de longs cheveux blonds qui lui descendent jusqu'aux épaules, maquillé des lèvres et des joues comme une catin, les yeux baissés dans une pose aguicheuse, est languissamment pendu au cou du Prince Athenstädt.

Une valse doucereuse coule de la harpe.

Un terrible dégoût de la vie m'étrangle littéralement.

Je cherche la porte du regard, pris de peur : le commissaire s'y tient encore, et détourne les yeux pour ne rien voir. Il échange des chuchotements rapides avec le policier, en train de mettre quelque chose dans sa poche. Ça fait un cliquetis de menottes d'acier.

Tous deux regardent dans la direction de Loïsa, le grêlé, lequel tente un instant de se dissimuler, puis reste là figé, paralysé, le visage livide, glacé d'effroi.

Une image revient en moi soudain, puis s'efface aussitôt : je vois Prokop en train de guetter quelque chose, tel que je l'ai vu une heure auparavant, penché au-dessus de la gouttière. Un cri de mort strident monte des profondeurs de la terre.

Je veux crier, et j'en suis incapable. Des doigts glacés pénètrent dans ma bouche et me tordent la langue vers les incisives inférieures. Ça me remplit le palais comme une espèce de tampon et je n'arrive pas à produire le moindre mot.

Je ne peux pas voir les doigts, je sais qu'ils sont invisibles, et pourtant je les perçois comme une réalité corporelle.

Et j'ai alors la claire conviction d'une chose : ces doigts sont ceux de la main spectrale qui m'a donné le livre d'Ibbour, dans mon appartement de la Hahnpassgasse.

« De l'eau ! De l'eau ! » criait Zwakh à côté de moi. Ils me tiennent la tête et m'éclairent les pupilles avec une bougie.

« Il faut le ramener chez lui, aller chercher un docteur – l'archiviste Hillel sait ce qu'il faut faire dans ce cas-là –, le conduire chez lui ! » Ces conseils sont échangés dans des murmures. Après ça, je suis couché comme un cadavre sur une civière, Prokop et Vrieslander me portent dehors.

RÉVEILLÉ

Zwakh avait gravi l'escalier en courant devant nous et j'entendis Myriam, la fille de l'archiviste Hillel, l'interroger avec inquiétude, tandis qu'il s'efforçait de la rassurer.

Je ne me donnai pas la peine d'écouter ce qu'ils se racontaient. Je devinais plutôt les choses que je ne comprenais des paroles. Zwakh lui expliquait que j'avais eu un accident et qu'ils venaient demander qu'on me porte les premiers secours, me fasse reprendre mes esprits.

Je ne pouvais toujours pas bouger le moindre membre, et les doigts invisibles retenaient toujours ma langue ; mais ma pensée était parfaitement assurée et tout sentiment de terreur m'avait abandonné ; je savais exactement où j'étais et ce qu'on faisait de moi, il ne me paraissait pas même bizarre qu'on me monte comme un mort dans les escaliers, qu'on me dépose avec la civière dans l'appartement de Schemajah Hillel – et finalement qu'on m'y abandonne.

Un sentiment de satisfaction paisible et naturelle s'empara de moi, tel qu'on peut l'éprouver avec plaisir quand on rentre chez soi après une longue pérégrination.

Il faisait très sombre dans la pièce, et les contours imprécis des boiseries de fenêtres en forme de croix se détachaient sur la lueur mate des vapeurs opaques qui montaient de la rue.

Tout me paraissait évident et je ne m'étonnai ni de voir Hillel entrer avec le candélabre juif à sept branches du sabbat, toutes bougies allumées, ni de l'entendre me souhaiter tranquillement le bonsoir comme à une personne dont il aurait attendu la venue.

Une chose me frappa soudain chez lui, tandis qu'il allait et venait, remettait en place tel ou tel objet sur la commode et pour finir allumait à l'aide du premier un second candélabre également à sept branches. Une chose que je n'avais jamais notée comme une particularité tout le temps que j'avais vécu dans la maison, bien que nous nous fussions rencontrés souvent trois fois par semaine dans les escaliers : le rapport harmonieux de ses membres et de son corps, la forme mince et les traits fins de son visage, la noblesse de son front.

Tel que je pouvais le voir à la lueur des bougies, il ne pouvait guère être plus âgé que moi : quarante-cinq ans au mieux.

Au bout d'un moment il me dit : « Tu es arrivé quelques minutes plus tôt qu'on aurait cru, sinon j'aurais allumé les bougies avant. » Il désigna les deux candélabres, s'approcha du brancard et dirigea ses yeux sombres et, à ce qui me sembla, profondément enfoncés, vers quelqu'un qui se trouvait près de ma tête, debout ou agenouillé, mais que je ne pouvais pas voir. Pendant tout ce temps il bougea les lèvres et prononça une phrase muette.

Aussitôt, les doigts invisibles abandonnèrent ma langue et la tétanie qui me paralysait cessa. Je me redressai et regardai derrière moi.

Il n'y avait personne d'autre dans la pièce que Schemajah Hillel et moi-même.

Le « tu » qu'il avait dit, et la remarque qu'il avait faite sur le fait qu'il m'attendait m'étaient donc destinés ? !

Mais il y avait plus déroutant que ces deux constatations : elles ne me surprenaient aucunement.

Hillel devina manifestement mes pensées ; il sourit aimablement tout en m'aidant à me relever du brancard et m'indiquant de la main un siège où m'installer :

« Il n'y a rien de merveilleux en la matière, dit-il. Il n'y a que les réalités spectrales – les *kischuph* – qui effraient les humains ; la vie gratte et brûle comme un manteau de crin, mais les rayons solaires du monde de l'esprit sont doux et réchauffent. »

Je ne dis rien, ne voyant pas ce que j'aurais pu lui répondre. Il ne semblait d'ailleurs pas attendre une quelconque réponse. Il s'assit en face de moi et poursuivit tranquillement : « Même un miroir d'argent, s'il avait des sensations, ne ressentirait de douleurs que pendant le polissage. Une fois lisse et brillant, il renvoie toutes les images qui tombent sur lui, sans souffrir ni ressentir quoi que ce soit. »

Il ajouta : « Bienheureux ceux qui peuvent dire de soi : je suis un miroir poli. » Puis il s'abîma un instant dans des réflexions, et je l'entendis murmurer une phrase en hébreu : « *Lischuosècho Kiwisi adoschem*[1]. » Et sa voix retentit de nouveau avec netteté :

« Tu es venu à moi plongé dans un profond sommeil, et je t'ai réveillé. Le Psaume de David dit :

"Alors je dis en moi-même : maintenant je commence – c'est la main droite de Dieu qui a réalisé cette transformation."

Quand les hommes se lèvent de leur couche, ils pensent s'être débarrassés du sommeil, sans savoir qu'ils sont victimes de leurs sens et sont alors la proie d'un nouveau sommeil bien plus profond encore que celui dont ils viennent de se défaire. Il n'existe qu'une sorte de véritable état éveillé, et c'est celui dont tu es en train de t'approcher. Parle aux hommes de cet état, et ils diront de toi que tu es malade, car ils ne peuvent te comprendre. C'est pourquoi il est inutile et cruel de leur en parler.

Ils vont, passent, s'en vont comme un fleuve –
Et sont comme un sommeil.
Telle une herbe qui bientôt pourtant sera fanée –
Qui le soir sera arrachée et séchera. »

1. « J'ai confiance en ton aide, Éternel. »

« Qui était l'inconnu qui m'a rendu visite dans ma chambre et m'a donné le livre d'Ibbour ; l'ai-je vu en rêve ou étais-je éveillé ? » Je voulais poser cette question, mais Hillel y répondit avant que j'aie pu donner à cette pensée la forme de mots.

« Suppose que l'homme qui est venu te voir, et que tu appelles le Golem, signifie le réveil du mort par la vie spirituelle la plus intérieure. Chaque chose sur cette terre n'est qu'un symbole éternel, habillé de poussière !

Comment penses-tu avec les yeux ? Toutes les formes que tu vois, tu les penses avec les yeux. Tout ce qui s'est figé en une forme n'était auparavant que spectre. »

Je sentis des notions qui jusqu'à présent étaient restées à l'ancre, arrêtées dans ma pensée, se dégager et partir tels des navires à la dérive dans une mer sans rivages.

Hillel poursuivit tranquillement :

« Celui qui a été réveillé ne peut plus mourir. Le sommeil et la mort, c'est pareil. »

« … Ne peut plus mourir ? » Une sourde douleur se diffusa en moi.

Je l'entendis continuer : « Deux sentiers courent l'un à côté de l'autre : le chemin de la vie et celui de la mort. Tu as pris le livre d'Ibbour et tu en as lu des passages ? Ton âme est grosse de l'esprit de la vie. »

« Hillel, Hillel, laisse-moi prendre le chemin que suivent tous les humains : celui qui mène à la mort. » Tout mon être criait ces mots violemment en moi. Le visage de Hillel se figea dans une expression de grande gravité :

« Les hommes ne suivent aucun chemin, ni celui de la vie, ni celui de la mort. C'est pourquoi ils sont ballottés de-ci, de-là, comme la poussière de paille dans la bourrasque : il est écrit dans le Talmud : "Avant de créer le monde, Dieu tendit aux êtres un miroir ; ils y virent les souffrances spirituelles de l'existence et les délices qui leur succédaient. Les uns prirent alors les souffrances pour soi. Mais les autres refusèrent, et Dieu les raya du livre des vivants." Mais toi, tu choisis un seul chemin et tu l'as parcouru librement, bien que pour l'instant tu ne le saches plus toi-même : tu as été appelé par toi-même. Ne te chagrine pas : peu à peu, quand le savoir viendra, viendra aussi le souvenir. *Le Savoir et le Souvenir sont une seule et même chose.* »

Le ton amical et presque affectueux des paroles de Hillel me rendirent la tranquillité. Je me sentis aussi protégé qu'un enfant malade qui sait que son père est à ses côtés.

En levant les yeux je vis alors que la pièce s'était remplie de personnages qui nous entouraient : certains revêtus de linceuls blancs, comme en portent les vieux rabbins, d'autres coiffés de tricornes avec des chaussures à boucles d'argent – mais Hillel me passa la main devant les yeux, et la pièce fut de nouveau vide.

Puis il m'accompagna jusqu'à l'escalier et me donna une bougie allumée pour que je puisse m'éclairer jusqu'à chez moi.

Je me mis au lit et voulais dormir. Mais le sommeil ne vint pas, je plongeai au contraire dans un état bizarre qui n'était ni le rêve, ni la veille, ni le sommeil.

J'avais éteint la lumière, mais tout pourtant dans la pièce était distinct, je pouvais reconnaître la moindre forme. En outre, je me sentais parfaitement bien, libre de cette inquiétude qui tourmente et torture d'ordinaire les personnes dans mon état.

Jamais, de toute mon existence, je n'avais été à même de penser avec autant d'acuité et de précision. Tous mes nerfs palpitaient au rythme de la bonne santé, mes pensées se mettaient en ordre de marche comme une armée n'attendant plus que mon commandement.

Il me suffisait de les appeler et elles venaient toutes se mettre en place devant moi, accomplissaient ce que je voulais.

Me revint soudain en mémoire le problème d'une gemme que j'avais vainement essayé de sculpter au cours des semaines précédentes dans un bloc d'aventurine, sans m'en sortir, parce que les nombreux éclats déjà présents dans le minéral ne voulaient jamais coïncider avec les traits du visage que j'essayais de figurer.

En un instant je trouvai la solution et sus comment il fallait que j'introduise la gouge pour ne pas contrevenir à la structure intime de la masse.

Alors qu'antérieurement j'étais l'esclave d'une horde d'impressions et de spectres fantastiques dont je ne savais bien souvent pas s'il s'agissait d'idées ou de sentiments, je me retrouvais désormais maître et possesseur de mon royaume.

Certains types de calculs dont je ne venais à bout auparavant qu'au prix de douloureux recours au papier et au crayon se résolvaient comme par jeu dans mon esprit. Tout cela en vertu d'une nouvelle aptitude née en moi à percevoir et tenir fermement ce dont j'avais besoin : chiffres, formes, objets ou couleurs. Et quand il s'agissait de questions qui ne pouvaient se résoudre par aucun de ces outils – problèmes philosophiques et autres –, ma vision intérieure était relayée par l'ouïe, et plus précisément par la voix de Schemajah Hillel qui tenait la partie parlée.

J'acquis là des connaissances de toutes sortes, plus étranges les unes que les autres.

Certaines choses que mon oreille avait laissé passer mille fois dans mon existence sans y prêter attention comme autant de pures et simples paroles me faisaient face maintenant, gorgées de valeur dans toutes leurs fibres ; ce que j'avais « appris par cœur », je pouvais l'appréhender soudain comme mon propre bien. Les mystères de la formation de certains mots, insoupçonnés jusqu'à présent, m'étaient entièrement révélés.

Les grands idéaux « sublimes » de l'humanité – qui m'avaient toujours pris de haut jusqu'alors avec des mines de brave expert-comptable et des poitrails pathétiques adornés de décorations – jetaient humblement le masque et s'excusaient platement, avouaient n'être que des mendiants, servant malgré tout de béquilles à des escroqueries encore plus éhontées.

N'étais-je pas cependant en train de rêver ? N'avais-je pas parlé avec Hillel ? Je tendis la main vers le fauteuil à côté de mon lit.

Effectivement : j'y trouvai la bougie que Schemajah m'avait donnée. Je m'enfouis de nouveau dans les oreillers, bienheureux comme un petit garçon la nuit de Noël quand il s'est convaincu que le polichinelle merveilleux est bien réel et possède un corps.

Et je m'enfonce alors tel un chien de chasse dans les fourrés d'énigmes intellectuelles qui me cernent.

Je tentais d'abord de revenir au point de mon existence où se situait mon plus ancien souvenir, pensant que c'était seulement à partir de là qu'il me serait possible d'avoir une vue d'ensemble sur la partie de ma vie qui, par une étrange disposition du destin, s'était enveloppée de ténèbres.

Mais en dépit de tous mes efforts, je ne parvenais pas plus loin que l'instant où je me voyais dans la cour sinistre de notre demeure, distinguant à travers le porche la boutique du brocanteur Aaron Wassertrum – comme si j'avais habité dans cette maison pendant un siècle en y exerçant la profession de tailleur de gemmes, en gardant toujours le même âge, sans jamais avoir été enfant !

J'étais sur le point d'abandonner ma fouille dans les repères enfouis du passé, quand il m'apparut soudain avec une clarté lumineuse que certes, dans mon souvenir, la large et imposante voie royale des événements s'interrompait à l'endroit de ce porche, mais que ce n'était pas le cas d'une foule de trottoirs minusculement étroits, qui jusqu'à présent avaient couru parallèlement à la voie principale sans que j'y prête attention. J'entendais une voix qui me hurlait presque dans les oreilles : « D'où tiens-tu donc les connaissances qui te permettent aujourd'hui de mener ta vie ? Qui t'a appris à tailler les pierres – et à les graver – et tout ce que tu sais encore ? À lire, à écrire, à parler – et à manger – à marcher, respirer, penser et sentir ? »

Je compris aussitôt ce conseil que me donnait mon être intime, et remontai méthodiquement le cours de mon existence.

Je me contraignis à réfléchir selon un ordre inversé, certes, mais sans ruptures : que s'est-il passé alors, quel était le point de départ, et avant, etc. ?

Et de nouveau je me retrouvais devant le porche en question – nous y sommes ! Plus qu'un petit saut dans le vide, et l'abîme qui me séparait de l'oubli ne pouvait plus qu'être franchi – c'est alors qu'une image m'apparut, que j'avais laissé filer pendant ma pérégrination mentale rétrospective : Schemajah Hillel me passait la main devant les yeux, exactement comme il l'avait fait en bas chez lui.

Alors, tout disparut, emporté d'un coup. Y compris le désir de continuer à chercher.

Une seule chose surnageait avec consistance, un savoir acquis. La conscience que toute la suite des événements qui se produisent dans une vie est une impasse, si large et praticable qu'elle puisse paraître. Ce sont les trottoirs étroits et peu visibles qui ramènent à la patrie perdue : ce qui recèle la solution des mystères ultimes, c'est tout ce qui est gravé dans notre corps d'une écriture fine, à peine visible, et non la grosse cicatrice affreuse que les frottements de la vie extérieure nous ont laissée en héritage.

De même que je pourrais me retrouver dans les jours de mon enfance, si je remontais à l'envers l'alphabet de Z à A pour parvenir au moment où j'avais appris à lire à l'école, je compris que je devais pouvoir aussi voyager dans l'autre patrie lointaine qui est au-delà de toute pensée.

Un globe de travail roulait sur mes épaules. Hercule aussi avait porté un temps l'univers et la voûte céleste sur sa tête : une signification cachée de cette légende se faisait lentement jour en moi. Et de même qu'Hercule s'en était tiré par la ruse, en demandant au géant Atlas l'autorisation de se lier un faisceau de cordes autour de la tête pour que cette charge effroyable ne lui fasse pas éclater le crâne, il existait peut-être – la chose m'apparaissait peu à peu – une voie obscure pour échapper à cet écueil.

Soudain je fus saisi d'un soupçon persistant : celui de m'abandonner aveuglément à la libre conduite de mes pensées. Je me redressai et me pressai les doigts sur les yeux et les oreilles pour ne plus être distrait par les sens. Pour écraser la moindre pensée.

Mais ma volonté vola en éclats sous l'effet de la loi d'airain qui voulait que je ne puisse chasser une pensée qu'à l'aide d'une autre. À peine l'une d'entre elles était-elle morte, que la suivante se repaissait de son cadavre. Je fuyais dans le fleuve mugissant de mon sang, mais les pensées me poursuivaient à la trace ; je me réfugiais dans la cachette des martèlements de mon cœur ; peine perdue, l'instant d'après elles avaient trouvé où j'étais.

Une nouvelle fois la voix amicale de Hillel me vint en aide : « Reste sur ton chemin et ne flanche pas ! La clé de l'art de l'oubli appartient à nos frères, qui arpentent le sentier de la mort. Toi, tu es gros de l'esprit : de la vie. »

Le livre d'Ibbour m'apparut, et deux lettres s'y enflammèrent. L'une qui signifiait la femme d'airain dont le pouls puissant palpitait comme un tremblement de terre, l'autre, très loin, infiniment loin *: l'hermaphrodite sur son trône de nacre, avec sur la tête la couronne de bois rouge.*

Pour la troisième fois, Schemajah me passa alors la main devant les yeux, et je m'endormis doucement.

NEIGE

Très cher Maître Pernath,

Je vous écris cette lettre en toute hâte et dans un état de grande angoisse. Détruisez-la, s'il vous plaît, aussitôt que vous l'aurez lue, ou mieux encore, rapportez-la-moi avec son enveloppe – je ne trouverais plus aucun repos, sinon.

Ne dites à personne, absolument personne, que je vous ai écrit. Ni non plus où vous vous rendrez aujourd'hui !

Votre bon visage honnête, il y a peu (cette brève allusion à un événement dont vous avez été le témoin vous permettra de deviner qui vous écrit cette lettre, car j'ai peur de la signer de mon nom), m'a inspiré toute cette confiance, mais aussi, outre cela, le fait que feu votre père, de si chère mémoire, m'a fait la classe quand j'étais enfant – bref, tout cela me donne le courage de m'adresser à vous, en ce que vous êtes sans doute la seule personne qui puisse encore m'aider.

Je vous en supplie, venez ce soir vers cinq heures dans la cathédrale, au Hradschin.

Je restai là un bon quart d'heure, assis sur ma chaise, cette lettre dans la main. L'atmosphère étrange et quasi religieuse qui me tenait prisonnier depuis la veille s'était d'un coup dissipée – balayée par une bourrasque de vent frais, par le souffle d'un jour nouveau bien terrestre. Un tout jeune destin, un fils du printemps, venait à ma rencontre, souriant et prometteur. Un cœur humain me demandait de l'aider. À moi ! Mon logement en était soudain tout différent ! L'armoire d'ébéniste, toute piquée de vers, avait l'air si contente, et les quatre fauteuils étaient comme de vieilles personnes assises autour de la table en train de jouer au tarot avec des petits rires de bien-être.

Ainsi donc, le vieil arbre vermoulu pouvait encore porter des fruits !

Une force vive s'écoulait dans mon être, qui jusqu'à présent était restée endormie, cachée dans les profondeurs de mon âme, enfouie sous les éboulis de la vie quotidienne, comme une source qui soudain perce la glace, quand l'hiver se disloque.

Et je *savais*, d'une certaine manière, en tenant cette lettre dans ma main, que je pourrais apporter cette aide, quelle que soit la nature de la demande. L'enthousiasme de mon cœur me donnait cette certitude.

Je lisais et relisais le passage où il était écrit : « outre cela le fait que feu votre père, de si chère mémoire, m'a fait la classe quand j'étais enfant ». Je retenais mon souffle. N'y avait-il pas là quelque chose comme une promesse ? « Ce soir tu seras au paradis avec moi. » La main qui se tendait vers moi, en quête d'aide, m'offrait le cadeau : *l'anamnèse dont j'avais si grand désir.* Elle me révélerait le secret, m'aiderait à lever le rideau qui était retombé sur mon passé.

« Feu votre père », comme ces mots résonnaient étrangement quand je les prononçais ! Père ! L'espace d'un instant je vis surgir le visage fatigué d'un vieil homme à cheveux blancs dans le grand fauteuil à côté de mon coffre – inconnu, parfaitement inconnu et pourtant si épouvantablement familier – puis mes yeux reprirent conscience et les martèlements de mon cœur sonnèrent l'heure tangible du présent.

Je bondis, effrayé : n'avais-je pas laissé s'écouler le temps à rêver ainsi ? Un coup d'œil sur l'horloge me rassura : grâce à Dieu, il n'était que quatre heures et demie.

Je passai dans ma chambre, à côté, pour y prendre manteau et chapeau, et descendis l'escalier. Je me fichais complètement aujourd'hui des conciliabules dans les coins obscurs, des requêtes mauvaises, mesquines, amères qui s'en échappaient en permanence : « Nous ne te lâcherons pas – tu nous appartiens – nous ne voulons pas que tu sois content – ça serait du joli, de la joie ici ! »

Tout le fin poussier empoisonné de ces passages et de ces recoins, qui d'habitude s'était posé sur moi comme avec des mains d'étrangleur, le souffle vivant de ma respiration l'éloignait aujourd'hui de ma bouche. Je m'arrêtai un instant devant la porte de Hillel.

Fallait-il entrer ?

Un contrecœur secret me retint de frapper à la porte. Je me sentais tout différent aujourd'hui – comme si je n'avais pas le droit d'entrer chez lui. Déjà la main de la vie m'entraînait plus loin, je continuai à descendre l'escalier.

La rue était toute blanche, couverte de neige.

Je crois bien que plusieurs personnes m'ont salué ; je ne me souviens plus si je les ai remerciées. Je tâtai sans cesse ma poitrine pour vérifier que la lettre était toujours là.

Il se dégageait une certaine chaleur de l'endroit où elle se trouvait.

Je marchais sous les arcades des passages en pierre de taille du Ring, le boulevard qui fait le tour de la vieille ville, passai devant une fontaine de bronze et ses grilles baroques pleines de glaçons, puis traversai le pont de pierre avec ses statues de saints et l'effigie en pied de Jean Népomucène.

Sous moi le fleuve bouillonnait haineusement contre les bases des arches.

Dans une espèce de demi-rêve mes yeux tombèrent sur le grès érodé de la statue de sainte Luitgarde, avec les supplices des Damnés. Une neige épaisse ourlait les sourcils des pénitents et la chaîne de leurs mains suppliantes. Les portes m'avalaient et me relâchaient, les palais défilaient lentement, avec leurs portails sculptés orgueilleux, où des têtes de lion mordaient les anneaux de bronze.

Là aussi, la neige était partout. Molle, blanche, gigantesque peau d'ours blanc. Les hautes fenêtres altières avec leurs moulures verglacées étincelantes contemplaient les nuages avec indifférence.

Je m'étonnai de voir dans ce ciel tant d'oiseaux en voyage. Et quand je gravis les innombrables marches de granit qui mènent au Hradschin, chacune large comme quatre corps humains mis en long, la ville s'enfonça sous mes yeux, pas à pas, avec ses toits et ses pignons.

Déjà le soir tombant se faufilait le long des rangées de maisons ; je parvins alors à la place solitaire au milieu de laquelle la cathédrale surgit droit dressée vers le trône des anges. Des traces de pas – les bords flanqués de croûtes de glace – menaient à la porte latérale. Quelque part, dans un logement éloigné, le son assourdi, égaré, d'un harmonium s'évadait vers le silence du soir. Comme des larmes de mélancolie abandonnées, tombant une à une dans la solitude.

J'entendis derrière moi le soupir étouffé du calfeutrage, quand la porte de l'église m'absorba. Je me retrouvai alors dans l'obscurité. L'autel doré luisait, immobile, dans la lueur bleu-vert d'une lumière agonisante qui tombait des vitraux sur les prie-Dieu. Autour des ampoules de lampes rouges, tout un poudroiement d'étincelles.

Odeur renfermée de cire et d'encens.

Je m'installai dans une travée, assis sur un banc. Mon sang se fit étrangement paisible dans cet univers où rien ne bougeait plus.

Une vie sans battement de cœur remplit tout l'espace – une attente secrète, patiente.

Les reliquaires d'argent gisaient là dans un sommeil éternel.

Là ! De très, très loin mon oreille perçut le bruit assourdi de sabots, il sembla se rapprocher, puis cessa.

Un bruit mat, comme lorsqu'on ferme d'un coup une portière de voiture.

Le bruissement d'une robe de satin avait glissé jusqu'à moi, une main de dame, fine et délicate, avait effleuré mon bras.

« S'il vous plaît, allons là-bas près du pilier ; je répugne à parler sur des prie-Dieu des choses que je dois vous dire. »

Toutes les images solennelles qui m'entouraient se figèrent dans une clarté parfaitement sobre. Le jour m'avait soudain saisi.

« Je ne sais comment vous remercier, Maître Pernath, d'être monté jusqu'ici, d'avoir fait tout ce long chemin malgré le mauvais temps. »

Je bredouillai quelques banalités en guise de réponse.

« Mais en dehors de cette cathédrale je ne voyais guère d'autre lieu où je sois à l'abri des recherches et des dangers, personne ici, j'en suis sûre, ne nous aura suivis. »

Je sortis la lettre et la tendis à la dame.

Elle était presque entièrement emmitouflée dans une fourrure de grand prix, mais le simple son de sa voix me permit de reconnaître la personne terrorisée par Wassertrum, qui avait surgi chez moi dans mon logement de la Hahnpassgasse. Je n'en étais, au reste, pas étonné, dès lors que je n'avais attendu personne d'autre.

Mes yeux étaient rivés à son visage que la pénombre de la niche murale faisait sans doute paraître plus pâle qu'il n'était en réalité. Sa beauté me coupait presque le souffle. J'étais comme fasciné. J'aurais préféré tomber à ses genoux et lui baiser les pieds, pour la remercier qu'elle fût bien celle que j'étais censé aider, qu'elle m'eût élu pour cela.

« Oubliez, je vous en prie du fond du cœur, les circonstances dans lesquelles vous m'avez vue l'autre fois, poursuivit-elle à mots précipités, je ne sais d'ailleurs pas ce que vous pensez de ce genre de choses… »

« Je suis un bien vieil homme maintenant, mais jamais de toute mon existence je n'ai eu l'outrecuidance de m'estimer en mesure de juger mes semblables. » J'étais incapable de proférer autre chose.

« Merci, Maître Pernath, dit-elle avec chaleur et simplicité. Écoutez-moi maintenant avec patience et voyons si vous pourrez m'aider dans le désespoir où je suis, ou au moins me donner quelque conseil. »

Je sentis une folle angoisse s'emparer d'elle. Sa voix tremblait. « Ce jour-là, dans l'atelier – ce jour-là j'ai acquis la terrible certitude que cet ogre cruel m'avait épiée et suivie intentionnellement. Au fil des mois, j'avais déjà remarqué que chaque fois, où que j'aille – seule, ou avec mon mari, ou avec... avec... avec le Dr Savioli, chaque fois le visage de criminel de ce brocanteur surgissait quelque part à proximité. Son regard torve me poursuivait pendant mon sommeil et même le jour, quand je ne dormais pas. Aucun signe n'est encore visible, mais je n'en suis que plus atrocement tourmentée par la peur : quand va-t-il me passer ses collets autour du cou ?

Au début, le Dr Savioli s'est efforcé de me rassurer en me demandant ce qu'un aussi misérable hère que ce brocanteur Aaron Wassertrum pouvait bien me faire : au pire il ne pouvait s'agir que d'un chantage peu conséquent ou de quelque chose de ce genre. Mais chaque fois que le nom de Wassertrum était prononcé, je voyais bien ses lèvres devenir plus blanches. Je pensais que le Dr Savioli me cachait quelque chose pour me tranquilliser, quelque chose de terrible qui pourrait me coûter la vie, ainsi qu'à lui.

Et puis j'ai découvert ce qu'il voulait soigneusement m'éviter d'apprendre : que plusieurs fois chaque nuit le brocanteur lui rendait visite chez lui ! Je le sais, j'en suis sûre, je le sens dans chaque fibre de mon corps : il se trame quelque chose, lentement, quelque chose qui nous encercle peu à peu comme les anneaux d'un serpent. – Que va faire ce meurtrier là-bas ? Pourquoi le Dr Savioli ne peut-il pas s'en débarrasser ? Non, non ! J'en ai assez de tout cela ; il faut que je fasse quelque chose, n'importe quoi, ou je vais devenir folle. »

J'essayai de lui opposer quelques paroles de réconfort, mais elle ne me laissa pas finir :

« Et ces jours derniers, le cauchemar qui menace de m'étrangler a pris des formes de plus en plus tangibles. Le Dr Savioli est soudain tombé malade – je ne peux plus communiquer avec lui, je n'ai plus le droit de le voir, si je ne veux pas que d'un instant à l'autre on découvre mon amour pour lui. Il est en proie à des délires, et la seule chose que j'aie pu apprendre, c'est que dans ses accès de fièvre ils se croit poursuivi par un monstre qui a les lèvres ouvertes par un bec-de-lièvre :

Aaron Wassertrum !

Je sais combien le Dr Savioli est courageux ; ça n'en est que plus épouvantable pour moi – vous pouvez imaginer ça, vous – de le savoir brisé et paralysé face à un danger que je ressens moi-même comme la présence obscure et toute proche d'un abominable ange exterminateur.

Vous allez dire que je suis lâche et me demander pourquoi, dans ces conditions, je ne déclare pas publiquement mon amour pour lui, pourquoi je ne renonce pas à tout, si je l'aime tant : richesse, honneur, réputation, etc. Mais – elle criait maintenant littéralement et ses paroles résonnaient dans les galeries du chœur de la cathédrale – je ne *peux* pas, j'ai mon enfant, ma petite fille, ma chère petite blonde ! Je ne peux quand même pas laisser mon enfant ! Est-ce que vous croyez que mon mari me la laisserait ! Tenez, là, tenez, prenez ça, Maître Pernath – elle ouvrit d'un coup, dans un état de folie complète, un petit sachet rempli de colliers de perles et de pierres précieuses – portez-les à ce criminel ; je sais bien qu'il est cupide : qu'il prenne tout ce que je possède, mais qu'il me laisse mon enfant. Il se taira, n'est-ce pas ? Mais parlez donc, par Jésus-Christ, parlez, dites quelque chose, dites que vous allez m'aider ! »

J'eus toutes les peines du monde à la calmer suffisamment pour qu'elle accepte de s'asseoir dans une travée. Je lui dis tout ce qui me venait à l'esprit. Des phrases incohérentes, délirantes.

Des pensées se bousculaient, pêle-mêle, dans mon esprit, à tel point que je comprenais à peine moi-même ce que ma bouche disait. Des idées plus fantastiques les unes que les autres, qui à peine nées se désagrégeaient aussitôt.

Je fixais, totalement absent, une statue peinte, une effigie de moine dans une niche du mur. Je parlais et parlais sans discontinuer. Peu à peu, les traits de la statue se modifièrent, son froc de bure se transforma en pardessus élimé, col relevé, un visage juvénile le complétait maintenant, les joues émaciées, tavelées de marques d'hectisie.

Avant même que j'aie pu comprendre cette vision, le moine était de nouveau là. Mon pouls battait à tout rompre.

La malheureuse s'était penchée sur ma main et pleurait en silence.

Je lui rendis un peu de la force qui m'avait envahi au moment où j'avais lu sa lettre, et qui me submergeait de nouveau, et je vis que grâce à cela elle guérissait en quelque sorte de son mal.

« Je vais vous dire, Maître Pernath, pourquoi je me suis tournée vers vous, reprit-elle à voix basse après un long silence, c'est à cause de deux ou trois mots que vous avez prononcés un jour – et que je n'ai jamais pu oublier pendant toutes ces années. »

« Toutes ces années… ? » Mon sang se figea dans mes veines.

« Vous étiez en train de prendre congé de moi – je ne sais plus pourquoi, ni comment, j'étais encore enfant – et vous m'avez parlé si gentiment et pourtant si tristement. Vous m'avez dit :

"Ces temps-là ne viendront jamais, sans doute, mais un jour dans votre vie vous ne saurez plus quoi faire – ce jour-là, pensez à moi. Peut-être que le Seigneur Dieu m'accordera d'être celui qui vous aide." À l'époque je me suis vite détournée et j'ai vite fait tomber ma balle dans la fontaine pour que vous ne voyiez pas mes larmes. Et après, j'ai voulu vous offrir le cœur de corail rouge que je portais au bout d'un petit collier de soie, mais j'ai eu honte, ça aurait été tellement ridicule. »

…

Souvenir.

… les doigts d'une espèce de tétanos tripotèrent ma gorge. Une vague lueur, comme venue d'un lointain et nostalgique pays oublié, m'apparut soudain, immédiate, effrayante :

une petite fille en robe blanche et tout autour l'herbe sombre d'une pelouse dans le parc d'un château, bordé de vieux ormes. Je revoyais tout cela avec netteté.

Sans doute avais-je changé de couleur ; je m'en rendis compte à la hâte qu'elle mit à continuer : « Je sais bien que vos paroles n'ont été dictées jadis que par l'atmosphère de ces adieux, mais bien souvent elles m'ont réconfortée et – je vous en suis reconnaissante. »

Je serrai les mâchoires de toutes mes forces et chassai dans ma poitrine le hurlement de douleur qui me ravageait.

Je compris que c'était une main bienveillante qui avait repoussé le verrou devant mon souvenir. Je voyais maintenant clairement écrit dans ma conscience ce qu'une brève lueur venue du fond des jours anciens avait rapporté jusqu'à moi : un amour trop fort pour mon cœur avait, pendant des années, rongé mes pensées, et la nuit de démence avait été jadis le baume salvateur de mon esprit meurtri.

Peu à peu, je sentis l'immobilité des choses mortes descendre sur moi et refroidir les larmes derrière mes paupières. Les cloches résonnaient, graves et fières dans la cathédrale et je pus sourire joyeusement en regardant dans les yeux la femme qui était venue chercher de l'aide auprès de moi.

De nouveau, j'entendis le bruit assourdi de la portière qui se referme et le trot des sabots.

Je redescendis en ville dans la neige scintillante du bleu de la nuit.

Les lanternes étonnées me dévisageaient en clignant des yeux, et les montagnes de sapins de Noël accumulés se chuchotaient des histoires de parures dorées, de noisettes d'argent et de fête de la Nativité toute proche.

Sur la place de l'Hôtel de ville, près de la statue de Marie, dans la lueur des cierges, les vieilles mendiantes en fichu gris marmonnaient leur rosaire à la Vierge.

Les cabanes du marché de Noël étaient tapies devant l'entrée obscure de la ville juive. Au milieu, tendue de rouge, la scène ouverte d'un théâtre de marionnettes, illuminé par des torches vacillantes, faisait une tache claire qui tranchait fortement sur tout le reste.

Le polichinelle de Zwakh, en grand habit pourpre et violet, brandissait un fouet terminé par une tête de mort, à cheval sur une monture de bois blanc qu'il faisait galoper sur les planches. Les gosses, serrés les uns contre les autres en rangs d'oignons au pied de l'estrade, leur bonnet de fourrure bien tiré sur les oreilles, regardaient le spectacle ébahis, la bouche grande ouverte, écoutaient fascinés les vers du poète pragois Oskar Wiener[1], que mon ami Zwakh déclamait depuis sa cachette

« Devant marchait un grand pantin
Un gars maigre comme un poète
Avec ses hardes en tissu teint,
Titubant et tordant la tête. »

Je tournai dans la rue noire et tortueuse qui débouchait sur la place. J'y trouvai une foule de gens amassés dans le noir en silence devant une petite affiche.

Un homme avait enflammé une allumette et je pus lire quelques bribes. Mes sens un peu affaiblis enregistrèrent quelques mots :

« Perdu !
1 000 florins de récompense.
Personne âgée, sexe masculin… vêtue de noir
Signalement :
Visage charnu, rasé de près
Cheveux : blancs
Direction de la police Bureau n°… »

Vide de tout désir et de tout intérêt pour quoi que ce soit, véritable mort vivant, j'entrai lentement dans les alignements de maisons sans lumière.

1. Poète pragois, né en 1873. Auteur d'ouvrages pour la jeunesse.

Une poignée d'étoiles minuscules scintillaient là-haut dans l'étroite ruelle du ciel obscur, parmi les toits.

Mes pensées revinrent doucement vers la cathédrale, et la paix de mon âme se fit plus sereine et profonde encore. C'est alors que, depuis la place, j'entendis dans l'air froid de décembre, avec une clarté incisive – comme si cette voix avait parlé tout contre mon oreille –, les vers déclamés par le marionnettiste :

« Où donc est le cœur de pierre rouge ?
Qui pendait au collier de soie
Et qui scintillait dans l'aurore. »

FANTÔMES

J'avais arpenté ma chambre, dévoré par l'inquiétude, jusqu'à une heure avancée de la nuit en me torturant les méninges : comment pouvais-je « lui » prêter secours ? Bien souvent j'avais été près de descendre chez Schemajah Hillel, de lui raconter ce qu'on m'avait confié et de lui demander conseil. Mais chaque fois, j'avais repoussé cette décision.

Hillel me paraissait si fabuleusement grand, que c'eût été à mes yeux une profanation de l'importuner avec des choses de la vie extérieure. Puis venaient des moments où, de nouveau, les doutes brûlants m'assaillaient quant à la réalité de ce que j'avais vécu. Tout cela était si proche encore et pourtant déjà étrangement pâli en regard des épisodes de la journée écoulée, et du défi violent qu'ils lançaient à ma vie.

N'avais-je pas, une fois de plus, rêvé ? Étais-je en droit – moi qui avais connu le destin inouï d'un homme qui oublie son passé –, étais-je en droit de prendre pour une certitude, fût-ce le temps d'une seconde, ce dont le seul témoin qui leva la main était ma propre mémoire ?

Mes yeux tombèrent sur la bougie de Hillel, toujours posée sur le siège. Dieu soit loué, il y avait au moins une chose de sûre : j'avais bien eu avec lui un contact personnel !

Ne devrais-je pas, sans réfléchir davantage, descendre chez lui quatre à quatre, étreindre ses genoux dans mes bras et me plaindre auprès de lui, d'homme à homme, lui faire entendre cette douleur indicible qui dévorait mon cœur ?

J'avais déjà la main sur la poignée de sa porte, la relâchai. Je prévoyais ce qui allait se passer : Hillel me passerait gentiment les mains sur les yeux et… non, surtout pas ça. Je n'avais pas le droit d'aspirer à un quelconque soulagement. « Elle » me faisait confiance, comptait sur moi pour l'aider, et quand bien même le danger dans lequel elle avait le sentiment de se trouver me semblait par moments infime ou nul, elle, en tout cas, l'éprouvait certainement comme gigantesque.

Je pouvais attendre le lendemain pour demander conseil à Hillel. Je me forçais à réfléchir avec sang-froid : aller le déranger lui, maintenant, au milieu de la nuit ? Ça n'allait pas. Seul un fou agirait de la sorte.

Je voulus allumer la lampe, puis y renonçai : la lueur de la lune tombait des toits et me procurait plus de clarté qu'il n'en fallait. Je craignais que la nuit passe plus lentement encore si j'allumais la lumière.

Il y avait tellement de vraie désespérance dans l'idée d'allumer la lampe, rien que pour attendre le jour – une discrète angoisse me disait que le matin s'en trouverait repoussé à des distances inaccessibles.

Je m'approchai de la fenêtre : au-dessus de moi les rangées de pignons tarabiscotés étaient suspendues en l'air comme un cimetière fantomatique – on aurait dit des pierres tombales gravées d'indications d'année effacées par les intempéries, empilées au-dessus des caveaux obscurs et vermineux, ces « habitations » où le fourmillement des vivants avait rongé des grottes et des galeries.

Je demeurai longtemps ainsi, les yeux rivés sur cette frise irréelle, jusqu'au moment où je commençai tout doucement à m'étonner de ne pas être effrayé par le bruit de pas retenus qui parvenait distinctement jusqu'à mes oreilles à travers les murs.

J'écoutai plus attentivement : aucun doute, il y avait bien là, de nouveau, quelqu'un qui marchait dans la pièce. Le bref grincement des lattes trahissait sa façon de traîner les pieds de manière hésitante.

Je retrouvai tout d'un coup mes esprits. Je rapetissais littéralement, tant je me concentrais, tant j'exerçais sur mon être la pression de ma volonté.

Toutes mes perceptions du temps se figèrent, devinrent du présent.

Un craquement bref encore, qui se fit comme peur à lui-même et s'interrompit précipitamment. Puis silence de mort. Un silence effrayant, qui semblait épier quelque chose, trahi par sa seule intensité et donnant aux minutes la durée d'éternités.

J'étais totalement immobile, l'oreille appuyée contre le mur, avec dans la gorge le sentiment menaçant que quelqu'un, de l'autre côté, faisait exactement la même chose.

J'essayai, j'essayai d'entendre : rien.

L'atelier, à côté, semblait comme mort. Sans bruit – en marchant sur la pointe des pieds – je me faufilai jusqu'à la chaise à côté de mon lit, pris la bougie et l'allumai. Puis je réfléchis un instant : la porte en fer du grenier, dehors dans le couloir, celle qui menait à l'atelier de Savioli, ne pouvait être ouverte que de l'autre côté.

J'attrapai au hasard un bout de fil de fer en forme de crochet qui se trouvait sur ma table au milieu des instruments de gravure : ce genre de serrure saute facilement. À la première pression sur le ressort.

Qu'allait-il se passer alors ?

Je me disais – ça m'arrangeait sans doute – que l'homme qui espionnait à côté ne pouvait être qu'Aaron Wassertrum, qu'il était sans doute en train de farfouiller dans des boîtes pour y trouver de nouvelles armes et mettre la main sur d'autres preuves.

Serait-ce utile à grand-chose que j'aille m'interposer ?

Je ne réfléchis pas plus longtemps : il s'agissait d'agir, pas de réfléchir. De réduire en poussière cette effrayante attente du matin !

J'étais déjà devant la trappe de fer, la poussai, introduisis prudemment le crochet dans la serrure et tendis l'oreille. De fait, on entendait un frottement dans l'atelier, comme quand on essaie d'ouvrir un tiroir.

L'instant d'après, le pêne cédait d'un coup.

Je pouvais voir l'ensemble de la pièce. Il faisait noir et la bougie m'éblouissait plutôt qu'elle ne m'éclairait, mais je pus voir cependant un homme en long manteau noir affairé près d'un bureau, qui sursauta, épouvanté – pendant une seconde il sembla ne pas trop savoir que faire –, fit un mouvement comme s'il allait me bondir dessus, puis ôta brusquement le chapeau qu'il avait gardé sur la tête et s'en couvrit précipitamment le visage.

Je voulus crier : « Que faites-vous ici ? » Mais l'homme me précéda :

« C'est vous, Pernath ? Grands dieux ! Éteignez ça ! »

La voix me sembla familière, mais à l'évidence, ce n'était pas celle du brocanteur Wassertrum.

Je soufflai mécaniquement la bougie.

La pièce baignait maintenant dans une espèce de pénombre. Elle n'était plus éclairée que par la maigre et nébuleuse lueur qui tombait de l'embrasure de la fenêtre, exactement comme chez moi, et je dus forcer mes yeux à s'y accommoder pour pouvoir reconnaître enfin dans le visage émacié, hectique, qui émergea soudain du manteau, les traits de l'étudiant Charousek.

Mais bon sang, bien sûr, le moine… Les mots me vinrent spontanément sur la langue. Je compris d'un seul coup la vision de la veille, dans la cathédrale ! Charousek ! C'était lui, l'homme vers qui je devais me tourner. Me revinrent alors en mémoire les mots qu'il avait prononcés jadis sous le porche, le jour de la grande pluie : « Aaron Wassertrum apprendra bien qu'on peut piquer à travers les murs avec des aiguilles empoisonnées et invisibles. Le jour précis où il voudra attenter aux jours du Dr Savioli. »

Avais-je, en la personne de Charousek, un allié ? Savait-il, de même, ce qui s'était passé ? Sa présence ici à une heure aussi inhabituelle m'incitait presque à le croire, mais je n'osais pas lui poser directement la question.

Il s'était jeté à la fenêtre et regardait dans la rue en restant derrière le rideau.

Je devinai alors qu'il avait peur que Wassertrum pût avoir aperçu la lueur de ma bougie.

« Vous allez sans doute penser que je suis un voleur, que je viens fouiller la nuit dans un appartement qui n'est pas le mien, Maître Pernath ? » Il avait dit ces mots après un long silence d'une voix mal assurée. « Mais je vous jure… »

Je lui coupai aussitôt la parole et le rassurai.

Et pour lui montrer que je ne nourrissais aucun soupçon à son endroit, que je voyais au contraire en sa personne un allié, je lui dis, en me réservant quelques omissions que j'estimais nécessaires, ce qu'il en était de cet atelier, et que je redoutais qu'une femme qui m'était proche fût en danger, d'une manière ou d'une autre, qu'elle risquait d'être la victime des projets de chantage du brocanteur.

À la façon polie dont il m'écouta, sans m'interrompre par d'autres questions, je compris qu'il savait déjà l'essentiel, même s'il ignorait les détails.

« C'est exactement ça, dit-il tout en réfléchissant intensément quand j'eus terminé, finalement, je ne m'étais quand même pas trompé ! Ce type veut étrangler Savioli, c'est clair, mais il ne dispose manifestement pas encore de suffisamment de matériau pour le confondre. Sinon, pourquoi serait-il toujours ici dans les parages ! Hier, disons que c'était par hasard, je suis passé dans la Hahnpassgasse, m'expliqua-t-il en réponse à mon air interrogatif, et là j'ai vu que Wassertrum avait commencé par aller et venir un certain temps – sans raison, ni embarras apparent – devant le portail de la maison, puis qu'au bout d'un moment, quand il a pensé qu'on n'observait plus sa personne, il a vite tourné et pénétré dans l'immeuble. Aussitôt je l'ai suivi et j'ai fait comme si je voulais vous rendre visite, c'est-à-dire que j'ai frappé à votre porte, et là je l'ai surpris en train de tripoter la serrure de la trappe de fer avec une clé. Évidemment, il a cessé tout de suite quand je suis arrivé et que pour donner le change j'ai frappé chez vous. Apparemment, vous n'étiez pas là. Personne n'a ouvert.

Après cela je me suis renseigné prudemment dans la ville juive, et on m'a appris alors qu'une personne, qui, d'après les descriptions, ne peut être que le Dr Savioli, possédait ici un point de chute secret. Comme le Dr Savioli est couché et gravement malade, j'ai aussitôt fait le rapport et deviné tout le reste.

Regardez : j'ai ramassé tout ça dans le tiroir, pour passer avant Wassertrum, quoi qu'il arrive, conclut Charousek en me désignant un paquet de lettres sur le bureau, c'est tout ce que j'ai pu trouver comme papiers écrits. J'espère qu'il n'y a plus rien. En tout cas j'ai fouillé toutes les armoires et tous les coffres, comme j'ai pu, malgré l'obscurité. »

Tandis qu'il parlait, mes yeux examinaient la pièce et restaient accrochés involontairement à une trappe dans le sol. Je me suis souvenu alors obscurément de ce que Zwakh m'avait raconté un jour, qu'un passage secret menait, depuis le dessous, dans l'atelier.

C'était une plaque carrée avec un anneau en guise de poignée.

« Où allons-nous mettre les lettres à l'abri ? » recommença Charousek.

« Vous et moi, Monsieur Pernath, nous sommes sans doute les seules personnes dans tout le ghetto que Wassertrum estime inoffensifs – pourquoi moi, ça… il y a des raisons tout à fait particulières (je vis ses traits se tordre et prendre une expression terriblement haineuse, sa bouche mordit littéralement les derniers mots de la phrase), et vous, il vous tient pour… »

Charousek étouffa le mot « fou » dans une toux hachée, artificielle, mais je devinai ce qu'il avait voulu dire. Ça ne me faisait pas mal ; le sentiment intime de pouvoir l'aider, elle, me rendait si heureux que toute susceptibilité était éteinte. Nous convînmes finalement de cacher le paquet chez moi, et passâmes dans mon appartement.

Longtemps après le départ de Charousek, je ne parvenais toujours pas à me décider à aller au lit. Un sentiment d'insatisfaction me rongeait intérieurement et m'en empêchait. Il fallait que je fasse quelque chose, je le sentais, mais quoi ? Quoi ?

Mettre au point pour l'étudiant les grandes lignes d'un plan pour la suite.

Je ne pouvais pas me contenter de ça ! Charousek de toute façon ne quitterait pas le brocanteur des yeux, aucun doute. Je frissonnais en pensant à la haine que ses paroles avaient soufflée comme un vent mauvais.

Que pouvait donc lui avoir fait Wassertrum ?

Mon étrange inquiétude intérieure grandissait de plus en plus et me laissa presque au bord du désespoir. Un au-delà invisible m'appelait, et je ne comprenais pas.

J'avais l'impression d'être un vieux canasson dressé, qui sent qu'on tire sur les rênes et ne sait pas quelle figure il doit exécuter, ne saisit pas la volonté de son maître.

Descendre chez Schemajah Hillel ?

Toutes les fibres de mon corps s'y refusaient.

L'hallucination dont j'avais été victime la veille, la vision du moine dans la cathédrale, sur les épaules de qui la tête de Charousek avait surgi en guise de réponse à la demande muette d'un conseil, me suggérait suffisamment de ne plus mépriser, désormais, les sensations vagues. Des puissances secrètes germaient en moi depuis quelque temps, c'était sûr : je sentais cela avec trop de force pour pouvoir même tenter de nier la chose.

Il fallait *sentir* les lettres, ne pas les déchiffrer seulement dans les livres avec les yeux ; installer en moi un interprète qui me traduise ce que les instincts me susurraient. Je compris que c'était là que devait se trouver la clé : qu'il fallait communiquer dans une langue claire avec son être intérieur.

« Ils ont des yeux et ils ne voient pas ; ils ont des oreilles et ils n'entendent pas », la citation de la Bible me revint alors en mémoire, comme une explication de cette conclusion.

Je constatai soudain que mes lèvres répétaient mécaniquement « clé, clé, clé », tandis que mon esprit jonglait devant moi avec ces idées étranges.

« Clé, clé ? » Mes yeux tombèrent alors sur le bout de fil de fer tordu qui m'avait servi à ouvrir la porte du grenier et que je tenais encore dans la main. J'étais tenaillé par la curiosité brûlante de savoir où pouvait bien mener cette trappe carrée dans l'atelier.

Alors, sans plus réfléchir, je passai de l'autre côté, dans l'atelier de Savioli, et tirai sur l'anneau jusqu'à ce qu'enfin je parvienne à soulever la plaque.

Je ne vis d'abord rien que le noir complet.

Mes yeux s'accoutumèrent peu à peu : un escalier raide et étroit descendait au plus profond des ténèbres. Je descendis.

Pendant un moment je progressais à tâtons le long des murs, mais ça n'en finissait pas. Rien que des niches, humides et moisies, des virages, des coins et recoins – enfilades rectilignes, obliquant à gauche, à droite, restes de vieilles portes en bois, bifurcations, puis de nouveau des marches, des marches, encore des marches, montant, descendant. Une odeur douceâtre, suffocante, de terre et de champignons, partout.

Et toujours pas le moindre rayon de lumière.

Si seulement j'avais pris la bougie de Hillel !

Enfin un passage plat, dégagé. Au grincement provoqué par mes pas je compris que je marchais sur du sable sec.

Ça ne pouvait guère être qu'une de ces innombrables galeries souterraines qui sinuaient sous le ghetto, sans direction apparente, et aboutissaient à la rivière.

La chose ne m'étonnait pas : depuis des temps immémoriaux, la ville était construite au-dessus de ce genre de passages, et depuis toujours, les habitants de Prague avaient eu quantité de bonnes raisons de fuir la lumière du jour.

L'absence de tout bruit au-dessus de moi me dit que, bien que j'eusse marché pendant une éternité, je me trouvais toujours sous le quartier juif, qui, la nuit, est complètement mort. Des rues ou des places un peu animées au-dessus de moi se seraient trahies par le brouhaha lointain des voitures.

L'espace d'une seconde, l'angoisse me saisit à la gorge : et si j'avais tourné en rond ? Si je tombais dans un trou, me blessais, me cassais une jambe et que je ne pouvais plus avancer ? !

Qu'adviendrait-il alors de ses lettres dans ma chambre ? À tous les coups elles tomberaient entre les mains de Wassertrum.

Je songeai alors malgré moi à Schemajah Hillel, que j'associai vaguement à la notion de secours et de guide, et cette pensée me tranquillisa.

Mais par prudence je marchais maintenant plus lentement et à pas précautionneux, les mains en l'air, pour ne pas me cogner quelque part si la galerie venait à être soudain plus basse.

De temps à autre, puis de plus en plus souvent, ma main touchait quelque chose, et le passage finit par être si bas que je dus me courber pour avancer.

Soudain mon bras ne rencontra plus que du vide. Je m'arrêtai et examinai la hauteur.

Il me sembla peu à peu voir tomber du plafond une infime lueur à peine perceptible. Était-ce le débouché d'un boyau donnant sur une cave ?

Je me redressai complètement et tâtai les parois juste au-dessus de ma tête : l'ouverture avait exactement la forme d'un carré et était maçonnée.

Peu à peu j'identifiai à son extrémité les contours fantomatiques d'une croix horizontale et je finis par en attraper les barreaux, puis parvins à me hisser et à passer tout mon corps.

J'étais maintenant debout sur la croix et cherchai à m'orienter. Il s'agissait manifestement, si mes doigts ne m'abusaient pas, des restes d'un escalier de fer en colimaçon.

Au bout d'un temps de tâtonnements incroyablement long, je finis par trouver la deuxième marche et commençai à monter.

Il y avait huit marches, chacune haute à peu près comme un homme.

Bizarre : tout en haut, l'escalier s'arrêtait sur une sorte de lambris horizontal, fait de lignes régulières entrecroisées par où pénétrait faiblement cette faible lueur qui se répandait encore en bas et que j'avais déjà remarquée !

Je m'abaissai le plus que je pus afin de mieux voir à distance le trajet suivi par ces lignes, et constatai à ma grande surprise qu'elles avaient exactement la forme d'une étoile à six branches, comme on en voit dans les synagogues.

Qu'est-ce que ça pouvait bien être ?

Je compris : il s'agissait en réalité d'une trappe aux bords de laquelle filtrait la lumière ! Une trappe de bois en forme d'étoile.

Je poussai la plaque avec l'épaule, la soulevai et me retrouvai l'instant d'après dans une pièce inondée par un clair de lune lumineux.

La pièce était plutôt petite, complètement vide, à l'exception d'un tas de vieux objets hors d'usage amoncelés dans un coin. Elle n'avait qu'une seule fenêtre avec de fortes grilles.

J'eus beau examiner de nouveau tous les murs avec attention, je n'y découvris aucune porte, ni aucun accès, à l'exception de celui que je venais d'utiliser.

Les barreaux des grilles de la fenêtre étaient trop serrés pour que je puisse y passer la tête, mais je pus au moins distinguer ceci :

la pièce se trouvait à peu près à la hauteur d'un troisième étage : les maisons d'en face n'en avaient que deux et se situaient nettement plus bas.

L'un des côtés de la rue, en dessous de moi, était encore juste visible, mais à cause du clair de lune éblouissant qui me tombait droit sur le visage, il se trouvait plongé dans des ombres profondes qui m'empêchaient de distinguer des détails.

Cette rue ne pouvait que faire partie du quartier juif, car toutes les fenêtres d'en face étaient murées ou simplement signalées en trompe l'œil par des moulures. Or il n'y a que dans le ghetto que les maisons se tournent si étrangement le dos.

Je me torturais en vain l'esprit pour établir dans quel bâtiment je pouvais bien me trouver.

Était-ce un clocheton latéral de l'église grecque ? Ou une dépendance de la synagogue Vieille-Nouvelle ?

L'entourage ne concordait pas.

J'examinai de nouveau toute la pièce autour de moi : rien qui m'y donnât la moindre indication. – Les murs et le plafond étaient nus, l'enduit et le badigeon de chaux étaient tombés depuis longtemps, et rien, ni trou de clou, ni défaut quelconque, ne signalait que la pièce eût été jamais habitée.

Le sol était recouvert d'une couche de poussière qui atteignait la cheville, comme si aucun être vivant n'était entré ici depuis des décennies.

Je répugnais à aller fouiller le bric-à-brac dans le coin. Il était entièrement plongé dans le noir, et je n'arrivais pas à distinguer de quoi il était composé.

Extérieurement, on aurait dit de vieux chiffons, rassemblés en une espèce de ballot mal ficelé.

Ou alors c'étaient quelques vieilles valises noires ?

En tâtant du pied, je parvins avec le talon à en tirer une partie du côté du bandeau de lumière oblique que la lune projetait dans la pièce. On aurait dit un ruban, large et sombre, qui se déroulait lentement sous mes yeux.

Là, un point très clair comme un œil !

Peut-être un bouton de métal ?

Je finis par comprendre : une manche de coupe bizarre, à l'ancienne, sortait du paquet.

Et en dessous, il y avait une petite boîte blanche ou quelque chose dans ce genre qui se désagrégea sous mon pied et s'étala en une foule de petites cartes tachées.

Je donnai un léger coup de pied : une carte vola vers la zone claire. Une image ? Je me penchai pour voir : c'était une carte de tarot, un atout, le Bateleur !

Ce que j'avais pris pour une boîte blanche, c'était un jeu de cartes.

Je le ramassai.

Quoi de plus ridicule que ce jeu de cartes, ici, dans ce lieu irréel !

Étrangement, je dus quand même me forcer pour sourire. Un léger effroi me parcourut.

J'essayai d'imaginer une explication banale à la présence de ces cartes en ce lieu et me mis à les compter machinalement. Le jeu était complet : soixante-dix-huit cartes. Une chose cependant me frappa tandis que je comptais : les cartes étaient glaciales.

Il émanait d'elles un froid paralysant, et dans ma main fermée le paquet ne voulait plus me lâcher : mes doigts étaient figés. De nouveau je tentai de saisir au vol la première explication rationnelle venue : mon vêtement pas assez épais, la longue déambulation sans manteau ni chapeau dans les passages souterrains, la méchante nuit d'hiver, les murs de pierre, le gel atroce qui se déversait par la fenêtre dans la lueur de la lune : du coup, il était surtout étrange que je me mette seulement maintenant à avoir froid. J'étais resté dans un tel état d'excitation pendant tout ce temps que je n'avais sûrement rien senti.

Les frissons déferlaient les uns après les autres sur ma peau. Vague après vague, ils pénétraient de plus en plus profondément dans tout mon corps.

Je sentis mon squelette se transformer en glace, le plus infime de mes os devenait dans ma conscience une tige de métal glacé à laquelle ma chair se collait littéralement.

Rien à faire pour me réchauffer : ni en bougeant dans la pièce, ni en tapant des pieds ou en me battant les flancs avec les bras. Je serrais les mâchoires comme un étau pour ne pas entendre mes dents claquer.

Je me dis : c'est la mort qui vient poser ses mains froides sur ton crâne.

Je me débattis alors comme un forcené pour échapper au sommeil anesthésiant qui m'enveloppait peu à peu comme un manteau de laine asphyxiante.

Une voix hurlait en moi-même à toute force : « Les lettres dans ma chambre, SES lettres ! Si je meurs ici, on va les trouver ! Et elle a mis tous ses espoirs en moi !

Mis son salut entre mes mains ! Au secours ! Au secours ! »

Et je criais à travers la grille dans la ruelle déserte qui répéta en écho : « Au secours ! Au secours ! »

Je me jetai au sol puis me relevai d'un bond. Je n'avais pas le droit de mourir, pas le droit. Rien que pour elle, pour elle ! Dussé-je pour me réchauffer enfin me battre les os à en faire jaillir des étincelles.

Mes yeux s'arrêtèrent alors sur les hardes roulées en boule dans le coin, je me jetai sur elle et les enfilai, mains tremblantes, par-dessus mes vêtements.

C'était un costume hors d'usage en gros drap gris, de coupe antédiluvienne, très bizarre.

Une forte odeur de moisi s'en exhalait.

Je me tapis alors dans le coin opposé et sentis ma peau se réchauffer lentement, très lentement.

Seule l'atroce sensation de n'être plus qu'un squelette gelé ne voulait pas se dissiper. Je ne bougeais plus, tassé sur moi-même ; mes yeux cependant continuaient de se mouvoir : la carte que j'avais d'abord vue, le « Bateleur » du tarot, était encore au milieu de la pièce dans le bandeau de lumière.

On aurait dit, pour autant que je pusse discerner les choses, qu'elle avait été peinte à la gouache par une main d'enfant maladroite et qu'elle représentait la lettre *aleph* de l'alphabet hébreu, sous la forme d'un homme habillé à l'ancienne mode de Franconie, avec une barbiche grise coupée court, la main gauche levée, tandis que la main droite désignait quelque chose du doigt vers le bas.

Un soupçon se fit jour en moi : le visage de cet homme n'avait-il pas une étrange ressemblance avec le mien ? – cette barbiche – qui ne convenait pas tout à fait à un « Bateleur » de tarot ! Je rampai jusqu'à la carte et la jetai dans le coin avec le reste du bric-à-brac pour me débarrasser de sa vue, qui me mettait à la torture.

Et maintenant elle brillait là vaguement dans son coin, tache gris-blanc imprécise, m'interpellait depuis l'obscurité.

Je me fis violence pour réfléchir au moyen de revenir dans mon appartement.

Attendre le matin ! Appeler les gens qui passaient en bas dans la rue, depuis la fenêtre, pour leur demander de m'apporter, avec une échelle, une lanterne ou des bougies. – Sans lumière, je ne parviendrais jamais à retrouver les galeries sans fin qui n'arrêtaient pas de se croiser. J'en étais sûr et cette certitude m'oppressait. – Ou alors – si la fenêtre était trop haute, il fallait que quelqu'un descende du toit par une corde et… – Mais, grands dieux, un éclair me traversa soudain : je savais maintenant où j'étais ! Une pièce sans accès – avec seulement une fenêtre et des grilles ! La vieille maison que tout le monde évitait, dans la rue de la Vieille-Synagogue. Quelqu'un déjà, des années auparavant, était descendu du toit au bout d'une corde pour regarder par la fenêtre, et la corde s'était rompue et… Eh oui ! j'étais dans la maison où ce fantomatique Golem disparaissait chaque fois !

Toutes mes pensées étaient paralysées par une profonde horreur contre laquelle je tâchais en vain de me défendre, et que le souvenir des lettres ne parvenait plus même à surmonter. Mon cœur se mit à se contracter affreusement.

Je me répétai à toute vitesse, les lèvres raidies par le froid, que c'était seulement le vent qui soufflait du coin, là-bas, si glacé, je me disais cela de plus en plus vite, le souffle sifflant ; peine perdue : dans l'autre coin là-bas la tache blanchâtre – la carte –, elle enflait, se transformait en masse informe et vésiculeuse, s'avançait à tâtons jusqu'au bord du bandeau de lune et retournait en rampant jusqu'à ses ténèbres. Des bruits de gouttes se réveillèrent – mi-réels, mi-imaginaires – à la fois dans la pièce et en même temps à l'extérieur quelque part – au plus profond de mon cœur et de nouveau au milieu de la pièce : des bruits semblables à celui d'un compas qui tombe et reste fiché dans le bois par la pointe !

Et toujours et encore : la tache blanchâtre… la tache blanchâtre… je criais à l'adresse de mon propre cerveau : ça n'est qu'une carte à jouer, une misérable carte toute bête, stupide – mais rien à faire – et maintenant elle a déjà pris – forme humaine – le « Bateleur », et il est là tapi dans le coin et me fixe depuis son coin avec mon propre visage, mes propres yeux.

Pendant des heures je suis resté là accroupi – immobile – dans mon coin, squelette grelottant et raide dans les vêtements moisis d'un inconnu ! – Et lui non plus n'a pas bougé, de l'autre côté : moi-même. Muet et impassible.

Et on s'est ainsi regardés fixement – chacun étant le miroir et l'affreux reflet de l'autre…

Est-ce qu'il voit lui aussi les rayons de la lune progresser sur le sol avec une nonchalance de limace, ramper telles les aiguilles d'une horlogerie invisible dans l'éternité, ramper sur le mur et pâlir de plus en plus ?

Je l'immobilisai d'un regard impérieux et il ne lui servit à rien d'essayer de se dissoudre dans la première lueur de l'aube qui venait lui porter secours par la fenêtre.

Je le tenais prisonnier.

Pas à pas je me suis battu à mort avec lui, pour vivre, pour la vie qui est la mienne parce qu'elle ne m'appartient plus.

Et quand il est devenu de plus en plus petit et que dans la grisaille de l'aube il s'est recroquevillé dans la carte à jouer, je me suis levé, je me suis avancé jusqu'à lui et je l'ai mis dans ma poche, lui – le Bateleur, le *baggatino.*

En bas, la rue était encore déserte et vide de tout passant.

J'ai fouillé alors de fond en comble le coin de la pièce qui se trouvait maintenant éclairé par la lumière obtuse du matin : poteries cassées, poêle à frire rouillée, lambeaux de tissus tombant en poussière, un goulot de bouteille. Rien que des objets morts et pourtant étonnamment familiers.

Et les murs aussi – ah, comme les fissures et les éclats y apparaissaient de plus en plus nettement ! –, où les avais-je donc déjà vus ?

Je pris le paquet de cartes dans la main. C'était un très vieux jeu de tarot. Avec des signes en hébreu. – Le numéro douze est sans doute le Pendu – me dis-je, en proie à un demi-souvenir. Avec la tête vers le bas ? Et les bras dans le dos. Je fis défiler les cartes :

Oui. Il était là.

Puis, moitié rêve, moitié certitude, une image m'apparut : une synagogue noircie, toute bossue et de guingois, une grincheuse baraque à sorcières, l'épaulement gauche relevé, l'autre confondu avec une maison voisine. Nous sommes tout un groupe d'adolescents – il y a une cave abandonnée quelque part.

Puis je contemplai mon corps de haut en bas et tombai de nouveau dans l'égarement : le vieux costume que je portais m'était complètement inconnu. Je fus effrayé par le bruit d'une charrette cahotante, mais quand je relevai les yeux : il n'y avait toujours pas âme qui vive. Rien qu'un grand chien de boucher tout pensif à un coin de maison.

Là-bas ! Enfin ! Des voix ! Des voix humaines !

Deux vieilles femmes s'en venaient lentement d'un pas chaloupé par la rue, en bas, je forçai le passage entre les barreaux et les appelai.

Elles regardèrent, ébahies, dans ma direction et se concertèrent. Mais quand elles me virent, elles poussèrent un cri perçant et prirent la fuite. Je compris qu'elles m'avaient pris pour le Golem.

Et j'attendis donc qu'un afflux de passants se reproduise et que je puisse me faire comprendre d'eux, mais il se passa bien une heure pendant laquelle je ne vis guère que quelques visages blafards prudemment levés dans ma direction, qui prenaient la fuite, terrorisés, dès qu'ils m'avaient aperçu.

Fallait-il que j'attende plusieurs heures encore, voire jusqu'au lendemain, que des policiers passent par là – les rosses publicains, comme disait Zwakh en parlant d'eux ?

Non, je préférais tenter autre chose, essayer d'explorer les passages souterrains pour voir où ils allaient encore.

Maintenant qu'il faisait jour une vague trace de lumière passait peut-être dans les fissures de la pierre.

Je redescendis l'échelle, suivis le chemin où je m'étais engagé la veille, escaladai des talus de vieilles tuiles brisées, traversai des caves effondrées, grimpai jusqu'en haut d'un escalier en ruine et me retrouvai soudain... dans le hall d'entrée de l'école noire que j'avais vue en rêve la veille.

Un flot de souvenirs me revint en mémoire : des bancs maculés d'encre de haut en bas, des cahiers de calcul, une chanson braillée par un chœur de gosses, un garçon qui lâche un hanneton dans la classe, des livres de lecture avec des tartines écrasées à l'intérieur et une odeur d'écorce d'orange. J'en étais maintenant parfaitement certain : j'étais venu ici jeune enfant. – Mais je ne m'attardai pas à ces réflexions et rentrai chez moi.

La première personne que je rencontrai dans la rue Salniter était un vieux Juif tout bancal avec de longues *payès* blanches. À peine m'eut-il aperçu qu'il se cacha le visage dans les mains et se mit à psalmodier à voix haute des prières en hébreu.

Sans doute qu'avec le bruit qu'il faisait plein de gens sortirent de leurs repères, car un indescriptible hourvari d'improbations se déchaîna derrière moi. En me retournant, je vis une armée fourmillante de visages livides, décomposés par l'épouvante, qui déferlait à mes trousses.

Étonné, je retournai mes regards sur ma propre personne et compris : je portais encore les étranges vêtements moyenâgeux de la nuit par-dessus mon complet et tous ces gens croyaient avoir affaire au Golem.

Je tournai rapidement au coin d'une porte cochère et arrachai de mon corps ces guenilles moisies.

L'instant d'après la foule déferla sans me voir, hurlant une fureur écumante et brandissant des bâtons.

LUMIÈRE

Plusieurs fois dans le cours de la journée j'avais frappé à la porte de Hillel ; je n'avais de cesse de lui parler et de lui poser des questions sur le sens de ces étranges événements ; mais chaque fois pour apprendre qu'il n'était pas encore chez lui.

Dès qu'il serait rentré de l'Hôtel de ville juif, sa fille me préviendrait.

Une drôle de fille, au demeurant, que cette Myriam.

Un type de fille que je n'avais encore jamais vu.

Une beauté tellement insolite que dans un premier temps elle en était inconcevable – une beauté qui rend muet, et qui provoque, quand on la contemple, un sentiment inexplicable, quelque chose comme un discret accablement.

Ce visage s'est formé selon des proportions rigoureuses qui ont dû disparaître depuis des millénaires : voilà ce qui me tournait dans la cervelle en l'imaginant devant moi de nouveau.

Et je me demandais quelle pierre précieuse il faudrait choisir pour fixer ces traits dans une gemme sans perdre leur expression artistique : le simple aspect extérieur, l'éclat bleu nuit de ses cheveux et de ses yeux, qui dépassait tout ce que je pouvais imaginer, condamnaient l'entreprise à l'échec. Comment fixer dans un camée la finesse surnaturelle de son visage, de façon conforme à la réalité et à l'imagination, sans en rester au simple bricolage imitatif de l'« art » canonique.

Ce genre de travail ne pouvait être réussi que dans une mosaïque, j'en fus vite bien convaincu, mais dans quel matériau ? Il aurait fallu toute une vie pour trouver les éléments qui convenaient.

Où était donc Hillel !

J'avais à la fois besoin et envie de le voir, comme on aspire à voir un vieil ami très cher.

C'était étonnant, cette rapidité avec laquelle en si peu de jours – après tout, je ne lui avais parlé qu'une seule fois auparavant – il avait pris tant de place dans mon cœur.

Oui, exact : les lettres, « ses lettres », ne voulais-je pas mieux les cacher... Pour être tranquille, au cas où je serais de nouveau longtemps absent de chez moi.

Je les pris dans le coffre : elles seraient plus à l'abri dans la cassette.

Une photographie s'échappa du paquet. Je ne voulais pas regarder, mais il était trop tard.

Elle avait son châle de brocart sur ses épaules nues – telle que je l'avais vue la première fois, quand elle avait trouvé refuge chez moi en fuyant l'atelier – et me regardait droit dans les yeux.

Une douleur insensée vrillait tout mon être. Je lus la dédicace en bas de la photo, sans comprendre les mots écrits, ni le nom :

Ton Angelina.

Angelina ! ! !

Quand je prononçai le nom, le rideau qui me cachait mes années de jeunesse se déchira de haut en bas.

Je crus défaillir de douleur. Crispai mes doigts comme des serres, étreignis l'air et gémis comme un enfant en me mordant les mains, suppliant le Dieu du ciel qu'il me rende à ma cécité, me laisse continuer à vivre dans cette mort apparente où j'avais vécu jusqu'à présent.

La douleur me monta dans la bouche. Jaillit. Elle avait un goût étonnamment suave – comme le sang.

Angelina ! !

Ce nom tournait dans mes veines et devint une insupportable caresse irréelle.

Je m'arrachai à cet état au prix d'un effort violent. Et me forçai – en grinçant des dents – à contempler la photo jusqu'à ce que j'en fusse maître.

Maître.

Comme cette nuit quand j'avais fini par dominer la carte à jouer.

Enfin des pas retentirent. Des pas d'homme.

Il arrivait.

Je bondis à la porte, fou de joie, et l'ouvris d'un coup.

Schemajah Hillel était derrière la porte et derrière lui – je me fis le reproche en silence d'éprouver une certaine déception – il y avait le vieux Zwakh, avec ses joues rouges et ses yeux d'enfant tout ronds.

« Je vois avec plaisir que vous vous portez bien, Maître Pernath », commença Hillel.

Ce « vous » me sembla bien froid.

Glaciale, d'un seul coup l'atmosphère de la pièce fut glaciale, mortelle.

J'écoutai d'une oreille, transi, abattu, ce que Zwakh me narrait tout excité, sans reprendre son souffle :

« Savez-vous quoi ? Le Golem hante de nouveau la ville. On en avait parlé il y a peu, Maître Pernath, vous vous souvenez ? Toute la ville juive est en émoi. Vrieslander l'a vu de ses yeux, le Golem. Et comme toujours, ça a commencé par un meurtre. » Je tendis l'oreille, stupéfait : « Un meurtre ? »

Zwakh me secoua : « Eh oui, vous n'êtes donc au courant de rien. Il y a un avis de la police affiché en bas à tous les coins de rue. Il paraît qu'on a assassiné le gros Zottmann, le "franc-maçon"... enfin bon, le directeur de l'Assurance-vie, quoi. On a déjà arrêté Loïsa – ici même dans la maison. Quant à Rosine la rousse... disparue sans laisser de traces. Le Golem... le Golem... c'est hallucinant ! »

Je ne répondais rien et scrutais le regard de Hillel : pourquoi me regardait-il aussi intensément ?

Soudain, un sourire en coin anima les commissures de ses lèvres. Je compris qu'il m'était destiné.

J'aurais préféré lui sauter au cou et l'embrasser, fou de joie.

Hors de moi, en plein ravissement, j'arpentais sans but toute la pièce dans tous les sens. Par quoi commencer ? Par les verres ? Une bouteille de bourgogne (c'est que je n'en avais qu'une...) ? Des cigares ? Je finis par trouver les mots : « Mais pourquoi ne vous asseyez-vous pas ? » Je poussai vite des sièges pour mes deux amis.

Zwakh commençait à se fâcher : « Mais dites-moi, Hillel, pourquoi donc est-ce que vous n'arrêtez pas de sourire ? Vous ne voulez pas croire, j'imagine, que le Golem est dans les parages... Vous n'y croyez pas, vous, au Golem... ? »

« Même si je l'avais en face de moi dans cette pièce, je n'y croirais toujours pas », répondit Hillel posément tout en gardant les yeux fixés sur moi. – Je compris le double sens de ses paroles.

Zwakh, étonné, s'arrêta de boire : « Le témoignage de centaines de personnes ne vaut donc rien pour vous, Hillel. – Mais attendez voir, Hillel, pensez un peu à ce que j'ai dit : les meurtres vont se succéder maintenant dans la ville juive ! Je connais ça. Le Golem traîne derrière lui une terrible descendance. »

« L'accumulation de ce genre d'événements n'est rien de bien étonnant », répliqua Hillel. Il parlait tout en marchant, s'approcha de la fenêtre et jeta un coup d'œil à travers la vitre vers la boutique du brocanteur – « Quand le vent du dégel souffle, ça se remue dans les racines. Les bonnes, comme les vénéneuses. »

Zwakh me fit un signe amusé et désigna Hillel de la tête. « Si le rabbin voulait seulement parler, il pourrait nous raconter des choses à vous faire dresser les cheveux sur la tête », lui lança-t-il à mi-voix. – Schemajah se retourna.

« Je ne suis pas "rabbin", même si j'ai le droit d'en porter le titre. Je ne suis qu'un misérable archiviste à l'Hôtel de ville juif et tout mon travail consiste à tenir les registres des vivants et des morts. »

Je sentais qu'il y avait un sens caché dans ses paroles. C'était aussi, semblait-il, inconsciemment, l'opinion du marionnettiste. Il se fit silencieux, et pendant un temps assez long personne ne prononça une seule parole.

« Écoutez, rabbin, excusez moi : “Monsieur Hillel”, voulais-je dire, reprit Zwakh après un moment, et sa voix était étonnamment grave, il y a longtemps que je voulais vous demander quelque chose. Vous n'êtes pas obligé de me répondre, si vous ne voulez pas, ou ne pouvez pas… »

Schemajah s'approcha de la table et joua avec le verre de vin – mais il ne but pas – peut-être ne le peut-il pas en vertu du rituel juif.

« Posez-moi tranquillement la question, Monsieur Zwakh. »

« Connaissez-vous la doctrine secrète juive, la Kabbale, Hillel ? »

« Pas grand-chose. »

« J'ai entendu dire qu'il existerait un document dans lequel on peut apprendre la Kabbale : le Zohar. »

« Oui, le Zohar, le livre de la splendeur. »

« Eh bien, nous y voilà, maugréa Zwakh. N'est-ce pas une injustice qu'un livre censé contenir les clés de la compréhension de la Bible et du bonheur… »

Hillel l'interrompit : « Quelques clés seulement. »

« Bon d'accord, c'est vrai, quelques clés ! Donc que cet ouvrage, du fait de sa grande valeur et de sa rareté, ne soit une fois de plus accessible qu'aux riches ? Et de plus, en un seul exemplaire, lequel en outre se trouve au Museum de Londres, comme je me le suis laissé dire ? Et par-dessus le marché, écrit en chaldéen, en araméen, en hébreu ou en… que sais-je encore ? Est-ce que moi, par exemple, j'ai jamais une seule occasion dans ma vie d'apprendre ces langues ou d'aller à Londres ? »

Hillel l'interrompit avec un peu de moquerie : « Avez-vous vraiment fait tendre tous vos désirs vers ce but ? »

« Pour être franc, non », concéda Zwakh, quelque peu troublé.

« Alors vous ne devriez pas vous plaindre, fit Hillel sèchement. Les gens qui ne crient pas vers l'esprit avec tous les atomes de leur corps – comme un homme qui étouffe et qui demande de l'air – ne peuvent pas contempler les mystères de Dieu. »

« Il devrait malgré tout exister un livre dans lequel on trouverait toutes les clés des énigmes de l'autre monde, et pas seulement quelques-unes », pensai-je par-devers moi, cependant que ma main jouait machinalement avec la carte que j'avais toujours dans ma poche. Mais avant que j'aie pu habiller de mots cette idée, Zwakh l'avait déjà exprimée.

Hillel afficha de nouveau un sourire de sphinx : « Toute question qu'un humain peut produire a déjà sa réponse, dans l'instant même où il l'a posée en esprit. »

Zwakh se tourna vers moi :

« Est-ce que vous comprenez, vous, ce qu'il veut dire par là ? »

Je ne répondis pas et retins mon souffle pour ne pas perdre un seul mot de ce que disait Hillel.

Schemajah continua :

« La vie tout entière n'est rien d'autre qu'un ensemble de questions devenues formes, qui portent en elles le germe de leur réponse – et de réponses qui sont grosses de questions. Ceux qui y voient autre chose sont de pauvres fous. »

Zwakh frappa du poing sur la table :

« C'est ça ! Des questions qui chaque fois sont formulées autrement, et des réponses que tout le monde comprend différemment. »

« C'est justement ça l'important, dit Hillel redevenu affable, guérir tous les hommes avec une seule cuiller est tout au plus le privilège des médecins. Celui qui pose la question reçoit la réponse dont il a besoin : sinon la créature ne s'engagerait pas sur le chemin de ses désirs. Croyez-vous donc qu'il soit purement arbitraire que nos textes en hébreu ne soient écrits qu'avec des consonnes ? C'est à chacun de trouver en lui-même les voyelles secrètes qui lui ouvrent un sens destiné à lui-même et exclusivement – si on ne veut pas que la parole vivante devienne un dogme mort. »

Le marionnettiste protesta violemment :

« Tout ça, rabbin, ce ne sont que des mots, des mots. Je veux bien m'appeler "Bateleur au dernier[1]" si ça m'aide à comprendre quoi que ce soit. »

« Bateleur ! ! » Le mot tomba en moi comme l'éclair. J'en tombai presque de mon siège, effrayé.

Hillel évita mon regard.

« Bateleur au dernier ? Qui sait si ça n'est pas vraiment votre nom en réalité. » Les mots de Hillel vinrent cogner à mon oreille comme s'ils venaient de très loin. « Il ne faut jamais être trop sûr de soi... – Au reste, puisque nous parlons de cartes, Monsieur Zwakh, jouez-vous au tarot ? »

« Au tarot, bien sûr, depuis tout petit. »

« Eh bien, si c'est le cas, je m'étonne que vous puissiez réclamer un livre qui contiendrait toute la Kabbale, alors que vous l'avez déjà eue mille fois dans la main. »

« Qui ça ? Moi ? Dans la main ? » Zwakh se prit la tête dans les mains.

« Parfaitement ! Vous n'avez jamais remarqué que le jeu de tarot comporte vingt et un arcanes d'atout. Autant qu'il y a de lettres dans l'alphabet hébreu. Et est-ce que nos cartes de Bohême ne nous montrent pas par ailleurs des figures qui ne sont nullement superflues, mais sont manifestement des symboles : le Fou, la Mort, le Diable, le Jugement dernier ? – Faut-il que la vie vous hurle ses réponses aux oreilles ?... Ce que, à dire vrai, vous n'êtes pas forcé de savoir, c'est que le mot tarot, ou *tarock* comme on dit ici, signifie à peu près la même chose que le mot Torah, c'est-à-dire la Loi, ou encore le Tarut de l'ancienne Égypte, qui veut dire la questionnée, ce qui donne encore dans la vieille tradition Zend le mot Tarisk : "je veux la réponse". – Mais les savants devraient le savoir avant

1. « Pagat ultimo » : annonce du jeu de tarot, par laquelle un joueur s'engage à faire le dernier pli en coupant avec le Bateleur (parfois appelé « petit »).

d'affirmer que le tarot date de l'époque de Charles VI. Et donc, de même que le "Bateleur" est la première carte dans le jeu, l'homme est la première figure dans son propre livre d'images, son propre double. La lettre hébraïque *aleph*, dont le dessin se calque sur la forme de l'homme, qui d'une main montre le ciel et de l'autre désigne le bas, cela signifie : "Tel que c'est en haut, c'est aussi en bas – et tel que c'est en bas c'est aussi en haut". – C'est pourquoi je vous ai dit tout à l'heure : qui sait si vous vous appelez vraiment Zwakh et pas Bateleur. Ne vous avancez pas trop ! » En disant cela Hillel me regardait intensément, et je devinai que derrière ses mots s'ouvrait un abîme de significations toujours nouvelles. « Ne vous avancez pas trop, Monsieur Zwakh ! On pourrait se retrouver là dans des voies très obscures d'où ne sont jamais revenus que ceux qui détenaient un talisman. La tradition veut qu'un jour trois hommes soient descendus dans le royaume de l'ombre, l'un est devenu fou, le deuxième aveugle, seul le troisième, le rabbi d'Akiba, est remonté sain et sauf et a déclaré qu'il s'était rencontré lui-même. Vous direz que c'est déjà arrivé à plus d'une personne de se rencontrer soi-même. Goethe par exemple, le plus souvent sur un pont, ou sur une quelconque passerelle menant d'une rive à l'autre d'un fleuve, s'est déjà regardé dans les yeux et *n'est pas* devenu fou. Mais ce n'était en l'espèce qu'un reflet de sa propre conscience et pas son vrai double. Pas ce qu'on appelle l'"haleine des os", le Habal Garmin, dont on dit : "tel qu'il est entré au tombeau, avec les os imputrescibles, tel il ressuscitera le jour du Jugement dernier". » Le regard de Hillel me pénétrait de plus en plus profondément. « Nos grand-mères disent de lui : "Il habite très haut au-dessus de la Terre, dans une pièce sans porte munie d'une seule fenêtre d'où il est impossible de communiquer avec les humains. Ceux qui savent le dominer et… le civiliser, ceux-là seront bons amis avec eux-mêmes." Pour revenir au tarot, vous savez aussi bien que moi que pour chaque joueur les cartes sont disposées différemment, mais ceux qui savent employer correctement leurs atouts, ceux-là gagnent la partie…

Mais venez maintenant, Monsieur Zwakh, partons, sinon vous allez boire tout le vin de Maître Pernath et il n'en restera plus pour lui. »

DÉTRESSES

Une bataille rangée de flocons de neige faisait rage devant ma fenêtre. Des régiments de cristaux – minuscules soldats en vareuses blanches ébouriffées – se pourchassaient le long des vitres – ça pouvait durer plusieurs minutes – toujours dans la même direction, comme aspirés par une fuite générale devant un adversaire particulièrement méchant. Puis tout d'un coup, ils en avaient assez de prendre ainsi la fuite, ils semblaient soudain pris, pour des raisons énigmatiques, d'un accès de fureur subite et repartaient à toute vitesse dans l'autre sens, jusqu'à ce que d'en haut et d'en bas de nouvelles armées hostiles leur tombent dessus par les flancs et dissolvent toute la bataille dans un tourbillon désespéré.

J'avais l'impression que des mois s'étaient écoulés depuis tout ce que j'avais pu faire comme expériences étranges, très peu de temps seulement auparavant, et si de nouvelles rumeurs confuses sur le Golem n'étaient pas parvenues jusqu'à moi plusieurs fois par jour, réveillant tout cela de manière vive, je crois bien qu'à certains moments de scepticisme je me serais soupçonné moi-même d'avoir été victime de quelque état psychique particulièrement crépusculaire.

Dans les multiples arabesques que la foule bigarrée des événements avait tracées autour de moi, je voyais ressortir en couleurs plus vives que les autres ce que

Zwakh m'avait raconté sur l'assassinat non encore élucidé de l'homme qu'on appelait le « franc-maçon ».

Je n'arrivais pas à me convaincre de la relation qui pouvait exister entre ce meurtre et Loïsa-le-grêlé, tout en ne pouvant me défaire par ailleurs d'un obscur soupçon. Presque immédiatement après que Prokop, cette nuit-là, eut cru entendre un bruit insolite venu de la grille du caniveau, nous avions vu le lascar au « Loisitschek ». À dire vrai, il n'y avait aucune raison de prendre pour l'appel au secours d'un être humain ce cri venu de dessous la terre, qui pouvait par ailleurs parfaitement être le produit d'une confusion de nos sens.

Les bourrasques de neige m'éblouissaient, et je commençais à ne plus voir que des bandes blanches qui dansaient devant mes yeux. Je concentrai de nouveau mon attention sur la gemme que j'avais devant moi. Le modèle de cire que j'avais ébauché pour le visage de Myriam devait pouvoir se transférer parfaitement sur cette pierre de lune aux reflets bleuâtres. – J'étais content : c'était un bien agréable hasard que d'avoir déniché dans ma réserve de minéraux quelque chose de si approprié. La matrice de hornblende noir profond donnait exactement à la pierre la bonne luminosité, et ses contours correspondaient parfaitement au tracé, comme si la nature l'avait créée spécialement pour qu'elle devienne durablement la reproduction du délicat profil de Myriam. Au début, j'avais eu l'intention d'y tailler un camée censé représenter le dieu égyptien Osiris, et la vision de l'hermaphrodite dans le livre d'Ibbour, qu'à tout moment je pouvais me remémorer avec une précision frappante, inspirait fortement ce projet artistique, mais dès les premières tailles j'avais peu à peu découvert une telle ressemblance avec la fille de Schemajah Hillel que j'avais bouleversé mon plan. – Le livre d'Ibbour ! –

Je lâchai ma pointe, bouleversé. C'était vraiment inouï toutes ces choses qui avaient fait irruption dans mon existence en si peu de temps !

Tel un homme transporté d'un seul coup dans un désert de sable aux horizons infinis, je prenais soudain conscience de la profonde, de la gigantesque solitude qui me séparait de mes semblables.

Pourrais-je jamais parler avec un ami – à l'exception de Hillel – de ce qui m'était arrivé ?

Certes, dans les heures silencieuses des nuits écoulées, il m'était revenu en mémoire que pendant toutes mes années de jeunesse – dès la plus tendre enfance – une indicible soif de merveilleux, de choses situées au-delà de toute existence mortelle, m'avait torturé à l'extrême, mais l'accomplissement de ces désirs s'était abattu soudain comme une tempête, écrasant de toute sa masse les cris de joie de mon âme.

Je tremblais à la pensée de l'instant où je devrais reprendre conscience et éprouver comme une réalité présente, avec sa vitalité dévorante, tout ce qui était arrivé.

Pourvu simplement que cela ne se produise pas maintenant ! Il fallait d'abord déguster toute la jouissance : voir venir à moi toute la splendeur imaginable !

J'en étais capable, après tout. Je n'avais qu'à passer de l'autre côté dans ma chambre à coucher et ouvrir la cassette où se trouvait le livre d'Ibbour, le cadeau des Invisibles.

Comme il était loin déjà l'instant où ma main l'avait touché, quand j'y avais joint les lettres d'Angelina !

Grondements sourds, dehors, par moments, quand le vent faisait tomber devant les maisons la neige amassée sur les toits, suivis de pauses de profond silence, la couche de flocons sur les pavés absorbant le moindre son.

Je voulais continuer mon travail – mais soudain retentit en bas un martèlement de sabots descendant la ruelle, tellement fort qu'on voyait littéralement jaillir les étincelles.

Impossible d'ouvrir la fenêtre pour regarder en bas dans la rue : des muscles de glace accrochaient les huisseries à la maçonnerie, et les vitres étaient à moitié balayées de blanc. J'aperçus seulement Charousek, tout ce qu'il y a de paisible apparemment, aux côtés du brocanteur Wassertrum – ils avaient dû avoir une conversation l'instant d'avant, et je vis croître la stupéfaction qui se peignait dans leurs mimiques à tous les deux, tandis qu'ils fixaient des yeux sans rien dire la voiture que je ne pouvais plus voir. Le mari d'Angelina : cette idée me traversa l'esprit. – Ça ne pouvait pas être elle. Passer devant chez moi avec tout son équipage – dans la Hahnpassgasse – au vu et au su de tout le monde ! C'eût été pure folie. Qu'allais-je donc dire à son mari, si jamais c'était lui et qu'il m'interrogeait ? Voulait me tirer les vers du nez ?

Nier, bon d'accord, bien sûr, nier.

En toute hâte, je fis le tour des possibilités : ça ne peut être que son mari. Il a reçu une lettre anonyme – de Wassertrum – lui apprenant qu'elle était venue ici à un rendez-vous, et il a fallu qu'elle trouve une explication : elle aura sans doute commandé chez moi une gemme ou quelque chose d'autre… Tiens : coups furieux frappés à ma porte et… Angelina était là devant moi…

Elle n'arrivait pas à sortir un mot, mais l'expression de son visage trahissait tout : elle n'avait plus besoin de se cacher. Tout était terminé.

Et pourtant quelque chose en moi s'insurgeait contre cette hypothèse.

Je ne parvenais pas à croire que la conviction intime que j'avais eue de pouvoir l'aider eût été fallacieuse.

Je la conduisis à mon fauteuil, lui caressai les cheveux sans dire un mot ; elle était morte de fatigue comme peut l'être un enfant et cachait sa tête contre ma poitrine.

Nous écoutâmes le crépitement des bûches dans le poêle, en observant la lueur rouge qui dansait sur le parquet, puis finit par jeter un dernier feu et s'éteignit, jeta encore des feux, s'éteignit.

« Où est le cœur de pierre rouge ? » – ces mots résonnèrent en moi. Je bondis : où suis-je ? Depuis combien de temps est-elle ici ?

Je lui posai alors toutes les questions possibles et imaginables – prudemment, doucement, très doucement, afin d'éviter qu'elle se réveille et que la sonde de mes questions aille toucher à vif la blessure douloureuse.

J'appris ainsi par bribes ce que je voulais savoir, et recomposai l'ensemble de la mosaïque :

« Votre mari sait ? »

« Non. Il est en voyage. »

Il s'agissait donc de la vie du Dr Savioli – Charousek avait deviné juste. Et c'est parce qu'il s'agissait de la vie de Savioli et non plus de la sienne qu'elle était là. Je compris qu'elle ne songeait plus un instant à dissimuler quoi que ce soit.

Wassertrum était retourné plusieurs fois chez Savioli. À force de menaces et de violence il s'était frayé un chemin jusqu'à son lit de malade.

Et quoi d'autre, encore ! Que voulait-il de lui ?

Ce qu'il voulait ? Elle l'avait à moitié deviné, à moitié appris : il voulait que… il voulait… que le Dr Savioli attente à sa propre vie…

Elle connaissait aussi maintenant les raisons de la haine féroce, irraisonnée de Wassertrum : « C'est le Dr Savioli qui a poussé jadis son propre fils, l'oculiste Wassory, à la mort. »

Une idée jaillit en moi comme un éclair : descendre quatre à quatre, tout raconter au brocanteur, lui dire que c'était Charousek – tapi dans l'ombre – qui avait frappé ce coup, et non pas Savioli, qui n'avait été que l'instrument. « Trahison, trahison ! » Ces mots hurlaient dans mon cerveau, « ainsi donc, tu voudrais livrer à la vindicte de ce gredin ce malheureux phtisique de Charousek, qui voulait t'aider toi et l'aider elle ! ». Et j'étais écartelé en deux moitiés sanglantes. – Puis une idée, froide et distante, formula la solution : « Fou que tu es ! La solution est entre tes mains. Tu n'as qu'à prendre cette lime sur la table, courir en bas et la lui enfiler dans la gorge, au brocanteur, jusqu'à ce qu'elle lui ressorte par la nuque ! »

Mon cœur exultant lança au Très-Haut un cri de reconnaissance.

Je continuai mon interrogatoire : « Et le Dr Savioli ? »

Il ne faisait aucun doute qu'il attenterait à ses jours si elle ne parvenait à le sauver. Les infirmières ne le quittaient pas des yeux, elles l'avaient anesthésié à la morphine, mais peut-être allait-il se réveiller subitement – à l'instant présent peut-être précisément – et… et… non ; il fallait qu'elle s'en aille, elle ne pouvait plus perdre une seconde ; elle allait écrire à son mari, tout lui avouer – même s'il devait lui prendre l'enfant, mais Savioli serait sauvé, car elle priverait ainsi Wassertrum de la seule arme dont il disposait pour la menacer.

Elle voulait révéler elle-même le secret à son mari, avant que l'autre ait le temps de le faire, lui.

« Vous ne ferez pas ça, Angelina », lui criai-je en pensant à la lime, et ma voix défaillait tant j'exultais de me sentir si puissant.

Angelina voulait se dégager. Je la tenais fermement.

« Une seule chose encore. Réfléchissez bien : est-ce que votre mari croira comme ça ce que lui dira Wassertrum ? »

« Mais Wassertrum a des preuves, il a mes lettres manifestement, peut-être aussi une photo de moi. Tout ce qui était caché dans le secrétaire, à côté, dans l'atelier. »

Des lettres, un portrait, le secrétaire ? Je ne savais plus ce que je faisais : je pressai Angelina contre ma poitrine et l'embrassai.

Ses cheveux blonds faisaient un voile d'or devant mon visage.

Puis je gardai ses mains si fines dans les miennes et lui racontai à mots précipités que l'ennemi mortel de Wassertrum – un pauvre étudiant de Bohême – avait tout mis en sûreté, les lettres et le reste, et que tout cela était maintenant en ma possession et bien gardé.

Elle me sauta alors au cou, éclata de rire et se mit à pleurer, tout cela en même temps. M'embrassa, courut à la porte. Revint sur ses pas et m'embrassa de nouveau.

L'instant d'après elle avait disparu.

J'étais là, étourdi, je sentais encore le souffle de sa bouche sur mon visage.

J'entendis le grondement de tonnerre des roues de sa voiture sur le pavé, le galop furieux des sabots. Une minute plus tard tout était retombé dans un silence de tombeau.

En moi aussi il se fit un grand silence.

Soudain, la porte grinça légèrement dans mon dos et Charousek fut dans la pièce :

« Excusez-moi, Monsieur Pernath, j'ai frappé longtemps, mais vous sembliez ne pas entendre. »

Je me contentai de hocher la tête sans rien dire.

« J'espère que vous n'allez pas imaginer que je me suis réconcilié avec Wassertrum, en me voyant parler avec lui tout à l'heure ? »

Au sourire mauvais de Charousek, je compris qu'il était seulement en train de lui jouer un très méchant tour – « Il faut que je vous dise : la chance m'est favorable ; l'autre canaille, en bas, commence à me porter dans son cœur, Maître Pernath. C'est une affaire bizarre, cette histoire de voix du sang… », ajouta-t-il à voix basse, comme si, pour une part, il s'adressait à lui-même.

Je ne comprenais pas ce qu'il pouvait bien vouloir dire et supposai que je n'avais pas tout entendu. Je tremblais trop fort encore des émotions que je venais d'éprouver.

« Il voulait m'offrir un manteau, reprit Charousek à voix haute. J'ai refusé, bien sûr, en disant merci. Ma propre peau me brûle déjà assez. Et alors il a voulu à tout prix que j'accepte de l'argent. »

Je faillis lui dire : « Et vous l'avez accepté ? », mais je ravalai promptement ces paroles.

Les joues de l'étudiant s'empourprèrent de taches toutes rondes :

« L'argent, évidemment, je l'ai accepté. »

Je ne me sentais pas bien, tout s'embrouillait dans ma tête !

« Ac-cepté ? » bredouillais-je.

« Jamais je n'aurais pensé qu'on puisse éprouver sur cette terre une joie aussi pure. » Charousek s'interrompit un instant et fit une grimace. « N'éprouve-t-on pas un sentiment d'élévation quand on voit dans la grande comptabilité générale de la nature une providence maternelle régir partout les choses d'un doigt économique, avec sagesse et prévenance ? »

Il parlait comme un pasteur, sans cesser de faire clinquailler l'argent qu'il avait dans la poche. – « En vérité, je ressens comme un devoir suprême de consacrer un jour à la plus noble de toutes les fins, et jusqu'à son dernier pfennig, le trésor qui m'a été confié par une main délicate. »

Était-il ivre ? Ou fou ?

Charousek changea soudain de ton :

« C'est quand même sataniquement comique que Wassertrum se paie lui-même le… médicament. Vous ne trouvez pas ? »

Je commençais à avoir un vague pressentiment de ce qui se cachait derrière les paroles de Charousek, ses yeux pleins de fièvre me faisaient terriblement peur.

« Laissons ça pour l'instant, Maître Pernath. Terminons d'abord les affaires en cours. La dame qui était là juste avant, c'était bien ELLE, non ? Qu'est-ce qui lui est passé par la tête de venir jusqu'ici sans se cacher ? »

Je racontai à Charousek ce qui s'était passé.

Il m'interrompit, tout joyeux :

« Wassertrum n'a certainement aucune preuve en main, sinon il ne serait pas allé visiter l'atelier de fond en comble une nouvelle fois ce matin. – C'est bizarre que vous ne l'ayez pas entendu, il est bien resté une bonne heure de l'autre côté… »

Je me demandai avec étonnement d'où il pouvait bien savoir tout ça et le lui dis.

« Vous permettez ? » – en guise d'explication, il prit une cigarette sur la table, l'alluma et poursuivit : « Voyez-vous, si vous ouvrez la porte maintenant, le courant d'air qui monte de la cage d'escalier transporte l'odeur du tabac depuis l'endroit d'où elle vient. C'est là peut-être la seule loi naturelle que Monsieur Wassertrum connaisse parfaitement, et, à toutes fins utiles, il s'est fait installer dans le mur extérieur de l'atelier, celui qui donne sur la rue – comme vous savez, la maison lui appartient –, une petite niche cachée non fermée : une espèce de ventilation à l'intérieur de laquelle se trouve un fanion de couleur rouge. En sorte que lorsqu'une personne entre dans la pièce, ou en ressort, c'est-à-dire ouvre la porte au courant d'air, Wassertrum s'en rend compte en bas en voyant le tissu qui se met à battre fortement. Pour être franc, d'ailleurs, moi aussi je le sais tout aussi bien, ajouta Charousek, quand c'est moi que ça intéresse, et je peux observer tout exactement depuis ce soupirail en vis-à-vis, et cette cave qu'un destin favorable me permet gracieusement d'habiter en permanence. La mignonne plaisanterie de la ventilation est sans doute un brevet du digne patriarche d'en face, mais ça fait des années qu'il n'a plus de secret pour moi. »

Je l'interrompis :

« Faut-il que vous nourrissiez à son égard une haine surhumaine pour épier ainsi chacun de ses pas. Et, en outre, si je comprends bien, depuis des années ! »

« De la haine ? » Charousek eut un sourire convulsif. « De la haine… Haine n'est pas le mot. Le mot qui exprimerait les sentiments que j'éprouve à l'endroit de cet homme n'a pas encore été créé. Pour dire les choses plus précisément, je n'éprouve d'ailleurs pas de haine pour lui. Je hais seulement son sang. Vous comprenez ça ? Je flaire comme une bête sauvage la présence de la moindre goutte de son sang dans les veines de quelqu'un, et – il serra les mâchoires – ça arrive effectivement de temps en temps ici dans le ghetto. » Puis, trop excité pour pouvoir continuer à parler, il courut à la fenêtre et examina la rue avec des yeux hagards. – Je l'entendis réprimer son halètement. Pendant un moment nous ne dîmes mot.

Soudain il sursauta : « Oh là, qu'est-ce qui se passe », en me faisant des signes rapides : « Vite, vite, vous n'avez pas des jumelles de théâtre ou quelque chose du même genre ? »

Nous épiâmes prudemment ce qui se passait en bas, cachés par les rideaux :

Jaromir le sourd-muet était devant l'entrée de la boutique du brocanteur et proposait à Wassertrum – pour autant que nous pûmes déchiffrer sa langue des signes – un petit objet étincelant qu'il dissimulait à moitié dans sa main. Wassertrum fondit dessus tel un vautour et l'emporta dans sa caverne, où il disparut.

Il en ressortit aussitôt précipitamment – livide – et attrapa Jaromir au poitrail. Il s'ensuivit une lutte violente. – Tout à coup, Wassertrum lâcha prise et sembla réfléchir à quelque chose. Il se rongeait furieusement les deux pans de sa lèvre supérieure. Il lança un regard méditatif dans notre direction, puis tira gentiment Jaromir par la manche et l'entraîna dans la boutique.

Nous attendîmes un bon quart d'heure : leur négoce semblait ne pas devoir prendre fin. À la fin, Jaromir sortit, l'air satisfait, et quitta les lieux.

Je demandai : « Que pensez-vous de cela – ça n'a pas l'air d'être quelque chose d'important. Sans doute que ce pauvre type lui aura bradé quelque objet mendié çà ou là. »

L'étudiant ne répondit rien et alla se rasseoir à la table sans dire un mot.

Lui non plus, manifestement, n'accordait aucune importance à l'incident, car au bout d'un moment il reprit son propos là où il l'avait abandonné.

« Oui, bon, je disais donc que je hais son sang. Arrêtez-moi, Maître Pernath, si je m'échauffe de nouveau. Je vais essayer d'être calme. Je n'ai pas le droit de gaspiller comme ça mes meilleures sensations. Sinon, après, il me tombe dessus une espèce de dégrisement. Les gens pourvus de pudeur sont censés s'exprimer froidement, et sans le pathos des prostituées… Ou des poètes. Depuis que le monde est monde, personne n'aurait eu l'idée de se "tordre les mains" de douleur si les comédiens n'avaient pas mis ce geste au point en raison de ses qualités "plastiques" particulières. »

Je réalisai qu'il alignait des mots sans queue ni tête pour retrouver son calme intérieur.

Il n'y parvint pas vraiment. Il arpentait nerveusement la pièce, saisissait tous les objets possibles et imaginables et les remettait distraitement à leur place.

Puis d'un seul coup d'un seul il revenait à son sujet :

« Les moindres mouvements involontaires d'un individu me trahissent ce sang ; je connais des enfants qui "lui" ressemblent et *passent pour* être de lui, et pourtant ils ne sont pas de la même souche – on ne peut pas m'abuser en cette matière. Pendant des années personne ne m'a dit que le Dr Wassory était son fils, mais moi – dans tous les sens du terme –, je l'ai bel et bien senti.

Dès mon plus jeune âge, alors que je ne pouvais pas deviner les relations réelles qui me liaient à Wassertrum – il posa le temps d'une seconde un regard interrogateur sur moi –, j'ai possédé ce don. On m'a foulé aux pieds, on m'a frappé au point qu'il n'est aucun endroit de mon corps qui ne sache ce qu'est une douleur atroce – on m'a affamé et assoiffé à me rendre à moitié fou et à me faire manger de la terre putride, mais jamais je n'ai pu haïr ceux qui me tourmentaient ; je ne pouvais pas, tout simplement. Il n'y avait plus de place en moi pour la haine. – Comprenez-vous ? Et pourtant tout mon être en était infusé.

Jamais d'ailleurs Wassertrum ne m'a fait le moindre mal – je veux dire qu'il ne m'a ni battu ni jeté quoi que ce soit, ni même injurié d'une quelconque façon quand je traînais ici et là comme un gamin des rues : je sais cela parfaitement – et pourtant, tout ce qui en moi pouvait s'accumuler de colère et de désir de vengeance s'est dirigé contre lui. Uniquement contre lui !

Il est étrange que malgré tout cela je ne lui aie jamais joué le moindre tour étant enfant. Quand les autres le faisaient, je me retirais aussitôt. Mais je pouvais rester pendant des heures dans le passage de l'entrée et, caché derrière la porte, contempler son visage fixement par les encoignures, jusqu'à ce qu'un sentiment de haine inexplicable me jette un rideau noir devant les yeux.

C'est à cette époque, je pense, que j'ai posé les fondations de la voyance qui s'éveille en moi dès que j'entre en contact avec des êtres, voire avec des choses qui ont un rapport avec lui. Il est vraisemblable que jadis, inconsciemment, j'ai dû apprendre par cœur le moindre de ses mouvements : sa façon de porter son manteau et d'attraper les objets, de tousser, de boire et tous ces milliers de détails, jusqu'à ce que cette science me dévore l'âme au point que je sois capable de reconnaître infailliblement leur trace au premier coup d'œil comme autant d'héritages de sa personne.

Par la suite c'est parfois devenu presque une manie : j'envoyais promener des objets inoffensifs, simplement parce que j'étais torturé par l'idée que sa main avait pu les toucher – d'autres au contraire m'étaient devenus chers. Je les aimais comme des amis qui lui voulaient du mal. »

Charousek se tut un moment. Je voyais son regard absent, perdu dans le vide. Ses doigts caressaient machinalement la lime qui se trouvait sur la table.

« Quand par la suite quelques professeurs compatissants eurent récolté des fonds et que j'ai pu étudier la philosophie et la médecine – ainsi au demeurant que penser par moi-même –, j'ai peu à peu découvert ce que c'est que la haine :

Nous ne pouvons haïr, aussi profondément que je le fais, que ce qui est une partie de nous-mêmes.

Et quand plus tard j'ai élucidé le mystère, quand j'ai peu à peu tout découvert : ce qu'était ma mère… et… et ce qu'elle est sûrement encore si elle n'est pas morte… et que mon propre corps – il se détourna pour que je ne puisse pas voir son visage – est plein de *son* sang répugnant à lui… car enfin bon, Pernath, pourquoi ne le sauriez-vous pas : c'est mon père, alors j'ai compris où se trouvait la racine… Parfois j'ai même l'impression que c'est une mystérieuse corrélation qui fait que je suis phtisique et obligé de cracher le sang : mon corps se défend contre tout ce qui vient de lui et le rejette avec dégoût.

Souvent, cette haine m'a accompagné jusque dans mes rêves, a tenté de me consoler avec des histoires de tortures, plus inimaginables les unes que les autres, que je pouvais lui infliger. Mais je les chassais toujours de moi-même, parce qu'elles me laissaient un arrière-goût fade d'insatisfaction.

Quand je pense à moi et m'étonne évidemment qu'il n'y ait rien ni personne au monde que je fusse en état de haïr, ni même de trouver antipathique, à l'exception de Wassertrum et toute sa lignée, je suis souvent effleuré par le sentiment assez repoussant que je pourrais être ce qu'on appelle une “bonne personne”. Mais par bonheur, il n'en est pas ainsi. Je vous l'ai déjà dit : il n'y a plus de place en moi.

Et n'allez pas croire que ce triste destin m'ait rendu amer. Je n'ai appris, en outre, que bien des années plus tard le mal qu'il avait fait à ma mère. Car j'ai connu un jour de bonheur, un jour unique, mais qui rejette loin dans l'ombre tout ce qui peut être accordé à un mortel. Je ne sais pas si vous savez ce que c'est qu'une piété intérieure, authentique, ardente – moi-même, jusque-là, je l'ignorais aussi – mais le jour où Wassory s'est éliminé lui-même j'étais en bas devant la boutique, et j'ai vu comment il apprenait la nouvelle, comment – comme aurait dû croire un profane ignorant du vrai théâtre de la vie – il l'a reçue avec une hébétude sourde, est resté planté là une heure entière, indifférent à tout, avec son bec de lièvre rouge sang un peu plus retroussé que d'habitude, et le regard si… si… étrangement tourné vers l'intérieur, ce jour-là j'ai respiré l'odeur d'encens des ailes de l'archange. Vous connaissez l'image de la Vierge noire dans l'église du Týn ?

Je me suis jeté à ses pieds, et les ténèbres du paradis ont enveloppé mon âme. »

À voir Charousek ainsi devant moi, avec ses grands yeux rêveurs pleins de larmes, je me suis rappelé soudain les mots de Hillel sur la nature incompréhensible du chemin obscur qu'empruntent les frères de la mort.

Charousek continua :

« Les circonstances extérieures qui “justifient” ma haine ou qui pourraient la faire paraître compréhensible dans les cerveaux de juges patentés ne vous intéresseront peut-être pas du tout : les faits se considèrent comme des bornes kilométriques et ne sont pourtant que des coquilles d'œuf vides. Ils sont la pétarade désagréable des bouchons de champagne qu'on fait sauter aux tables des pleins aux as, que seuls les simples d'esprit tiennent pour l'essentiel du banquet. Wassertrum a contraint ma mère, par tous les moyens infernaux dont ses semblables sont coutumiers, à se soumettre à sa volonté, si ce n'est pire. Puis, après... enfin, bon... il l'a vendue à... à un bordel... ce n'est pas très difficile quand on a des gens de la police parmi ses clients... mais pas parce qu'elle ne lui revenait plus et qu'il en avait assez d'elle, loin de là. Je connais les moindres recoins de son cœur. Il l'a vendue le jour où il a pris conscience avec terreur de l'amour ardent qu'il éprouvait en réalité pour elle. Ce genre d'individu agit là en apparence de manière absurde, mais toujours de la même manière. Son âme de hamster se met à ouigner dès qu'un chaland s'en vient à sa brocante lui acheter quelque chose, fût-ce très cher : il ne ressent alors que la nécessité qui lui est faite de devoir donner quelque chose. Il préférerait par-dessus tout ingérer complètement la notion d'avoir, et, s'il était capable de s'imaginer un idéal, ce serait de se dissoudre un jour dans le concept abstrait de “possession”.

Et alors, ça a pris chez lui, ce jour-là, des proportions gigantesques, une vraie montagne, la peur de “ne plus être sûr de lui-même”, de ne plus non pas “vouloir” donner quelque chose en matière d'amour, mais de le “devoir” : de pressentir en soi la présence d'une réalité invisible qui mettait aux fers sa volonté, ou de ce dont il désirait que cela fût sa volonté. Tel fut le début de l'histoire. Ce qui s'est passé par la suite était automatique ; de la même façon que le brochet ne peut pas ne pas mordre – qu'il le veuille ou non – quand un objet brillant passe dans l'eau au bon moment devant lui.

Le bradage de ma mère a résulté de tout cela pour Wassertrum comme une sorte de conséquence naturelle. Il satisfaisait le reste de qualités qui sommeillaient en lui : la soif démesurée d'argent et la jouissance perverse que procure l'autotourment... Je vous demande pardon, Maître Pernath. » La voix de Charousek se mit à résonner soudain de manière si dure et si froide que j'en fus effrayé. « Pardonnez-moi de vous parler de manière aussi atrocement raisonneuse, mais quand on est à l'université, il vous tombe sous la main une foule de livres un peu chevrotants ; on finit sans le vouloir par adopter soi-même un mode d'expression légèrement gâteux. »

Je me forçais à lui répondre par un sourire d'acquiescement ; mais jc comprenais qu'intérieurement il était en lutte avec une envie de pleurer.

Il fallait que je l'aide, d'une manière ou d'une autre, à tout le moins que je tente d'atténuer sa détresse la plus amère, pour autant que cela fût en mon pouvoir. Je pris sans me faire voir le billet de cent florins que je gardais chez moi dans un tiroir de la commode et le lui mis dans la poche.

« Quand plus tard vous serez enfin dans un environnement plus favorable, Monsieur Charousek, lui dis-je pour donner à la conversation un sens conciliateur, et que vous exercerez votre profession de médecin, la paix élira domicile chez vous… Votre doctorat, c'est pour bientôt ? »

« Pour très bientôt. Je dois cela à mes bienfaiteurs. À dire vrai, cela n'a pas grand sens, car mes jours sont comptés. »

Je voulus lui faire l'objection d'usage, qu'il voyait les choses de manière bien trop noire, mais il l'écarta en souriant :

« C'est encore ce qu'il y a de mieux. Ce n'est sûrement pas un plaisir, au demeurant, de mimer les comédiens guérisseurs pour finir par acquérir un titre de noblesse au bénéfice d'un diplôme d'empoisonneur de puits. D'un autre côté, ajouta-t-il avec son humour amer, toute autre action bénéfique et bénissable que je pourrais entreprendre encore dans le ghetto de cet Ici-bas sera une fois pour toute interrompue. » Il attrapa son chapeau. « Mais je ne veux pas vous ennuyer plus longtemps. Ou y aurait-il encore quelque chose dont on pourrait parler s'agissant de l'affaire Savioli ? Je ne le pense pas. Faites-moi savoir en tout cas ce que vous pourriez apprendre de nouveau. Le mieux est que vous mettiez ici un miroir à votre fenêtre, pour me faire signe de venir vous voir. Quoi qu'il en soit, il ne faut en aucun cas descendre me voir à la cave : Wassertrum en concevrait aussitôt le soupçon que nous sommes solidaires. – Je suis d'ailleurs très curieux de savoir ce qu'il va faire maintenant qu'il a vu que la dame était venue vous rendre visite. Dites tout simplement qu'elle vous a apporté un bijou à réparer, et s'il insiste, jouez-lui la comédie de la crise de fureur. »

Il n'y eut pas moyen de trouver une occasion de forcer Charousek à prendre le billet ; je pris donc la cire à modeler sur l'appui de fenêtre et lui dis : « Venez, je vous accompagne un peu dans l'escalier. » – J'ajoutai un mensonge : « Hillel m'attend. »

Il sursauta. « Vous êtes ami avec lui ? »

« Un peu. Vous le connaissez ? À moins que – je souris malgré moi – vous ne lui fassiez pas confiance ? »

« Dieu m'en garde ! »

« Pourquoi dites-vous cela si gravement ? »

Charousek hésita et prit un instant de réflexion avant de répondre :

« Je ne sais même pas moi-même pourquoi. Ce doit être quelque chose d'inconscient : chaque fois que je le rencontre dans la rue, je voudrais m'effacer du pavé et fléchir le genou devant lui comme devant un prêtre porteur d'hostie. Voyez-vous, Maître Pernath, vous avez là un homme qui en chacun de ses atomes est le contraire de Wassertrum. Ici, par exemple dans le quartier, les chrétiens, qui, comme toujours, et dans ce cas-là également, sont mal informés, le font passer pour un grigou et un millionnaire qui cache ses richesses, alors qu'il est indiciblement pauvre. »

Je sursautai, choqué : « Pauvre ? »

« Oui, et sans doute plus pauvre que moi encore. Je crois bien qu'il ne connaît le mot "prendre" que par les livres. Mais quand le premier de chaque mois il sort de l'Hôtel de ville, il est assailli par la foule des mendiants juifs qui savent bien qu'il serait capable de donner toute sa paie au premier venu d'entre eux et de crever de faim quelques jours plus tard – avec sa fille. S'il est vrai, comme le prétend une très ancienne légende talmudique, que sur les douze tribus d'Israël, dix sont maudites et deux saintes, eh bien, il incarne les deux tribus saintes, et Wassertrum les dix autres réunies. – N'avez-vous jamais encore remarqué comment Wassertrum passe par toutes les couleurs de l'arc-en-ciel chaque fois que Hillel se trouve devant lui ? C'est intéressant, je vous le dis ! Voyez-vous, ce sang-là ne peut absolument pas se mélanger ; les enfants viendraient morts au monde ; en supposant que les mères ne seraient pas déjà mortes de terreur auparavant. – Hillel est d'ailleurs la seule personne dont Wassertrum se méfie et qu'il évite comme le feu. Sans doute parce que Hillel représente à ses yeux l'Inconcevable, l'Indéchiffrable absolu. Peut-être aussi qu'il flaire en lui le kabbaliste. »

Nous étions déjà engagés dans la descente de l'escalier.

« Pensez-vous qu'il y ait encore des kabbalistes de nos jours – et d'une manière générale que la Kabbale signifie encore quelque chose ? » lui demandai-je, inquiet de ce qu'il allait me répondre, mais il sembla ne pas avoir écouté. Je répétai ma question.

Il se hâta de faire diversion en m'indiquant une porte de la cage d'escalier entièrement bricolée avec des couvercles de caisse cloués les uns au-dessus des autres :

« Vous avez de nouveaux voisins ici, une famille juive, mais pauvre : le musicien Nephtali Schaffranek, un type complètement *mèshougué*, sa fille, son gendre et ses petits-enfants. Quand il commence à faire noir et qu'il est tout seul avec les petites, il perd la boule : il les attache par les pouces pour qu'elles ne puissent pas se sauver, les force à entrer dans une vieille cage à poules et leur enseigne le “chant”, comme il dit, afin que plus tard elles puissent gagner elles-mêmes leur vie. C'est-à-dire qu'il leur apprend les chansons les plus folles qui soient, des textes en allemand, des fragments qu'il a ramassés ici et là, et que dans le crépuscule de ses facultés mentales il considère comme des chants de bataille des armées prussiennes ou d'autres choses du même genre. »

Et de fait on entendait en sourdine une étrange musique qui s'échappait dans le couloir. Un archet grincheux grattait inlassablement dans des registres épouvantablement aigus et sur un ton monocorde l'esquisse d'une rengaine, à laquelle venaient s'adjoindre deux petites voix fluettes :

« Frau Pick,
Frau Hock,
Frau cul qui colle,
Elles sont l'une chez l'autre
Et racolent à la colle… »

C'était un mélange de drôlerie et de délire total, et je ne pus m'empêcher d'éclater de rire. Charousek reprit méchamment la parole :

« Le gendre Schaffranek – sa femme vend du jus de concombre au verre au Marché aux œufs, pour les enfants des écoles – passe sa journée à courir les bureaux et y mendie des vieux timbres. Après quoi il les classe, et quand il en trouve qui par hasard n'ont été estampillés que sur les bords, il les pose les uns sur les autres et les coupe au milieu. Puis il recolle les deux moitiés vierges et revend les timbres comme neufs. Au début ça marchait bien et pouvait parfois lui rapporter jusqu'à… un florin par jour, mais les grands industriels juifs de Prague ont fini par découvrir le pot aux roses… et font la même chose eux-mêmes maintenant. Ils éclusent la crème les premiers… »

« Est-ce que vous iriez atténuer la détresse de quelqu'un, Charousek, si vous aviez plus d'argent que nécessaire ? » demandai-je. – Nous étions devant la porte de Hillel, et je frappai.

« Me jugez-vous assez méprisable pour croire que je ne le ferais pas ? » répondit-il, stupéfait.

On entendait les pas de Myriam qui s'approchaient de la porte, j'attendis le moment où elle appuya sur la poignée pour lui glisser promptement le billet dans la poche :

« Non, Monsieur Charousek, je ne vous juge pas de la sorte, mais moi, vous ne pourriez que me juger ainsi si je m'abstenais de le faire. »

Et avant qu'il ait pu répartir quelque chose, je lui avais serré la main puis refermé la porte derrière moi. Je tendis encore l'oreille, tandis que Myriam me saluait, pour écouter ce qu'il allait faire.

Il resta là un moment sans bouger, puis je l'entendis sangloter doucement, et enfin descendre l'escalier lentement d'un pas tâtonnant, comme quelqu'un qui doit se tenir à la rampe.

C'était la première fois que je venais de moi-même, en visiteur, dans l'appartement de Hillel.

Celui-ci semblait aussi dépourvu de toute décoration qu'une prison. Le sol était d'une propreté presque excessive, saupoudré de sable blanc. Pour tout meuble : deux chaises, une table et une commode. À gauche et à droite, contre les murs, un piédestal de bois.

Myriam était assise à la fenêtre, face à moi, et je travaillais ma cire.

Elle demanda timidement, uniquement pour briser le silence : « Faut-il nécessairement qu'on ait un visage devant soi pour atteindre la ressemblance ? »

Nous évitâmes pudiquement de croiser nos regards. Elle ne savait pas où diriger les siens, tourmentée qu'elle était et honteuse de cette pièce pitoyable ; quant à moi, j'avais les joues en feu du reproche intérieur de ne pas m'être préoccupé depuis longtemps de la façon dont ils vivaient, elle et son père.

Il fallait bien, pourtant, que je réponde quelque chose !

« Ce n'est pas tant pour atteindre à la ressemblance, que pour comparer et voir si intérieurement on a également bien vu », je sentis en prononçant ces paroles à quel point tout ce que je disais était fondamentalement fallacieux.

Pendant des années, j'avais bêtement repris à mon compte et suivi le précepte erroné des peintres, selon lequel il faut étudier la nature extérieure pour pouvoir créer de l'art. C'est seulement depuis la nuit où Hillel m'avait réveillé de cette torpeur, que l'intuition intérieure avait vu le jour en moi : l'authentique aptitude à voir derrière les paupières fermées. Ce don qu'ils croient tous posséder et que parmi des millions de gens personne ne détient vraiment.

Comment pouvais-je seulement parler de la possibilité de vouloir mesurer l'axe infaillible de la vision spirituelle avec les moyens grossiers de la perception oculaire !

Myriam semblait penser pareillement, à en juger par l'étonnement qui s'exprimait dans les mouvements de son visage.

Je m'excusai : « Vous pouvez ne pas prendre les choses comme ça à la lettre. »

Elle me regardait avec attention, tandis que je creusais un peu plus la forme à la gouge.

« Ce doit être infiniment difficile de tout retranscrire fidèlement dans la pierre ? »

« C'est seulement un travail mécanique. Plus ou moins en tout cas. »

Elle demanda : « Est-ce que je pourrai voir la gemme quand elle sera finie ? »

« Mais elle est pour vous, Myriam. »

« Non, non – ce n'est pas possible… ça… ça… » Je vis ses mains qui commençaient à s'agiter nerveusement.

Je l'interrompis aussitôt :

« Même cette petite chose, vous ne l'accepteriez pas ? J'aimerais pouvoir faire plus encore pour vous. »

Elle détourna promptement son visage.

Qu'avais-je dit là ? Je l'avais sûrement blessée au plus profond.

Ça pouvait s'entendre comme une allusion que j'aurais voulu faire à sa pauvreté.

Pouvais-je encore réparer ce faux pas ? N'allais-je pas faire pire que mieux ?

Je pris mon élan.

« Écoutez-moi tranquillement, Myriam. Je vous en prie. – Je dois tellement à votre père. Vous ne pouvez pas savoir… »

Elle me regarda, incertaine, ne comprenant manifestement pas.

« Oui, oui… Je lui dois énormément. Plus que ma vie tout entière… »

« Parce qu'il vous a porté secours, l'autre fois, quand vous aviez perdu connaissance ? Mais cela allait de soi. »

Je sentis qu'elle ignorait tout du lien qui m'attachait à son père. Je jetai des coups de sonde prudents, pour voir jusqu'où je pouvais aller sans trahir ce qu'il ne lui avait pas confié. « L'aide intérieure, selon moi, doit être placée bien plus haut que l'assistance extérieure. Je veux dire, celle qui rayonne sur quelqu'un du fait de l'influence intellectuelle d'une autre personne. Comprenez-vous ce que je veux dire Myriam ? »

« Et c'est ce… ? »

« Oui, c'est ce que votre père a fait pour moi. » Je lui saisis la main. « Ne comprenez-vous pas que je ne puis qu'être mû par le désir intime de faire plaisir, d'une manière ou d'une autre, sinon à lui, du moins à quelqu'un d'aussi proche de lui que vous l'êtes ? Ayez donc un tout petit peu confiance en moi, Myriam – n'y a-t-il donc aucun souhait que je ne puisse satisfaire pour vous ? »

Elle fit non de la tête :

« Vous croyez que je me sens malheureuse ici ? »

« Assurément, non ; mais peut-être avez-vous parfois des soucis dont je pourrais vous défaire ? Vous avez le devoir – entendez-moi bien… le devoir de me laisser y prendre part. Pourquoi vivriez-vous ici dans cette ruelle obscure et triste si vous n'y étiez pas obligés ? Vous êtes encore si jeune, Myriam, et… »

« Mais vous aussi, vous vivez ici, Monsieur Pernath, m'interrompit-elle en souriant, qu'est-ce qui vous lie donc à cette maison ? »

Je restai coi ; – eh oui, elle avait raison. Pourquoi donc, à dire vrai, vivais-je ici ? Je n'avais pas d'explication. Qu'est-ce qui t'attache à cette maison ? Je me répétais la question, complètement perdu. Je ne voyais pas d'explication, et l'espace d'un instant j'oubliai où j'étais. Puis je me retrouvai soudain emporté quelque part très haut – dans un jardin – respirant l'odeur envoûtante de bouquets de sureaux en fleur – contemplai la ville tout en bas…

« Ai-je touché une blessure ? Vous ai-je fait mal ? » La voix de Myriam me parvenait de loin, très loin.

Elle était penchée sur moi et scrutait mon visage avec une expression de grande anxiété.

J'avais dû rester là assis sans bouger pendant longtemps pour qu'elle se fît tant de souci.

Pendant un moment, je demeurai captif d'une grande hésitation, et soudain tous les verrous sautèrent, tout déferla avec force, me submergea, je déversai tout mon cœur.

Je m'épanchai auprès de Myriam, comme on parle à un vieil ami très cher, avec qui on a passé toute son existence et pour qui on n'a pas de secret. Je lui racontai ce qu'il en était de moi et comment j'avais appris par un récit de Zwakh que j'avais été fou des années auparavant et qu'on m'avait dérobé le souvenir de mon passé – et que, ces derniers temps, des images s'étaient réveillées en moi, qui ne pouvaient qu'être enracinées dans cette époque-là, de plus en plus d'images, et que je tremblais à l'idée du moment où tout se révélerait à moi et me déchirerait de nouveau.

Simplement, je ne lui dis pas un mot de tout ce qu'il me fallait mettre en relation avec son père, de mes expériences dans les passages souterrains, ni du reste. Elle s'était approchée tout contre moi et m'écoutait en retenant son souffle avec une attention et une sympathie profondes qui me faisaient un bien indicible. J'avais enfin trouvé un être humain avec qui je pouvais m'exprimer quand ma solitude psychique devenait trop lourde à supporter. – Bien sûr Hillel était toujours là, mais comme un être au-delà des nuages, apparaissant et disparaissant comme une lumière dont je ne pouvais pas m'approcher chaque fois que j'en avais le désir.

Je le lui dis, et elle me comprit. Elle aussi le voyait ainsi, bien qu'il fût son père.

Il lui vouait un amour infini, qui était réciproque. – « Et pourtant, je suis séparée de lui par une sorte de mur de verre, me confia-t-elle, que je ne parviens pas à transpercer. Aussi loin que je me souvienne, il en a toujours été ainsi. – Quand dans mes rêves d'enfant je le voyais debout au pied de mon lit, il était toujours vêtu de l'habit du grand prêtre : tel Moïse avec les tables de la Loi et les douze pierres contre la poitrine, et les tempes irradiant tout autour de rayons bleus ; je crois que son amour est de cette sorte d'amour qui dure au-delà de la tombe, trop grand pour que nous puissions le comprendre. C'est d'ailleurs ce que ma mère répétait toujours, quand nous parlions de lui en secret. » Elle tressaillit soudain et se mit à trembler de tout son corps. Je voulus bondir vers elle, mais elle m'en retint : « Rassurez-vous, ce n'est rien. Rien qu'un souvenir. Lorsque ma mère est morte – je suis la seule à savoir combien il l'a aimée, je n'étais à l'époque encore qu'une jeune enfant – j'ai cru mourir étouffée par la douleur, et j'ai couru jusqu'à lui, j'ai enfoncé mes ongles dans son manteau, je voulais crier et n'y parvenais pas, tout en moi était paralysé – et alors… alors, j'ai ce frisson dans le dos en y repensant… il m'a regardée en souriant, m'a embrassée sur le front et a passé la main sur mes yeux. Et à cet instant précis, toute la douleur d'avoir perdu ma mère a été abolie en moi et l'est encore à ce jour. Je n'ai pas pu verser une seule larme le jour de son enterrement ; je voyais le soleil dans le ciel comme la main radieuse de Dieu, et m'étonnai de ce que les gens fussent en pleurs. Mon père marchait derrière le cercueil, à côté de moi, et chaque fois que je levais les yeux vers lui il me souriait doucement et je sentais l'effroi qui s'emparait de la foule en voyant cela. »

Je lui demandai doucement :

« Et êtes-vous heureuse, Myriam, tout à fait heureuse ? N'y a-t-il pas en même temps quelque chose d'effrayant pour vous dans le fait de vous dire que vous avez pour père un être qui se situe au-delà de toute espèce d'humanité ? »

Myriam secoua joyeusement la tête :

« Je me laisse vivre comme dans un sommeil de bienheureux – quand vous m'avez demandé tout à l'heure,

Monsieur Pernath, si j'avais des soucis et pourquoi nous habitions ici, ça m'a presque fait rire. Est-ce que la nature après tout est belle. Certes, les arbres sont verts, et le ciel est bleu, mais tout cela je peux l'imaginer bien plus beau encore quand je ferme les yeux. Faut-il donc, pour les voir, que je sois assise au beau milieu d'une prairie ? – Quant au peu de souci matériel et… et… et à la faim, tout cela est mille fois compensé par l'espoir et l'attente. »

« L'attente… ? » demandai-je, étonné.

« L'attente d'un miracle. Vous ne connaissez pas cela ? Dans ce cas vous êtes vraiment un très, très pauvre homme – comment se peut-il que si peu de gens connaissent cela ! Voyez-vous, c'est aussi la raison pour laquelle je ne sors jamais et ne fréquente personne. Bien sûr, autrefois, j'avais quelques amies – juives naturellement, comme moi –, mais dans tout ce que nous nous racontions, nous ne nous parlions jamais vraiment. Elles ne me comprenaient pas et, moi non plus, je ne les comprenais pas. Quand je parlais de miracles, elles croyaient, au début, que je plaisantais, et quand par la suite elles ont compris à quel point je ne plaisantais pas, et que par "miracles" je n'entendais pas ce que les Allemands désignent par là avec leurs lunettes, je veux dire, la pousse naturelle de l'herbe et ce genre de choses, mais bien plutôt le contraire, elles auraient bien voulu me considérer comme folle. Mais là, elles étaient embarrassées par le fait que je suis assez agile mentalement, que j'ai appris l'hébreu et l'araméen, que je sais lire les textes du Targum et du Midrach et ce genre de choses accessoires. Bref, pour finir elles ont trouvé un mot qui n'exprimait plus rien du tout : elles ont dit que j'étais "exaltée".

Quand, après, j'ai voulu leur expliquer que ce qui était essentiel pour moi dans la Bible, et dans d'autres textes sacrés, c'était le *miracle* et uniquement le miracle, et non les prescriptions de nature morale et politique, qui ne sont que des voies cachées pour parvenir au miracle, elles n'ont su me répondre qu'en brandissant des lieux communs. En fait, elles redoutaient d'avouer franchement que dans les textes religieux elles ne croyaient que des choses qui pouvaient aussi bien se trouver dans n'importe quel manuel de droit civil. Il suffisait qu'elles entendent le mot "miracle" pour qu'elles se sentent mal. Elles disaient que ça leur faisait perdre pied. Comme s'il pouvait y avoir quelque chose de plus magnifique que le fait de sentir le sol se dérober sous vos pieds ! Le monde est là, le monde existe pour que nous le détruisions par la pensée – j'ai entendu mon père, un jour, qui disait cela – alors seulement commence la vie. Je ne sais pas ce qu'il entendait par "vie", mais je pense parfois qu'un jour je ferai quelque chose comme "me réveiller". Bien que je ne puisse pas me représenter quelle sorte d'état cela signifiera. Et je pense toujours qu'avant ce réveil, il y aura nécessairement des miracles.

Souvent mes amies me demandaient : "En as-tu déjà connu, pour que tu les attendes ainsi constamment ?" et quand je répondais que non, ça les rendait soudain folles de joie, et assurées de triompher. Dites-moi, Monsieur Pernath, est-ce que vous, vous pouvez comprendre ce genre de cœurs ? Que, de fait, j'ai effectivement connu des miracles, certes de moindres, de minuscules miracles – les yeux de Myriam brillèrent soudain –, je n'allais quand même pas le leur révéler… » Je perçus les larmes de joie qui submergeaient sa voix.

« Mais vous, vous allez me comprendre, souvent pendant des semaines, voire des mois – sa voix se fit très basse –, nous n'avons vécu que de miracles. Quand il n'y avait plus du tout de pain dans la maison, mais vraiment plus rien, je savais alors : c'est l'heure. – Alors je m'asseyais, et j'attendais, j'attendais. Jusqu'à ce que les battements de mon cœur m'empêchent quasi de respirer. Et alors, alors, quand j'étais comme attirée par une force, je descendais quatre à quatre et parcourais la rue dans tous les sens, aussi vite que possible, pour être rentrée à temps à la maison, avant que mon père ne revienne. Et chaque fois je trouvais de l'argent. Tantôt plus, tantôt moins, mais toujours assez pour acheter le strict nécessaire ; souvent je trouvais un florin au milieu de la rue. Je le voyais briller de loin, et les gens marchaient dessus, ou glissaient dessus, mais personne ne le remarquait. – Ça me rendait quelquefois si présomptueuse que je ne sortais pas tout de suite, mais commençais par examiner le sol de la cuisine de fond en comble, comme un enfant, pour voir s'il n'était pas tombé du ciel un bout de pain ou une pièce de monnaie. »

Une idée me traversa soudain l'esprit, qui me fit sourire de bonheur.

Elle s'en rendit compte.

« Ne riez pas, Monsieur Pernath, m'implora-t-elle. Croyez-moi, je sais que ces miracles seront de plus en plus grands et qu'un jour ils… »

Je la rassurai : « Mais je ne ris pas, Myriam ! Qu'allez-vous donc penser ? Je suis infiniment heureux que vous ne soyez pas comme les autres, comme ceux qui derrière le moindre effet recherchent la cause habituelle et se couchent chaque fois que les choses – nous crions dans ce cas-là : Dieu soit loué ! – se passent autrement. »

Elle me tendit la main.

« Et donc, n'est-ce pas, Monsieur Pernath, vous ne direz plus jamais que vous voulez m'aider ou nous aider ? Maintenant que vous savez que vous me voleriez ainsi la possibilité de découvrir un miracle si vous le faisiez ? »

Je promis. Mais avec une réserve dans le cœur. C'est alors que la porte s'ouvrit et que Hillel entra.

Myriam se jeta à son cou ; il me salua. Cordialement et plein d'amitié. Mais toujours avec ce « vous » un peu froid.

On aurait dit aussi que pesait sur lui une espèce de fatigue légère ou d'incertitude. – Ou me trompai-je ?

C'était peut-être le crépuscule qui avait envahi la pièce.

« Vous êtes certainement ici pour me demander conseil, commença-t-il une fois que Myriam nous eut laissés seuls, dans l'affaire de cette dame inconnue… ? »

Interloqué, je voulus le contredire, mais il me coupa la parole.

« C'est l'étudiant Charousek qui me l'a dit. Je lui ai adressé la parole dans la rue, parce qu'il m'avait l'air bizarrement changé. Il m'a tout raconté. Tout ce qui accablait son cœur. Y compris que… vous lui avez donné de l'argent. » Il me regardait intensément et soulignait chacun de ses mots d'une façon extrêmement étrange, mais je ne comprenais pas ce qu'il voulait dire par là :

« Il est certain que cela a fait pleuvoir du ciel quelques gouttes de bonheur en plus… et que… dans ce cas… cela n'a peut-être pas eu de conséquences néfastes – il resta songeur un instant –, mais parfois, en faisant cela, on ne fait que se causer de la peine et on en cause à autrui. Aider quelqu'un n'est pas une chose aussi facile que vous le pensez, mon cher ami ! Si c'était le cas, il serait très simple, très simple de sauver le monde… vous ne croyez pas ? »

Je lui demandai :

« Et vous, vous ne donnez donc jamais non plus aux pauvres ? Et même, bien souvent, tout ce que vous possédez, Hillel ? »

Il secoua la tête en souriant : « J'ai l'impression qu'en une nuit vous êtes devenu talmudiste, que vous répondez à une question par une autre question. C'est vrai qu'en l'espèce il est difficile d'en débattre. »

Il s'interrompit, comme si j'étais censé répondre à cela, mais une fois de plus je ne compris pas ce qu'à dire vrai il attendait.

Puis il reprit sur un autre ton : « Au reste, pour en revenir à notre sujet, je ne crois pas que votre protégée, je veux dire cette dame, soit actuellement menacée par un quelconque danger. Laissez les choses venir à vous toutes seules. Je sais bien qu'il est écrit : "l'homme sage anticipe", mais il me semble que l'homme plus sage encore attend de voir et est préparé à tout. Peut-être que l'occasion se présentera, que je rencontrerai Aaron Wassertrum, mais il faut alors que cela vienne de lui, je ne ferai pas le moindre pas dans sa direction, c'est lui qui doit traverser la rue. Que ce soit pour aller vous voir, ou pour moi, peu importe – et alors je causerai volontiers avec lui. C'est à lui qu'il reviendra de décider s'il veut suivre mon conseil ou pas. Je m'en lave les mains. »

Je tentais anxieusement de lire sur les traits de son visage. Il n'avait jamais parlé de façon aussi froide et bizarrement menaçante. Mais derrière cet œil noir et profond sommeillait un abîme.

Les paroles de Myriam me revinrent en mémoire : « Il y a comme un mur de verre entre lui et nous. »

Je ne pus que lui serrer la main sans dire un mot… et partir.

Il m'accompagna sur le pas de la porte, et quand, déjà plus haut dans l'escalier, je me retournai une fois encore, je vis qu'il était resté là et me faisait un signe amical, mais comme ces gens qui voudraient encore dire quelque chose et ne le peuvent.

PEUR

J'avais l'intention d'aller chercher mon manteau et ma canne pour descendre manger dans la petite auberge « Zum alten Ungelt », où chaque soir Zwakh, Vrieslander et Prokop restaient tard dans la nuit à se raconter toutes sortes d'histoires plus folles les unes que les autres ; mais à peine étais-je entré dans mon appartement que cette intention s'évanouit, comme si des mains étrangères m'avaient dévêtu d'un tissu ou de quelque chose que j'aurais eu sur moi.

Il y avait dans l'air une tension que je ne parvenais pas à m'expliquer, mais qui pourtant était là présente comme quelque chose de saisissable, et qui en quelques secondes se déversa en moi avec une telle violence qu'au début l'inquiétude m'empêcha presque de savoir par quoi je devais commencer : allumer la lumière, fermer derrière moi, m'asseoir ou marcher de long en large.

Quelqu'un s'était-il glissé et caché chez moi pendant mon absence ? Étais-je touché par la peur qu'ont les êtres humains d'être tout simplement vus ? Est-ce que Wassertrum n'était pas chez moi ?

Je passai la main derrière les rideaux, j'ouvris l'armoire, risquai un œil dans la pièce d'à côté : personne.

La cassette était toujours là, elle non plus n'avait pas bougé.

Le mieux ne serait-il pas de brûler les lettres, décidé que j'étais soudain à me débarrasser définitivement du tracas qu'elles me causaient ?

Déjà, je cherchai la clé dans la poche de ma veste – mais fallait-il faire cela tout de suite ? Ça pouvait attendre jusqu'à demain matin.

D'abord, allumer ! Je ne trouvais pas les allumettes.

La porte était-elle bien verrouillée – je reculai de quelques pas. M'arrêtai.

Pourquoi donc cette peur, tout à coup ?

J'allais me faire des reproches sur ma couardise : mes pensées restèrent figées. Au milieu de la phrase.

Une idée folle m'envahit soudain : monter vite sur la table, attraper un siège et enfoncer le crâne de « celui » qui rampait là sur le sol, si… si jamais il s'approchait de moi.

« Il n'y a quand même personne ici, me dis-je à voix haute avec colère, as-tu jamais eu peur dans ta vie ? »

Peine perdue. L'air que j'inspirai se fit diaphane et coupant comme l'éther.

Si j'avais vraiment vu quelque chose, n'importe quoi, la plus épouvantable des visions qu'on puisse imaginer – à l'instant même, la peur m'aurait abandonné.

Rien ne vint.

Je scrutai tous les coins et recoins :

Rien.

Rien que des choses connues et archiconnues : des meubles, des coffres, la lampe, le tableau, l'horloge sur le mur… mes vieux amis fidèles et inanimés.

J'espérais qu'en les regardant, ils allaient se transformer, me donner une raison d'être étreint par cette panique, en l'espèce, une illusion d'optique par exemple.

Mais même pas ça. Ils restaient figés dans la fidélité à leur forme. Bien plus figés qu'ils n'auraient dû l'être dans la pénombre qui avait envahi la pièce, bien trop figés.

« Ils sont sous l'emprise de la même force que toi », j'eus cette impression, « ils n'osent pas se risquer au moindre mouvement ».

Pourquoi l'horloge ne fait-elle plus son bruit caractéristique ?

D'être ainsi aux aguets, tout autour de moi engloutissait le moindre son.

Je secouai la table et m'étonnai de pouvoir entendre son raclement sur le sol.

Si au moins le vent pouvait siffler autour de la maison ! Mais même pas cela ! Ou si le bois voulait bien craquer dans le poêle ! Mais le feu était éteint.

Et toujours cette même impression générale et horrible d'être épié – sans la moindre pause, le moindre arrêt, comme une eau qui ne cesserait de couler.

Cette attente vaine de tous mes sens sur le qui-vive, prêts à bondir à chaque instant : c'était insupportable, je désespérais de pouvoir y survivre. – L'espace était peuplé d'yeux que je ne pouvais voir – rempli de mains errant sans but que je ne parvenais pas à saisir.

« C'est l'épouvante qui s'engendre à partir d'elle-même, l'effroi paralysant devant l'inconcevable Non-Être, qui n'a pas de forme et qui ronge les frontières de notre pensée. » Je compris cela confusément.

Je me raidis entièrement et attendis.

J'attendis un bon quart d'heure : peut-être que « ça » finissait par se laisser tenter et rampait par-derrière jusqu'à moi... et que je pouvais l'attraper ? !

D'un seul mouvement brusque, je me retournai vivement : rien, une fois de plus.

Ce même rien qui rongeait ma moelle, qui n'existait pas et qui pourtant remplissait la pièce de sa vie effrayante.

Et si je partais en courant ? Qu'est-ce qui m'en empêchait ?

« “Ça” me suivrait. » J'en eus aussitôt la certitude irréfutable. Et pareillement, j'étais sûr qu'il ne me servirait à rien d'allumer la lumière, je m'en rendais bien compte, et pourtant je me mis à chercher le briquet jusqu'à ce que je l'aie trouvé.

Mais la mèche ne voulait pas brûler et n'en finissait pas de se contenter de rougeoyer : la petite flamme ne parvenait ni à vivre, ni à mourir, et quand elle se fut enfin, à force, arraché une fragile existence tremblotante, elle resta sans éclat, comme un bout de métal jaune encrassé. Non, mieux valait encore l'obscurité.

J'éteignis de nouveau et me jetai tout habillé sur le lit. Comptai les battements de mon cœur : un, deux, trois, quatre… jusqu'à mille, et repartant à zéro, les heures, les jours, les semaines, me sembla-t-il, jusqu'à ce que mes lèvres fussent sèches, et mes cheveux tout hérissés : je ne me détendis pas une seconde.

Mais vraiment pas une seule seconde.

Je me mis à prononcer des mots à voix haute, comme ils me venaient sur la langue : Prince, Arbre, Enfant, Livre – et à les répéter convulsivement jusqu'à ce qu'ils ne fussent plus soudain que de simples sons barbares dépourvus de sens, effrayants, campés là nus devant moi et venus de la nuit des temps, me forçant à réfléchir de toutes mes forces pour leur retrouver une signification. P-r-i-n-c-e ? L-i-v-r-e ?

N'avais-je pas déjà perdu la raison ? N'étais-je pas mort ? – Je tâtai tout autour de moi.

Debout, lève-toi !

M'asseoir dans le fauteuil !

Je me laissai choir dans le fauteuil.

Si seulement la mort pouvait venir !

Ne plus avoir ce sentiment affreux d'être épié en permanence ! Je criai : « Je-ne-veux-pas ! Je-ne-veux-pas ! »

« Vous n'entendez donc pas ? »

Je retombai sans force contre le dossier.

N'arrivai pas à comprendre que je pusse encore être en vie.

Incapable de penser ou de faire quoi que ce fût, je restai là les yeux hagards, fixant le vide.

« Pourquoi me tend-il si obstinément ces graines ? » Cette pensée monta lentement en moi, reflua, revint. Reflua. Revint.

Je finis par réaliser très lentement qu'un être étrange était là devant moi – qu'il était peut-être resté debout devant moi depuis que je m'étais assis, et qu'il me tendait la main.

Une créature grise, large d'épaules, de la taille d'un adulte un peu tassé sur lui-même, appuyée sur une canne noueuse en bois blanc, torsadé.

À l'endroit où aurait dû se trouver sa tête, je ne pus distinguer qu'une espèce de balle brumeuse de vapeur diaphane. Un morne parfum de bois de santal et d'ardoise humide émanait de tout ce spectre.

Un sentiment de vulnérabilité absolue me fit presque perdre conscience. Toute la torture que je venais de vivre pendant si longtemps et qui m'avait rongé les nerfs se concentrait maintenant en une angoisse de mort, avait pris forme, s'était figée dans cet être.

Mon instinct de conservation me dit que je deviendrais fou de peur et de panique si je pouvais voir le visage du fantôme, il me mettait en garde, me criait cela dans les oreilles – et pourtant une espèce d'aimant m'entraînait, en sorte que je ne parvenais pas à détourner mes regards de cette boule diaphane, y cherchant obstinément des yeux, un nez, une bouche.

Mais en dépit du mal que je me donnais, cette vapeur demeurait immobile. Je réussis certes à mettre sur ce tronc toutes sortes de têtes, mais en restant convaincu, chaque fois, qu'elles ne provenaient que de mon imagination.

Elles se dissolvaient d'ailleurs continuellement – pratiquement à la seconde même où je les avais conçues.

Seule la forme d'une tête d'ibis égyptien subsista plus longuement que les autres.

Les contours du spectre flottaient comme un voile fantomatique dans l'obscurité, se contractaient imperceptiblement, puis se déployaient de nouveau avec ampleur, comme si tout le personnage était traversé par de longues respirations. C'était le seul mouvement qu'on pût observer. En guise de pieds, il avait des moignons d'os qui effleuraient le sol, avec des bourrelets de chair grise et exsangue retroussés comme des manchons épais au niveau des chevilles.

La créature me tendait la main sans faire le moindre mouvement.

Elle contenait de petites graines. Grosses comme des haricots, de couleur rouge, avec des points noirs sur les bords.

Qu'est-ce qu'il fallait que j'en fasse ?

Je sentis confusément qu'une énorme responsabilité pèserait sur mes épaules, plus lourde que toute réalité terrestre, si je ne faisais pas ce qu'il fallait.

Deux plateaux de balance, chacun portant le poids d'une moitié de l'univers tout entier, oscillent quelque part dans le royaume des causes – j'avais ce pressentiment – quel que soit celui sur lequel je jetterais un grain de poussière : c'était celui-là qui descendait.

Je compris que c'était cela qui causait ce sentiment effrayant d'être épié par des êtres tout autour de moi. Ma raison hurlait : ne fais pas le moindre mouvement, quand bien même la mort ne devrait jamais venir, de toute éternité, pour te délivrer de ces tourments.

Une voix murmura en moi : mais même là, tu aurais encore fait un choix, tu aurais refusé les graines. Ici, il n'y a pas de retour en arrière.

Je regardai tout autour de moi, en quête de secours, cherchant un signe m'indiquant ce que je devais faire.

Rien.

En moi non plus, rien, pas le moindre conseil, pas la moindre idée – tout était mort, avait cessé de vivre.

La vie de dizaines de milliers d'hommes est suspendue légère comme une plume à cet instant effrayant.

Il faisait certainement déjà nuit noire, car je ne distinguais plus les murs de la pièce.

À côté, dans l'atelier, j'entendis des pas taper sur le sol. Quelqu'un bougeait des armoires, ouvrait brusquement des tiroirs et les jetait par terre avec fracas. Je crus reconnaître la voix de basse caverneuse de Wassertrum qui proférait des jurons furieux. Mais je n'écoutais pas. Ça ne me faisait pas plus d'effet que le frottement d'une souris. – Je fermais les yeux : des visages humains défilaient en longs cortèges devant moi. Paupières closes – masques mortuaires figés : toute ma dynastie, mes aïeux.

Et toujours avec ce même genre de masse crânienne, bien que le type semblât s'en modifier : c'est ainsi qu'ils se levaient de leurs tombeaux, les cheveux tirés à plat, bouclés et coupés court, avec des perruques à l'ancienne et des nattes passées dans des anneaux, revenant des siècles, les uns après les autres. Leurs traits finirent par m'être de plus en plus familiers et se confondirent en un seul et même dernier visage : le visage du Golem, qui fut le dernier de la longue chaîne de visages de mes ancêtres.

Puis l'obscurité finit par dissoudre la pièce, en fit un espace infini et vide, au milieu duquel je me savais assis sur mon fauteuil, avec devant moi, de nouveau, cette ombre grise qui me tendait la main.

Et quand j'ouvris les yeux, deux cercles sécants d'êtres étranges dessinaient un huit autour de nous : dans l'un des deux cercles, ils étaient revêtus d'habits à reflets violets, dans l'autre, d'habits noirs un peu rougeâtres. Des êtres de race inconnue, de haute, très haute et non naturelle stature, qui tenaient leurs visages cachés derrière des foulards lumineux.

Les battements de mon cœur dans ma poitrine me dirent que le moment de la décision était venu. Mes doigts firent un geste vif vers les graines et je vis alors comme un tressaillement parcourir les silhouettes du cercle rougeâtre.

Devais-je repousser les graines ? Le tressaillement s'empara du cercle bleuâtre. Je regardai durement l'homme sans tête. Il était toujours là, debout, dans la même attitude, toujours aussi immobile.

Même sa respiration s'était arrêtée.

Je levai le bras, sans savoir encore ce que je devais faire, et frappai la main tendue du fantôme : les graines roulèrent à terre.

Pendant un bref moment, aussi brusque qu'une décharge électrique, la conscience me fit défaut et je crus m'abîmer dans des profondeurs infinies – puis je me retrouvai debout sur mes deux pieds.

La créature grise avait disparu. Ainsi que les êtres du cercle rougeâtre.

Les silhouettes bleues en revanche avaient fait un cercle autour de moi. Elles avaient sur la poitrine une inscription en hiéroglyphes dorés et tenaient en l'air entre l'index et le pouce, muettes, comme s'il s'agissait d'un serment – les graines rouges que j'avais fait tomber de la main du fantôme sans tête.

Dehors j'entendais une averse de grêle se déchaîner contre les fenêtres et des grondements de tonnerre qui déchiraient l'air.

Un orage d'hiver se déchaînait avec une fureur aveugle sur la ville. On entendait, au milieu des hurlements de la tempête, à intervalles réguliers, la canonnade sourde annonciatrice du dégel de la Moldau et de la rupture de son manteau de glaces. La pièce flamboyait dans le reflet des éclairs incessants. Je me sentis soudain si faible que mes genoux se mirent à trembler et que je dus m'asseoir.

« Sois tranquille, dit une voix nette à mes côtés, sois tout à fait tranquille, c'est Lél Chimmourim [1] aujourd'hui, la nuit de la protection. »

Peu à peu l'orage diminua, et le fracas assourdissant fit place au tambourinement monotone des grêlons sur les toits.

La lassitude augmenta à tel point dans tous mes membres que je ne percevais plus ce qui se passait autour de moi que dans un état de demi-rêve, par des sensations émoussées.

Dans le cercle, quelqu'un prononça ces mots :

« *Celui que vous cherchez n'est pas ici.* »

Les autres répondirent quelque chose dans une langue inconnue.

1. Ou « Nuit des gardes », première nuit de Pessah, pendant laquelle, en théorie, tout Israël est protégé.

Après quoi le premier répéta à voix basse une phrase où l'on entendait le nom « Hénoch [1] », mais je ne compris pas le reste : le vent ramenait trop bruyamment du fleuve le fracas des glaces qui éclataient.

Puis une silhouette se détacha du cercle, vint se placer devant moi, montra les hiéroglyphes sur sa poitrine – c'étaient les mêmes lettres que celles des autres – et me demanda si je pouvais les lire.

Et quand tout bredouillant de fatigue je lui dis que non, le personnage tendit vers moi la paume de sa main, et l'inscription apparut en lettres lumineuses sur ma poitrine, en caractères romains d'abord :

CHABRAT ZEREH AUR BOCHER [2]

qui se retransformèrent de nouveau en l'écriture inconnue... Je tombai alors dans un profond sommeil vide de songes, comme je n'en avais plus connu depuis la nuit où Hillel avait délivré ma langue.

1. Hénoch : Personnage biblique, fils de Yéred (Gn 5,18). Les rabbins du Midrach lui attribuent un statut de scribe céleste et l'invention de toutes les sciences et de la connaissance.

2. « Confrérie des jeunes gens descendants de la première lumière » (non identifiés).

PULSIONS

Toutes les heures des jours précédents s'étaient écoulées à une vitesse hallucinante. C'est à peine si je m'accordais le temps de manger.

Une irrésistible pulsion d'activité extérieure m'avait enchaîné à ma table du matin jusqu'au soir.

La pierre avait été terminée et Myriam avait été très contente, comme un petit enfant.

La lettre « I » dans le livre d'Ibbour était, elle aussi, réparée.

Je me calai contre le dossier et fis tranquillement défiler en pensée tous les petits événements des heures de la journée :

La vieille bonne femme qui faisait le ménage chez moi était entrée en trombe le lendemain de l'orage en m'annonçant que, pendant la nuit, le pont de pierre s'était effondré.

Bizarre quand même : effondré ! À l'heure même précisément où moi-même, ces graines, je les avais… Non, non, ne pas penser à cela. Tout ce qui s'était passé jadis pouvait être enduit d'une couche de bon sens raisonnable, je m'étais promis de laisser cela enfoui dans mon cœur jusqu'à ce que les choses se réveillent d'elles-mêmes, et surtout de ne pas y toucher.

Depuis quand était-ce… Je passais encore sur ce pont, je regardais les statues de pierre – et voilà que maintenant, ce pont, qui avait tenu pendant des siècles, était en ruine.

Ça me plongeait presque dans une sorte de mélancolie, l'idée que je ne pourrais plus y poser le pied. Même si on le reconstruisait, ce ne serait plus le vieux pont de pierre mystérieux.

Des heures durant, tandis que je taillais la gemme, je n'avais pu m'empêcher de penser, avec autant d'évidence et d'actualité vivante que si je ne l'avais jamais oublié, au fait que souvent, quand j'étais jeune enfant, et bien des années plus tard, j'avais levé les yeux vers la statue de la sainte Luitgard, puis vers toutes les autres statues, enfouies maintenant sous les eaux mugissantes.

J'avais revu en esprit mille petites choses chères que j'avais dites miennes dans mon enfance, ainsi que mon père, ma mère et toute la foule de mes camarades d'école [1]. Seule la maison où j'avais habité ne voulait pas me revenir en mémoire.

Je savais qu'un jour, au moment où je m'y attendrais le moins, elle surgirait de nouveau devant moi ; et je m'en réjouissais à l'avance.

C'était si agréable ce sentiment que tout, soudain, se règle en moi de manière naturelle et simple.

Quand, l'avant-veille, j'avais sorti le livre d'Ibbour de la cassette – ça n'avait rien d'étonnant, le fait que ça ressemble maintenant à ce à quoi ressemble un vieux parchemin orné d'initiales précieuses –, ça m'avait semblé aller parfaitement de soi.

Je n'arrivais pas à comprendre que cela ait jamais pu me faire un effet fantomatique. C'était écrit en hébreu, complètement incompréhensible pour moi.

Quand donc l'inconnu viendrait-il le rechercher ?

La joie de vivre qui m'avait secrètement envahi pendant tout mon travail se réveilla avec sa fraîcheur revigorante et chassa les pensées nocturnes qui voulaient m'assaillir de nouveau.

1. « Camarades de faute » (*Schuldkameraden*) dans l'original : lapsus – intéressant – du prote ou de l'auteur…

Je saisis d'un geste prompt le portrait d'Angelina – j'avais découpé la dédicace qui l'ornait en bas – et l'embrassai.

Tout était si insensé et aberrant, mais pourquoi ne pas rêver un jour... de bonheur, pourquoi ne pas retenir fermement le présent chatoyant, l'empêcher de s'enfuir et en jouir comme d'une bulle de savon ?

Et ce que tous les désirs de mon cœur me faisaient miroiter, cela ne pouvait-il pas, après tout, s'accomplir ? Était-il donc si impossible que je devienne en une nuit un homme célèbre ? Quelqu'un qui serait à sa hauteur à elle, à défaut d'extraction comparable ? Et en tout cas à la hauteur du Dr Savioli ? Je pensai à la gemme de Myriam : si je parvenais à en faire encore d'autres comme celle-là... aucun doute, même les meilleurs artistes de tous les temps n'avaient jamais rien créé de mieux.

Et en admettant un hasard, un seul : si le mari d'Angelina mourait subitement ?

J'eus soudain très chaud, puis froid : un hasard, un infime hasard, et mon espoir, mon espoir le plus téméraire prenait forme...

Un simple fil tout fin, qui chaque jour pouvait casser, retenait le bonheur qui ne pourrait que m'échoir alors nécessairement.

Ne m'était-il pas déjà arrivé mille fois plus étonnant encore ?

Des choses dont l'humanité ne subodorait pas qu'elles pussent exister ?

N'était-ce *pas* un miracle qu'en l'espace de quelques semaines seulement se soient éveillées en moi des capacités artistiques qui m'avaient déjà élevé bien au-dessus de la moyenne...

Et je n'étais pourtant qu'au début du chemin !

N'avais-je donc pas droit au bonheur ?

Le mysticisme est-il synonyme d'absence de désir ?

Je recouvris de bruit le « oui » qui répondait en moi : rêver seulement une heure encore – une minute – une brève existence humaine !

Et je rêvais les yeux ouverts.

Les pierres précieuses sur ma table se mirent à grandir et grandir, elles m'entouraient de toutes parts de chutes d'eaux colorées. Il y avait des groupes d'arbres d'opale qui réfractaient les ondes lumineuses du ciel tout scintillant de bleu comme l'aile d'un gigantesque papillon des tropiques, en faisaient une pluie d'étincelles retombant sur des prairies infinies gorgées des chaudes senteurs d'un été.

J'eus soif et rafraîchis mon corps dans la mousse glacée des torrents qui dévalaient à grand bruit des rochers de nacre coruscante.

Un souffle lourd caressait les pentes parsemées de fleurs et de bourgeons, m'enivrait d'odeurs de jasmin, de jacinthe, de narcisse, de sainbois…

Insupportable ! Tout ça était insupportable ! J'effaçai l'image. J'avais soif. C'étaient les tourments du paradis.

J'ouvris la fenêtre brusquement et laissai la brise tiède du dégel caresser mon front.

Ça sentait le printemps.

Myriam !

Je ne pouvais m'empêcher de penser à Myriam. À Myriam qui avait dû se tenir au mur pour ne pas tomber, tant elle était bouleversée, quand elle était venue me raconter qu'un miracle s'était produit, un vrai miracle : qu'elle avait trouvé une pièce d'or dans la miche de pain que le boulanger avait passé à travers les barreaux et posé à la fenêtre de la cuisine.

Je pris ma bourse. – Pourvu qu'il ne fût pas trop tard et que j'arrivasse à temps pour lui glisser de nouveau un ducat de sortilège !

Tous les jours, elle était venue me voir, me tenir compagnie comme elle disait, mais chaque fois elle n'avait pratiquement pas parlé, tant elle était pleine de ce « miracle ». Cette expérience l'avait minée jusqu'au plus profond de ses profondeurs et quand je songeais à la façon dont parfois, sans aucune raison, sous la seule influence de ses souvenirs, elle était soudain devenue livide et ses lèvres mêmes avaient pâli, j'étais pris de vertige à l'idée que j'aurais pu, dans mon aveuglement, commettre des choses dont la portée et les conséquences étaient incalculables.

Et quand je me rappelais les dernières paroles obscures qu'avait prononcées Hillel et les mettais en relation avec cela, un frisson glacé me parcourait. La pureté du motif n'était pas pour moi une excuse – la fin ne sanctifie *pas* les moyens, je le comprenais bien. Et que dire alors si, par-dessus le marché, le motif « vouloir aider quelqu'un » n'était qu'en *apparence* « pur ». Ne se cachait-il pas malgré tout là-derrière quelque mensonge secret ? Le désir inconscient, et complaisant à soi, de faire le beau dans le rôle de celui qui porte secours ?

Je commençai à me rendre fou moi-même.

Il était évident que j'avais jugé Myriam de façon bien trop superficielle.

Le simple fait qu'elle fût la fille de Hillel, déjà, la rendait nécessairement différente des autres filles.

Comment avais-je pu me permettre d'intervenir aussi déraisonnablement dans une vie intérieure qui était sans doute des dizaines de fois plus noble que la mienne ?

J'aurais déjà dû être alerté par la forme de son visage, qui plutôt qu'à la nôtre, avec ses physionomies suant le bon sens et la rationalité, aurait cent fois mieux convenu à l'époque de la Sixième dynastie égyptienne – bien que, même pour celle-ci, elle fût encore bien trop spiritualisée.

« Seul le très sot se méfie de l'apparence extérieure. » J'avais déjà lu ça quelque part. – Eh oui, ô combien !

Myriam et moi, nous étions de bons amis maintenant : fallait-il que je lui avoue que c'était moi qui lui avais introduit tous les jours ces ducats de contrebande dans son pain ?

Le coup serait trop brutal.

Il l'assommerait complètement.

Je n'avais pas le droit d'oser faire cela, il fallait que j'agisse avec plus de précaution.

Fallait-il atténuer, d'une manière ou d'une autre, le « miracle » lui-même ? Ne plus mettre l'argent dans le pain, mais le déposer sur la marche d'escalier pour qu'elle ne puisse pas ne pas le trouver quand elle ouvrirait la porte, etc., etc. Je me consolais en me disant que j'allais bien imaginer quelque chose de nouveau, de moins abrupt, une voie quelconque pour la ramener progressivement du merveilleux dans la réalité quotidienne.

Oui ! C'était ça qu'il fallait faire.

Ou alors trancher le nœud ? Mettre son père dans la confidence et lui demander conseil ? Le rouge de la honte me monta au visage. Il restait bien assez de temps pour cette dernière démarche, si tous les autres moyens échouaient.

Il fallait seulement se mettre à l'œuvre sans traîner, ne pas perdre une minute !

Il me vint alors une bonne idée : il fallait que j'incite Myriam à faire quelque chose de tout à fait inhabituel pour elle, l'arracher quelques heures à son milieu coutumier, pour qu'elle ait des impressions différentes.

Nous allions prendre une voiture et faire une promenade. Qui donc nous connaissait, dès lors que nous évitions le quartier juif ?

Ça l'intéresserait peut-être d'aller voir le pont effondré ?

Ou alors le vieux Zwakh, ou l'une de ses amies de jadis l'accompagneraient, si elle trouvait par trop inconvenant que je sois là avec elle.

J'étais fermement décidé à refuser toute espèce de contradiction.

Sur le seuil de la porte j'envoyai presque valdinguer la personne qui se trouvait juste derrière. Un homme.

Wassertrum.

Il avait dû sûrement épier par le trou de la serrure, car il était encore penché en avant au moment où je lui étais rentré dedans.

« Vous me cherchiez ? » lui demandai-je sur un ton rogue.

Il bredouilla quelques mots d'excuse dans son jargon impossible ; puis répondit affirmativement.

Je l'engageai à s'approcher et à s'asseoir, mais il restait debout près de la table en triturant nerveusement le bord de son chapeau. Son visage et chacun de ses mouvements trahissaient une profonde animosité qu'il s'efforçait en vain de me dissimuler.

Je n'avais encore jamais vu cet homme d'aussi près. Ce n'était pas son horrible laideur qui dégoûtait les gens (pour ma part, elle m'aurait plutôt empli de compassion : il ressemblait à une créature dont la nature furieuse et dégoûtée aurait démoli le visage à coup de pieds dès sa naissance) – la faute en incombait à quelque chose d'autre, quelque chose d'impondérable qui émanait de lui.

Le « sang », comme Charousek l'avait dit avec perspicacité.

Involontairement, je m'essuyai la main que je lui avais tendue quand il était entré.

J'eus beau faire cela de manière discrète, il sembla s'en être rendu compte, car je le vis soudain lutter violemment contre lui-même pour réprimer l'embrasement de la haine dans ses yeux.

« Z'êtes joliment bien ici », finit-il par dire en butant sur les mots quand il vit que je ne lui ferais pas le plaisir d'engager moi-même la conversation.

À rebours des paroles qu'il prononçait, il fermait les yeux, peut-être aussi pour ne pas rencontrer mon regard. À moins qu'il crût que cela donnerait à son visage une expression plus inoffensive.

On entendait très nettement la peine qu'il se donnait pour parler l'allemand normal.

Je ne me sentais pas dans l'obligation de répartir quoi que ce soit et attendais de voir ce qu'il allait encore dire.

Pour contenir son embarras, il fit un geste de la main vers la *lime* qui – Dieu sait pourquoi – se trouvait encore sur la table depuis la visite de Charousek, mais la retira aussitôt comme par réflexe, comme s'il avait été mordu par un serpent. Je m'étonnai intérieurement de la subtilité de son subconscient.

« Bien sûr, naturellement, ça fait partie du métier que ça soit si bien que ça, dit-il en se ressaisissant, quand on reçoit de si nobles visites. » Il voulut ouvrir les yeux pour voir l'effet que ses paroles avaient produit sur moi, mais dut penser manifestement qu'il était trop tôt pour cela et les referma promptement.

Je voulais le pousser dans ses retranchements : « Vous voulez parler de la dame qui est passée ici devant la maison il y a peu ? Dites-moi donc franchement où vous voulez en venir ! »

Il hésita un instant, puis m'attrapa le poignet avec force et me traîna sans ménagement jusqu'à la fenêtre.

Cette façon de procéder étrange et immotivée me rappela la manière dont il avait, quelques jours plus tôt, tiré le sourd-muet Jaromir en bas dans sa caverne.

Il me tendait dans ses doigts crochus un objet étincelant : « Qu'en pensez-vous, Monsieur Pernath, est-ce qu'on peut encore y faire quelque chose là ? »

L'objet en question était une montre en or avec des couvercles si cabossés qu'on aurait pu croire que quelqu'un les avait intentionnellement déformés.

Je pris un verre grossissant : les charnières étaient à moitié arrachées et à l'intérieur… n'y avait-il pas là quelque chose de gravé ? Ça n'était plus guère lisible, et en outre c'était entièrement rayé d'écorchures toutes fraîches. Je déchiffrai lentement :

K–rl Zott-mann.

Zottmann ? Zottmann ? Où avais-je déjà lu ce nom ? Je n'arrivais plus à me souvenir. Zottmann ?

Wassertrum me fit presque voler la loupe de la main :

« Dans le mécanisme, il n'y a rien. J'y ai déjà regardé moi-même. Mais le boîtier, ça déconne. »

« Bah, il n'y a qu'à le retapoter un peu – juste quelques soudures et c'est bon. N'importe quel orfèvre vous fera ça, Monsieur Wassertrum. »

Il m'interrompit avec précipitation, presque anxieux : « Mais moi, je veux absolument que ça soit un travail bien fait : artistique, comme on dit. »

« Bon, eh bien, écoutez, si vous y tenez tant… »

« Y tenez tant ! » Sa voix se brisait sous le coup de l'empressement. « C'est que je veux la porter moi-même, cette montre. Et quand je la montrerai à quelqu'un, je veux pouvoir dire, regardez voir, c'est le travail de Monsieur Pernath. »

Ce type me dégoûtait ; il me crachait littéralement ses flatteries répugnantes à la figure.

« Revenez dans une heure, ça sera fini. »

Wassertrum se tordit en convulsions : « Ça non, j'veux pas. Pas question. Trois jours. Quatre jours ; la semaine prochaine ça suffit bien. Sinon, toute ma vie que je me ferais des reproches de vous avoir pressé. »

Mais que voulait-il donc, pour se mettre ainsi hors de lui ? – Je fis un pas dans la pièce d'à côté et enfermai la montre dans la cassette. La photographie d'Angelina était posée dessus. Je refermai vite le couvercle pour le cas où Wassertrum m'aurait suivi des yeux.

Quand je revins, je fus frappé par le fait que son visage avait changé de couleur.

Je le dévisageai sans ciller, mais expédiai aussitôt mon soupçon aux oubliettes. Impossible. Il ne pouvait *rien* avoir vu.

« Bon, eh bien comme ça, la semaine prochaine peut-être… », lui dis-je pour mettre un terme à sa visite.

Il semblait tout à coup ne plus être pressé, prit un siège, s'assit.

Contrairement aux instants précédents, il me parlait en gardant ses yeux de poisson grands ouverts, obstinément fixés sur le bouton supérieur de mon gilet. Il y eut une pause.

« La *duksel*[1] vous a dit, naturellement, que vous êtes censé ne rien savoir si ça venait à se savoir. Hein ? » crachouilla-t-il soudain sans préambule dans ma direction tout en tapant du poing sur la table. Il y avait quelque chose d'étonnant et d'effrayant dans la brutalité de ses sauts d'une façon de parler à l'autre, il pouvait passer

1. Variante argotique pour « duchesse ».

de la flagornerie au ton brutal, et je me dis qu'il était très vraisemblable que la plupart des gens, les femmes en particulier, pussent se retrouver entièrement à sa merci pour peu qu'il disposât de la moindre arme à utiliser contre eux.

J'allais bondir de mon siège, l'attraper au collet et le mettre à la porte, ce fut ma première pensée ; puis je me demandai s'il ne serait pas plus sage d'écouter d'abord jusqu'au bout ce qu'il avait à raconter.

« Je ne comprends vraiment pas ce que vous voulez dire, Monsieur Wassertrum » – je m'efforçai de prendre l'air le plus bête qui fût – « *Duksel*, qu'est-ce que c'est que ça : *Duksel* ? »

« Il faut peut-être que vous apprenne à parler votre langue ? m'interrompit-il grossièrement. Vous devrez lever la main au tribunal quand il s'agira de machine. Vous me comprenez ? ! Je vous le dis, moi ! – Il se mit à crier. – À moi, les yeux dans les yeux, vous ne pourrez pas me jurer qu'elle, là… – du pouce il désignait l'atelier – elle a rappliqué chez vous dare-dare avec juste un tapis sur elle et rien d'autre. »

Je sentis la fureur me monter jusqu'aux yeux ; j'attrapai la fripouille au collet et le secouai comme un prunier :

« Encore un mot sur ce ton, et je vous casse les os en deux ! C'est compris ? ! »

Il retomba livide sur sa chaise et bredouilla :

« Quoi ? quoi ? Qu'est-ce qui se passe ? Qu'est-ce que vous me voulez, je dis ça comme ça, c'est tout. »

Je fis quelques pas en long et en large dans la pièce pour me calmer. Sans écouter ce qu'il bavassait pour s'excuser.

Puis je me rassis tout contre lui, dans la ferme intention de tirer au clair une fois pour toutes le fin mot de cette affaire, dans la mesure où elle concernait Angelina, et de le forcer – si ça ne pouvait pas se faire pacifiquement – à déclencher les hostilités et à tirer avant l'heure ses deux-trois flèches débiles.

Sans tenir le moindre compte de ses interruptions, je lui dis d'emblée que ses chantages de toutes natures –

j'insistai sur le mot – étaient condamnés à échouer, étant donné qu'il ne pourrait conforter aucune de ses accusations par des preuves et que pour ma part je saurais *certainement* m'abstenir de témoigner (en admettant, pour commencer, qu'il soit de l'ordre du possible qu'on en arrive à ce stade) qu'Angelina m'était bien trop chère pour que je ne lui porte pas secours quand elle serait dans la détresse, quoi qu'il doive en coûter, fût-ce un parjure !

Tous les muscles de son visage tressaillaient, son bec-de-lièvre se retroussait et s'ouvrait jusqu'au nez, il montrait les crocs et n'arrêtait pas de me glouglouter des objections comme un dindon : « Est-ce que je veux, moi, quelque chose de la *Duksel* ? Eh ben, écoutez ce que j'vous dis – l'impatience que lui causait mon impassibilité le mettait hors de lui –, c'est ce Savioli qui m'intéresse, ce chien maudit – ce... ce... », hurla-t-il soudain.

Il avait la respiration coupée, cherchait l'air. Je cessai un moment : il en était enfin arrivé au point où je voulais l'amener ; mais lui-même de son côté s'était ressaisi et fixait de nouveau mon gilet.

« Écoutez, Pernath – il s'efforçait d'adopter le ton froid et objectif du commerçant –, vous n'arrêtez pas de parler de la *Duk* – de cette dame. Très bien ! Elle est mariée. Bien : elle s'est laissée aller à quelques privautés avec ce... ce jeune chenapan. En quoi ça me concerne ? » Il agitait les mains sous mon visage en pinçant les extrémités des doigts, comme s'il avait tenu une pincée de sel, « C'est elle qui doit se dégager, la *Duksel*. – Moi je connais la vie et, vous aussi, vous connaissez la vie. On sait ça tous les deux, hein ? Je veux seulement récupérer mon argent. Vous comprenez, Pernath ? ! »

J'écoutais, stupéfait :

« Quel argent ? Est-ce que le Dr Savioli vous doit quelque chose ? »

Wassertrum esquiva : « J'ai des comptes à régler avec lui. Ça revient au même. »

« Vous voulez l'assassiner ! » m'écriai-je.

Il bondit. Se mit à gesticuler dans tous les sens. Gloussa à plusieurs reprises.

« Oui, c'est ça ! L'assassiner. Pendant combien de temps allez-vous me jouer la comédie ? » Je lui montrai la porte. « Sortez d'ici, voulez-vous ? ! »

Il ramassa lentement son chapeau, le mit sur sa tête, et se tourna comme pour partir. Puis il s'arrêta une fois encore et me dit avec un calme dont je ne l'aurais pas cru capable :

« Bon, très bien. J'ai voulu vous sortir de l'affaire. Bien. Si ça ne marche pas : ça ne marche pas. Ce sont les barbiers qu'on apitoie qui font les vilaines blessures. Mon *Zarbüchel* est plein. Si vous aviez été malin… hein, le gars Savioli, il fait que vous gêner, pas vrai ? – Mais maintenant *rien qu'avec… vous trois…* – il fit un geste d'étranglement, pour signifier ce qu'il voulait dire – …moi, *je vais faire… des boulets…* »

Ses grimaces exprimaient une cruauté si satanique et il me paraissait tellement sûr de son affaire que mon sang se figea dans mes veines. Il devait certainement disposer d'une arme dont je ne savais rien, et que Charousek non plus ne connaissait pas. Je sentis le sol vaciller sous moi.

Une voix chuchota dans mon crâne « La lime. La lime ! ». J'estimai les distances : un pas jusqu'à la table, deux jusqu'à Wassertrum. J'étais sur le point de bondir – quand soudain, comme sorti du sol, Hillel apparut sur le pas de la porte.

Ma vision de la pièce se brouilla. Je vis seulement, comme à travers un brouillard, que Hillel restait immobile, et que Wassertrum reculait pas à pas jusqu'au mur.

Puis j'entendis Hillel dire :

« Vous connaissez bien, Aaron, le précepte : tous les Juifs sont caution les uns des autres. Ne nous rendez pas les choses difficiles. » Il ajouta quelques mots d'hébreu que je ne compris pas.

« Qu'est-ce que vous avez besoin de renifler à la porte ? » écuma le brocanteur entre ses lèvres tremblantes.

« Que j'aie écouté ou pas, pas besoin de vous en occuper. »

Une nouvelle fois, Hillel termina sa phrase par quelques mots en hébreu qui résonnaient cette fois comme une menace. Je m'attendais à ce que les choses dégénèrent en querelle, mais Wassertrum ne répondit pas une seule syllabe, réfléchit un instant, puis sortit, l'air arrogant.

Je regardai Hillel, tendu. Il me fit comprendre d'un signe que je devais me taire. Manifestement, il attendait quelque chose, car pendant de longs moments il écouta très attentivement ce qui se passait dans le couloir. Je voulus aller fermer la porte, mais il m'en empêcha d'un geste impatient de la main.

Une minute s'écoula, puis on entendit le raclement des pas traînants du brocanteur qui remontait les marches. Hillel sortit sans dire un mot et le laissa passer.

Wassertrum attendit qu'il soit hors de portée, puis grommela d'une voix renfrognée :

« Rendez-moi ma montre. »

FEMME

Où donc était passé Charousek ?

Vingt-quatre heures s'étaient presque écoulées, il ne se montrait toujours pas.

Aurait-il oublié le signal que nous avions convenu ?

J'allai à la fenêtre et disposai le miroir de telle manière que le rayon du soleil qui l'éclairait tombe exactement sur les grilles du soupirail de la cave où il habitait.

L'intervention de Hillel, la veille, m'avait assez tranquillisé. Si un quelconque danger avait menacé, il m'aurait sûrement mis en garde.

En outre : Wassertrum ne pouvait plus rien entreprendre de grave ; juste après m'avoir quitté, il était retourné dans sa boutique – je jetai un œil tout en bas : effectivement, il était installé derrière ses plaques de fourneau, immobile, exactement comme le matin de bonne heure quand j'avais regardé.

Insupportable attente continue ! Les doux effluves de la brise de printemps qui passait par la fenêtre ouverte de la pièce d'à côté m'emplissaient d'une langueur vague, me rendaient malade.

Cette eau de fonte qui dégouttait des toits ! Et ces filets d'eau étincelants dans le soleil !

Mille fils invisibles me tiraient dehors. J'allais et venais dans ma pièce, impatient. Me jetais dans un fauteuil. Me relevais.

Pas moyen que cesse dans ma poitrine cette germination maladive d'un état amoureux incertain.

Toute la nuit elle m'avait torturé. Une fois c'était Angelina qui s'était lovée contre moi, puis l'instant d'après je discutais de façon parfaitement innocente avec Myriam, puis, à peine avais-je chassé son image, qu'Angelina revenait et m'embrassait. Je respirais l'odeur de sa chevelure et sa douce zibeline me chatouillait le cou, glissait de ses épaules nues – ... et alors... elle se transformait en Rosine, dansant les yeux ivres et mi-clos – en jaquette – nue... tout cela dans un demi-sommeil, qui pourtant avait en tout point ressemblé à un état de veille. Un doux état de veille ravageur, crépusculaire.

Vers le matin, mon double était à mon chevet. Le spectral Habal Garmin, « le souffle des os » dont avait parlé Hillel, et je vis dans ses yeux qu'il était en mon pouvoir, qu'il devait répondre à chacune de mes questions, tant sur les choses terrestres que sur celles de l'au-delà, et qu'il n'attendait qu'elles, mais la soif de mystères ne pouvait rien contre la chaleur sourde qui embrasait mon sang et se perdait dans l'humus desséché de ma raison. – J'expédiai le fantôme à cent lieues, il fallait qu'il prenne les traits d'Angelina. Il se rabougrit de plus en plus jusqu'à n'être plus que la lettre *aleph*, puis grandit de nouveau et se dressa face à moi sous les traits de la femme nue colossale que j'avais vue autrefois dans le livre d'Ibbour, avec ses battements de cœur violents comme un tremblement de terre, se pencha vers moi et me fit respirer l'odeur engourdissante et chaude de sa chair.

Et Charousek, n'arrivait-il toujours pas ? – Tous les clochers carillonnaient.

J'allais encore l'attendre un quart d'heure, et après ça, dehors !

J'irais flâner dans les rues pleines de vie et de gens en habits de fête, me mêler au fourmillement joyeux des promeneurs dans les quartiers des riches, voir les belles femmes avec leurs visages coquets, leurs mains et leurs chevilles fines.

Peut-être que par hasard j'y rencontrerais Charousek, qu'il me présenterait ses excuses.

Pour que le temps passe plus vite, j'allai chercher mon antique jeu de tarot sur l'étagère.

Peut-être que les images me donneraient de l'inspiration pour une esquisse de camée ?

Je cherchais le Bateleur…

Pas moyen de mettre la main dessus. Où pouvait-il être ?

Je passai une nouvelle fois tout le jeu de cartes en revue et me perdis en considérations méditatives sur leur sens caché. En particulier le « Pendu » – que pouvait-il bien signifier ?

Un homme est pendu à une corde entre ciel et terre, la tête en bas, les bras attachés dans le dos, la cuisse droite croisée sur la jambe gauche, ce qui le fait ressembler à une croix au-dessus d'un triangle renversé ?

Incompréhensible, cette parabole.

Et voilà, enfin. Charousek arrivait. Ou me trompais-je ?

Joyeuse surprise : c'était Myriam.

« Saviez-vous, Myriam, que j'avais précisément l'intention de descendre chez vous et de vous inviter à venir faire une promenade en voiture avec moi ? » Ce n'était pas tout à fait la vérité, mais ce demi-mensonge ne me gêna pas davantage que cela. « Vous ne me dites pas non, n'est-ce pas, je suis tellement heureux aujourd'hui, que vous devez, Myriam, vous et personne d'autre, que vous devez couronner cette joie en acceptant. »

« … une promenade en voiture… », répétait-elle stupéfaite au point d'éclater de rire.

« Cette proposition est-elle si étrange que cela ? »

« Non, non, mais – elle cherchait ses mots – c'est vraiment inouï et étonnant. Une promenade en voiture ! »

« Cela n'est pas du tout si étonnant que cela, si vous considérez que des centaines de milliers de gens font cela – et à dire vrai ne font que cela toute leur vie. »

« Oui, des gens, *d'autres* gens », concéda-t-elle, sous le coup encore de la surprise.

Je saisis ses deux mains :

« Ce que *d'autres* ont le droit de connaître, Myriam, je voudrais que vous, vous en profitiez à un degré bien plus élevé encore. »

Elle pâlit soudain violemment, et je vis à la fixité vide de son regard à quoi elle pensait.

Ce fut comme un coup de poignard :

« Il ne faut pas porter toujours et partout cette chose en vous, lui dis-je pour la persuader, ce… ce miracle ; vous ne voulez pas me le promettre, par… par amitié ? »

Elle perçut la peur dans mes paroles et me regarda, étonnée.

« Si cela ne vous rongeait pas à ce point, je pourrais m'en réjouir, mais comme c'est là… Savez-vous que je me fais beaucoup de souci pour vous, Myriam ? Pour… pour, comment dire, pour votre santé psychique. Ne prenez pas la chose à la lettre, mais : je voudrais que le miracle ne se soit jamais produit. »

J'attendais qu'elle me contredise, mais elle se contenta de hocher la tête tout en restant perdue dans ses pensées.

« Ça vous ronge. N'ai-je pas raison, Myriam ? »

Elle se ressaisit :

« Moi aussi, parfois, je voudrais que ça ne soit pas arrivé. »

Ces paroles résonnèrent comme un rayon d'espoir : « quand je dois me dire… – elle parlait très lentement et comme perdue dans un rêve – … que pourraient venir des temps où je devrais vivre sans ces miracles. »

« Mais vous pouvez devenir riche en une nuit, et alors vous n'aurez plus besoin… » Je l'avais interrompue sans réfléchir, mais m'interrompis moi-même aussitôt quand je vis l'effroi qui se peignait sur son visage. « Je veux dire, vous pourriez, de manière naturelle, être débarrassée de vos soucis, et les miracles que vous connaîtriez alors seraient de nature plus spirituelle : ce seraient des expériences intérieures. »

Elle secoua la tête et dit avec dureté : « Les expériences intérieures ne sont pas des miracles. Il est déjà bien étonnant qu'il y ait apparemment des gens qui n'en font absolument aucune. Depuis mon enfance, je vis jour après jour, nuit après nuit… » – elle s'interrompit avec un léger tressaillement, et je devinai qu'il y avait encore en elle quelque chose d'autre, dont elle ne m'avait jamais parlé, peut-être un tissu inachevé d'événements invisibles, semblables à ceux que j'avais connus – « mais ça n'est pas le lieu d'en parler. Même si quelqu'un ressuscitait et guérissait les malades en leur imposant les mains, je ne pourrais pas appeler cela un miracle. C'est seulement quand la matière inerte – la terre – sera animée par l'esprit et que les lois de la nature se briseront, que sera arrivé ce que je désire depuis que je peux penser. – Mon père m'a dit un jour qu'il y avait deux côtés de la Kabbale, l'un magique, l'autre abstrait, et que les deux ne parviennent jamais à coïncider. La dimension magique peut attirer à elle la dimension abstraite, mais jamais l'inverse. Le côté magique est un cadeau, l'autre, on peut le conquérir soi-même, bien que seulement avec l'aide d'un guide. » Elle reprit le premier fil : « Ce à quoi j'aspire, c'est au cadeau ; ce que je peux conquérir m'est aussi indifférent et dépourvu de valeur que la poussière. Quand je me dis que pourraient venir des temps, vous disais-je, où je devrais vivre de nouveau sans ces miracles », je vis ses doigts se crisper et j'étais littéralement ravagé par le remords, « je crois que je meurs déjà aujourd'hui rien qu'à en considérer la simple possibilité. »

« Est-ce pour cette raison que vous souhaitiez que ce miracle ne fût jamais arrivé ? » l'interrogeai-je.

« En partie seulement. Il y a quelque chose d'autre encore. Je… je… – elle réfléchit un instant – … je n'étais pas encore assez mûre pour vivre un miracle sous cette forme. Voilà. Comment vous expliquer ? Imaginez, comme ça, ce n'est qu'un exemple, que pendant des années je n'aie fait qu'un seul et même rêve qui se tisserait à l'infini et dans lequel quelqu'un – disons : un habitant d'un autre monde – m'instruirait et me montrerait, dans une image qu'il me renverrait de moi, et dans ses transformations multiples, combien je suis très loin de la maturité magique qui permet de vivre un miracle, mais outre cela quelqu'un qui m'éclairerait à tel point dans le genre de questions rationnelles qui peuvent m'occuper une fois par jour, que je puisse ensuite vérifier chaque fois par moi-même. Vous me comprendrez : un tel être remplace tout ce qui peut s'imaginer sur cette terre en guise de bonheur. Il est pour moi le pont qui me relie à l'autre côté, l'échelle de Jacob sur laquelle je peux m'élever au-dessus de l'obscurité du quotidien jusqu'à la pleine lumière : mon guide et mon ami. Et toute la confiance qui me permet d'être assurée que mon âme, par tous les chemins obscurs où elle va, ne peut pas se perdre dans la folie et les ténèbres, je la place en cet être qui ne m'a encore jamais menti. Et voici que tout à coup, à l'encontre de ce qu'il m'a dit, un "miracle" croise le chemin de ma vie ! Qui dois-je croire désormais ? Faut-il que tout ce qui m'a comblée pendant des années de manière ininterrompue n'ait été qu'illusion ? S'il fallait que le doute survienne, je me jetterais tête la première dans un abîme sans fond – et pourtant, le miracle est arrivé ! Je ne me sentirais plus de joie si… »

« Si quoi… », l'interrompis-je, le souffle coupé. Peut-être était-elle en train de prononcer elle-même les mots libérateurs, et je pouvais lui avouer tout.

« … si j'apprenais que je me suis trompée – que ce n'était pas du tout un miracle ! Mais je sais, aussi certainement que je sais que je suis assise ici, que j'en mourrais (mon cœur cessa de battre). Être ramenée de force en arrière, devoir redescendre du ciel sur la terre – pensez-vous qu'un être humain puisse supporter cela ? »

« Demandez donc de l'aide à votre père », lui dis-je, désemparé par l'angoisse.

« À mon père ? De l'aide ? Elle me regarda comme quelqu'un qui ne comprend pas. Comment se pourrait-il, là où il n'y a que deux voies pour moi, qu'il y en ait une troisième… Savez-vous ce qui pour moi serait le seul salut ? Ce serait qu'il m'arrive à moi ce qui vous est arrivé. Qu'en cette minute même je puisse oublier tout ce qu'il y a derrière moi : ma vie tout entière jusqu'au jour d'aujourd'hui. Étrange, n'est-ce pas, que ce que vous ressentez comme un malheur soit pour moi le bonheur suprême ! »

Nous restâmes encore un bon moment sans rien dire. Puis, soudain, elle saisit ma main et sourit. Presque gaie : « Je ne veux pas qu'à cause de moi vous vous fassiez du mauvais sang (c'était elle qui me consolait, moi !), vous étiez tellement heureux et joyeux avec ce beau printemps dehors, et maintenant vous êtes la morosité en personne. Je n'aurais rien dû vous dire du tout. Ôtez ça de votre mémoire et reprenez vos pensées là où vous les avez laissées ! je suis si contente… »

« Si contente ? Myriam… » l'interrompis-je, amer.

Elle avait l'air très convaincue : « Oui ! Vraiment ! Contente ! Quand je suis montée chez vous, j'étais dans un état d'angoisse tellement indescriptible – je ne sais pas pourquoi : je n'arrivais pas à me débarrasser du sentiment que vous étiez en grand danger – je tendis l'oreille avec plus d'attention – … mais au lieu de me réjouir de vous trouver en bonne santé, je vous ai accablé de sombres présages et… »

Je me forçai à paraître au contraire plein d'entrain :

« Et vous ne pouvez réparer la chose qu'en venant faire une promenade avec moi. (Je tâchai de mettre dans ma voix autant d'enthousiasme que possible.) J'aimerais bien voir, Myriam, si je suis capable de dissiper vos pensées moroses. Dites-moi ce que vous voulez : vous n'êtes pas encore, loin s'en faut, un mage égyptien, mais seulement pour l'instant une jeune fille à qui le vent doux du dégel peut jouer plus d'un mauvais tour. »

Elle était soudain très, très gaie :

« Tiens, mais qu'est-ce qui passe donc aujourd'hui, Monsieur Pernath, je ne vous ai jamais vu comme ça ! Au reste, le vent doux de la fonte, il faut que je vous dise : chez nous, jeunes filles juives, il est bien connu que ce sont les parents qui dirigent le vent du dégel, et nous, nous n'avons qu'à obéir, ce que nous faisons d'ailleurs. Nous avons ça dans le sang... Sauf moi, ajouta-t-elle avec un peu plus de gravité, ma mère a méchamment fait grève quand on a voulu qu'elle épouse cet affreux Aaron Wassertrum. »

« Quoi ? Votre mère ? Le brocanteur là en dessous ? »

Myriam fit oui de la tête : « Dieu soit loué, ça ne s'est pas fait. – Il faut dire que pour ce malheureux c'est un coup qui l'a anéanti. »

« Vous dites : ce malheureux, m'écriai-je, mais ce type est un criminel. »

Elle hocha pensivement la tête : « Assurément, c'est un criminel. Mais quand on est dans ce genre de peau et qu'on ne devient pas criminel, alors c'est qu'on est un prophète. »

Je me rapprochai d'elle, curieux :

« Vous savez des choses plus précises sur son compte ? Ça m'intéresserait. Pour des raisons tout à fait... »

« Si vous aviez jamais vu sa boutique de l'intérieur, Monsieur Pernath, vous auriez su aussitôt comment c'est dans son âme. Je dis cela parce que, étant enfant, j'y suis souvent allée. – Pourquoi me regardez-vous avec l'air si étonné ? Est-ce si bizarre que cela ? – Avec moi, il a toujours été très gentil et généreux. Une fois, même, je me souviens, il m'a offert une grande pierre étincelante qui me plaisait particulièrement dans son bric-à-brac. Ma mère m'a dit que c'était un brillant, et naturellement j'ai dû la lui rapporter immédiatement. Pendant longtemps il n'a pas voulu la reprendre, puis un jour il me l'a arrachée des mains et l'a jetée, furieux, dans un coin. Mais j'ai vu des larmes jaillir dans ses yeux ; à l'époque je savais déjà assez d'hébreu pour comprendre ce qu'il marmonnait : "Tout ce que ma main touche est maudit." – C'est la dernière fois que j'eus le droit d'aller le voir. Depuis, il ne m'a plus jamais invitée à venir le voir. Je sais d'ailleurs pourquoi : si je n'avais pas tenté de le consoler, tout serait resté comme avant, mais parce qu'il me faisait tant de peine et que je le lui disais, il n'a plus voulu me voir. – Vous ne comprenez pas ça, Monsieur Pernath ? C'est tellement simple pourtant. C'est un obsédé. Un homme qui devient méfiant, incurablement méfiant chaque fois que quelqu'un touche son cœur. Il se croit beaucoup plus laid encore qu'il ne l'est en réalité – si du reste il est possible d'être plus laid –, et c'est là que s'enracinent toutes ses pensées et toutes ses actions. On raconte que sa femme l'aurait aimé, peut-être était-ce plus de la pitié que de l'amour, mais en tout cas beaucoup de gens le croient. Le seul qui était profondément pénétré du contraire, c'est *lui*. Partout il subodore la traîtrise et la haine.

Il n'y a qu'avec son fils qu'il a fait une exception. Était-ce parce qu'il l'avait pratiquement vu grandir depuis sa naissance, et avait donc pour ainsi dire vécu dès l'origine la germination de la moindre qualité chez l'enfant, ne parvenant ainsi jamais à un quelconque moment où sa méfiance aurait pu se mettre en branle, ou cela tenait-il au sang juif qui aurait voulu que tout ce qui vivait en lui de capacité à aimer fût transféré à son descendant, avec cette peur instinctive propre à notre race de mourir sans avoir accompli une mission que nous avons oubliée, mais qui survit obscurément en nous – qui sait ?

Il a dirigé l'éducation de son fils avec une prévenance qui confinait à la sagesse, tout à fait surprenante chez un homme aussi peu instruit. Il a déployé autant de lucidité qu'un psychologue pour écarter du chemin de l'enfant toutes les expériences qui auraient pu contribuer au développement de sa conscience morale, de façon à lui éviter, plus tard, de grandes souffrances psychiques.

Il lui a donné comme précepteur un savant exceptionnel qui défendait l'opinion que les animaux sont dépourvus de sensibilité et que leurs manifestations douloureuses ne sont qu'un réflexe mécanique.

Le B-A-BA de son système éducatif – il voyait loin… – revient en gros à extraire de la moindre créature le maximum de plaisir et de jouissance pour soi-même et à jeter aussitôt l'écorce ainsi pressurée et devenue inutile.

Vous pouvez aisément imaginer, Monsieur Pernath, qu'en cette matière l'argent joue les premiers rôles, comme critère et comme clé de la "puissance". Et de la même façon que lui-même tenait soigneusement secrète sa propre richesse pour maintenir dans l'ombre les limites de son influence, il imagina un moyen pour que son fils dispose d'une possibilité semblable, tout en lui épargnant en même temps les tourments d'une existence en apparence miséreuse : il l'abreuva de l'infernal mensonge de la "beauté", l'instruisit des gestes intérieurs et extérieurs de l'esthétique, lui apprit à simuler extérieurement le lys des champs, tout en étant intérieurement un vautour charognard.

Il va de soi que l'histoire de la "beauté" n'était pas une invention de son cru, mais sans doute la "correction" d'un conseil qu'un savant homme lui avait donné.

Il n'a jamais pris ombrage de ce que par la suite son fils l'ait renié chaque fois qu'il en avait l'occasion. Au contraire même, il lui en faisait le devoir : car son amour était désintéressé, et comme je l'ai moi-même déjà dit de mon père – de cette espèce d'amour qui dure au-delà du tombeau. »

Myriam se tut un moment, et je vis sur son visage que ses pensées continuaient à se tisser muettement, ce que confirma ensuite le changement de ton de sa voix quand elle dit :

« Il pousse d'étranges fruits sur l'arbre du judaïsme. »

« Dites, Myriam, demandai-je, n'avez-vous jamais entendu parler d'une figure de cire que Wassertrum garderait dans son magasin. Je ne sais plus qui m'a raconté ça, peut-être l'ai-je seulement rêvé… »

« Non, non, c'est exact, Monsieur Pernath : c'est une statue de cire grandeur nature qui se trouve dans le coin de la boutique où lui-même dort sur son sac de paille, au milieu de son capharnaüm. On raconte qu'il l'a extorquée à l'usure, c'est le cas de le dire, au propriétaire d'un théâtre de foire, parce qu'elle ressemblait à une personne – une chrétienne – qui était censée avoir été sa femme dans le passé. »

Un nom s'imposa à moi avec force : la mère de Charousek ! « Vous ne connaissez pas son nom, Myriam ? »

Myriam secoua la tête : « Si ça vous intéresse, est-ce que vous voulez que je cherche à le savoir ? »

« Ah, grands dieux, non, Myriam ; ça m'est complètement égal », je vis dans ses yeux de plus en plus brillants qu'elle s'échauffait de plus en plus tout en parlant. Je décidai de faire en sorte qu'elle ne revienne pas à l'état normal. « Mais ce qui m'intéresse bien davantage, c'est ce domaine auquel vous avez fait allusion tout à l'heure. Je veux dire cette histoire de vent du dégel. – Votre père ne vous imposerait quand même pas, j'en suis sûr, la personne que vous êtes censée épouser. »

Elle éclata de rire joyeusement : « Mon père ? Qu'allez-vous penser ? ! »

« Eh bien, j'en suis très heureux… »

« Comment cela ? » demanda-t-elle ingénument.

« Parce qu'à ce moment-là, j'ai encore des chances… »

Ce n'était qu'une plaisanterie, et elle ne la prit d'ailleurs pas autrement, mais il n'empêche qu'elle bondit soudain de son siège et se précipita à la fenêtre, pour que je ne puisse pas voir qu'elle rougissait.

Je changeai de direction, pour l'aider à faire passer cette gêne :

« Il y a une chose que je vous demande à titre de vieil ami : il faudra que vous me mettiez dans la confidence quand les choses en seront là. À moins que vous ne pensiez rester célibataire… »

« Non ! Non ! Non ! » Elle s'en défendit si résolument que je souris involontairement. « Il faut bien que je me marie quand même un jour. »

« Évidemment ! Ça va de soi ! »

Elle était maintenant tout excitée comme une jouvencelle :

« Est-ce que vous pourriez au moins être sérieux une minute, Monsieur Pernath ? » J'obtempérai et pris une mine d'instituteur. Elle se rassit. – « Donc, quand je dis qu'il faut bien que je me marie un jour, je veux dire par là que je ne me suis pas cassé la tête jusqu'à présent au sujet des détails de la chose, mais que je ne comprendrais rien au sens de la vie si je devais faire l'hypothèse d'être née femme pour rester sans enfants. »

Pour la première fois, je vis en elle la femme qu'elle était.

« Ça fait partie de mes rêves, continua-t-elle à voix presque basse, d'imaginer comme un but ultime que deux êtres se confondent en un seul pour devenir – avez-vous entendu parler du culte d'Osiris en Égypte ? –, pour devenir ce que l'"Hermaphrodite" peut désigner symboliquement. »

Je tendis l'oreille, captivé : « L'"hermaphrodite" ? »

« Je veux dire : l'union magique du masculin et du féminin dans le genre humain, qui produirait une sorte de demi-dieu. Et comme but ultime… non, non… pas comme but ultime, mais comme commencement d'une nouvelle voie qui serait éternelle, qui *n'a pas* de fin. »

« Et vous espérez, demandai-je, ébranlé, trouver un jour celui que vous cherchez ? – Ne se pourrait-il pas qu'il vive dans un pays lointain, peut-être même qu'il ne soit pas du tout sur cette terre ? »

« Ça, je n'en sais rien, dit-elle simplement, tout ce que je peux faire, c'est attendre. S'il est séparé de moi par l'espace et par le temps – ce que je ne pense pas, pourquoi sinon resterais-je attachée ici, dans le ghetto ? – ou par les gouffres de l'ignorance mutuelle – et que je ne le trouve pas, alors ma vie n'aura pas eu de raison d'être et n'est que le jeu irréfléchi d'un démon idiot. – Mais je vous en prie, s'il vous plaît, ne parlons plus de cela… m'implora-t-elle. Rien qu'à énoncer l'idée, ça vous laisse déjà un sale goût terrestre, et je ne voudrais pas… » Elle s'interrompit soudain.

« Qu'est-ce que vous ne voudriez pas, Myriam ? »

Elle leva la main. Se redressa brusquement et dit :

« Vous avez de la visite, Monsieur Pernath ! »

Un froufrou soyeux de vêtements parcourait le palier.

Des coups frénétiques à la porte. Puis :

Angelina !

Myriam voulait partir. Je la retins :

« Puis-je faire les présentations ? La fille d'un ami cher – Madame la comtesse… »

« Les voitures ne peuvent plus avancer. Partout le pavé est arraché. Quand donc déménagerez-vous pour un endroit respectable, Maître Pernath ? Dehors, la neige fond partout et le ciel est en joie à vous faire exploser la poitrine, et vous êtes là, tapi dans votre grotte souterraine comme une vieille grenouille… Au fait, savez-vous qu'hier je suis allée voir mon bijoutier et qu'il m'a dit que vous étiez le plus grand artiste, le plus talentueux sculpteur de camées qui existe aujourd'hui, voire l'un des plus grands qui aient jamais existé ? ! »

Angelina jasait comme une chute d'eau et j'étais sous le charme ; je ne voyais plus que ses yeux bleus lumineux, ses pieds délicats dans les minuscules bottines vernies, son visage capricieux qui resplendissait dans le fouillis de sa fourrure, et les mignons lobes roses de ses oreilles.

Elle prenait à peine le temps de respirer.

« Ma voiture est au coin de la rue. J'avais déjà peur de ne pas vous trouver chez vous. J'espère que vous n'avez pas encore déjeuné ? Mais d'abord partons… oui mais où partir d'abord ? Nous partons tout simplement… Attendez voir… oui : peut-être au jardin d'acclimatation, enfin bref : n'importe où, dehors, partout où l'on respire dans l'air la germination et le bourgeonnement secret de la nature. Venez, venez, prenez votre chapeau, et puis vous viendrez manger chez moi – et puis nous bavarderons jusqu'au soir. Mais, allez… prenez donc votre chapeau ! Qu'est-ce que vous attendez ? – Il y a une bonne couverture chaude, toute douce en bas : nous nous y enfouirons jusqu'aux oreilles et nous nous y blottirons l'un contre l'autre, jusqu'à ce que nous ayons trop chaud. »

Que pouvais-je bien lui dire ? « Je viens d'inviter la fille de mon ami à une promenade en voiture… »

Avant même que j'aie pu prononcer un mot, Myriam avait déjà pris rapidement congé d'Angelina.

Je l'accompagnai jusqu'au pas de la porte, bien qu'elle voulût gentiment m'en empêcher.

« Écoutez, Myriam, je ne peux pas vous dire ici, comme ça, dans l'escalier, à quel point je suis attaché à vous… et que c'est avec vous que je préférerais mille fois… »

« Il ne faut pas faire attendre la dame, Monsieur Pernath, dit-elle avec insistance, adieu et amusez-vous bien. »

Elle dit cela de bon cœur, sans se forcer et sincèrement, mais je vis que dans ses yeux la lueur s'était éteinte.

Elle descendit en hâte les escaliers, et la douleur m'étreignit la gorge. J'avais l'impression d'avoir perdu un monde.

J'étais assis, comme ivre, aux côtés d'Angelina. Nous progressions à un train d'enfer par les rues bondées de passants.

Les vagues de la vie déferlaient tout autour de moi et me paralysaient à moitié. Je ne distinguais plus que les petites taches lumineuses dans l'image qui défilait sans bruit devant moi : bijoux étincelants sur des boucles d'oreilles et des parures de manchons, chapeaux claque tout luisants, gants blancs sur des mains de dame, un caniche à collier rose qui s'efforça de mordre les roues en jappant, grands chevaux écumants qui fonçaient vers nous dans des harnachements d'argent, une vitrine où scintillaient des coupes évasées remplies de colliers de perles et de parures étincelantes – moirure de la soie tendue sur de sveltes hanches de jeunes filles.

Le vent vif qui nous fouettait le visage redoublait le trouble de mes sens au contact de la chaleur du corps d'Angelina.

Les gendarmes aux carrefours sautaient respectueusement sur le côté quand nous passions en trombe à leur niveau. Puis nous avançâmes au pas sur le quai, qui n'était plus qu'une file ininterrompue de voitures, devant le pont de pierre effondré, bloqués par une multitude agitée de badauds aux visages curieux.

Je regardai à peine : le moindre mot sorti de la bouche d'Angelina, ses cils, le jeu agile et prompt de ses lèvres, tout, tout était infiniment plus important pour moi que le spectacle des restes de roche dans le lit du fleuve s'arc-boutant pour épauler les blocs de glace qui déferlaient en désordre sur eux.

Allées de parc. Puis une terre tassée, élastique. Puis un froissement de feuilles sous les sabots des chevaux, l'air humide, des arbres gigantesques dépourvus de feuilles, colonisés par les nids de corneilles, la verdure morte de prés parsemés d'îlots blanchâtres de neige en train de disparaître, tout cela défilait comme dans un rêve.

Lorsque Angelina finit par parler du Dr Savioli, ce fut seulement en quelques mots brefs, sur un ton presque indifférent :

« Maintenant que le danger est passé, commença-t-elle avec une voix ravissante et naïve, et que je sais qu'il va mieux de nouveau, tout ce à quoi j'ai participé activement me paraît épouvantablement ennuyeux. – Je veux retrouver la gaieté, fermer les yeux et plonger dans l'écume étincelante de la vie. Je crois que toutes les femmes sont ainsi. Simplement, elles ne veulent pas l'avouer. Ou alors elles sont tellement sottes qu'elles n'en ont pas conscience elles-mêmes. Vous ne pensez pas ? » Elle n'écouta pas du tout ce que je répondis. « D'ailleurs, je trouve les femmes parfaitement inintéressantes. Ne prenez pas cela, bien sûr, pour de la flatterie, mais – vraiment, je préfère de loin la seule proximité d'un homme sympathique à la conversation la plus passionnante avec une femme, si intelligente soit-elle. Tout ce qu'on peut se raconter là, finalement, ce ne sont rien que des bavardages et des niaiseries. – Au mieux : un petit peu de brillant ! Allez, les modes ne changent pas si souvent que ça… N'est-ce pas, je suis irresponsable ? » demanda-t-elle, soudain, enjôleuse, à tel point que, pris dans les filets de son charme, je dus me retenir pour ne pas prendre sa petite tête mignonne dans mes mains et l'embrasser dans le cou. « Dites donc que je suis frivole... »

Elle se blottit un peu plus encore contre moi et s'accrocha à mes épaules.

La voiture quitta l'allée, longea des bosquets d'arbustes décoratifs emmitouflés de paille. On aurait dit des troncs de monstres décapités, amputés de leurs membres.

Les gens étaient assis au soleil sur des bancs. Ils nous suivaient des yeux dans la voiture qui s'éloignait, puis rentraient de nouveau la tête.

Nous ne dîmes mot pendant un bon moment, perdus dans nos pensées. Comme Angelina était différente de la femme que j'avais imaginée ! – C'était comme si elle n'accédait qu'aujourd'hui à la présence !

Était-ce vraiment la même personne que celle que j'avais consolée dans la cathédrale ?

Je ne pouvais détourner les yeux de sa bouche entrouverte. Elle ne disait toujours rien. On aurait dit qu'elle regardait quelque chose en pensée.

La voiture tourna dans une prairie humide.

L'odeur de la terre qui s'éveille...

« Saviez-vous... Madame... »

Elle m'interrompit d'une voix douce : « Appelez-moi donc Angelina. »

« Saviez-vous, Angelina, que... que j'ai rêvé de vous toute cette nuit ? » lui dis-je tout à trac.

Elle eut un bref mouvement rapide, comme si elle voulait dégager son bras, et me regarda avec de grands yeux : « Comme c'est bizarre ! Moi aussi j'ai rêvé de vous ! Et à cet instant même, je viens de me dire la même chose ! »

La conversation s'interrompit de nouveau et nous devinâmes tous deux que nous avions aussi rêvé la même chose.

Je le sentais à la palpitation de son sang. Son bras tremblait de façon presque imperceptible contre ma poitrine. Elle se forçait à regarder hors de la voiture, en détournant les yeux de moi.

Lentement, je tirai sa main vers mes lèvres, ôtai son gant blanc parfumé, entendis son souffle devenir court et fort, et pressai enfin, fou d'amour, mes dents contre sa paume.

Quelques heures plus tard, je redescendis vers la ville, comme un homme ivre, à travers la brume du soir ; j'empruntai les rues comme elles venaient, sans trop réfléchir à la direction, et pendant longtemps, sans le savoir, je tournai en rond.

Je me retrouvai soudain au bord du fleuve, penché à la balustrade de fer, fixant les eaux furieuses.

J'avais encore la sensation des bras d'Angelina autour de mon cou, je regardais le bassin de pierre du jet d'eau, rempli de feuilles d'orme pourrissantes, où nous avions déjà pris congé l'un de l'autre des années auparavant, et elle marchait de nouveau à mes côtés, comme nous venions de le faire peu auparavant, la tête appuyée contre mon épaule, sans dire un mot, dans le parc de son château peu à peu envahi par le soir.

Je m'assis sur un banc et posai le chapeau sur mes yeux, pour rêver.

Les eaux mugissaient en franchissant la digue, et leur bruit continu engloutissait les ultimes grognements de la ville en train d'aller se coucher.

Par moments je tirais plus fermement sur les pans de mon manteau et relevais les yeux, j'apercevais alors le fleuve de plus en plus enfoui dans l'ombre profonde. Sous la pression grandissante de la nuit, il finit par n'être plus qu'un ruban gris-noir, tandis que l'écume du barrage s'en allait en bandes obliques d'un blanc éblouissant jusqu'à l'autre rive.

Je frissonnais à l'idée de devoir revenir dans ma triste maison.

La splendeur d'un bref après-midi avait à jamais fait de moi un étranger dans ma propre demeure.

Quelques semaines encore, quelques jours seulement peut-être, et tout ce bonheur serait passé – il n'en resterait qu'un beau souvenir douloureux.

Et puis alors ? Et puis alors : j'étais sans feu ni lieu, ici comme de l'autre côté, sur cette rive comme sur l'autre.

Je me relevai ! Voulus encore, avant de rentrer dans les ténèbres du ghetto, apercevoir le château à travers les grilles du parc, les fenêtres derrière lesquelles elle dormait… Je revins sur mes pas, cherchant mon chemin à tâtons le long de rangées de maisons noyées dans la brume épaisse, traversant des places endormies. De noirs monuments menaçants émergeaient soudain, puis des maisons à enseigne solitaires, et des décors biscornus de façades baroques. La lueur timide d'une lanterne se répandit dans la vapeur du brouillard en cercles croissants, en anneaux fantastiques, gigantesques, qui passaient par toutes les couleurs de l'arc-en-ciel ; puis elle ne fut plus qu'un unique œil jaunâtre et pâle qui me regardait fixement, et s'évanouit dans l'air derrière moi.

Mon pied sentit sous lui de larges marches de pierre recouvertes de gravier. Où étais-je… Un chemin creux qui monte en pente raide ? À droite et à gauche, les murs lisses de jardins clos, au-dessus d'eux, les branches nues d'un arbre. Elles descendent du ciel. Leur tronc se cache derrière le mur de brume.

Quelques rameaux vermoulus se brisent avec un craquement sec lorsque mon chapeau les effleure, s'émiettent sur mon manteau et tombent dans l'abîme gris et brumeux qui dissimule mes pieds.

Soudain, un point très lumineux : une lampe solitaire dans le lointain – quelque part – énigmatique – entre le ciel et la terre.

J'avais dû m'égarer. Ça ne pouvait guère être que l'ancien escalier du château, le long des pentes des jardins de Fürstenberg…

Puis de longues bandes de terre limoneuse. Un chemin pavé.

Une ombre massive se dresse très haut, la tête dans un bonnet noir rigide : la Daliborka, la Tour de la faim, où jadis les hommes se mouraient tandis que plus bas, dans la Fosse aux cerfs, les rois traquaient le gibier.

Une étroite ruelle tortueuse, des créneaux, un passage en colimaçon, si étroit que les épaules y passent à peine, puis un rang de maisonnettes à peine plus hautes que moi. En tendant le bras, je pouvais attraper les toits. J'étais arrivé dans la rue des Orfèvres, où les adeptes de l'alchimie, au Moyen Âge, fondaient la pierre philosophale et empoisonnaient les rayons de la lune.

Il n'y avait pas d'autre chemin pour ressortir que celui que j'avais emprunté. Mais je ne retrouvai plus le trou du mur par où j'étais passé – je me heurtai à une palissade de bois.

Je me dis qu'il ne servait à rien de continuer, que je n'avais plus qu'à réveiller quelqu'un qui me montrerait mon chemin.

Étrange, cette maison qui ferme la ruelle, plus grande que les autres, et en apparence, habitable. Je n'arrive pas à me souvenir de l'avoir jamais remarquée.

Elle a sans doute dû être badigeonnée de blanc pour luire aussi brillamment dans le brouillard ?

Je passe la barrière et traverse le minuscule bandeau de jardin, presse mon visage contre le carreau : tout est noir. Je frappe à la fenêtre. – J'aperçois alors un homme incroyablement vieux avec une bougie allumée dans la main, il passe une porte d'un pas hésitant, entre dans la pièce principale, s'arrête, tourne lentement la tête vers les cornues et les éprouvettes rangées contre le mur, fixe d'un air songeur les toiles d'araignée dans les coins puis d'un seul coup tourne son regard vers moi.

L'ombre de ses pommettes tombe dans le creux de ses yeux, ce qui leur donne l'apparence vide d'un regard de momie.

Manifestement il ne me voit pas.

Je tape sur le verre. Il ne m'entend pas. Puis il ressort de la pièce sans un bruit, comme un noctambule.

J'attends vainement.

Je frappe à la porte d'entrée : personne ne vient ouvrir.

Il ne me restait plus qu'à chercher la sortie de la ruelle, quitte à y passer la nuit.

Le mieux ne serait-il donc pas, me dis-je alors, d'aller encore voir des êtres humains. – Mes amis Zwakh,

Prokop et Vrieslander au « Alter Ungelt », où ils devaient sûrement se trouver présentement, et d'étourdir avec eux pendant quelques heures le souvenir dévorant, le désir de retrouver les baisers d'Angelina ? Je me mets en chemin sans attendre.

Ils étaient là comme un trifolium de morts, plantés autour de la vieille table mangée par les vers – tous les trois, leur mince pipe en terre blanche calée entre les dents, dans la salle complètement enfumée.

On distinguait à peine les traits de leurs visages, tant les murs marron absorbaient la lumière parcimonieuse diffusée par la vieille suspension démodée.

Dans le coin de la pièce : la serveuse, osseuse, sèche, peu causante, les traits ravagés, avec ses éternels bas de laine, son regard sans couleur et son grand nez jaune en bec de canard !

De grosses couvertures rouge sang pendaient devant les portes fermées, et les voix des clients installés dans la salle voisine ne s'entendaient guère plus qu'un léger bourdonnement d'abeilles.

Vrieslander avait gardé sur la tête son chapeau pointu à bord droit. Avec sa grosse moustache, son teint gris plomb et sa cicatrice sous un œil, il ressemblait à quelque Hollandais ivre d'un siècle enfui.

Josua Prokop s'était fiché une fourchette par le travers dans ses boucles de musiciens, il n'arrêtait pas de tapoter la table avec ses immenses doigts osseux et fantomatiques tout en observant avec admiration les efforts que déployait Zwakh pour accrocher le petit manteau pourpre d'une marionnette sur une bouteille d'arak ventrue.

« Ça sera Babinski », m'expliqua Vrieslander sur un ton fort grave.

« Vous ne savez pas qui était Babinski ? Racontez vite à Pernath, Zwakh, qui était Babinski ! »

Zwakh commença aussitôt sans quitter des yeux son ouvrage : « Babinski était autrefois un célèbre voleur et assassin de Prague. Pendant des années il avait pratiqué sa honteuse besogne sans se faire remarquer de personne. Peu à peu cependant on se surprit à remarquer dans les meilleures familles que tel ou tel membre de la lignée manquait à table et ne donnait plus signe de vie. Au début personne ne dit rien, car d'une certaine manière la chose avait aussi un bon côté, dès lors qu'il y avait moins à faire à manger, mais malgré tout on ne pouvait pas non plus ne pas considérer que la bonne réputation de la famille dans la société pouvait en pâtir et que cela pouvait faire jaser.

En particulier lorsque c'étaient des filles mariables qui disparaissaient ainsi sans laisser de traces.

En outre, la haute estime de soi requérait qu'à l'égard du monde extérieur on insistât avec un poids suffisant sur le fait qu'une bonne entente bourgeoise régnait toujours dans la famille.

Dans les journaux, les rubriques "Reviens, tout est pardonné" revenaient elles aussi de plus en plus fréquemment – c'était là quelque chose que Babinski, insouciant qu'il était, comme le sont la plupart des assassins professionnels, n'avait pas intégré dans ses supputations – et elles finirent par attirer l'attention générale.

À la longue, grâce à ces pratiques menées avec entrain et persévérance, Babinski – qui était intérieurement une nature profondément idyllique – avait acquis près de Prague, dans le charmant village de Krtsch, une demeure petite, mais accueillante. Une maisonnette étincelante de propreté, avec un petit jardin devant et des géraniums en fleur.

Comme ses ressources ne lui permettaient pas de s'agrandir, il se vit contraint, pour enterrer sans se faire remarquer les cadavres de ses victimes, de renoncer au parterre de fleurs qu'il aurait aimé planter, et d'ériger un tertre funéraire tout simple et seulement planté d'herbe, mais adéquat aux circonstances, qu'il pourrait agrandir sans peine quand les affaires ou la saison l'exigeaient.

Tous les soirs, après les durs travaux de la journée, Babinski avait l'habitude de s'installer sur ce lieu consacré dans les rayons du soleil couchant et d'y jouer sur sa flûte toutes sortes d'airs mélancoliques. »

« Arrête ! l'interrompit Prokop avec rudesse en tirant une grande clé de sa poche qu'il s'emboucha comme une clarinette en chantant : Zimzerlim zambusla – deh. »

« Vous y étiez donc, pour connaître l'air aussi exactement ? » lui demanda Vrieslander, étonné.

Prokop lui lança un regard mauvais : « Eh non ! Babinski a vécu il y a trop longtemps pour ça. Mais en tant que compositeur, c'est sans doute moi qui sais le mieux ce qu'il est susceptible d'avoir joué. En tout cas, vous, vous n'êtes pas habilité à porter un jugement en cette matière : vous n'êtes pas musicien… Zimzerlim… zambusla… busla deh. »

Zwakh écouta, impressionné, attendit que Prokop remette enfin la clé dans sa poche, et continua :

« Peu à peu l'extension permanente du tertre attira l'attention chez les voisins propriétaires des parcelles attenantes, et c'est à un policier du faubourg de Zizkov, après qu'il eut vu de loin Babinski occupé à étrangler une vieille dame de bonne famille, que revient le mérite d'avoir mis un terme définitif à l'égoïste besogne du malfaisant :

On vint arrêter Babinski dans son Tusculum.

Le tribunal ensuite l'a condamné à mort par strangulation, en lui accordant les circonstances atténuantes dues à son excellente réputation, et dans le même temps a chargé la Maison Leipen Frères – Câbles et cordages en gros et au détail – de fournir les ustensiles nécessaires à l'exécution, pour autant que ceux-ci échussent à leur branche, et ce en prenant en compte les tarifs civils dans l'établissement d'une facture en bonne et due forme, à remettre contre reçu aux services du Trésor.

Or il se trouve que la corde se rompit et que la peine de Babinski fut commuée en détention à perpétuité.

Le voleur et assassin Babinski passa ainsi vingt années derrière les barreaux et les murs de Saint-Pancrace, sans qu'il émît jamais la moindre protestation ; aujourd'hui encore le personnel de l'institution ne tarit pas d'éloges sur son comportement exemplaire, et on l'avait même autorisé à jouer parfois de la flûte, à l'occasion des anniversaires de notre Altesse sérénissime… »

Prokop fouilla de nouveau sa poche en quête de la clé, mais Zwakh l'en empêcha.

« Enfin, à la suite d'une amnistie générale, on fit grâce à Babinski du reste de sa peine, et on lui confia une place de portier au couvent des Sœurs de la Miséricorde.

En raison de la grande habileté qu'il avait acquise dans le maniement de la bêche pendant toute sa période d'intense activité, les travaux de jardinage qu'il avait à accomplir en sus de ses fonctions ne lui causèrent aucun problème et furent toujours vite achevés, en sorte qu'il lui restait suffisamment de loisir pour purifier son cœur et son esprit par l'exercice de lectures soigneusement choisies.

Les conséquences de tout cela s'avérèrent extrêmement heureuses.

Chaque fois que la mère supérieure, le samedi soir, l'envoyait à l'auberge pour qu'il y égaie un peu ses esprits, il revenait toujours ponctuellement avant la tombée de la nuit en déclarant que la dégradation de la morale générale le mettait dans un état de trop grande morosité, et qu'il y avait tellement de racaille peu sûre de la pire espèce qui rendait la grand-route périlleuse, que c'était un commandement de la sagesse, pour tout individu amoureux de la paix, que de tourner ses pas à temps vers le foyer.

Or en ce temps là, les modeleurs de cires de Prague avaient instauré une pratique parfaitement indigne, qui consistait à contourner des figurines habillées d'un petit manteau rouge à l'effigie du voleur et assassin Babinski. Il n'en manquait sans doute aucune dans aucune famille en deuil de la ville.

Mais d'ordinaire on les trouvait principalement sous des châssis de verre dans les boutiques, et rien ne mettait plus Babinski en colère que le spectacle de l'une de ces figurines.

Babinski expliquait alors qu'il était au plus haut point indigne et d'une grossièreté insigne de brandir ainsi constamment au visage d'un être humain les manquements auxquels il avait pu se livrer pendant sa jeunesse, ajoutant qu'il était profondément regrettable que du côté des autorités il ne se produisît rien pour venir à bout d'un si scandaleux et notoire état de chose.

À l'article de la mort, il s'exprimait encore dans le même sens.

Ce ne fut pas en vain : peu après, en effet, les autorités publièrent un arrêté mettant fin au commerce des statuettes de Babinski, qui avaient tant scandalisé l'intéressé. »

Zwakh ingurgita une copieuse gorgée de grog et les trois compères ricanèrent comme des diables, puis il tourna prudemment la tête vers la serveuse sans couleur, et je vis qu'il écrasait une larme.

« Alors, et vous, vous n'avez rien pour nous – hormis bien sûr le fait que par gratitude pour la jouissance esthétique que vous venez d'éprouver sans défaillir, vous allez payer la tournée, très cher collègue et tailleur de camées ? » me demanda Vrieslander après une longue pause générale de réflexion approfondie. Je leur racontai mes pérégrinations dans la brume.

Quand j'arrivai dans ma description au moment où j'avais aperçu la maison blanche, tous trois ôtèrent leur pipe de la bouche sous le coup de la curiosité, et quand j'eus fini, Prokop tapa du poing sur la table et s'écria :

« C'est quand même quelque chose : toutes les légendes que les gens racontent, le Pernath, lui, il les vit lui-même en chair et en os. – À propos, ce Golem d'autrefois… vous savez : l'affaire s'est éclaircie. »

« Comment ça, éclaircie ? » demandai-je, abasourdi.

« Vous connaissez bien sûr ce mendiant juif fou qui s'appelle Haschile ? Non ? Bon alors : c'est cet Haschile qui était le Golem. »

« Un mendiant qui était le Golem ? »

« Parfaitement, c'est le mendiant qui était le Golem. Cet après-midi, le spectre se promenait dans la rue Salniter, en pleine lumière et tout ce qu'il y a de plus content, dans son célèbre vêtement à l'ancienne du XVIIe siècle, et là, l'équarrisseur l'a attrapé, avec un peu de chance il faut dire, dans la laisse qui lui sert à capturer les chiens. »

« Qu'est-ce que ça veut dire tout ça ? Je ne comprends pas un mot de ce que vous dites ! »

« Mais je vous l'ai dit : c'était Haschile ! Il a trouvé les vêtements, à ce qu'on dit, il y a déjà assez longtemps derrière une grande porte. – Au reste, pour revenir par le petit bout de la lorgnette à cette maison blanche : c'est une affaire terriblement intéressante. Une vieille légende raconte en effet que là-haut, dans la ruelle des alchimistes, il y a une maison qui n'est visible que par temps de brouillard, et uniquement par les “enfants du dimanche”. C'est le “mur de la dernière lanterne” comme on dit. Les gens qui y vont en plein jour ne voient qu'une grande pierre grise, et juste derrière ça tombe à pic dans la Fosse aux cerfs, et vous pouvez dire que vous avez de la chance, Pernath, de ne pas avoir fait un pas de plus : vous seriez à tous coups tombé derrière en vous rompant tous les os. On dit que sous la pierre il y aurait un fabuleux trésor et ce serait l'ordre des Frères asiatiques, les fondateurs de Prague, qui l'auraient posée là en guise de fondation d'une maison qu'un homme habitera à la fin des temps – plus exactement un hermaphrodite, une créature mi-homme, mi-femme. Et il aura dans ses armoiries l'image d'un lièvre – soit dit en passant : le lièvre était le symbole d'Osiris, et c'est là sans doute l'origine de la coutume du lièvre de Pâques.

On raconte que, jusqu'au jour où les temps seront venus, c'est Mathusalem en personne qui monte la garde sur place, pour que Satan ne vienne pas effleurer la pierre de son aile et ne lui fasse pas un fils, le nommé Armilos. N'avez-vous jamais entendu parler de cet Armilos ? On sait même, enfin, on sait, les rabbins savent, à quoi il ressemblerait physiquement s'il venait au monde : il aurait des cheveux d'or noués en queue-de-cheval par-derrière, et puis deux raies, des yeux en forme de faucille et des bras descendant jusqu'à ses pieds. »

« On devrait faire le portrait de cet honorable muscadin… », grommela Vrieslander en cherchant un crayon.

« Donc, Pernath, si vous deviez avoir le bonheur un jour de devenir hermaphrodite et de trouver en passant le trésor enseveli, conclut Prokop, n'oubliez pas que j'ai toujours été votre meilleur ami ! »

Je n'étais pas trop d'humeur à plaisanter et je ressentais une légère souffrance dans le cœur. Zwakh s'en rendit sans doute compte, quoiqu'il n'en connût pas la cause, car il me proposa rapidement son aide :

« En tout cas, il est extrêmement étrange, et presque inquiétant, que Pernath ait eu précisément une vision à l'endroit qui est si étroitement lié à une très ancienne légende. – Il y a là des relations fortes, dont un homme ne peut apparemment pas desserrer l'étreinte, quand son âme a la capacité de voir des formes qui se refusent à toute perception tactile – je ne peux pas m'empêcher de penser que le suprasensible est ce qu'il y a de plus fascinant ! Qu'en pensez-vous, vous autres ? »

Vrieslander et Prokop avaient pris un air grave, et chacun de nous estima qu'il n'était pas nécessaire de répondre.

« Et vous, Eulalie, qu'en pensez-vous ? » répéta Zwakh en se retournant complètement.

La vieille serveuse se gratta la tête avec l'aiguille à tricoter, soupira, rougit et finit par dire :

« Mais allez-vous-en pardi, pour moi vous êtes un mauvais… »

« Il y a eu une sacrée tension dans l'air toute la journée, commença Vrieslander une fois que notre accès de gaîté fut retombé. Je n'ai pas pu donner un seul coup de pinceau. Je ne pouvais pas m'empêcher de penser à la môme Rosine, et à sa façon de danser en jaquette. »

« On l'a redénichée ? » demandai-je.

« Dénichée est le mot qui convient. La police des mœurs lui a fait un engagement assez long ! – Elle a peut-être tapé dans l'œil du commissaire, l'autre fois, au "Loisitschek" ? En tout cas, elle est maintenant tout ce qu'il y a de fébrile et contribue de manière essentielle à l'élévation de la fréquentation non autochtone de la ville juive. En quelque temps, c'est devenu un sacré numéro. »

« Quand on songe à ce qu'une femme peut faire d'un homme rien qu'en le rendant amoureux d'elle : c'est très étonnant…, lança Zwakh. Pour gagner l'argent qui lui permet d'aller la voir, ce pauvre bougre de Jaromir est devenu artiste du jour au lendemain. Il tourne dans les tavernes et découpe des silhouettes pour les clients amateurs de ce genre de portrait. »

Prokop, qui n'avait pas entendu la fin, fit un bruit avec ses lèvres.

« Vraiment ? Elle est devenue si jolie que ça la môme Rosine ? Lui auriez-vous déjà volé un petit baiser, Vrieslander ? »

La serveuse fit un bond et quitta la salle, indignée.

Prokop grommela dans son dos quelques bribes de mauvaise humeur : « Eh, va donc, oh, poule au pot ! Ça lui manque vraiment – Avec ses bouffées de vertu ! Pouah ! »

Zwakh le calma :

« Que voulez-vous, elle est quand même partie à un mauvais endroit de la conversation. Et en plus son bas était juste fini. »

L'aubergiste apporta une nouvelle cruche de grog, et les conversations prirent un tour de plus en plus chaud. Trop chaud pour ne pas me passer dans le sang, avec la fièvre que j'avais.

Je résistais, mais plus je me refermais intérieurement et pensais à Angelina, plus les bourdonnements dans mes oreilles devenaient brûlants. Je pris congé de manière assez précipitée.

Le brouillard était moins opaque désormais, il soufflait sur moi de fines aiguilles de glace, mais il était encore assez épais pour que je ne puisse pas lire les noms des rues sur les plaques : je m'écartai quelque peu du chemin de retour.

J'étais arrivé dans une autre rue, sur le point de faire demi-tour, quand j'entendis une voix crier mon nom :

« Monsieur Pernath ! Monsieur Pernath ! »

Je regardai tout autour de moi, et vers le haut des maisons :

personne !

Une porte ouverte sur la rue, flanquée sur le dessus d'un discret lumignon rouge, bâillait largement juste à côté de moi, et j'aperçus au fond du couloir une silhouette claire, à ce qu'il me sembla.

De nouveau : « Monsieur Pernath ! Monsieur Pernath ! » chuchoté cette fois.

Je pénétrai, étonné, dans le couloir – c'est alors que deux bras de femme tout chauds m'enlacèrent le cou, et, dans le rayon de lumière qui tombait d'une encoignure de porte en train de s'ouvrir lentement, je vis que c'était Rosine qui se collait, brûlante, contre moi.

RUSE

Jour gris, sans soleil.

J'avais dormi tard, d'un sommeil sans rêve, inconscient, dans une espèce de coma.

Ma vieille servante m'avait fait faux bond, ou avait oublié de chauffer.

Le poêle était plein de cendre froide.

Il y avait de la poussière sur les meubles.

Le sol n'était pas balayé.

J'allais et venais, frigorifié.

La pièce empestait une sale odeur d'haleine à l'eau-de-vie.

Mon manteau, mes vêtements puaient la fumée de tabac refroidie.

J'ouvris grand la fenêtre, la refermai : l'air sale et froid de la rue était insupportable.

Sur les gouttières, dehors, des moineaux s'étaient perchés, immobiles, plumage trempé.

Où que je tourne mes regards, tout respirait le malaise maussade.

Tout mon être n'était plus que lambeaux.

Ce coussin sur le fauteuil – comme il était râpé, usé. Le crin s'échappait sur les bords, par les coutures.

Il fallait l'envoyer chez le tapissier… ah, et puis, à quoi bon ! Encore un temps de morne existence, et tout ça ne serait plus qu'un tas de chiffons décatis.

Et là-bas, quel bric-à-brac insipide, inutile, ces fanfioles effilochées aux fenêtres !

Pourquoi n'en faisais-je pas les torons d'une corde pour m'y pendre !

Je n'aurais alors plus besoin de jamais les revoir, toutes ces choses qui offensaient mes yeux, toute cette misère grise, dévastatrice, c'en serait fini une fois pour toutes !

Eh oui ! C'était ce qu'il y avait de mieux à faire ! En terminer !

Aujourd'hui même.

Là, maintenant, ce matin. Même pas aller manger avant. – Répugnante idée que de quitter ce monde l'estomac plein ! D'être couché dans la terre humide avec de la nourriture pas digérée en train de pourrir.

Si seulement le soleil voulait bien ne plus briller et ne plus faire étinceler dans le cœur des gens ses mensonges éhontés sur la joie de vivre !

Non ! On ne m'aurait pas ! Je ne voulais pas être plus longtemps le jouet d'un destin balourd et absurde, qui m'emmenait au pinacle puis me jetait dans des flaques de fange, rien que pour me faire comprendre le caractère mortel de toute chose terrestre, ce que je savais depuis belle lurette, ce que tous les enfants savent, tous les chiens des rues. Pauvre, pauvre Myriam ! Si *elle*, au moins, je pouvais l'aider.

Il fallait prendre une décision, une résolution sérieuse, immuable, avant que cette maudite pulsion de vie puisse se réveiller en moi et me faire miroiter de nouvelles chimères.

À quoi ça m'avait servi, tous ces messages du royaume de l'Impérissable ?

À rien, rien de rien.

Rien qu'à me faire tourner en rond peut-être et à percevoir la terre comme un enfer invivable.

Il n'y avait plus qu'une seule chose à faire.

Je calculai mentalement le montant de tout ce que j'avais déposé à la banque.

Oui, c'était la seule solution. C'était bien la seule chose, la seule, l'infime chose qui pouvait encore avoir une quelconque valeur parmi tous les actes minables de mon existence. Faire un paquet avec tout ce que je possédais – sans oublier les quelques pierres précieuses dans mon tiroir – et l'envoyer à Myriam. Pendant quelques années au moins, ça lui ôterait le souci de la vie quotidienne. Et écrire une lettre à Hillel où je lui dirais ce qu'il en était du « miracle ». Lui seul pouvait l'aider. Je le sentais : oui, il saurait quoi faire pour elle.

Je rassemblai les pierres, les mis dans le paquet, regardai l'heure : en allant maintenant à la banque, tout pouvait être réglé en une heure.

Et puis acheter un bouquet de roses rouges pour Angelina !...

Tout mon être hurlait de souffrance et de désir fou. – Rien qu'un jour, je voulais vivre un seul jour encore !

Pour devoir de nouveau revivre le même étranglement par le désespoir ?

Non ! Ne plus attendre une seule minute ! Une espèce de satisfaction s'empara de moi : je n'avais pas cédé à moi-même.

Je regardai tout autour de moi. Restait-il encore quelque chose à faire ?

Effectivement : la lime, là. Je la mis dans ma poche – avec l'intention de la jeter n'importe où dans la rue, comme j'en avais déjà eu l'idée quelque temps auparavant.

Je détestais cette lime ! Il s'en était fallu d'un rien, que je devienne un assassin à cause d'elle.

Et qui donc venait là m'embêter de nouveau ?

C'était le brocanteur.

« Rien qu'un instant, Monsieur von Pernath... me supplia-t-il tout décontenancé quand je lui fis comprendre que je n'avais pas le temps. Rien qu'un bref instant, tout petit. Rien que quelques mots... »

La sueur courait sur son visage, il tremblait d'émotion.

« Est-ce qu'on peut parler tranquillement ici avec vous sans être dérangé, Monsieur von Pernath, je n'ai pas envie que... que Hillel rentre ici encore une fois.

Verrouillez la porte, je préfère, ou plutôt, c'est mieux, allons dans la pièce à côté », il me tirait avec sa manière habituelle, sans douceur.

Puis il regarda plusieurs fois tout autour de lui, aux aguets, et chuchota d'une voix enrouée :

« J'ai encore réfléchi, vous savez… ce qu'on discutait l'autre fois. C'est mieux comme ça. Ça va rien donner. Bon, passé c'est passé. »

Je tentai de lire dans ses yeux.

Il soutint mon regard, mais crispa sa main sur le dossier du fauteuil, tant cet effort lui coûtait.

« Je suis bien content, Monsieur Wassertrum, lui dis-je aussi amicalement que je le pouvais, la vie est trop sinistre pour qu'on se la rende plus amère encore mutuellement par des sentiments de haine. »

« C'est pareil que si on entendait parler un livre imprimé – grogna-t-il, soulagé, tout en farfouillant dans les poches de son pantalon, dont il sortit de nouveau la montre en or avec les couvercles tordus – et pour que vous voyez que je suis sincère, il faut que vous acceptiez cette petite chose de ma part. Comme cadeau. »

« Qu'est-ce qui vous prend ? dis-je en refusant. Vous n'allez quand même pas croire… » – alors me revint en mémoire, tout d'un coup, ce que Myriam avait dit de lui, et je tendis la main pour ne pas le vexer.

Mais il n'y prêta pas attention, se mit à pâlir soudain, tendit l'oreille et dit dans un râle :

« Là ! Là ! Je le savais ! C'est encore Hillel ! Il frappe à la porte. »

J'écoutai à mon tour, repassai dans l'autre pièce et refermai à moitié, pour le rassurer, la porte intermédiaire derrière moi.

Cette fois, ce n'était pas Hillel, mais Charousek. Il entra, posa un doigt sur ses lèvres comme pour me signifier qu'il savait qui se trouvait dans la pièce attenante et me déversa dès la seconde suivante, sans attendre ce que j'allais dire, tout un flot de paroles :

« Ah, mon très vénéré et très cher Maître Pernath, comment trouver les mots, tout simplement, pour vous dire ma joie de vous trouver seul et sain et sauf chez vous… » Il parlait comme un comédien et son débit ampoulé et artificiel contrastait si violemment avec son visage décomposé que j'éprouvai un profond effroi à le voir.

« Jamais je n'aurais osé, maître, venir chez vous dans l'état loqueteux où vous m'avez sans doute souvent aperçu dans la rue – que dis-je aperçu ? Vous m'avez souvent tendu la main généreusement.

Si je peux venir aujourd'hui devant vous en col blanc et en costume propre – savez-vous à qui je dois cela ? À l'un des êtres les plus nobles et malheureusement – ah – le plus souvent méconnus de notre ville. L'émotion me submerge quand je pense à lui.

Bien qu'étant lui-même de condition modeste, il a pourtant la main ouverte pour les pauvres et les nécessiteux. Depuis toujours, chaque fois que je le voyais tristement posté devant sa boutique, une force venue du plus profond de mon cœur me poussait à venir à lui et à lui serrer la main sans rien dire.

Il y a quelques jours, il m'a appelé quand je passais, m'a offert de l'argent, et m'a mis ainsi en mesure de me payer un costume, en payant des traites.

Et savez-vous, Maître Pernath, qui c'était, ce bienfaiteur ?

Je le dis avec quelque fierté, car je suis le seul à avoir deviné, depuis toujours, le cœur d'or qui battait dans sa poitrine : eh bien, c'était… Monsieur Aaron Wassertrum ! »

Je compris bien évidemment que Charousek avait concocté toute sa comédie à l'adresse du brocanteur, en train d'écouter à côté, bien que je ne comprisse pas clairement où il voulait en venir : en aucun cas cette flagornerie par trop grossière ne me semblait de nature à abuser la méfiance de Wassertrum. À voir ma mine songeuse, Charousek devina manifestement ce que je pensais, secoua la tête avec un sourire grimaçant, et les mots qu'il prononça ensuite étaient censés me dire, vraisemblablement, qu'il connaissait parfaitement le bonhomme et savait la dose qu'il devait mettre.

« Eh oui, Monsieur... Aaron... Wassertrum ! Ça me fige presque le sang dans le cœur de ne pouvoir lui dire à lui en personne ma reconnaissance infinie, aussi je vous en adjure, Maître, ne lui révélez jamais que je suis venu ici et que je vous ai tout raconté. – Je sais que l'égoïsme des hommes l'a rendu amer et a mis dans son cœur une méfiance profonde, incurable, mais qui, hélas, n'est malheureusement que trop légitime. Je suis médecin de l'âme, psychiatre, mais ce sont aussi mes sentiments qui me disent qu'il vaut mieux que Monsieur Wassertrum n'apprenne jamais – y compris par ma bouche – combien je le tiens en haute estime. Ce serait semer le doute dans son cœur malheureux. Et loin de moi cette intention. Il vaut mieux qu'il me tienne pour un ingrat.

Maître Pernath, je suis moi-même un être malheureux, et je sais depuis le berceau ce que c'est que d'être seul au monde, abandonné ! Je ne connais même pas le nom de mon père. Je n'ai jamais vu non plus ma chère petite mère les yeux dans les yeux. Elle est sans doute morte précocement – la voix de Charousek se fit étrangement mystérieuse et insistante – et c'était, je le crois très fermement, une de ces personnalités profondes qui ne parviennent jamais à dire combien leur amour est infini, au nombre desquelles figure aussi Aaron Wassertrum.

Je possède une page arrachée du journal de ma mère – je la porte en permanence contre mon cœur – et elle y dit qu'elle a aimé mon père, malgré sa laideur, comme sans doute jamais une femme n'a aimé un homme sur cette terre.

Il semble pourtant qu'elle ne l'ait jamais dit – pour les mêmes raisons peut-être qui font que, par exemple, je ne pourrais dire à Monsieur Wassertrum – mon cœur dût-il se briser – toute la reconnaissance que j'éprouve à son égard.

Mais il y a une autre chose qui ressort de cette page de journal, pour autant que je puisse la deviner, car les phrases sont presque illisibles à cause des traces de larmes : mon père – que sa mémoire soit effacée sur la terre comme au ciel – l'a sûrement traitée d'horrible façon. »

Charousek tomba si soudainement à genoux que le plancher gémit, puis il se mit à crier avec des accents qui me glaçaient tellement le sang que je ne savais plus s'il jouait encore la comédie, ou s'il était devenu fou : « Ô Tout-Puissant dont l'homme ne doit pas prononcer le nom, je suis agenouillé devant toi : maudit, maudit, maudit soit mon père de toute éternité ! »

Il mordit littéralement le dernier mot, le coupa en deux, et tendit l'oreille pendant une seconde, les yeux dilatés.

Puis il se mit à ricaner de manière satanique. J'eus l'impression aussi que, dans la pièce à côté, Wassertrum avait soupiré.

Après une brève pause, Charousek reprit en mimant une voix étouffée : « Pardonnez-moi, maître, pardonnez-moi, c'était plus fort que moi, mais c'est ma prière du matin et du soir, je voudrais que le Tout-Puissant fasse en sorte que mon père, quel qu'il soit, connaisse un jour la fin la plus affreuse qui se puisse imaginer. »

Je voulus malgré moi répondre quelque chose, mais Charousek m'interrompit sans attendre : « Mais j'en viens, Maître Pernath, à la demande que je voulais vous formuler :

Monsieur Wassertrum avait un protégé, pour qui il avait une affection démesurée, je pense que c'était l'un de ses neveux. On raconte même que c'était son fils, mais je n'arrive pas à le croire, car dans ce cas il aurait porté le même nom que lui, mais en réalité il s'appelait Wassory, le Dr Theodore Wassory.

Les larmes me viennent aux yeux quand je le revois en esprit. Je lui étais entièrement dévoué, comme si un lien très proche d'amour et de parenté m'avait lié à lui. » Charousek sanglota, comme si l'émotion l'empêchait presque de continuer à parler.

« Hélas, cette noble personne a dû quitter cette terre ! – Quel malheur ! Quelles que soient les raisons qui l'ont poussé à cela – et que j'ignore toujours – il s'est donné la mort. Et je fais partie de ceux qui furent appelés à son secours – mais hélas, trop tard, trop tard ! Et quand je me suis retrouvé seul devant son lit de mort et que j'ai couvert de baisers sa main froide et livide, ah, pourquoi ne pas vous l'avouer, Maître Pernath – ce n'était quand même pas du vol – j'ai pris l'une des roses posées sur sa poitrine et me suis emparé du flacon dont le contenu avait mis un terme si rapide à la belle vie du malheureux. » Charousek tira de sa poche un petit flacon pharmaceutique et poursuivit en tremblant :

« Je pose ces deux objets sur votre table, la rose séchée et la fiole ; c'étaient des souvenirs de mon ami à jamais disparu.

Que de fois j'ai joué avec ce flacon, dans les moments d'abandon intérieur, quand j'appelais la mort de mes vœux dans la solitude de mon cœur et le désir de voir ma mère : il me réconfortait par la conviction bienheureuse qu'il me suffirait de verser ce liquide sur un mouchoir et de le respirer pour que je sois emporté loin de toute douleur terrestre dans les contrées où mon cher et bon Theodore se repose des peines de notre vallée de larmes.

Et aujourd'hui, très vénéré Maître – c'est pour cela que je suis venu –, je vous prie de prendre ces deux objets et de les porter à Monsieur Wassertrum.

Dites-lui qu'ils vous ont été confiés par quelqu'un dont le Dr Wassory était proche, mais dont vous auriez fait le serment de ne jamais prononcer le nom, une femme peut-être.

Il vous croira, et ce sera un souvenir pour lui, comme c'en était un pour moi.

Que ce soit le remerciement secret que je lui adresse. Je suis pauvre, et c'est tout ce que j'ai, mais ça me rend heureux de savoir que ces deux objets désormais lui appartiendront, sans qu'il sache que je suis le donateur.

Il y a là pour moi en même temps quelque chose d'infiniment doux et agréable.

Voilà, je vous dis adieu maintenant, cher Maître, soyez dès à présent mille fois remercié. »

Il ne lâchait pas ma main, me fit un clin d'œil, et comme je ne comprenais toujours pas, me murmura quelque chose d'à peine audible à l'oreille.

« Attendez, Monsieur Charousek, je vais vous raccompagner jusqu'en bas... » Je prononçai ces mots mécaniquement, tout en les lisant sur ses lèvres, et sortis avec lui.

Nous nous arrêtâmes sur le palier obscur du premier étage, et je voulus prendre congé de Charousek.

« Je devine un peu où vous vouliez en venir avec cette comédie. Vous... Vous voulez que Wassertrum s'empoisonne avec la fiole », lui dis-je sans fioritures.

« Certes », concéda Charousek sur un ton enjoué.

« Et vous croyez que je vais prêter la main à *ça* ? »

« Ça n'est pas du tout nécessaire. »

« Mais vous avez bien dit que je devais donner le flacon à Wassertrum, non ? »

Charousek secoua la tête :

« Quand vous rentrerez chez vous maintenant, vous verrez qu'il l'a déjà mis de côté... »

« Comment pouvez-vous faire cette hypothèse ? lui demandai-je, étonné. Un homme comme Wassertrum ne se suicidera jamais – il est bien trop lâche pour cela – il n'agit que sous le coup d'impulsions subites. »

« C'est que vous ne connaissez pas le poison rampant de la suggestion, m'interrompit Charousek, si j'avais parlé en utilisant les mots de tous les jours, vous auriez sans doute raison, mais j'ai calculé à l'avance la moindre intonation. Seul le pathos le plus abominable agit sur ce genre de fumier ! Croyez-moi ! J'aurais pu vous décrire sa mimique à chacune de mes phrases. Il n'est pas de "kitsch" si infâme – comme disent les peintres – qui ne puisse arracher des larmes à une foule menteuse jusqu'à l'os, et la touche au cœur ! Croyez-vous qu'on n'aurait pas détruit depuis longtemps tous les théâtres de la terre par le fer et par le feu, s'il en allait autrement ? C'est à sa sentimentalité qu'on reconnaît la canaille. Des milliers de pauvres bougres peuvent crever de faim sans qu'on pleure un instant, mais qu'un chameau peinturluré déguisé en plouc des champs se mette à rouler des yeux bizarres, et les voilà tous à braire comme les chiens du Château. – Le petit père Wassertrum aura peut-être oublié demain ce qui vient à l'instant de lui faire couler le purin du cœur, mais il n'empêche, chacune de mes paroles reprendra vie en lui un jour ou l'autre, quand auront mûri les heures où lui-même trouvera sa propre personne infiniment déplorable. Dans ces moments de grands *miserere*, il suffit d'une légère chiquenaude – à laquelle je veillerai – pour que la patte la plus couarde aille chercher le poison. Simplement, il faut qu'il l'ait sous la main. Le petit Theodore n'aurait sans doute pas non plus raflé la potion, si je ne lui avais pas facilité la chose. »

« Charousek, vous êtes un individu effrayant ! m'écriai-je, épouvanté. Vous n'éprouvez donc aucun… »

Il me ferma la bouche d'un geste vif et me poussa dans un renfoncement : « Silence ! Il arrive. »

De fait, Wassertrum descendait l'escalier en titubant, s'appuyant au mur, il passa devant nous, tout chancelant.

Charousek me secoua la main en vitesse et lui emboîta le pas silencieusement.

Une fois rentré dans ma pièce, je vis que la rose et la fiole avaient disparu et qu'à leur place, sur la table, il y avait maintenant la montre d'or toute cabossée du brocanteur.

On m'avait dit à la banque que je devais attendre huit jours avant de pouvoir toucher mon argent ; c'était le délai habituel pour une fermeture de compte.

Je répondis qu'il fallait aller chercher le directeur, car j'étais extrêmement pressé et songeais – il me fallait un prétexte – à partir en voyage dans une heure.

On me dit qu'il n'était pas disponible et que je ne pouvais, au demeurant, rien changer aux pratiques habituelles de la banque. Ça avait fait rire un type avec un œil de verre, qui s'était présenté au guichet en même temps que moi.

Et donc il fallait que j'attende encore la mort huit longues journées grises, terribles ! Ça me semblait une éternité.

J'étais tellement abattu que je n'eus absolument aucune conscience du temps que je passai ensuite à faire les cent pas devant l'entrée d'un café.

Je finis par y entrer, rien que pour me débarrasser du répugnant individu à l'œil de verre qui m'avait suivi depuis la banque et ne me lâchait plus. Chaque fois que je le regardais, il cherchait quelque chose par terre qu'il faisait semblant d'avoir perdu.

Il portait une longue veste à carreaux clairs, bien trop étroite pour lui, et des pantalons noirs tout graisseux et luisants qui flottaient comme des sacs sur ses jambes. Sur sa chaussure gauche une pièce de cuir bombée en forme d'œuf avait été cousue, en sorte qu'on avait l'impression qu'il portait, en dessous, une chevalière à l'orteil.

À peine m'étais-je assis qu'il entra à son tour et s'installa à une table voisine.

Je crus qu'il voulait me quémander quelque aumône et me mettais déjà en quête de mon porte-monnaie, quand je remarquai un énorme brillant qui étincelait sur ses gros doigts de boucher.

Je restai assis là pendant des heures en me disant que j'allais devenir fou, tant ma nervosité intérieure était grande, mais où aller ? Chez moi ? Aller traîner au hasard dans les rues ? Toutes les hypothèses me paraissaient plus atroces les unes que les autres.

L'air vicié, le cognement continu et stupide des boules de billard, les raclements de gorge secs, incessants, d'un porteur de journaux à moitié aveugle, juste en face de moi, un lieutenant d'infanterie filiforme dont les doigts fins comme des cigarettes alternaient les explorations en profondeur de ses narines et les soins de beauté aux moustaches à l'aide d'un peigne et d'un miroir de poche, un bouillonnement en velours marron d'Italiens répugnants, puant la sueur et n'arrêtant pas de jacasser dans leur coin à la table des cartes, qui bientôt abattirent leurs atouts en tapant des phalanges sur le tapis avec des cris d'orfraie, puis se mirent à cracher dans la salle comme s'ils allaient se vider de leurs boyaux. Et tout ce spectacle inévitable multiplié par deux ou trois dans le grand miroir mural ! Tout ça me pompait lentement le sang dans les veines.

Peu à peu l'obscurité tomba, un garçon mou du genou et affligé de pieds plats tripota lubriquement les organes des lampes à gaz avec une perche, pour finir par se convaincre avec des hochements de tête navrés qu'elles refusaient de s'allumer. Chaque fois que je tournais la tête, je rencontrais le regard de loup torve du type à l'œil de verre, et chaque fois celui-ci rentrait la tête illico derrière un journal, ou trempait sa moustache crasseuse dans une tasse à café vidée depuis des heures.

Il s'était enfoncé son petit chapeau rond tout raide sur le crâne, ce qui lui écartait les oreilles quasi à l'horizontale, mais sans faire mine de vouloir partir.

Ce n'était plus tenable. Je payai et sortis.

Au moment où j'allais fermer la porte de verre derrière moi, quelqu'un m'enleva la poignée de la main – je me retournai :

Encore ce type !

J'allais tourner à gauche, très mécontent, dans la direction de la ville juive, il se mit alors tout contre moi et m'en empêcha.

« Non mais… Ça suffit comme ça maintenant », lui criai-je.

« C'est à droite qu'il faut aller », dit-il sèchement.

« Qu'est-ce que ça veut dire ? »

Il me dévisagea avec insolence :

« Vous êtes Pernath ? »

« Vous voulez sans doute dire : Monsieur Pernath ? »

Pour toute réponse, un rire mauvais :

« Bon, allez, pas d'histoire, hein ! Vous venez avec moi ! »

Je m'emportai :

« Mais ça ne va pas ? Qui êtes vous donc ? »

Il ne répondit rien, dégagea le revers de sa veste et me montra prudemment un aigle de fer-blanc tout râpé, épinglé dans la doublure.

Je compris que le gredin en question était quelqu'un de la police secrète et qu'il m'arrêtait.

« Mais dites-moi donc, grands dieux, ce qui se passe ? »

« Vous le saurez bien assez tôt au département, répondit-il avec rudesse. Et maintenant, allons, hop ! »

Je proposai qu'on prenne une voiture :

« Pas question ! »

Nous nous rendîmes à la police.

Un gendarme me conduisit jusqu'à une porte. Sur une plaque de porcelaine, on pouvait lire :

ALOIS OTSCHIN
Officier de police

« Vous pouvez entrer », dit le gendarme.

Il y avait là deux bureaux crasseux, qui se faisaient face, équipés d'étagères longues d'un bon mètre.

Deux-trois chaises démantibulées au milieu.

Le portrait de l'empereur sur le mur.

Un bocal avec des poissons rouges sur l'appui de fenêtre.

Et rien d'autre dans la pièce.

Derrière le pupitre de gauche, un pied bot, assisté d'une grosse pantoufle de feutre à l'aplomb de pantalons gris complètement effrangés.

J'entendis comme un frottement. Quelqu'un murmura deux-trois mots en tchèque, et l'instant d'après, Monsieur l'officier de police émergea du bureau de droite et vint me trouver.

C'était un petit homme à barbiche grise, qui avait l'étrange manie, avant de se mettre à parler, d'exhiber toute sa dentition, comme lorsqu'on regarde la lumière aveuglante du soleil.

En même temps, il plissait les yeux derrière ses verres de lunette, ce qui lui conférait une expression d'effroyable bassesse.

« Vous vous appelez Athanasius Pernath et vous êtes – il jeta une œil sur une feuille de papier entièrement vierge – tailleur de pierres précieuses. »

À cet instant précis, la vie s'empara du pied bot sous le bureau d'à côté : il s'aiguisa sur le pied de la chaise, et j'entendis le bruit régulier d'une plume.

J'acquiesçai :

« Pernath. Tailleur de pierres précieuses. »

« Bon, alors comme ça, on y est bientôt, Monsieur… Pernath… Oui, c'est ça, Pernath. C'est ça. »

Monsieur l'officier de police se montra d'un seul coup d'une amabilité étonnante, comme s'il venait d'apprendre la plus agréable nouvelle qui fût, tendit les deux mains vers moi et s'efforça, non sans ridicule, d'adopter un visage de brave type.

« Ainsi donc, Monsieur Pernath, racontez-moi donc ce que vous faites comme ça toute la journée. »

« Je crois que cela ne vous concerne en rien, Monsieur Otschin » répondis-je avec froideur.

Il plissa les yeux, attendit un bref instant, puis démarra en trombe : « Depuis quand la comtesse a-t-elle cette relation avec ce Savioli ? »

Je m'attendais à quelque chose de semblable et ne bronchai pas d'un cil.

Il essaya habilement, par des questions multiples, de m'emberlificoter dans des contradictions, mais bien que l'épouvante me fît battre le cœur à tout rompre jusque dans la gorge, je ne me coupai pas une seule fois et en revenais toujours au fait que je ne connaissais pas le nom de Savioli, que je ne l'avais jamais entendu, que j'étais lié d'amitié avec Angelina depuis l'époque de mon père, et qu'elle m'avait plusieurs fois commandé des camées.

Malgré cela je sentais parfaitement que l'officier de police voyait bien à mon air que je lui mentais, écumant de rage intérieure parce qu'il n'arrivait à rien tirer de moi.

Il réfléchit un moment, puis me tira tout contre lui par la veste, en me désignant du pouce le bureau de gauche, en guise de mise en garde, et me chuchota à l'oreille :

« Athanasius ! Feu monsieur votre père était mon meilleur ami. Je veux vous sauver, Athanasius ! Mais il faut tout me dire sur la comtesse – vous m'entendez : tout ! »

Je ne comprenais pas ce que cela voulait dire : « Qu'entendez-vous par là, vous voulez me sauver ? » demandai-je à voix haute.

Le pied bot se mit à taper le sol rageusement. Le visage de l'officier de police, envahi par la haine, prit une teinte gris cendre. Sa lèvre se retroussa. Il attendit encore. Je savais qu'il allait repartir de plus belle (son système d'intimidation me rappelait celui de Wassertrum) et j'attendis moi aussi, vis un faciès de bouc, le propriétaire du pied bot, émerger du pupitre, aux aguets, et soudain l'officier de police me hurla à tue-tête : « Assassin ! »

La stupéfaction me rendit muet.

La tête de bouc du grincheux mal embouché se retira de nouveau derrière son pupitre.

L'officier de police lui aussi semblait assez atteint par mon calme, mais très habilement n'en laissa rien paraître, tout en tirant une chaise à lui, sur laquelle il m'invita à prendre place.

« Vous vous refusez donc à me donner les informations que je voudrais avoir sur la comtesse, Monsieur Pernath ? »

« Je ne peux pas vous les donner, Monsieur l'officier, en tout cas pas au sens où vous l'entendez ; premièrement je ne connais personne du nom de Savioli, et ensuite je suis fermement convaincu que c'est une calomnie d'aller raconter que la comtesse trompe son mari. »

« Êtes-vous prêt à dire cela sous serment ? »

J'eus le souffle coupé. « Oui, n'importe quand ! »

« Bien ! Hum… » Il s'ensuivit une longue pause, pendant laquelle l'officier sembla occupé à réfléchir intensément.

Quand il posa de nouveau les yeux sur moi, une espèce de trait douloureux bien joué s'était inscrit dans sa grimace. Je ne pus m'empêcher de penser à Charousek quand il commença à parler d'une voix étouffée par les larmes :

« Mais à moi, vous pouvez quand même le dire, Athanasius, à un vieil ami de votre père, à moi qui vous ai tenu dans mes bras – j'eus du mal à me retenir de rire, car il avait au mieux dix ans de plus que moi –, hein, Athanasius, c'était de la légitime défense ? »

La tête de bouc refit surface.

« Qu'est-ce qui était de la légitime défense ? » demandai-je sans rien comprendre.

« L'histoire avec ce – Zottmann ! » L'officier me cria ce nom au visage.

Le mot me toucha comme un coup de poignard : Zottmann ! Zottmann ! La montre !

C'était bien le nom de Zottmann qui était gravé dans la montre.

Je sentis tout mon sang refluer vers le cœur : cet horrible Wassertrum m'avait donné la montre pour attirer sur moi le soupçon de meurtre.

Aussitôt, le policier jeta le masque, montra les crocs et plissa les yeux :

« Vous avouez donc le meurtre, Pernath ? »

« Tout ça est une erreur. Une épouvantable erreur. Pour l'amour de Dieu, écoutez-moi. Je peux vous expliquer… », m'écriai-je.

« Est-ce que maintenant vous me direz tout en ce qui concerne la comtesse ? m'interrompit-il sans attendre. J'attire votre attention sur le fait que, ce faisant, vous améliorez votre situation. »

« Je ne peux pas en dire plus que je n'ai déjà fait : la comtesse est innocente. »

Il serra les dents et se tourna vers la tête de bouc :

« Écrivez : – donc, Pernath avoue le meurtre de l'officier de sécurité Karl Zottmann. »

Une fureur incontrôlée s'empara de moi. Je hurlai à toutes forces : « Vous n'êtes qu'une canaille de policier ! – Qu'est-ce que vous vous permettez là ? ! »

Je cherchai des yeux un objet lourd.

L'instant d'après deux gardiens de la paix m'avaient pris à bras-le-corps et me passaient les menottes. L'officier de police claironnait maintenant comme un coq sur son tas de fumier :

« Et cette montre-là ? – il exhiba soudain la montre cabossée. – Il vivait encore, le malheureux Zottmann, quand vous la lui avez volée, oui ou non ? »

J'avais retrouvé tout mon calme et déclarai à voix nette : « Cette montre, c'est le brocanteur Aaron Wassertrum qui me l'a offerte ce matin… »

Un énorme éclat de rire hennissant retentit, et je vis le pied bot et la pantoufle de feutre entamer une joyeuse bourrée sous le bureau.

TOURMENT

Mains entravées, un gendarme derrière moi, baïonnette au canon, je dus passer dans les rues éclairées pour le soir.

Un cortège de gamins des rues m'escortait de part et d'autre en poussant toutes sortes de beuglements, les femmes ouvraient grand leurs fenêtres, me menaçaient avec leurs grandes louches en m'injuriant à qui mieux mieux.

De loin je voyais déjà le cube massif du tribunal qui s'avançait vers moi, avec son inscription au fronton :

La Justice qui punit
Protège les honnêtes gens.

Puis un porche gigantesque m'avala, puis un vestibule qui puait la cuisine.

Un barbu portant sabre, veste et casquette de fonctionnaire, pieds nus, les jambes prises dans de longs caleçons noués aux chevilles, se leva, posa le moulin à café qu'il serrait entre ses genoux et me donna l'ordre de me déshabiller.

Puis il fit l'inspection de mes poches, en retira tout ce qui s'y trouvait, et me demanda si j'avais... des punaises.

Quand je lui eus répondu par la négative, il retira les bagues de mes doigts et me dit que ça allait, que je pouvais me rhabiller.

On m'emmena plusieurs étages au-dessus, par des couloirs où les embrasures de fenêtres étaient remplies de grandes caisses grises à serrure. Toute la longueur du mur était occupée par une file ininterrompue de portes de fer munies de barres de verrou et de petites ouvertures fermées par des grilles, une lampe à gaz était allumée au-dessus de chacune.

Un gardien de prison colossal, et d'allure martiale – le premier visage honnête que je voyais depuis des heures –, ouvrit l'une des portes, me poussa dans un trou obscur, une espèce d'armoire où régnait une puanteur pestilentielle, et referma derrière moi.

J'étais dans le noir le plus complet et m'orientai à tâtons.

Mon genou heurta un seau de métal.

Finalement, l'espace était si étroit que je pouvais à peine me retourner, je mis la main sur une poignée et me retrouvai… dans une cellule.

Deux fois deux couchettes fixées dans les murs, avec leurs paillasses.

La largeur d'un pas au milieu.

Un mètre carré de fenêtre avec une grille, tout là-haut dans la paroi, par où pénétrait la lueur terne du ciel nocturne.

Une chaleur insupportable, l'air empesté par une odeur de vieux vêtements emplissait tout l'espace.

Quand mes yeux se furent habitués à l'obscurité, je distinguai sur trois des couchettes – la quatrième était vide – des hommes en tenue pénitentiaire grise, assis les bras sur les genoux, le visage enfoui dans les mains. Aucun d'eux ne dit quoi que ce soit.

Je m'assis sur le lit vide et j'attendis. Attendis. Attendis. Une heure, deux… trois heures !

Chaque fois que je croyais entendre résonner un pas au-dehors, je sursautais :

On venait me chercher maintenant, pour me présenter au juge d'instruction.

Chaque fois c'était une nouvelle déception. Les pas se perdaient toujours dans le couloir.

Je dégrafai le col de ma chemise – me disant que j'allais étouffer. Puis j'entendis les prisonniers s'allonger, l'un après l'autre, en gémissant.

« On ne peut donc pas ouvrir la fenêtre là-haut ? » lançai-je à haute voix, désespéré, dans l'obscurité. Ma propre voix me fit presque peur.

« Ça marche pas », répondit une voix grognon depuis l'une des paillasses d'en face.

Je tâtonnai malgré tout le long du mur étroit. Il était barré à hauteur de poitrine par une planche en travers... deux cruches d'eau... quelques croûtes de pain.

Je grimpai péniblement sur la planche, m'agrippai aux barreaux de la grille et pressai mon visage contre les fentes des fenêtres, pour respirer au moins un peu d'air frais.

Je restai là jusqu'à ce que mes genoux se mettent à trembler, avec pour seule vision le brouillard monotone et gris de la nuit.

Les barreaux de fer étaient froids et transpiraient.

Ce serait bientôt minuit.

Derrière moi j'entendais ronfler. Un seul des prisonniers semblait ne pas pouvoir dormir, il se retournait brutalement dans tous les sens sur la paille, et soupirait parfois à mi-voix.

Le matin n'allait-il pas venir enfin ? Tiens ! Une cloche sonnait de nouveau.

Je comptai, lèvres tremblantes :

Un, deux, trois – Dieu soit loué, quelques heures encore seulement, et ce serait l'aube. Ça tapait encore :

Quatre ? Cinq ? La sueur perla sur mon front – six ! ! Sept... Il était onze heures.

Il ne s'était écoulé qu'une heure depuis que j'avais entendu l'heure sonner pour la dernière fois.

Mes pensées se mirent peu à peu en ordre :

Wassertrum m'a refilé la montre du disparu Karl Zottmann pour qu'on me soupçonne d'avoir assassiné quelqu'un. – Il ne pouvait donc qu'être lui-même l'assassin ; sinon, comment aurait-il pu se procurer cette montre ? S'il avait trouvé le cadavre quelque part et seulement alors commis le vol, il serait sûrement allé chercher les mille florins de récompense promis publiquement pour la découverte du disparu. – Or la chose n'était pas possible : les affiches étaient encore collées aux coins de rue, comme j'avais pu le voir nettement tout le long du chemin jusqu'à la prison.

Il était clair que ce ne pouvait être que le brocanteur qui m'avait accusé. Et par ailleurs : qu'il était de mèche avec l'officier de police, en tout cas pour ce qui concernait Angelina. Sinon, pourquoi l'interrogatoire au sujet de Savioli ?

D'un autre côté il ressortait de tout cela que Wassertrum n'avait *pas encore* mis la main sur les lettres d'Angelina.

Je réfléchissais, passais les choses en revue…

Soudain tout fut là devant moi avec une netteté effrayante, comme si j'y avais assisté.

Eh oui, ça ne pouvait pas s'être passé autrement : le jour où il avait fouillé tout mon logement avec ses complices de la police, Wassertrum avait en secret dérobé ma cassette de fer, dans laquelle il supposait que se trouvaient des preuves, mais il n'était pas arrivé à l'ouvrir aussitôt, puisque j'avais la clé sur moi, et il était… peut-être en cet instant même sur le point de l'ouvrir en force dans son repaire.

Fou de désespoir je secouai les barreaux de la grille comme un forcené, imaginai Wassertrum en train de fouiller dans les lettres d'Angelina…

Si seulement je pouvais informer Charousek, pour qu'au moins il puisse aller prévenir à temps Savioli et le mettre en garde !

Pendant un instant je me cramponnai à l'espoir que la nouvelle de ma détention avait déjà dû se répandre comme une traînée de poudre dans toute la ville juive et je mis toute ma confiance en Charousek comme en un ange salvateur. Le brocanteur n'était pas de taille à résister à l'intelligence infernale de l'étudiant. Celui-ci n'avait-il pas dit un jour : « Je le prendrai à la gorge à l'heure exacte où il voudra étrangler le Dr Savioli. »

Mais dès la minute suivante je rejetai tout cela de nouveau, une violente angoisse me saisit : et si Charousek arrivait trop tard ?

Angelina serait perdue…

Je me mordis les lèvres au sang et m'enfonçai les ongles dans la poitrine, fou du remords de ne pas avoir brûlé les lettres ce jour-là ; je me jurai de mettre fin à l'existence terrestre de Wassertrum à l'heure même où je serais de nouveau libre. Dussé-je mourir de sa main ou sur la potence – peu m'importait !

Pas un instant je ne doutai que le juge d'instruction croirait mes paroles quand je lui exposerais de manière plausible l'histoire de la montre et lui raconterais les menaces de Wassertrum.

Demain sûrement, je serais libre ; à tout le moins, le tribunal ferait également arrêter Wassertrum comme suspect de meurtre.

Je comptais les heures, et priais pour qu'elles passent plus vite ; gardais les yeux fixés dehors dans la brume noirâtre.

Au bout d'un temps indiciblement long, il commença à faire un peu plus clair. Une tache sombre émergea du brouillard, de plus en plus distincte, et je finis par identifier un gigantesque visage de cuivre : le cadran d'une ancienne horloge de clocher. Mais il n'avait plus d'aiguille… Nouvelle torture.

Cinq heures sonnèrent.

J'entendis les prisonniers se réveiller et s'entretenir en tchèque sans cesser de bâiller.

L'une des voix ne m'était pas inconnue ; je me retournai, descendis de la planche… et reconnus sur la couchette qui faisait face à la mienne Loïsa-le-grêlé, qui restait assis et me dévisageait fixement, stupéfait.

Les deux autres étaient des compagnons. Ils avaient l'air assez culotté et me dévisageaient avec un peu de mépris.

« Un fraudeur, non ? » demanda l'un d'entre eux à mi-voix en tapant du coude son camarade.

L'interrogé grommela deux-trois mots méprisants, farfouilla dans sa paillasse, en tira un papier noir et le posa sur le sol.

Puis il répandit dessus un peu d'eau de la cruche, s'agenouilla, s'examina dans ce miroir et se plaqua les cheveux sur le front avec le peigne de ses doigts.

Après quoi il sécha le papier minutieusement et le dissimula de nouveau sous la couchette.

« Pan Pernath, Pan Pernath... », murmura Loïsa, les yeux toujours grands ouverts et fixes, comme quelqu'un qui a vu un fantôme.

« Ces messieurs se connaissent, à ce que je vois », dit le non-peigné des deux, qui avait observé la scène, dans son dialecte contourné de Viennois tchèque, en esquissant devant moi par moquerie une demi-révérence. « Permettez que je me présente : Vossatka est mon nom. Vossatka-le-noir – incendiaire... », ajouta-t-il fièrement un octave plus bas.

Le mieux coiffé des deux cracha entre ses dents, me regarda un instant avec mépris, désigna sa poitrine et annonça laconiquement : « Cambriolage. »

Je ne disais toujours rien.

« Alors et vous, c'est pour quelle espèce de présomption que vous êtes là, Monsieur le comte ? » demanda le Viennois après un silence.

Je réfléchis un instant, puis déclarai tranquillement :

« Pour vol avec meurtre. »

Les deux types firent un bond, stupéfaits, l'expression moqueuse qui se peignait sur leurs visages fit place à quelque chose comme une admiration sans limites. Ils s'écrièrent presque en chœur :

« Respect ! Respect ! »

Quand ils virent que je ne m'occupais pas d'eux, ils se retirèrent dans le coin et conversèrent à voix basse.

Une fois seulement, le mieux coiffé des deux se leva, vint vers moi, et examina mes biceps sans dire un mot, puis retourna voir son ami en hochant la tête.

« Vous aussi, vous êtes là comme meurtrier présumé de ce Zottmann ? » demandai-je à Loïsa discrètement.

Il hocha la tête :

« Oui, ça fait longtemps. »

Plusieurs heures s'écoulèrent encore.

Je fermai les yeux et fis comme si je dormais.

Soudain j'entendis à côté de moi Loïsa qui m'appelait à voix très basse :

« Monsieur Pernath ! Monsieur Pernath ! »

« Oui. » Je fis comme si je me réveillais.

« Monsieur Pernath, s'il vous plaît, je vous demande pardon, s'il vous plaît, est-ce que vous savez ce que fait Rosine ? Est-ce qu'elle est chez elle ? » bredouilla le pauvre bougre. Il me faisait une peine immense avec ses yeux enflammés suspendus à mes lèvres, les mains agitées, sous le coup de l'émotion, par des mouvements convulsifs.

« Elle va bien. Elle… elle est maintenant… serveuse au… au "Alter Ungelt" », je le vis respirer, soulagé par mon mensonge.

Deux détenus étaient entrés sans un mot, portant sur un plateau un rang de gamelles de fer pleines de jus de saucisse, ils en mirent trois dans la cellule, et au bout de quelques heures, les verrous se remirent à claquer et le surveillant m'emmena chez le juge d'instruction.

Mes genoux tremblaient comme des feuilles sous l'effet de l'impatience, tandis que nous montions et descendions des escaliers.

« Croyez-vous qu'il soit possible que je sois libéré aujourd'hui même ? » demandai-je anxieusement au gardien.

Je le vis réprimer un sourire avec compassion : « Euh… aujourd'hui ? Euh, mon Dieu, tout peut arriver. »

Sa réponse me glaça.

Une nouvelle fois je déchiffrai une plaque de porcelaine sur une porte avec un nom inscrit dessus :

KARL BARON VON LEISETRETER[1]
Juge d'instruction

De nouveau une pièce nue, deux pupitres avec des étagères longues d'un bon mètre.

Un vieil homme de grande taille, barbe blanche à deux versants, jaquette noire, lèvres rouges et charnues, bottes de cuir grinçant.

« Vous êtes Monsieur Pernath ?

– Parfaitement.

– Tailleur de pierres précieuses ?

– Parfaitement.

– Cellule soixante-dix.

– Parfaitement.

– Soupçonné du meurtre de Zottmann…

– Je vous en prie, Monsieur le juge…

– *Soupçonné du meurtre de Zottmann ?*

– Sans doute. Du moins, c'est ce que je suppose. Mais…

– Vous avez avoué ?

– Non.

– Alors dans ce cas je vous mets en détention provisoire. Gardiens, emmenez cet homme !

– S'il vous plaît, écoutez-moi quand même, Monsieur le juge ; il faut absolument que je sois chez moi dès aujourd'hui. J'ai des choses importantes à faire… »

Quelqu'un bégueta derrière le second bureau.

Le baron esquissa un sourire du coin des lèvres.

« Gardiens, emmenez cet homme. »

Les jours succédaient aux jours et les semaines aux semaines et j'étais toujours en cellule.

Chaque jour, à midi, nous avions le droit de descendre dans la cour de la prison et de faire des ronds

1. *Leisetreter* : littéralement ce terme désigne une personne qui marche sans faire de bruit. L'usage lui a affecté une connotation péjorative qui vise les fonctionnaires soucieux d'obéir à leur hiérarchie et de ne pas faire de vagues, une sorte de couardise civile… *Freiherr* (baron) connote au contraire une certaine indépendance (littéralement : « libre seigneur »).

sur la terre humide, deux par deux, pendant quarante minutes, avec les autres prévenus et les condamnés.

Il était interdit de se parler.

Au milieu de cet emplacement poussait encore un arbre défeuillé et moribond, dans l'écorce duquel on avait greffé une figurine de verre représentant la Vierge Marie. Sur les murs poussaient aussi des pieds de troènes étiques, dont la suie avait presque complètement noirci les feuilles.

Tout autour, les grilles des cellules où parfois un visage gris mastic avec des lèvres anémiées venait regarder en bas dans la cour. Puis on remontait vers les cryptes habituelles consommer le pain, l'eau et le jus de saucisse, ou les lentilles pourrissantes du dimanche.

J'avais été interrogé une seule autre fois :

Avais-je des témoins selon lesquels Monsieur Wassertrum m'aurait offert la montre ?

« Oui : Monsieur Schemajah Hillel... c'est-à-dire que... non (je me souvins qu'il n'était pas là à ce moment-là)... mais Monsieur Charousek – non, lui non plus n'était pas là. »

« Bref, il n'y avait personne ? »

« Non, personne n'était là, monsieur le juge. » Nouveau béguètement derrière le bureau et de nouveau la formule :

« Gardiens, emmenez cet homme. »

Mon inquiétude au sujet d'Angelina avait fait place à une morne résignation : le temps où je devais trembler pour elle était passé.

Je me disais : soit le plan vengeur de Wassertrum a réussi depuis longtemps, soit Charousek est intervenu.

Mais le souci que je me faisais pour Myriam me rendait presque fou.

Je l'imaginais, attendant heure après heure que le miracle se renouvelle, le matin, de bonne heure, au passage du boulanger, descendant quatre à quatre les escaliers et examinant le pain avec des mains tremblantes, ou se mourant d'angoisse peut-être à mon sujet.

La nuit, souvent, cette idée me sortait du sommeil d'un coup de fouet, et je montais sur la planche pour contempler là-haut le visage de cuivre de l'horloge, me consumant dans le vœu que mes pensées se fraient un chemin jusque chez Hillel et lui crient dans l'oreille qu'il fallait aider Myriam et la délivrer de la torture de l'attente d'un miracle. Puis je me jetais de nouveau sur la paille et retenais mon souffle à m'en faire presque exploser la poitrine – pour forcer mon double à apparaître, afin que je puisse le lui envoyer et qu'il lui porte le réconfort.

Et de fait, il était apparu une fois à côté de ma couche avec les mots « Chabrat Zereh Aur Bocher » inscrits en miroir sur la poitrine, et je voulais hurler ma joie que tout aille de nouveau bien, mais il s'était enfoncé dans le sol avant même que j'aie pu lui donner l'ordre d'apparaître à Myriam.

Et dire que je n'avais aucune nouvelle de mes amis !

Était-il interdit d'envoyer des lettres ? Je posai la question à mes compagnons de cellule.

Ils n'en savaient rien.

Ils n'en avaient jamais reçu aucune – à dire vrai, il n'y avait personne non plus qui fût susceptible de leur écrire.

Le gardien me promit de se renseigner à l'occasion.

Mes ongles étaient tout fissurés à force d'être mordillés, mes cheveux tout embroussaillés, car il n'y avait ni peigne, ni ciseaux, ni brosse.

Pas d'eau non plus pour se laver.

Je luttais presque continuellement contre des envies de vomir, car le jus de saucisse était assaisonné de carbonate de sodium et non de sel – disposition pénitentiaire destinée à empêcher que l'instinct sexuel prenne le contrôle des détenus…

Le temps passait gris, monotone, effrayant.

Tournait, tournait, tournait encore comme une roue de supplice.

Et puis il y avait ces moments, que chacun de nous connaissait, où l'un ou l'autre bondissait soudain et se mettait à courir dans tous les sens pendant des heures comme un fauve en cage, avant de se laisser tomber brisé sur sa couchette et de se remettre à attendre, complètement abattu, attendre, attendre.

À la tombée de la nuit, les punaises défilaient comme des fourmis en longs cortèges sur les murs, et je me demandais vraiment pourquoi le type au sabre et aux caleçons longs m'avait si minutieusement fouillé pour voir si je n'avais pas de vermine.

On redoutait peut-être au tribunal du Land qu'il se produise ici un croisement de races d'insectes inconnues.

Le mercredi matin, une trogne de porc entrait régulièrement dans notre cellule, chapeau mou sur le crâne et culottes virevoltantes : le Dr Rosenblatt, médecin de la prison, venait se persuader que tout le monde était dans une santé insolente.

Et quand un détenu se plaignait de quoi que ce soit, il prescrivait quoi qu'il arrive la même friction de pommade de zinc sur la poitrine.

Un jour, le président du tribunal l'avait accompagné dans sa visite – un grand zigue parfumé de la « bonne société », dont le visage trahissait, pour qui voulait bien voir, les pires de tous les vices – et s'était inquiété de voir si tout allait bien : « si personne encore ne s'était pendu », dit le mieux coiffé dans son idiome.

Je m'étais avancé vers lui pour lui adresser une requête, il s'était jeté d'un bond à l'abri du gardien, et m'avait menacé d'un revolver.

Qu'est-ce que je voulais ? me criait-il.

Je demandai poliment s'il y avait du courrier pour moi qui était arrivé. En guise de réponse, le Dr Rosenblatt m'assena un grand coup de poing sur la poitrine, avant de prendre le large. Monsieur le président se retira lui aussi et me lança à travers l'œilleton qu'aussi longtemps que je n'aurais pas avoué je ne recevrais plus de lettres de toute ma vie.

Je m'étais habitué depuis longtemps à l'air vicié et à la chaleur et je ne cessais pas de frissonner. Même quand il y avait du soleil.

Deux des prisonniers avaient déjà changé plusieurs fois, mais je n'y prêtais pas attention. Telle semaine, c'était un pickpocket ou un brigand de grand chemin qu'on introduisait, la fois d'après un faux-monnayeur ou un receleur.

Ce que je vivais un jour était oublié le lendemain. À côté du sang d'encre que je me faisais au sujet de Myriam, tous les autres épisodes de mon existence perdaient complètement leur intérêt.

Un seul événement s'était gravé en moi plus profondément – son souvenir me poursuivait parfois, déformé, jusque dans mes rêves :

J'étais resté sur la planche pour regarder le ciel au-dessus de moi, et soudain j'avais senti un objet pointu qui me piquait à la hanche. En y regardant de plus près, je constatai que c'était la lime qui s'était insinuée, en faisant un trou dans la poche, entre ma veste et la doublure. Elle était sûrement fichée là depuis longtemps, sinon l'homme du vestibule l'aurait certainement remarquée.

Je la dégageai et la jetai négligemment sur ma paillasse.

Quand je redescendis de mon perchoir, elle avait disparu, et je ne doutai pas un instant que c'était Loïsa et lui seul qui avait pu la prendre. Quelques jours plus tard on vint le chercher pour l'installer un étage en dessous.

Il n'était pas autorisé que deux détenus en préventive accusés du même crime se trouvent dans la même cellule.

Je fis le vœu, de tout mon cœur, que le pauvre gars parvienne à s'échapper à l'aide de la lime.

MAI

Quand je lui avais demandé quel jour on pouvait être – le soleil était aussi chaud qu'au cœur de l'été et l'arbre fatigué de la cour avait quelques bourgeons – le gardien avait commencé par se taire, puis il m'avait chuchoté qu'on était le 15 mai. À dire vrai il lui était interdit de parler avec les prisonniers – en particulier, tous ceux qui n'avaient pas encore avoué devaient être maintenus dans le vague en ce qui concernait le calendrier.

Ça faisait donc trois mois pleins que j'étais en prison, et je n'avais toujours aucune nouvelle du monde extérieur !

Lorsque le soir venait, j'entendais à travers les grilles de la fenêtre, qu'on laissait maintenant ouverte les jours de chaleur, quelqu'un jouer doucement du piano…

Un détenu m'avait dit que c'était la fille de l'administrateur, en bas.

Jour et nuit, je rêvais de Myriam.

Comment allait-elle ?

Parfois j'avais le sentiment réconfortant que mes pensées avaient traversé l'espace jusqu'à elle, qu'elles étaient à son chevet, tandis qu'elle dormait, et posaient une main apaisante sur son front.

Puis, dans les moments de désespérance, quand mes compagnons de cellule étaient emmenés l'un après l'autre à l'interrogatoire – alors que moi je restais là –, j'étais pris à la gorge par la crainte sourde qu'elle soit déjà morte depuis longtemps.

Je posais alors mes questions au Destin, lui demandais si Myriam vivait encore ou non, si elle était malade ou en bonne santé : je tirais les réponses au sort, en comptant le nombre de brins présents dans une poignée de paille arrachée à ma couche.

Et chaque fois, ou presque, le résultat était mauvais, et je fouillais dans les tréfonds de mon cœur pour y trouver malgré tout un regard sur l'avenir, je tentais de tromper mon âme, qui gardait caché ce secret, en lui posant une question apparemment éloignée, en lui demandant si je retrouverais jamais un jour la capacité d'être gai et de rire.

L'oracle, alors, me répondait toujours oui, et pendant toute l'heure suivante j'étais heureux et gai.

Telle une plante qui pousse et bourgeonne en secret, un amour profond et inimaginable pour Myriam s'était éveillé en moi, et je n'arrivais pas à comprendre comment j'avais pu, si souvent, être assis à ses côtés et parler avec elle, sans déjà m'en rendre compte avec évidence.

Souvent, le désir tremblant qu'elle pût, elle aussi, penser à moi avec les mêmes sentiments grandissait jusqu'à devenir le pressentiment d'une certitude, et quand j'entendais alors des pas dans le couloir, je redoutais qu'on vienne me chercher pour me libérer et que mon rêve, en retombant dans la réalité grossière du monde extérieur, soit réduit en lambeaux.

Pendant la longue durée de ma détention mon ouïe s'était affinée à tel point que je percevais les bruits les plus légers.

À la tombée de la nuit j'entendais toujours dans le lointain une voiture qui s'en allait quelque part, et je me creusais douloureusement la tête pour deviner qui s'y trouvait.

Il y avait quelque chose d'étrange à penser que dehors des gens étaient autorisés à faire ce qu'ils voulaient – qu'ils pouvaient se mouvoir librement, aller ici et là, sans pourtant éprouver cette liberté avec une allégresse indescriptible.

Je n'étais plus en mesure d'imaginer qu'un jour je serais aussi heureux qu'ils l'étaient et pourrais me promener dans les rues, au soleil.

Le jour où j'avais tenu Angelina dans mes bras me semblait appartenir à une existence révolue depuis très longtemps – j'y songeais avec cette légère mélancolie qui vous effleure lorsque vous ouvrez un livre et y retrouvez des fleurs séchées apportées jadis par l'aimée.

Le vieux Zwakh se rendait-il encore tous les soirs que Dieu fait, avec Vrieslander et Prokop, au cabaret « Ungelt », pour semer la confusion dans le cerveau de la sèche Eulalie ?

Non, on était en mai : c'était l'époque où il faisait la tournée dans les trous de province avec son théâtre de marionnettes et jouait *Barbe-Bleue* sur les prairies verdoyantes aux portes des villes.

J'étais seul dans ma cellule. Vossatka l'incendiaire, mon unique compagnon depuis une semaine, avait été emmené quelques heures plus tôt chez le juge d'instruction.

L'interrogatoire était étonnamment long cette fois.

Tiens… La barre de fer du verrou fit son bruit bien reconnaissable derrière la porte. Puis Vossatka entra en trombe, l'air épanoui, jeta un paquet de vêtements sur la couchette et commença à se changer à toute vitesse. Il jetait par terre les uns après les autres, joignant aux gestes juron sur juron, les différents éléments de sa tenue de prisonnier.

« Z'ont rien pu m'prouver, ces p'tits salopards. – Incendiaire ! – Ouais, c'ui-là – il se tira de l'index la paupière inférieure – on roule pas comme ça Vossatka-le-noir. C'était l'vent que j'leur ai dit. Et j'ai pas molli. Ils peuvent le mettre en taule, si ils l'attrapent, c'ui-là, l'Monsieur du Vent. – Bon, allez, salut, bonsoir. Ça va y aller c'soir au "Loisitschek" ! » Il écartait les bras et dansait un tapatap : « Le joli Mai brille / qu'une fois dans la vie. » Il s'enfonça sur le crâne avec un bruit sec un galurin tout raide surmonté d'une petite plume de geai piquetée de bleu. – « Oui et puis, c'est vrai, ça va vous intéresser, M'sieur le comte ! Votre ami, le gars Loïsa, il s'est fait la belle ! J'viens juste d'apprendre ça là-haut chez les petits salopards – ça fait déjà un mois. Il a cherché le large du côté d'Uldimoh et y a longtemps que pfuit… – il se frappa des doigts le dos de la main – …il est de l'autre côté des montagnes… »

Aha, la lime… pensai-je aussitôt en souriant.

« Et maintenant, Monsieur le comte, faut vous dire que ça sera bientôt votre tour à vous aussi – l'incendiaire me tendit une main de bon camarade – que vous sortiez le plus tôt possible. Et si un jour vous avez pas d'argent, demandez seulement Vossatka-le-noir au "Loisitschek". Toutes les filles me connaissent là-bas. Bon, allez, salut à vous, Monsieur le comte. Très heureux de vous avoir rencontré. »

Il était encore sur le pas de la porte, que le gardien poussait un nouveau prévenu dans la cellule.

Au premier coup d'œil je reconnus le lascar à casquette militaire qui était derrière moi le jour de la grande pluie, sous le porche de la Hahnpassgasse. Joyeuse surprise !

Il avait peut-être des renseignements sur Hillel et Zwakh et tous les autres ? Je voulus commencer tout de suite à l'interroger, mais à ma grande surprise il se mit un doigt sur la bouche en prenant un air mystérieux et me signifia que je devais me taire.

Il ne s'anima un peu qu'une fois la porte refermée de l'extérieur, quand le bruit des pas du gardien se fut évanoui dans le couloir.

Mon cœur battait d'impatience. Que voulait dire tout cela ?

Me connaissait-il donc, et que voulait-il ?

La première chose que fit le lascar en question fut de s'asseoir et de retirer sa botte gauche.

Après quoi il arracha avec les dents un petit bouchon fiché dans le talon, prit dans l'espace creux libéré un petit morceau de métal recourbé, puis détacha la semelle, qui apparemment n'était pas solidement fixée, et me tendit fièrement les deux objets.

Tout ça à une vitesse hallucinante et sans tenir le moindre compte des questions que je lui posais avec impatience.

« Bien, voilà ! Bien le bonjour de Monsieur Charousek ! »

J'étais tellement abasourdi que je ne pus sortir un mot.

« Vous avez qu'à prendre le morceau de fer et ouvrir la semelle pendant la nuit. Ou quand personne ne regarde. C'est creux à l'intérieur – m'expliqua-t-il avec un air supérieur – et vous trouverez dedans une petite lettre de Monsieur Charousek. »

Mon ravissement était à son comble, je lui sautai au cou, en larmes.

Il se défendit avec douceur et me dit sur un ton de reproche :

« Il faut que vous vous contrôliez plus, Monsieur von Pernath. On n'a pas une minute à perdre. D'un instant à l'autre on pourrait constater que je suis pas dans la bonne cellule. Franzl et moi on a échangé ensemble nos numéros en bas chez l'portier. »

Je pris sans doute un air très bête, car le lascar reprit la parole :

« Bon, même si vous comprenez pas, ça fait rien. Bref : je suis là et basta ! »

Je l'interrompis : « Mais dites-moi... dites-moi donc Monsieur... Monsieur... »

« Wenzel, m'aida le lascar, le beau Wenzel qu'on m'appelle. »

« Mais dites-moi, Wenzel, que devient l'archiviste Hillel, et comment va sa fille Myriam ? »

« On n'a pas le temps maintenant, m'interrompit impatiemment le beau Wenzel. Il se pourrait bien que je sois viré d'ici dans un instant. – Donc, je vous dis : je suis ici parce que j'ai avoué exprès un vol à main armée... »

« Quoi, Wenzel, vous avez commis un vol à main armée uniquement à cause de moi, pour pouvoir venir me voir ? » lui demandai-je, bouleversé.

Le lascar secoua la tête de façon un peu méprisante : « Si j'avais vraiment *commis* un vol à main armée, j'voudrais sûrement pas l'*avouer.* Pour qui vous m'prenez ? »

Je réalisai peu à peu : ce brave gars avait utilisé un subterfuge pour me passer en fraude la lettre de Charousek.

« Bon, alors d'abord pour commencer – il prit un air très important – faut que j'vous donne une leçon d'ébilebsie… »

« Une leçon de quoi ? »

« D'ébilebsie ! Faites bien attention maintenant, et notez tout dans votre tête ! Regardez bien, là : d'abord, on fait bien de la salive là dans la ruelle – il gonfla les joues et les fit baller de droite et de gauche comme quelqu'un qui se rince la bouche – après ça on de la bave qui mousse devant toute la gueule, hein, comme ça… » et de fait c'était le cas. Il y mettait un naturel parfaitement répugnant. « Après, on se retourne les pouces dans les poings. Et puis les yeux, ils me ressortent en billes de loto, comme ça… – il se mit à loucher horriblement – …et puis après, c'est pas trop facile c'coup-là, on pousse comme ça une moitié d'cri. Regardez voir : beuh… beuh… beuh, et en même temps on tombe à la renverse. » Il s'étala de tout son long à faire trembler tout le bâtiment, et dit en se relevant :

« Ça, c'est l'ébilebsie naturelle, comme le Dr Hulbert, Dieu ait son âme, il nous l'a appris au "bataillon". »

« Oui, oui, c'est bougrement ressemblant… concédai-je, mais à quoi bon tout ça, pour quoi faire ? »

« Eh bien, parce que vous devez d'abord vous tirer de la cellule ! expliqua le beau Wenzel. Le Dr Rosenblatt est une crapule de première. Si un type a déjà même plus de tête, Rosenblatt te dira qu'il est dans une forme d'enfer. Il n'y a que l'ébilebsie qui l'intimide comme un veau. Si y en a un qui sait bien faire le truc, il le met aussitôt dans la cellule de l'infirmerie. Et là je peux vous dire que c'est un jeu d'enfant de se faire la belle – il prit un ton mystérieux –, la fenêtre de cette cellule-là elle est déjà toute sciée, y a juste un joint de saloperies qui cache. Ce truc-là c'est un secret du "bataillon" ! Vous avez qu'à faire attention plusieurs nuits de suite, et quand que vous voyez descendre un nœud de chaise au bout d'une corde devant la fenêtre, vous retirez vite la grille, pour que personne il se réveille, vous y passez les épaules, et hop, nous là-haut on tire jusqu'au toit et on vous redescend de l'autre côté dans la rue. – Et baste… »

« Et pourquoi je devrais m'échapper de la prison ? objectai-je timidement. Je suis innocent, non… ? »

« C'est pas une raison pour pas s'échapper », repartit le beau Wenzel en faisant les yeux ronds, tant ma réponse l'étonnait.

Je dus mettre en œuvre tout mon art de la parole pour écarter de manière persuasive ce plan téméraire qu'il me présentait explicitement comme le résultat d'une décision du « bataillon ».

Il n'arrivait pas à comprendre que je repousse le cadeau de Dieu et que je préfère attendre de me libérer par mes propres moyens.

« Quoi qu'il en soit, je vous remercie du fond du cœur, vous et vos valeureux camarades, lui dis-je avec émotion en lui serrant la main. Quand cette période noire sera passée, la première chose que je ferai, ce sera de vous montrer concrètement ma gratitude. »

Wenzel refusa amicalement : « C'est pas du tout la peine, ça… Si vous payez deux-trois bocks de Pils, on les acceptera avec grand merci, mais c'est tout ; Pan Charousek, qu'est pour l'heure trésorier chef du bataillon, il nous l'avait déjà raconté, comme quoi que vous êtes un bienfaiteur anonyme… Faut-il que je lui fasse dire un truc, quand j'ressors dans deux-trois jours ? »

« Oui, s'il vous plaît ! intervins-je soudain. Dites-lui qu'il aille chez Hillel et faites-lui savoir que je me fais du souci pour sa fille Myriam. Il ne faut pas qu'il la quitte des yeux un instant ; vous vous souviendrez ? *Hillel* ! »

« Hirrel ? »

« Non : Hillel ! »

« Hiller ? »

« Non, Hil-lel ! »

Wenzel se brisa presque la langue en s'évertuant à prononcer ce nom imprononçable pour un Tchèque, mais il finit par le contrôler, au prix de contorsions inouïes.

« Et puis encore ça : j'aimerais que Monsieur Charousek – je lui en fais très cordialement la demande – s'occupe également, pour autant que cela soit en son pouvoir, de la dame distinguée – il sait de qui il s'agit. »

« Vous voulez sans doute dire la minette de la haute qu'a eu une p'tite amourette avec le Fritz, là – le Dr Sapoli ? – eh bien celle-là elle a obtenu le divorce et elle est partie avec l'enfant et le Sapoli. »

« Vous êtes sûr de ça ? »

Je sentais ma voix trembler. Tout en me réjouissant pour Angelina, ça me poignait le cœur malgré tout.

Tout ce souci que je m'étais fait pour elle – et maintenant, j'étais oublié.

Elle croyait peut-être effectivement que j'étais un voleur et meurtrier.

Un goût amer me monta dans la gorge.

Le lascar sembla avoir deviné ce que je ressentais, avec cette sensibilité étrangement propre aux êtres abandonnés pour toutes les choses qui ont trait à l'amour : il me jeta un regard timide et ne répondit pas.

« Peut-être savez-vous aussi comment va la fille de Monsieur Hillel, la demoiselle Myriam ? Vous la connaissez ? » lui demandai-je, oppressé.

« Myriam ? Myriam ? – Wenzel plissa son visage d'étrange manière. – Myriam ? Est-ce qu'elle va pas souvent, la nuit, au Loisitschek ? »

« Ah non. Ça, certainement pas. »

« Alors, je ne la connais pas » dit Wenzel sèchement.

Nous ne dîmes mot pendant un moment.

Peut-être y a-t-il quelque chose à son sujet dans la petite lettre, espérai-je.

Wenzel reprit alors soudain : « Que le diable a emporté Wassertrum, ça vous l'aurez sans doute déjà entendu dire ? »

Je sursautai, horrifié.

« Eh ben oui. – Wenzel désigna sa gorge. – Crouic ! je peux vous dire que c'était pas beau à voir. Quand ils ont fracturé la serrure de sa boutique, parce qu'on l'avait pas vu pendant plusieurs jours de suite, j'étais évidemment le premier dedans, hein, bien sûr… et le gars Wassertrum il était là assis dans un fauteuil tout dégueulasse, avec plein de sang sur la poitrine et les yeux tout vitreux… Vous voyez, j'suis un gars solide, mais ça m'a tout retourné, j'vous l'dis. J'ai bien pensé que j'vais tomber dans les pommes. L'a fallu que j'me dise eh, oh Wenzel j'me suis dit, te r'mue pas comme ça, c'est jamais qu'un Juif mort. – Il avait une lime en travers de la gorge, et tout était complètement sens dessus dessous dans la boutique. – Crime crapuleux évidemment. »

La lime ! la lime ! Mon souffle se glaça d'horreur.

La lime ! Ainsi donc, elle avait trouvé sa voie !

« Et j'sais moi aussi qui que c'était, continua Wenzel à mi-voix au bout d'une brève pause. Ça pouvait être personne d'autre que Loïsa-le-grêlé. – Moi, j'ai trouvé son couteau par terre dans la boutique, et hop j'l'ai vite mis à l'abri, pour que la police, elle le trouve pas. Il est entré par un passage souterrain dans la boutique… »

Il s'arrêta d'un coup avec un sursaut et tendit l'oreille plusieurs secondes très attentivement, puis se jeta sur sa couchette et se mit à ronfler horriblement.

Au même moment le verrou cogna dans son crampon et le gardien rentra dans la cellule en me dévisageant d'un air soupçonneux.

Je pris un air complètement absent. Quant à Wenzel, on n'arrivait pas à le réveiller.

Il fallut lui administrer plusieurs bourrades pour qu'il finisse par se lever en bâillant et titube tout endormi vers la sortie, suivi du garde.

Tout fiévreux d'impatience, je dépliai la lettre de Charousek et commençai ma lecture :

> « Cher pauvre ami et bienfaiteur !
> Pendant des semaines et des semaines j'ai attendu, pensant qu'on finirait par vous relâcher – vainement – j'ai

tenté toutes les démarches possibles et imaginables afin de rassembler des éléments à décharge en votre faveur. Je n'en ai pas trouvé.

J'ai prié le juge d'instruction d'accélérer la procédure, mais chaque fois il m'a dit qu'il ne pouvait rien faire, que c'était l'affaire du procureur et pas la sienne. Langue de bois, paperasse et compagnie !

Il y a tout juste une heure, enfin, j'ai réussi une démarche dont j'espère le meilleur succès : j'ai appris que Jaromir avait vendu à Wassertrum une montre en or qu'il avait trouvée dans le lit de son frère Loïsa, juste après l'arrestation de celui-ci, il y a déjà longtemps.

Il y a un bruit insistant qui court au "Loisitschek". Comme vous savez, c'est un endroit très fréquenté par les enquêteurs. On raconte que c'est chez vous qu'on aurait trouvé le *corpus delicti*, la montre de la présumée victime Zottmann – dont d'ailleurs le corps n'a toujours pas été retrouvé : je n'ai eu qu'à recomposer le reste : Wassertrum *et cætera* !

J'ai convoqué tout de suite Jaromir, je lui ai donné mille florins… »

Je lâchai ma lecture un instant, et des larmes de joie me vinrent dans les yeux… : seule Angelina pouvait avoir donné une somme pareille à Charousek. Ni Zwakh, ni Prokop, ni Vrieslander ne possédaient autant d'argent. Elle ne m'avait donc pas oublié ! Je continuai ma lecture :

« … donné mille florins et promis deux mille autres, s'il allait aussitôt à la police et avouait avoir dérobé la montre à son frère chez lui, et l'avoir vendue.

Mais tout ceci ne pourra se réaliser qu'alors que cette lettre sera déjà en route vers vous par l'entremise de Wenzel. Le temps ne suffit pas.

Soyez cependant assuré que cela se réalisera. Aujourd'hui même. Je m'en porte garant auprès de vous.

Je ne doute pas un instant que Loïsa soit le meurtrier et que la montre soit celle de Zottmann.

Si contre toute attente cela devait ne pas être le cas – alors Jaromir sait ce qu'il a à faire : *quoi qu'il arrive, il attestera sur l'honneur qu'il l'a trouvée chez vous.*

Et donc prenez votre mal en patience et ne désespérez pas ! Le jour n'est sans doute pas si loin où vous serez libre.

Y aura-t-il, en outre, un jour où nous nous reverrons ?

Je ne sais pas.

J'ai envie de dire : je ne crois pas, car c'en est bientôt fini de moi, et je dois être très attentif à ce que ma dernière heure ne me prenne pas par surprise.

En tout cas il y a une chose dont vous pouvez être sûr : nous nous *reverrons.*

Même si ce n'est pas dans *cette* vie, ni comme les morts dans cette autre vie, en tout cas le jour où le temps se brisera – où, comme il est écrit dans la Bible, le Seigneur crachera de sa bouche tous les tièdes qui ne furent ni chauds, ni froids.

Ne vous étonnez pas de me voir parler ainsi ! Je n'ai jamais parlé avec vous de ces choses, et le jour où vous avez prononcé en passant le mot de Kabbale, je me suis dérobé. Mais je sais ce que je sais. Vous comprenez peut-être ce que je veux dire. Dans le cas contraire, je vous prie de rayer ce que j'ai dit de votre mémoire. Un jour, dans un de mes délires, j'ai cru voir sur votre poitrine un signe. Il se peut que j'aie fait tout simplement un rêve éveillé.

Admettez seulement, si vous ne me comprenez vraiment pas, que j'ai acquis certaines connaissances – intérieures – quasiment dès l'enfance, et qu'elles m'ont fait parcourir un étrange chemin, des connaissances qui ne coïncident pas avec ce que la médecine enseigne, ni, Dieu soit loué, avec ce qu'elle ignore encore pour l'instant, et je l'espère ne découvrira jamais.

Mais je n'ai pas accepté d'être rendu idiot par une science dont le but suprême est d'équiper une "salle d'attente", qu'on ferait bien mieux de démolir.

Mais j'en ai assez dit là-dessus.

Je vais vous raconter ce qui s'est passé entre-temps :

À la fin du mois d'avril, Wassertrum était mûr et ma suggestion commençait à agir.

Je m'en rendais compte au fait qu'il n'arrêtait pas de gesticuler dans la rue et de parler tout seul.

C'est un signe qui nous révèle infailliblement que les pensées d'une personne sont en train de tourner à l'orage et qu'elles vont tomber comme la foudre sur leur maître.

Après cela, il s'est acheté un carnet de notes et il a commencé à s'en servir.

Il écrivait ! Il écrivait ! Ça me fait rire ! Il *écrivait* !

Puis il s'est rendu chez un notaire. Devant la maison, en bas, je savais ce qu'il était en train de faire : il rédigeait son testament.

À dire vrai, je ne pensais pas qu'il m'instituait son héritier. Si cette idée m'était venue à l'esprit, sûr que j'en aurais dansé la danse de Saint-Guy.

Il a fait de moi son héritier parce que je suis le seul être sur cette terre pour qui il pouvait encore faire acte de réparation, à ce qu'il croyait. Sa conscience morale lui a joué un tour.

Peut-être aussi était-ce l'espoir qu'il aurait ma bénédiction, si par sa grâce je me voyais aussitôt millionnaire après sa mort, et que ça effacerait la malédiction qu'il m'avait entendu proférer chez vous, quand il était dans l'autre pièce.

Ma suggestion a ainsi agi triplement.

C'est quand même dément que, finalement, il ait malgré tout pensé en secret qu'il y aurait dans l'au-delà une monnaie de ses pièces, alors qu'il s'est donné un mal de chien pendant toute son existence à essayer de se persuader du contraire.

Mais il en va ainsi avec tous les gros malins ; on s'en rend compte déjà rien qu'à voir la fureur où ils plongent quand on le leur dit en face. Ils ont l'impression d'être pris en flagrant délit.

Du jour où Wassertrum est revenu de chez le notaire, je ne l'ai plus lâché d'une semelle.

La nuit j'écoutais, l'oreille collée contre les planches avec lesquelles il ferme sa boutique, car la décision pouvait intervenir d'une minute à l'autre.

Je crois bien que j'aurais entendu à travers plusieurs murs le bruit si ardemment désiré que ferait le bouchon de la fiole de poison quand il la déboucherait.

Il n'a manqué qu'une heure peut-être pour que l'œuvre de ma vie s'accomplisse pleinement.

C'est alors, en effet, qu'est intervenu un être qui n'avait pas vocation à cela, et qui l'a assassiné. Avec une lime.

Demandez à Wenzel de vous raconter le reste plus en détail. Ce serait trop dur pour moi s'il fallait que j'écrive tout cela.

Appelez ça de la superstition, mais quand j'ai vu que le sang avait été versé – il y en avait partout sur tous les objets de la boutique –, j'ai eu l'impression que mon âme m'avait abandonné.

Quelque chose en moi – un instinct aussi subtil qu'infaillible – me disait que ce n'était pas la même chose selon qu'un homme était tué par vos mains, ou par les mains de quelqu'un d'autre : ma mission n'aurait été vraiment accomplie que si Wassertrum avait dû emporter son sang dans la terre. Maintenant que les choses se sont déroulées autrement, j'ai l'impression d'être un exclu, un instrument qui n'a pas été jugé assez digne dans la main de l'Ange exterminateur.

Mais je ne veux pas me révolter. Ma haine est de celles qui durent au-delà du tombeau, et j'ai encore mon propre sang qui peut être versé par moi comme je l'entends, pour qu'il suive le sien à la trace dans le royaume des ombres.

Depuis qu'ils ont enterré Wassertrum je passe toutes mes journées assis à côté de lui, à l'écoute de mon propre cœur pour savoir ce que je dois faire.

Je crois le savoir, mais je veux attendre encore que la voix intérieure qui me parle prononce des paroles aussi claires qu'une eau de source. – Nous autres, êtres humains, nous ne sommes pas purs, et il faut souvent une longue période de jeûne et de veille avant que nous comprenions ce que nous chuchote notre âme.

La semaine dernière, le tribunal m'a officiellement informé de ce que j'étais le légataire universel de Wassertrum.

Inutile de vous dire, Monsieur Pernath, que je ne veux pas toucher le moindre kreutzer de cet héritage. – Je me garderai bien de lui fournir le moindre argument pour ses démarches dans l'Au-delà.

Je mets aux enchères les maisons qu'il possédait. Tous les objets qu'il a touchés, je les brûle. Et tout ce qui pourra rester après ça comme argent ou autres valeurs, je vous en fais échoir un tiers après ma mort.

Je vous vois bondir en esprit et protester, mais je peux vous rassurer. Ce que vous toucherez n'est que votre propriété légale, intérêts simples et composés compris. Il y a longtemps que je savais que Wassertrum avait escroqué tout ce qu'ils possédaient à votre père et à sa famille – je ne suis en mesure de vous en faire la démonstration, documents à l'appui, que depuis quelque temps seulement.

Un deuxième tiers sera partagé entre les douze membres du "bataillon" qui ont encore connu le Dr Hulbert personnellement. Je veux que chacun d'entre eux soit riche désormais et puisse accéder à la "bonne société" pragoise.

Quant au troisième tiers, il revient à parts égales aux sept prochains auteurs de crimes crapuleux qui, faute de preuves suffisantes, devront être libérés.

Je dois cela au scandale public.

Voilà. C'est sans doute tout.

Et maintenant, cher ami, je vous dis adieu. Pensez parfois à votre sincère et reconnaissant

Innozenz Charousek ».

Je reposai la lettre, profondément ébranlé.

Je ne pouvais me réjouir de la nouvelle de mon prochain élargissement.

Charousek ! Pauvre homme ! Il se souciait de mon sort comme un frère. Tout ça parce qu'un jour je lui avais offert cent florins. Si seulement je pouvais lui serrer la main une fois encore !

Je sentais qu'il avait raison : que ce jour ne viendrait jamais !

Je le revoyais devant moi : ses yeux parcourus de flammes vacillantes, ses épaules de poitrinaire, son haut front plein de noblesse.

Tout aurait peut-être tourné autrement si une main secourable lui avait été tendue à temps dans son existence si aride.

Je relus la lettre entièrement.

Que de méthode dans la folie de Charousek ! Mais était-il vraiment fou ?

J'eus presque honte d'avoir, fût-ce un instant, toléré cette pensée.

Ses allusions n'en disaient-elles pas assez long ? C'était un homme comme Hillel, comme Myriam, comme moi ; un homme dont l'âme avait pris le commandement, qu'elle menait par les défilés et les gouffres terribles de l'existence vers les hauteurs inaccessibles d'un monde de neiges éternellement vierges.

Lui qui avait passé toute sa vie à concevoir un meurtre, n'était-il pas plus pur que le moindre de tous ceux qui vont partout en fronçant le nez et en prétendant se conformer aux commandements appris d'un prophète inconnu et purement mythique ?

Lui s'en tenait au commandement que lui dictait une irrésistible force intérieure, sans penser un instant à une quelconque « récompense » ici-bas ou dans l'au-delà.

Ce qu'il avait fait, était-ce autre chose que le pieux accomplissement d'un devoir, au sens le plus caché du terme ?

« Lâche, sournois, assoiffé de meurtre, malade, nature problématique, nature de criminel… », j'entendais littéralement prononcer les jugements que le grand nombre allait inévitablement porter sur son compte, quand il viendrait tenter d'éclairer son âme avec ses lampes d'écurie aveugles… les jugements de cette foule écumante qui ne comprendra jamais que le colchique empoisonné est mille fois plus beau et plus noble que la gentille ciboulette amie des cuisines.

Une nouvelle fois, la serrure fut manœuvrée dehors, et j'entendis qu'on poussait quelqu'un à l'intérieur. Je ne me retournai même pas, tant j'étais sous le coup de la lecture de cette lettre. Elle ne contenait rien sur Angelina, rien sur Hillel. Il est vrai que Charousek avait dû écrire en grande hâte, l'écriture trahissait sa précipitation.

N'allait-on pas de nouveau me faire passer en secret une lettre de lui ?

Je plaçais secrètement mes espoirs dans la journée du lendemain, dans la promenade collective des prisonniers dans la cour. – C'est encore là qu'il était le plus facile pour un membre du « bataillon » de me refiler quelque chose. Une petite voix douce me fit sursauter d'effroi au milieu de mes cogitations.

« Permettez-vous, Monsieur, que je me présente. Mon nom est Laponder. Amadeus Laponder. »

Je me retournai.

Un petit homme d'apparence chétive, assez jeune encore, bien mis, mais sans chapeau, comme tous les détenus de préventive, s'inclina avec une grande correction devant moi.

Il était rasé de près comme un comédien, avec de grands yeux vert pâle et brillants en forme d'amande, qui avaient ceci de caractéristique que, tout en étant présentement dirigés vers moi, ils semblaient pourtant ne pas me voir. Il y avait en eux quelque chose comme une absence. Je murmurai mon nom et m'inclinai à mon tour, avec l'intention de me tourner de nouveau dans l'autre sens, mais ne pus pendant longtemps détacher mon regard de cet homme, tant il faisait une impression étrange sur moi, avec le sourire de pagode que dessinaient en permanence dans son visage les commissures relevées de ses lèvres finement ourlées.

Il ressemblait presque à un Bouddha chinois en quartz rose avec sa peau transparente et parfaitement lisse, son nez fin de jeune fille et ses narines délicates.

« Amadeus Laponder, Amadeus Laponder… me répétai-je intérieurement. Que peut-il bien avoir fait ? »

LUNE

Au bout d'un moment, je demandai : « Vous avez déjà été interrogé ? »

« J'en viens. J'espère ne pas devoir vous incommoder longtemps », répondit Laponder avec gentillesse.

« Pauvre diable pensai-je. Il ne sait pas ce qui attend un détenu de préventive. »

Je voulus le préparer posément :

« On s'habitue peu à peu à rester tranquille, une fois que les premiers jours, les pires, sont passés. »

Il prit un air engageant.

Pause.

« Ça a duré longtemps l'interrogatoire, Monsieur Laponder ? »

Il sourit distraitement :

« Non. On m'a seulement demandé si je reconnaissais les faits et j'ai dû signer le procès-verbal. »

Je sursautai : « Vous avez signé que vous reconnaissiez les faits ? »

« Certes. »

Il répondit cela comme si cela allait de soi.

« Ça ne peut pas être bien grave… me dis-je *in petto*, puisqu'il ne manifeste pas la moindre émotion. Sans doute une provocation en duel ou quelque chose de ce genre. »

« Il y a malheureusement si longtemps que je suis ici, que ça me semble une vie entière » – soupirai-je malgré moi. Il prit aussitôt un air de compassion – « tout ce que je vous souhaite, c'est de ne pas devoir en faire autant, Monsieur Laponder. À ce que je vois, vous serez bientôt de nouveau libre. »

« Ça dépend du sens qu'on donne au mot… », répondit-il tranquillement, mais ses mots sonnaient comme un double sens caché.

« Vous ne pensez pas ? » demandai-je en souriant. Il secoua la tête.

« Que dois-je comprendre ? – Qu'avez-vous fait de si horrible ? Pardonnez-moi, Monsieur Laponder, ce n'est pas de la curiosité – rien que de la sympathie, si je vous demande. »

Il hésita un moment, puis me dit sans ciller :

« Viol avec meurtre. »

J'eus l'impression qu'on m'assenait un coup de bâton sur la tête.

L'horreur et le dégoût m'empêchaient de sortir le moindre son.

Il sembla l'avoir remarqué et regarda discrètement de côté, mais à aucun moment une quelconque mimique de son visage, qui continuait de sourire comme un visage d'automate, ne révéla qu'il eût été offensé par mon changement brusque d'attitude.

Nous ne nous dîmes plus rien et restâmes là muets à nous éviter du regard.

Quand je m'allongeai, à la tombée de la nuit, il suivit aussitôt mon exemple, se déshabilla, suspendit soigneusement ses vêtements au clou dans le mur, s'étendit de tout son long, et à ce qu'il me sembla, à en juger par sa respiration tranquille et profonde, tomba immédiatement dans un profond sommeil.

Je ne trouvai pas le calme de toute la nuit.

La sensation permanente d'avoir ce genre de monstre abominable tout près de moi et la nécessité de respirer le même air que lui, tout cela était si atroce et m'agitait à un tel point que mes impressions de la journée, la lettre de Charousek et tous les événements nouveaux qui s'étaient produits passèrent à l'arrière-plan.

Je m'étais allongé de telle sorte que je puisse toujours avoir le meurtrier à l'œil, car je n'aurais pas supporté de le savoir derrière moi.

La cellule était faiblement éclairée par le reflet de la lune, et je pouvais observer Laponder, immobile, presque raide.

Ses traits avaient pris la lividité d'un cadavre et sa bouche entrouverte accentuait encore cette impression.

Pendant des heures, il ne changea pas un instant de position.

Longtemps après minuit, enfin, quand un mince rayon de lune tomba sur son visage, il commença à s'agiter un peu et se mit à bouger les lèvres sans arrêt, comme les gens qui parlent en dormant. On aurait dit que c'était toujours le même mot, une phrase de deux syllabes peut-être, quelque chose comme « Laisse-moi. Laisse-moi. Laisse-moi ».

Quelques jours s'écoulèrent sans que je tienne compte de sa présence. Lui non plus ne rompit pas une seule fois le silence.

Il continuait de se comporter gentiment. Chaque fois que je voulais marcher un peu dans la cellule, il me regardait aussitôt et dégageait les pieds poliment, quand il était assis sur sa couchette, pour ne pas me gêner.

Je commençai à me reprocher d'être revêche à ce point, mais avec la meilleure volonté, il n'y avait rien à faire, la répulsion ne s'en allait pas.

J'avais beau espérer que je pourrais m'habituer à sa proximité – ça ne marchait pas.

Même la nuit, ça m'empêchait de dormir. Je dormais à peine un quart d'heure.

Tous les soirs, immanquablement, se répétait, à la virgule près, la même histoire : il attendait respectueusement que je me sois allongé, retirait alors ses vêtements, les mettait précautionneusement dans leurs plis, les accrochait, etc., etc.

Une nuit – ce devait être autour de la deuxième heure – j'étais une nouvelle fois ivre de sommeil et de fatigue, debout sur la planche en train de regarder la pleine lune, dont les rayons se reflétaient comme une huile luisante sur le visage de cuivre de l'horloge, et je songeais plein de tristesse à Myriam.

J'entendis alors soudain sa voix derrière moi.

Je fus aussitôt complètement éveillé, et plus qu'éveillé – me retournai d'un coup et tendis l'oreille.

Une minute s'écoula.

Déjà je croyais avoir été victime d'une hallucination, quand je l'entendis de nouveau. Je ne pouvais pas bien comprendre les mots, mais cela ressemblait à « Demande-moi. Demande-moi ».

C'était à coup sûr la voix de Myriam.

Les jambes tremblantes d'excitation je descendis de mon perchoir le plus silencieusement que je pus et m'approchai du lit de Laponder.

La pleine lune illuminait son visage et je pus distinguer nettement qu'il avait les cils ouverts, mais qu'on ne voyait que le blanc de ses yeux.

À la rigidité des muscles de ses joues, je vis qu'il était plongé dans un profond sommeil. Seules ses lèvres se mirent de nouveau à bouger, comme peu de temps auparavant.

Peu à peu, je compris les mots qui se pressaient derrière ses dents :

« Demande-moi. Demande-moi... »

La voix était mille fois semblable à celle de Myriam.

« Myriam ! Myriam ! » m'écriai-je malgré moi, mais baissai aussitôt le ton pour ne pas réveiller le dormeur.

J'attendis que son visage se fût de nouveau figé, puis je répétai :

« Myriam ? Myriam ? »

Sa bouche prononça un mot à peine perceptible, mais nettement reconnaissable : « Oui. »

Je posai mon oreille tout contre ses lèvres.

Au bout d'un moment j'entendis la voix de Myriam en personne chuchoter quelque chose... La voix était si infailliblement reconnaissable que des frissons glacés me coururent sur la peau.

Je buvais ces mots si avidement que je n'en comprenais que le sens. Elle me disait son amour et le bonheur indicible que nous nous soyons enfin retrouvés… et que nous ne nous séparerions plus jamais… tout cela avec hâte… sans la moindre pause, comme quelqu'un qui redoute d'être interrompu et veut utiliser la moindre seconde.

Puis la voix se fit plus heurtée, hésitante – par moments elle s'éteignait même complètement.

« Myriam, demandai-je tremblant de peur et retenant mon souffle, Myriam, es-tu morte ? »

Un long moment sans réponse.

Puis de manière presque incompréhensible :

« Non. – Je vis. – Je dors. »

Et plus rien.

Je tendis l'oreille désespérément.

En vain.

Plus rien.

J'étais tellement remué et tremblant que je dus me tenir au bord de la couchette pour ne pas tomber en avant sur Laponder.

L'illusion avait été si parfaite, que pendant de longs instants j'avais effectivement cru voir Myriam allongée devant moi et que je dus me ressaisir de toutes mes forces pour ne pas déposer un baiser sur les lèvres du meurtrier.

Soudain, je l'entendis balbutier « Hénoch ! Hénoch ! », puis plus clairement et mieux articulé : « Hénoch ! Hénoch ! ».

Je reconnus aussitôt Hillel.

« Es-tu Hillel ? »

Pas de réponse.

Je me souvenais avoir lu quelque part que pour faire parler une personne endormie, il ne fallait pas l'interroger en lui parlant directement à l'oreille, mais en dirigeant la parole du côté du plexus solaire, au creux de l'estomac.

C'est ce que je fis.

Hillel ?

« Oui, je t'entends ! »

« Est-ce que Myriam va bien ? Es-tu au courant de tout ? » demandai-je rapidement.

« Oui. Je sais tout. Il y a longtemps que je savais tout. – Ne te fais pas de souci, Hénoch, et sois sans crainte ! »

« Peux-tu me pardonner, Hillel ? »

« Je te le dis : ne te fais pas de souci. »

« Nous reverrons-nous bientôt ? » Je craignais de ne plus pouvoir entendre la réponse ; la dernière phrase, déjà, n'avait été qu'un faible souffle.

« Je l'espère. Je vais attendre – t'attendre – si je peux – après il faut que – pays. »

« Où cela ? Dans quel pays ? » Je tombai presque sur Laponder. « Dans quel pays ? Dans quel pays ? »

« … pays… Gad… sud… Palestine. »

La voix mourut.

Mille questions confuses se bousculaient dans ma tête :

Pourquoi m'appelle-t-il Hénoch ? Zwakh, Jaromir, la montre, Vrieslander, Angelina, *Charousek*.

« Adieu et pensez à moi parfois… », entendis-je soudain prononcé à haute et intelligible voix par les lèvres du meurtrier. Cette fois avec les intonations de la voix de Charousek, mais comme si c'était moi qui avais parlé.

La mémoire me revint. C'était littéralement la dernière phrase de la lettre de Charousek.

Le visage de Laponder était déjà dans l'obscurité. La lueur de la lune tombait juste au-dessus, sur le bout de la paillasse. Dans un quart d'heure elle aurait disparu de la cellule.

Je posai de nouveau question sur question, mais sans plus obtenir de réponses.

Le meurtrier était couché là, aussi immobile qu'un cadavre, ses cils étaient baissés maintenant.

Je m'accablais intérieurement des pires reproches, me maudissais de n'avoir vu en Laponder que le meurtrier et jamais l'être humain.

D'après ce que je venais de vivre, c'était manifestement un somnambule – une créature soumise à l'influence de la pleine lune.

Peut-être avait-il commis ce viol et ce meurtre dans une sorte d'état second.

C'était même certainement le cas.

Et maintenant, dans l'aube grise qui surgissait, la rigidité avait quitté ses traits et fait place à une expression de sérénité paisible. Je me dis qu'un homme qui a un meurtre sur la conscience ne pouvait quand même pas sommeiller si tranquillement.

Je pus à peine attendre qu'il se réveille.

Savait-il ce qui s'était passé ?

Finalement, il ouvrit les yeux d'un seul coup, rencontra mon regard et tourna la tête sur le côté.

J'allai aussitôt à lui et saisis sa main : « Pardonnez-moi, Monsieur Laponder, d'avoir été si inamical à votre égard. C'était le caractère inhabituel de… »

« Soyez persuadé, Monsieur, que je comprends parfaitement, m'interrompit-il avec vivacité, que cela doit être une sensation affreuse d'être avec un violeur et un assassin. »

« N'en parlons plus, le priai-je. Cette nuit, mille choses me sont passées par la tête, et je n'arrive pas à me défaire de l'idée que vous pourriez peut-être… » Je cherchais mes mots.

Il me vint en aide : « Vous me considérez comme malade ? » J'acquiesçai : « Je crois pouvoir en venir à cette conclusion à partir d'un certain nombre d'indices. Je… Je… Puis-je vous poser une question directe, Monsieur Laponder ? »

« Mais je vous en prie. »

« Cela vous semblera un peu bizarre… mais… pourriez-vous me dire ce que vous avez rêvé cette nuit ? »

Il secoua la tête en souriant : « Je ne rêve jamais. »

« Mais vous avez parlé pendant votre sommeil. »

Il leva les yeux sur moi, surpris. Réfléchit quelques instants. Puis me dit résolument :

« Cela ne peut s'être produit que si vous m'avez demandé quelque chose. »

Je le concédai.

« Car, comme je vous le dis, je ne rêve jamais. Je… Je… je voyage », ajouta-t-il à mi-voix au bout d'un instant.

« Vous voyagez ? Comment dois-je comprendre cela ? »

Il n'avait pas l'air de vouloir en venir quelque part par la parole et je jugeai indiqué de lui faire part des raisons qui m'avaient incité à le presser. Je lui racontai en gros ce qui s'était passé pendant la nuit.

Quand j'eus fini, il me dit gravement : « Vous pouvez fermement tabler sur le fait que tout ce que j'ai dit dans mon sommeil est fondé sur quelque chose de juste. Quand je vous ai fait remarquer tout à l'heure que je ne rêvais pas, mais que je “voyageais”, je voulais dire par là que ma vie onirique est faite autrement que celle… disons : des gens normaux. Appelez ça, si vous voulez, une sortie du corps. C'est ainsi que cette nuit j'étais dans une pièce extrêmement étrange dans laquelle l'entrée du dessous menait par une trappe. »

« À quoi ressemblait-elle, demandai-je vivement, était-elle habitée, vide ? »

« Non. Il y avait des meubles ; mais peu. Et un lit dans lequel une jeune fille dormait – ou semblait morte –, et un homme était assis à côté d'elle et lui tenait la main sur le front. » Laponder me décrivit les visages des deux personnes. Aucun doute. C'étaient Hillel et Myriam. J'osai à peine respirer tant mon être était tendu.

« Continuez, s'il vous plaît. Y avait-il quelqu'un d'autre dans la pièce ? »

« Quelqu'un d'autre ? ? Attendez… Non : il n'y avait plus personne d'autre dans la pièce. Il y avait un chandelier à sept branches allumé sur la table. – Et puis un escalier en colimaçon qui descendait en dessous. »

« Un escalier démoli ? » l'interrompis-je.

« Démoli ? Non, non ; il était en bon état. Et il en partait une bifurcation vers une chambre à côté, dans laquelle un homme était assis, avec des chaussures à boucles d'argent, de type étranger, comme je n'en ai jamais rencontré : la peau du visage jaune et les yeux fendus en biais ; il était penché en avant et semblait attendre quelque chose ; qu'on lui confie une mission peut-être... »

« Et un livre, un grand et vieux livre, vous n'en avez pas vu un quelque part ? » l'interrogeai-je plus avant. Il se frotta le front.

« Un livre, dites-vous ? – Oui, c'est exact : il y avait un livre par terre. Un livre ouvert, tout en parchemin, avec un grand A doré au début de la page. »

« Vous voulez dire avec un I, sans doute ? »

« Non, avec un A... »

« Vous êtes sûr que ce n'était pas un I ? »

« Oui, je suis sûr que c'était un A. »

Je hochai la tête pensivement et commençai à douter. Manifestement, Laponder avait lu dans mes représentations pendant son demi-sommeil et tout mélangé : Hillel, Myriam, le Golem, le livre d'Ibbour et le passage souterrain.

« Il y a longtemps que vous avez ce don du "voyage", comme vous dites ? » demandai-je.

« Depuis ma vingt et unième année... » Il s'arrêta, il semblait ne pas avoir envie de parler de cela ; puis son visage prit soudain une expression d'ébahissement infini et il fixa ma poitrine comme s'il y voyait quelque chose.

Alors, sans prendre garde à mon propre étonnement, il saisit brusquement ma main et me pria, me supplia presque :

« Pour l'amour du ciel, dites-moi tout. C'est le dernier jour que j'ai le droit de passer avec vous aujourd'hui. Dans une heure peut-être on va venir me chercher pour me faire entendre que je suis condamné à mort... »

Je l'interrompis, horrifié :

« Alors, il faut que vous m'emmeniez comme témoin ! Je déclarerai sous serment que vous êtes malade – vous êtes lunatique au sens médical du terme. On n'a pas le droit de vous exécuter sans avoir soumis votre état mental à une expertise médicale. Entendez donc raison ! »

Il repoussa cette hypothèse d'un geste nerveux : « Tout ça est tellement secondaire – s'il vous plaît, dites-moi tout ! »

« Mais qu'est-ce que vous voulez que je vous dise ? Parlons plutôt de vous et de… »

« Je suis sûr maintenant que vous avez vécu certaines choses étranges qui me concernent de près – de plus près que vous ne pouvez avoir idée… Je vous en prie, dites-moi tout ! » me supplia-t-il.

Je n'arrivais pas à comprendre que ma vie l'intéresse plus que ses propres affaires, effectivement plus que pressantes ; mais pour le calmer, je lui racontai tout ce qui m'était arrivé d'incroyable.

À chaque séquence un peu importante, il opinait, l'air satisfait, comme quelqu'un qui voit le fond des choses.

Quand j'arrivai au moment de mes récits où l'apparition sans tête s'était tenue devant moi et m'avait tendu les graines rouges et noires, il ne put attendre la conclusion.

« Donc, vous lui avez tapé dans la main et elles sont tombées… murmura-t-il, pensif. Je n'aurais jamais pensé qu'il puisse y avoir une troisième voie. »

« Ce n'était pas une troisième voie, dis-je, c'était la même que si j'avais refusé les graines. »

Il sourit.

« Vous ne me croyez pas, Monsieur Laponder ? »

« Si vous les aviez refusées, vous auriez sans doute pris aussi la voie de la vie, mais les graines, qui signifient des forces magiques, ne seraient pas restées là. Et donc, elles ont roulé par terre comme vous dites. C'est-à-dire : qu'elles sont restées ici et seront gardées par vos ancêtres jusqu'à ce que soient venus les temps de la germination. Alors les forces qui sommeillent encore en vous deviendront vivantes. »

Je ne comprenais pas : « Les graines seront gardées par mes ancêtres ? »

« Il faut que vous compreniez ce que vous avez vécu de façon partiellement symbolique, m'expliqua Laponder. Le cercle de spectres bleuâtres qui vous entourait, c'était la chaîne des "Moi" hérités, que chaque enfant né d'une mère traîne après soi. L'âme n'est pas une entité radicalement singulière. Il faut qu'elle le devienne : on appelle alors cela l'"immortalité". Votre âme est encore composée de nombreux "moi" – comme une société de fourmis est composée d'un grand nombre de fourmis. Vous portez en vous les reliquats psychiques de milliers d'ancêtres – qui sont les têtes de votre lignée. Il en va de même chez toutes les créatures. Comment un poulet dont on a mis l'œuf en couveuse artificielle se mettrait-il aussitôt en quête de la nourriture adéquate, s'il n'avait pas en lui toute l'expérience de millions d'années ; l'existence même d'un instinct trahit la présence actuelle des ancêtres dans le corps et dans le psychisme. – Mais pardonnez-moi, je ne voulais pas vous interrompre. »

Je terminai mon récit.

Je racontai tout. Y compris ce que Myriam m'avait dit au sujet de l'« Hermaphrodite ».

Quand je m'arrêtai et relevai les yeux, je vis que Laponder était devenu blanc comme la chaux du mur et que des larmes coulaient sur ses joues.

Je me levai brusquement, fis comme si je ne les avais pas vues, et me mis à faire les cent pas dans la cellule en attendant qu'il se calme.

Puis je m'assis en face de lui et déployai toute mon éloquence pour le convaincre de la nécessité urgente qu'il y avait de faire valoir au juge son état de pathologie mentale.

« Ah, si au moins vous n'aviez pas avoué le meurtre ! » dis-je pour conclure.

« Mais il le fallait ! On a sollicité ma conscience… » objecta-t-il avec naïveté.

« Considérez-vous donc un mensonge comme quelque chose de pire qu'un viol avec meurtre ? » demandai-je, époustouflé.

« Peut-être pas en général, mais dans mon cas sûrement. – Voyez-vous ? quand le juge d'instruction m'a demandé si j'avouais, j'avais la force de dire la vérité. – Quand j'ai commis le viol et le meurtre – je vous en prie, épargnez-moi les questions sur les détails : c'était tellement atroce que je ne voudrais pas me les remettre en mémoire –, quand j'ai commis ce crime, je *n'avais pas* le choix. Même si j'agissais avec ma conscience pleine et entière, je *n'avais malgré tout pas* le choix. Quelque chose dont je n'avais jamais deviné la présence en moi s'est éveillé, et c'était plus fort que moi. Croyez-vous que si j'avais eu le choix j'aurais commis ce meurtre ?... Je n'ai jamais tué... pas même le plus infime animal, ct aujourd'hui je n'en serais absolument plus capable.

Supposez que ce soit une loi humaine que de commettre des meurtres, et qu'en ne la respectant pas on soit puni de mort – un peu comme c'est le cas dans la guerre : eh bien, à l'heure présente, j'aurais mérité la mort... parce que je n'aurais pas d'autre choix. Je ne pourrais tout simplement pas commettre de meurtre. Jadis, quand j'ai commis ce meurtre, c'était le contraire. »

« Mais raison de plus, si vous sentez maintenant que vous êtes quasiment un autre être, il faut tout mettre en œuvre pour échapper à la sentence ! » objectai-je.

Laponder fit un geste de refus : « Vous vous trompez. Les juges, de leur point de vue, ont parfaitement raison. Est-ce que vous voulez laisser quelqu'un comme moi courir librement çà et là ? Pour que demain ou après-demain le malheur recommence ? »

« Non, mais on devrait vous interner dans un établissement psychiatrique. C'est ça que je vous dis ! »

« Si j'étais fou, vous auriez raison, répliqua Laponder sur un ton égal, mais je ne suis pas fou, je suis tout autre chose que fou, quelque chose qui ressemble beaucoup à la folie, mais qui en est précisément le contraire. Je vous en prie, écoutez-moi bien. Vous comprendrez tout de suite. Ce que vous m'avez raconté tout à l'heure au sujet de ce fantôme sans tête – ce qui est évidemment un symbole, ce fantôme... vous trouverez facilement la clé en réfléchissant un peu... ça m'est arrivé une fois, exactement de la même manière. Simplement, moi, j'ai pris les graines. Et donc je suis la voie de la mort ! Pour moi, la chose la plus sacrée que je puisse imaginer, c'est de laisser guider mes pas par l'élément spirituel qui est en moi. D'aller aveugle et confiant, où que me conduise ce chemin : au gibet ou sur le trône, à la pauvreté ou à la richesse. Chaque fois que le choix était entre mes mains, je n'ai jamais hésité.

C'est pourquoi aussi je n'ai pas menti quand le choix était entre mes mains. Savez-vous ce que dit le prophète Michée [1] :

> Homme il t'a été dit ce qui est bon
> et ce que le Seigneur veut de toi.

Si j'avais menti, j'aurais créé une cause, parce que j'avais le choix – quand j'ai commis le meurtre, je n'ai pas créé de cause ; ce qui s'est libéré, c'est seulement l'effet d'une cause qui sommeillait depuis longtemps en moi, qui y avait été mise par autrui et sur laquelle je n'avais plus aucun pouvoir.

Et donc mes mains sont pures.

Dès lors que c'est l'élément spirituel en moi qui m'a fait devenir meurtrier, il s'est produit chez moi une exécution ; en me passant la corde au cou, les hommes dénoueront mon destin du leur : j'accéderai alors à la liberté. »

Je me dis que cet homme était un saint. Un frisson passa dans mon corps, messager de ma propre petitesse.

Il poursuivit : « Vous m'avez raconté qu'à la suite de l'intervention hypnotique d'un médecin sur votre conscience, vous aviez pendant longtemps perdu toute mémoire de vos années de jeunesse. C'est la marque – le stigmate – de tous ceux qui ont été mordus par le « serpent du royaume de l'esprit ». Il semblerait presque qu'en nous deux vies doivent être greffées l'une dans l'autre, comme on greffe une brindille noble sur un arbre sauvage avant que puisse se produire le *miracle du grand réveil.* Ce qui d'ordinaire est séparé par la mort, advient ici par l'effacement du souvenir – parfois par l'effet d'un simple retournement intérieur subit.

1. Michée est le sixième des douze « petits prophètes » de la Bible, le premier a avoir prophétisé la destruction de Jérusalem.

En ce qui me concerne, les choses se sont passées de telle manière que pendant ma vingt et unième année, sans cause extérieure apparente, je me suis réveillé un beau jour complètement transformé. Tout ce que j'avais aimé jusque-là me sembla d'un seul coup indifférent : la vie me semblait aussi idiote qu'une histoire de cow-boys et d'Indiens et perdit de sa réalité. Mes rêves devinrent une certitude, comprenez moi bien : une certitude apodictique, une certitude démontrable, *réellc*, ct ma vie quotidienne devint un rêve.

Tout le monde pourrait en venir là : il suffirait d'avoir la clé ; et la clé réside exclusivement dans le fait qu'on prenne conscience dans le sommeil de sa figure subjective, pour ainsi dire de sa *peau* – qu'on trouve l'étroite fissure par où la conscience se fraie un chemin entre l'état de veille et le sommeil profond. C'est pourquoi je vous ai dit tout à l'heure : je "voyage" et non pas je "rêve".

La lutte pour l'immortalité est un combat pour le sceptre contre les spectres et les sonorités qui nous sont inhérents ; et l'attente du couronnement royal de notre "moi" est, en fait, l'attente du messie.

Habal Garmin, le fantôme que vous avez vu, le "souffle des os" de la Kabbale, c'était le Roi. Quand il sera couronné, ce jour-là se rompra la corde qui vous attache au monde par les sens extérieurs et la cheminée de l'entendement.

Comment a-t-il pu se faire qu'en dépit de ma séparation d'avec la vie j'aie pu en l'espace d'une nuit devenir un violeur et un assassin ? C'est sûrement une question que vous vous posez. L'homme est pareil à un tube de verre où courent des billes multicolores : chez la plupart, le temps d'une vie, une seule d'entre elles. Si la boule est rouge, on dira que l'homme est "mauvais". Si elle est jaune, on dira que l'homme est "bon". Si deux boules se courent l'une après l'autre, une rouge et une jaune, alors "on" aura un caractère "instable". Nous autres, "que le serpent a mordus", nous parcourons dans le temps d'une seule vie ce qui se produit chez toute une race pendant une durée d'ordre cosmique :

les boules colorées courent comme des folles les unes après les autres dans le tube, et quand elles ont fini… alors nous sommes des prophètes… nous sommes les miroirs de Dieu. »

Laponder se tut. – Pendant longtemps je ne pus prononcer une parole. Ses propos m'avaient presque anesthésié.

« Pourquoi donc m'avez-vous interrogé si anxieusement sur ce que j'avais vécu, moi, alors que vous-mêmes, de ce point de vue, vous me dépassez très largement ? » repris-je finalement.

« Vous vous trompez, dit Laponder, je suis très *en dessous* de vous. – Je vous ai posé cette question parce que je sentais que vous possédiez la clé qui me manquait encore. »

« Moi ? une clé ? mon Dieu ! »

« Eh oui, vous ! Et vous me l'avez donnée. – Je ne crois pas qu'il existe sur cette terre un être plus heureux que je ne le suis présentement. »

On entendit un bruit au-dehors : quelqu'un poussait les verrous – Laponder y prit à peine garde.

« La clé, c'était l'histoire de l'Hermaphrodite ; j'en ai maintenant la certitude. Grâce à cela déjà, je suis content qu'on vienne me chercher, car bientôt j'atteindrai le terme. »

Les larmes m'empêchaient de distinguer les traits du visage de Laponder. Je n'entendais plus que le *sourire* dans sa voix.

« Et maintenant, adieu, Monsieur Pernath, et dites-vous bien : ce qu'on pendra demain, ce ne sont que mes vêtements ; vous m'avez ouvert ce qu'il y a de plus beau… l'ultime connaissance qui me manquait encore. Maintenant je pars à la noce… » Il se leva et suivit le gardien. Les derniers mots que j'entendis et ne compris qu'obscurément furent : « C'est étroitement lié au meurtre et au viol. »

À partir de cette nuit-là, chaque fois que la pleine lune apparaissait dans le ciel, je croyais voir de nouveau le visage endormi de Laponder sur la toile grise du lit.

Pendant tous les jours qui suivirent l'instant où on l'avait emmené, j'avais entendu un vacarme ininterrompu en provenance de la cour des exécutions, les coups de marteau des charpentiers. Ça durait parfois jusqu'à l'aube.

Je devinais de quoi il s'agissait et me bouchais les oreilles pendant des heures, désespéré.

Puis des mois passèrent. Des mois et des mois. Je vis l'été s'écouler, se finir, et le maigre feuillage dans la cour qui tombait malade. Respirais haleine épuisée et sèche qui émanait des murs.

Quand lors des promenades mes yeux tombaient sur l'arbre moribond et l'icône de verre de la sainte entée dans son écorce, je ne pouvais m'empêcher de faire la comparaison avec le visage de Laponder, bien que celui-ci se fût profondément inscrit en moi. J'avais en moi en permanence ce visage de Bouddha entièrement lisse, avec son étrange sourire impérissable autour des lèvres.

Une fois encore, une seule, le juge d'instruction m'avait fait venir pour me demander d'un air soupçonneux comment je pouvais justifier le fait d'avoir dit au guichet de la banque que je devais partir de manière urgente et pourquoi dans les heures qui précédaient mon arrestation j'avais été si agité, pourquoi j'avais caché toutes mes pierres précieuses sur moi.

Quand je lui avais répondu que j'étais sorti dans l'intention de me suicider, les béguètements mauvais avaient repris de plus belle derrière le bureau. J'étais resté jusque-là seul dans ma cellule et pouvais m'adonner sans discontinuer à mes pensées, à la tristesse que me causaient le sort de Charousek, qui, je le sentais, devait être mort depuis longtemps, et celui de Laponder. À mon désir enfin de revoir Myriam.

Puis de nouveaux prisonniers étaient venus : commis kleptomanes avec des visages de bringueur, caissiers de banque grassouillets, « orphelins » – comme aurait dit Vossatka-le-noir – qui m'empestaient l'air et l'atmosphère.

L'un d'entre eux se mit à raconter un jour, avec une indignation visible, qu'un meurtre avec viol avait jadis été commis dans la ville. Par chance on avait aussitôt coincé le coupable et son sort avait été vite réglé.

« Il s'appelait Laponder, ce salopard, bon sang de bon sang, s'écria un type à gueule de fauve, condamné à quinze jours de prison pour mauvais traitements à enfant. Ils l'ont pris sur le fait. La lampe est tombée pendant tout le ramdam et la pièce a brûlé. Le corps de la fille était tellement calciné que jusqu'à aujourd'hui on n'a pas encore pu savoir qui que c'était. Elle avait les cheveux noirs et le visage étroit, c'est tout ce qu'on sait. Et le gars Laponder, il a rien voulu sortir rapport à son nom. Si ça aurait tenu qu'à moi, je te l'y aurais arraché toute la peau et tout passé au poivre. C'est comme ça qui sont ces petits messieurs ! Des assassins qu'ils sont, tous autant qu'ils sont... Comme si qu'y aurait pas d'autres moyens assez, quand on veut se débarrasser d'une fille... », ajouta-t-il avec un sourire entendu plutôt cynique.

Je bouillais de rage. J'aurais voulu casser la figure à ce chenapan.

Toutes les nuits, sans exception, il ronflait dans le lit où Laponder avait dormi. Je respirai quand on le remit en liberté.

Mais même alors, je n'en étais pas vraiment débarrassé. Ses propos m'avaient meurtri aussi profondément qu'un fer de harpon.

J'étais en permanence, surtout dans le noir, rongé par l'atroce soupçon que Myriam avait pu être la victime de Laponder.

Plus je luttais contre cette pensée, plus je m'y prenais au piège, au point qu'elle devint une sorte d'idée fixe.

Parfois, en particulier lorsque la lueur acide de la lune passait par la fenêtre, je me sentais mieux. Je pouvais alors faire revivre les heures que j'avais vécues avec Laponder et l'affection profonde que j'éprouvais pour lui dissipait mes tourments. Mais trop souvent revenaient les minutes affreuses où je voyais en imagination

Myriam assassinée et calcinée. Il me semblait que la peur allait me faire perdre la raison.

Les faibles repères dont je disposais à l'appui de mes soupçons se concentraient alors en un dispositif global entièrement clos – en un tableau peuplé de détails plus épouvantables les uns que les autres.

Au début du mois de novembre, vers dix heures du soir, il faisait déjà noir comme dans un four, et le désespoir avait atteint de tels sommets dans mon cœur que, pour ne pas hurler, je mordais ma paillasse comme un animal assoiffé, quand le gardien ouvrit brusquement la porte de la cellule et m'enjoignis de le suivre chez le juge d'instruction. Je me sentais tellement faible que je m'y traînai plutôt en titubant.

Il y avait longtemps que l'espoir de jamais être autorisé à quitter cette demeure affreuse était mort en moi.

Je m'attendais et m'apprêtais à me voir une nouvelle fois froidement poser quelque question, j'entendais presque le béguètement stéréotypé du gratte-papier derrière son bureau, et me voyais déjà obligé de retourner dans les ténèbres.

Monsieur le baron Leisetreter était déjà rentré chez lui, et il n'y avait dans la pièce qu'un vieux greffier tout bossu, avec de longs doigts d'araignée.

J'attendais confusément ce qui allait m'arriver.

Je notai alors que le gardien était entré en même temps que moi et me lançait des regards bienveillants, mais j'étais bien trop abattu pour percevoir clairement, ou même entrevoir la signification de tout cela.

« Il résulte de l'enquête – béguéta le greffier, tout en grimpant sur une chaise, ce qui lui permit d'accéder à des liasses de papier dans l'étagère –, il résulte que l'individu Karl Zottmann, objet de la présente, aurait avant sa mort, à l'occasion d'une rencontre tenue secrète avec une ex-prostituée non mariée répondant au nom de Rosine Metzeles, qui portait autrefois le surnom de Rosine-la-rousse, puis fut rachetée par un découpeur de silhouettes sourd-muet, désormais placé sous surveillance policière, répondant aux nom et prénom de Jaromir Kwassnitschka, laquelle officie au bar à vin

“Kautsky”, et vit présentement depuis quelques mois en concubinat débridé et communautaire avec son Excellence le Prince Ferri Athenstädt, et ce en qualité de maîtresse, que l’individu Karl Zottmann donc aurait été attiré par une main fallacieuse dans une cave voûtée souterraine abandonnée de la maison sise au numéro de conscription 21837 troisième division (III) en chiffres romains dans la Hahnpassgasse, et là même enfermé et abandonné à lui-même ou à une mort certaine de faim ou de froid… Le susnommé Zottmann en effet… », continua le greffier en jetant un regard par-dessus ses lorgnons et en continuant à feuilleter son paquet de documents où il passa plusieurs pages.

« L’enquête a établi par ailleurs que selon toute vraisemblance, le susnommé Karl Zottmann – une fois son décès intervenu en bonne et due forme – aurait été dépouillé de la totalité des biens qu’il détenait par-devers lui, et en particulier de sa montre à double manteau ci-adjointe, inventoriée sous le fascicule P en lettres romaines, divisé par “Bêêêh” – le greffier tint la montre en l’air par la chaîne – les déclarations faites sous serment par le découpeur de silhouettes Jaromir Kwassnitschka, fils orphelin du fabricant d’hostie de même patronyme, décédé voici dix-sept ans, selon laquelle il aurait trouvé ladite montre dans le lit de son frère Loïsa, lequel entre-temps a pris la fuite, et l’aurait vendue, contre l’entrée en possession d’une somme d’argent, au marchand d’antiquités et propriétaire multiple de réalités immobilières, disparu entre-temps, Aaron Wassertrum, n’ont malheureusement pas pu être prises en considération en raison de leur manque de crédibilité.

L’enquête a, outre cela, établi encore que le corps du dénommé Karl Zottmann comportait dans la poche arrière de son pantalon à l’époque de sa découverte un carnet dans lequel il avait entrepris vraisemblablement, plusieurs jours avant le décès, plusieurs notes consignées susceptibles d’éclairer les faits et de faciliter l’interpellation de l’auteur par les autorités de la double couronne royale et impériale.

L'attention d'un procureur de sa royale et impériale majesté a ainsi été attirée sur la personne du dénommé Loïsa Kwassnitschka, entre-temps éminemment sujet à suspicion du fait des dernières indications consignées dans le carnet de Zottmann, et actuellement en fuite, et il a été décidé et notifié que soit mis un terme à la détention préventive d'Athanasius Pernath, tailleur de gemmes, exempt à ce jour de toute inscription au casier judiciaire et que soit interrompue la procédure engagée contre lui.

Fait à Prague, en juillet

et signé

Dr Baron von Leisetreter. »

Le sol vacillait sous mes pieds, et je perdis conscience pendant une minute. Quand je revins à moi, j'étais assis sur une chaise, et le gardien me tapotait gentiment sur l'épaule.

Le greffier était resté complètement impassible, il éternua, se moucha et me dit :

« La lecture des dispositions arrêtées a été différée jusqu'à ce jour, parce que votre nom commence par un Pêê, et qu'en conséquence évidente, il ne peut survenir que vers la fin de l'alphabet. » Puis il continua sa lecture :

« Outre cela, le sieur Athanasius Pernath, tailleur de gemmes de son état, doit être tenu informé de ce que, conformément aux dispositions testamentaires de l'étudiant en médecine, décédé au mois de mai de cette année, Innozenz Charousek, un tiers de l'héritage total du susdit lui est échu, et qu'il est tenu de signer le présent procès-verbal. »

En prononçant ces derniers mots, le greffier avait trempé la plume dans l'encrier et commençait à gribouiller.

Sous l'effet de l'habitude, j'attendais qu'il se mette à bégueter, mais il n'y eut point de chevrotance cette fois.

« Innozenz Charousek », lui murmurai-je, absent.

Le gardien se pencha au-dessus de moi et me chuchota :

« Peu avant sa mort, il est venu me voir, ce Monsieur Dr Charousek, et il s'est enquis de votre sort. Il a dit qu'il fallait vous saluer et vous dire bien des choses de sa part. Je n'ai pas pu le faire évidemment, à l'époque, parce que c'est strictement interdit. Il a d'ailleurs connu une fin effrayante, le Dr Charousek. Il s'est suicidé. On l'a retrouvé mort, couché à plat ventre sur le tertre funéraire d'Aaron Wassertrum. Il avait creusé deux trous profonds dans la terre, il s'est ouvert les veines et a mis ses bras dans les deux trous. Et c'est ainsi qu'il a perdu son sang. Sans doute qu'il était devenu fou, le Dr Charou… »

Le greffier repoussa bruyamment sa chaise et me tendit la plume pour que je signe.

Puis il s'est redressé fièrement et m'a dit avec rigoureusement les mêmes intonations que son baronique supérieur :

« Gardien, emmenez cet homme dehors. »

Comme il l'avait fait des temps et des temps auparavant, l'homme au sabre et aux caleçons de la salle d'accueil a dégagé le moulin à café qu'il tournait sur sa poitrine ; simplement, cette fois, il ne m'a pas fouillé et m'a rendu mes pierres précieuses, le porte-monnaie avec les dix florins, mon manteau et tout le reste.

Après ça, je me suis retrouvé dans la rue.

« Myriam ! Myriam ! Enfin l'heure des retrouvailles s'approche ! » Je réprimai un cri de ravissement déchaîné.

Il devait être minuit. La pleine lune voguait sans éclat comme une assiette de cuivre blanc derrière des voiles de brume.

Le pavé était recouvert d'une épaisse couche de saleté rebelle.

Je titubai jusqu'à une calèche, qui dans la brume semblait un monstre antédiluvien effondré. Mes jambes se refusaient presque à leur office ; j'avais désappris à marcher et vacillais sur des plantes de pied aussi insensibles que celles d'un malade de la moelle épinière.

« Cocher, amenez-moi aussi vite que possible au numéro sept de la Hahnpassgasse ! Vous m'entendez ? Sept, Hahnpassgasse. »

LIBRE

Quelques mètres plus loin à peine, la calèche s'arrêta.

« Hahnpassgasse, Monsieur ?

– Oui, oui, mais vite... »

La voiture se remit en route. Puis s'arrêta de nouveau.

« Au nom du ciel, qu'est-ce qui se passe ?

– Hahnpassgasse, Monsieur...

– Eh oui, eh oui.

– Mais je ne peux plus aller dans la Hahnpassgasse.

– Et pourquoi ça ?

– Mais parce qu'on a partout retiré le pavé ; la ville juive, on est en train de l'assainir.

– Eh bien, allez aussi loin que vous pouvez, mais s'il vous plaît, faites vite... »

La calèche démarra au galop, puis adopta une allure tranquille.

Je descendis la vitre brinquebalante et inspirai goulûment, à pleins poumons, l'air de la nuit.

Tout m'était devenu si étranger, si inconcevablement nouveau : les maisons, les rues, les boutiques fermées.

Un chien blanc d'humeur acariâtre trottinait, solitaire, sur le trottoir mouillé. Je le suivis des yeux. – Bizarre ! Un chien ! J'avais complètement oublié que ce genre d'animal existait. – Tout à ma joie d'enfant je lui criai : « Mais quoi, comment peut-on être de si méchante humeur ! »

Qu'allait dire Hillel ? Et Myriam ?

Quelques minutes encore et je serais auprès d'eux. Je ne cesserais pas de frapper à leur porte, tant qu'ils n'auraient pas quitté leurs édredons…

Tout allait bien maintenant. – Tous les tourments de cette année étaient passés ! ! Ça serait une vraie fête de Noël !

Cette fois, pas question de rester endormi, comme l'autre fois ; l'espace d'un instant l'ancien sentiment d'horreur me paralysa de nouveau : les paroles du détenu avec son groin de bête fauve me revinrent en mémoire. Le visage calciné… le viol… le meurtre… mais non, non ! – je m'en débarrassai vigoureusement – non, non, ça ne pouvait pas être arrivé. Myriam vivait ! N'avais-je pas entendu sa voix par la bouche de Laponder ?

Une minute encore… trente secondes… et alors…

La calèche s'arrêta devant un monceau de ruines. Partout, des barricades de pavés.

Des lanternes rouges allumées au sommet des barricades.

Une armée d'ouvriers travaillait à la lumière des torches, piochait, pelletait.

Des talus de gravats et de pans de murs effondrés barraient le chemin. Je les escaladai, m'enfonçai jusqu'au genou.

Ça devait quand même bien être la Hahnpassgasse ici ! Non ?

Je tâchai péniblement de m'orienter. Rien que des ruines alentour.

N'y avait-il pas ici la maison que j'avais habitée ?

Toute la façade avait été abattue.

Je gravis un mont de terre ; à mes pieds un passage maçonné courait le long de l'ancienne ruelle. Je levai les yeux : les pièces d'habitation mises à nu étaient suspendues dans les hauteurs les unes à côté des autres, comme d'immenses cellules d'abeille, éclairées pour moitié par les torches, pour l'autre moitié par un morne clair de lune.

Ça là-haut, ça ne pouvait être que ma grande pièce. Je la reconnus à la couleur des murs peints.

Il n'en restait plus qu'une frange.

Et jouxte la pièce, l'atelier… de Savioli ; un grand vide se fit soudain dans mon cœur. Comme c'était étrange ! l'atelier ! Angelina !… tout cela était si loin, si infiniment lointain.

Je me retournai : de la maison où avait vécu Wassertrum, il ne restait plus une seule pierre debout. Tout avait été rasé, égalisé, aplani : la boutique du brocanteur, la cave habitée par Charousek… tout, tout.

« L'homme passe telle une ombre », cette sentence me revint en mémoire, je l'avais lue quelque part.

Je demandai à un ouvrier s'il savait où habitaient maintenant les gens qui avaient quitté les lieux ; s'il connaissait peut-être l'archiviste Hillel ?

« Pas Allemand », me fut-il répondu.

Je lui donnai un florin. Il comprit aussitôt l'allemand, mais ne pouvait pas me donner le renseignement.

Même chose avec ses camarades, personne ne savait rien.

Peut-être qu'au « Loisitschek » on pourrait me renseigner ?

On me dit que le « Loisitschek » était interdit d'accès, on rénovait la maison.

Il fallait donc réveiller quelqu'un dans les environs, n'importe qui.

N'était-ce pas possible ?

« Dans toute la zone il n'y a pas un chat qui habite, me dit l'ouvrier, parce que c'est interdit par les autorités. À cause qu'il y a le typhus. »

« Et le "Alter Ungelt" ? Lui il sera ouvert, non ? »

« Chez Ungelt c'est fermé aussi. »

« Sûr ? »

« Sûr ! »

À tout hasard j'énumérai quelques noms de piliers de bistrots et de trafiquantes de tabac qui avaient habité dans le coin ; puis je nommai Zwakh, Vrieslander, Prokop…

Le type secouait toujours la tête.

« Peut-être que vous connaissez Jaromir Kwassnitschka ? »

L'ouvrier dressa l'oreille.

« Jaromir, il est pas sourd-muet des fois ? »

J'exultai. Dieu soit loué ! Au moins une connaissance.

« Oui, il est sourd-muet. Où est-ce qu'il habite ? »

« C'est pas quelqu'un qui découpe des images ? En papier noir ? »

« Oui, c'est bien lui. Où est-ce que je peux le trouver ? »

L'homme me décrivit avec autant de détails que possible un café ouvert la nuit dans la vieille ville et se remit à pelleter sans attendre.

Pendant une bonne heure ou plus je pataugeai encore dans des champs de gravats, fis l'équilibriste sur des planches vacillantes, passai en rampant sous des réseaux de poutres qui barraient les rues. Le quartier juif tout entier n'était plus qu'un unique désert de pierres, comme si un tremblement de terre avait détruit la ville.

Je parvins enfin à m'extraire du labyrinthe, le souffle coupé par l'excitation, couvert de saleté et les chaussures en lambeaux.

Après quelques rangées de maisons, je me retrouvai face à la taverne convoitée.

L'enseigne affichait « Café Chaos ».

C'était un local minuscule, vide, avec juste assez de place pour quelques tables poussées contre les murs.

Au milieu se dressait un billard à trois pattes, sur lequel un garçon s'était allongé et ronflait.

Une femme du marché était assise dans un coin, avec un panier de légumes devant elle, et hochait lentement la tête au-dessus d'un verre de *caj*.

Le garçon daigna finalement se relever et me demanda ce que je désirais. Au regard insolent avec lequel il me dévisagea de la tête aux pieds, je réalisai enfin à quel point je devais avoir l'air dépenaillé.

Je jetai un œil dans le miroir et fus pris de frayeur : le visage qui me fixait avec des yeux hagards était un visage inconnu, exsangue, tout ridé, gris mastic, avec une barbe en broussaille et des cheveux longs mal peignés.

Je demandai si le découpeur de silhouettes Jaromir n'était pas passé dans le coin et commandai du café noir.

Il me répondit dans un bâillement :

« Sais pas où qu'il traîne depuis une paye. »

Après quoi le garçon se recoucha dans le billard et poursuivit son somme.

J'attrapai le *Quotidien de Prague* au mur et attendis.

Les lettres couraient sur les pages comme des fourmis et je ne comprenais pas un seul mot de ce que je lisais.

Les heures passèrent, et derrière les vitres on apercevait déjà ce bleu marine suspect, profond, qui signale l'arrivée de l'aube aux établissements éclairés au gaz.

Çà et là des gendarmes passaient un œil à la porte avec leurs aigrettes à reflets verdâtres et continuaient leur chemin à pas lents et pesants. Trois soldats entrèrent, qui manifestement avaient passé la nuit dehors.

Puis un balayeur des rues, qui prit un schnaps.

Et finalement, finalement : Jaromir.

Il avait tellement changé qu'au début je ne le reconnus pas : il avait les yeux éteints, ses dents de devant étaient tombées, le cheveu était devenu rare et il avait de profondes salières derrière les oreilles.

J'étais tellement content de revoir un visage connu, après tant de temps, que je bondis de ma chaise, me précipitai à sa rencontre et lui saisis la main.

Il se comporta de manière extraordinairement timide, en regardant sans arrêt dans la direction de la porte. J'essayai par toutes sortes de gestes de lui faire comprendre combien j'étais heureux de l'avoir rencontré. – Pendant longtemps il sembla ne pas me croire.

Mais quelles que fussent les questions que je posais, il avait toujours le même mouvement désemparé de la main pour signifier qu'il ne comprenait pas.

Comment pouvais-je me faire comprendre tout simplement ? Ah, une idée…

Je me fis prêter un crayon et lui dessinai successivement les visages de Zwakh, Vrieslander et Prokop.

« Quoi ! Plus aucun d'eux n'est à Prague ? »

Il fouetta l'air dans un peu tous les sens avec vivacité, fit le geste de compter de l'argent, fit marcher ses doigts sur la table, se tapa sur le dos de la main. Je compris que tous trois avaient sans doute reçu de l'argent de Charousek et étaient maintenant partis faire le tour du monde avec une vraie troupe commerciale issue de l'agrandissement du théâtre de marionnettes.

« Et Hillel ? Où habite-t-il maintenant ? » – Je dessinai son visage, puis une maison à côté et un point d'interrogation.

Jaromir ne comprit pas le point d'interrogation ; il ne savait pas lire – mais je compris ce qu'il voulait. Il prit une allumette, fit semblant de la lancer en l'air et la fit disparaître habilement, comme par une sorte de tour de passe-passe.

Qu'est-ce que cela voulait dire ? Est-ce que Hillel était lui aussi parti en voyage ?

Je lui dessinai l'Hôtel de ville juif.

Le sourd-muet secoua vivement la tête.

« Hillel n'est donc plus là-bas ? »

« Non ! » (Mouvement de tête.)

« Où est-il ? »

De nouveau le jeu avec l'allumette.

« Il veut dire tout bêtement que le Monsieur est parti et que personne ne sait où », s'immisça le balayeur des rues, comme pour me faire la leçon. Il nous avait observés avec intérêt pendant tout ce temps.

L'angoisse me tétanisa le cœur : Hillel parti !…

J'étais seul au monde désormais – les objets de la salle commençaient à scintiller dans mes yeux.

« Et Myriam… »

Ma main tremblait si fort que pendant un long moment je fus incapable de dessiner correctement son visage.

« Est-ce que Myriam aussi a disparu ? »

« Oui. Disparue aussi. Sans laisser de traces. »

Je gémis, courus dans tous les sens à travers la salle. Les trois soldats se regardaient sans trop savoir.

Jaromir s'efforça de me rassurer et se donna la peine de me dire encore quelque chose qu'il semblait avoir appris : il posa la tête sur son bras, comme quelqu'un qui dort.

Je me retins au plateau de la table : « Par Jésus-Christ, Myriam est morte ? »

Non de la tête ; Jaromir répéta le geste du sommeil.

« Myriam a été malade ? » Je dessinai un flacon de médicaments.

Non de la tête. Jaromir posa de nouveau le front sur son bras.

Le demi-jour se fit un peu plus clair, les becs de gaz s'éteignirent les uns après les autres, et je n'arrivais toujours pas à comprendre ce que ce geste signifiait.

J'abandonnai. Réfléchis.

La seule chose qui me restait à faire, c'était aller à la première heure à l'Hôtel de ville juif pour y obtenir des informations sur la destination de Hillel et de Myriam.

Il fallait que je le rejoigne.

J'étais assis sans dire un mot aux côtés de Jaromir. Aussi muet et sourd que lui-même.

Quand je levai les yeux au bout d'un long moment, je vis qu'il découpait une silhouette avec ses ciseaux.

Je reconnus le profil de Rosina. Il me tendit le papier par-dessus la table, se mit la main sur les yeux – et pleura en silence.

Puis, soudain, il bondit de sa chaise, tituba jusqu'à la porte et sortit.

L'archiviste Schemajah Hillel, un jour, n'était pas venu, sans donner de raison, et on ne l'avait jamais revu ; en tout cas, il avait emmené sa fille avec lui, car elle non plus, personne ne l'avait revue depuis ce temps-là. Voilà ce qu'on m'avait dit à l'Hôtel de ville juif. C'était tout ce que j'avais pu savoir.

Aucune trace du lieu vers lequel ils avaient pu se diriger.

À la banque on m'apprit que mon argent était toujours bloqué par décision judiciaire, mais qu'on attendait d'un jour à l'autre le document autorisant sa mise à disposition.

Il fallait donc que l'héritage de Charousek fasse lui aussi le parcours administratif et j'attendais l'argent avec une impatience brûlante afin de pouvoir tout mettre en œuvre pour retrouver Hillel et Myriam.

J'avais vendu mes pierres précieuses, celles que j'avais gardées dans ma poche, et loué deux petites chambres de bonne meublées et attenantes dans la rue de la Vieille-Synagogue – la seule rue qui fût épargnée par l'assainissement de la ville juive.

Étrange coïncidence : c'était la maison bien connue dont la légende disait que le Golem un jour y avait disparu.

Je m'étais renseigné auprès des habitants – le plus souvent des petits commerçants ou des artisans – sur ce qu'il y avait de vrai dans cette rumeur qui courait sur la pièce sans accès, et on m'avait ri au nez. – Comment pouvait-on croire ce genre de balivernes ?

Mes propres expériences relatives à la chose avaient pris pendant ma détention la pâleur d'un vieux rêve presque effacé depuis longtemps et je n'y voyais plus guère que des symboles désincarnés – je les rayai du livre de mes souvenirs.

Les paroles de Laponder, que j'entendais parfois si distinctement en moi-même que j'avais l'impression qu'il était assis comme jadis en face de moi dans la prison, en train de me parler, me confortaient dans l'idée que j'avais vu de manière uniquement intérieure tout ce qui m'avait depuis semblé être une réalité tangible.

Tout ce que j'avais possédé n'avait-il pas de fait péri et disparu, le livre d'Ibbour, le jeu de tarot fantastique, Angelina et même mes vieux amis Zwakh, Vrieslander et Prokop !

C'était le soir de Noël, et j'avais ramené chez moi un petit sapin avec des bougies rouges. Je voulais être jeune une fois encore et avoir des chandelles allumées tout autour de moi, l'odeur des aiguilles de pin et de la cire qui brûle.

Avant la fin de l'année, je serais sans doute déjà en route, cherchant Hillel et Myriam dans les villes et les villages, et partout où je me sentirais poussé par une force intérieure.

Toute espèce d'impatience et d'attente s'était dissipée en moi, ainsi que la peur que Myriam ait pu être assassinée. Mon cœur savait que je les retrouverais l'un et l'autre.

J'arborais un sourire permanent, et quand je posais la main sur quelque objet, j'avais l'impression qu'il irradiait une grâce salvatrice. J'étais étonnamment comblé par l'état de contentement d'un homme qui rentre au pays après de longues pérégrinations et qui voit briller au loin les clochers de sa ville natale.

J'étais retourné une fois dans le petit café pour proposer à Jaromir de venir passer la soirée de Noël chez moi. – Mais j'appris là-bas qu'on ne l'avait plus revu, et j'étais déjà sur le point de repartir, déçu et triste, quand un vieux marchand ambulant de tableautins était venu me proposer quelques petites antiquités sans valeur.

Je farfouillais dans sa caisse au milieu des breloques de montres, des petits crucifix, des dents de peigne et des broches, et c'est alors que ma main tomba sur un cœur de pierre rouge accroché à un ruban de soie tout décoloré. Je reconnus avec étonnement le petit souvenir qu'Angelina m'avait offert, quand elle était encore toute petite fille, un jour, près du jet d'eau, dans son château.

D'un seul coup, toute ma jeunesse refit surface, comme si je regardais une peinture naïve tout au fond d'une chambre noire. Je restai longtemps, longtemps sans bouger, profondément ébranlé, les yeux fixés sur le petit cœur rouge au creux de ma main.

J'étais assis dans ma chambre de bonne et j'écoutais le crépitement des aiguilles de pin, guettant le moment où une brindille commençait à rougeoyer au-dessus des chandelles de cire.

« Peut-être qu'à cette heure précise le vieux Zwakh est en train de donner sa "Grande soirée de Noël des marionnettes" quelque part sur la planète. » En imaginant cela je déclamai d'une voix mystérieuse les vers de son prophète favori Oskar Wiener :

Où est le cœur de pierre rouge ?
Il est pendu au ruban de soie.
Ô toi, ô ne le donne pas ;
j'y fus fidèle et je l'aimais,
sept ans je ſus au dur service
de ce cœur et je l'aimais tant.

Je me sentis soudain d'humeur très solennelle.

Les bougies s'étaient consumées. Seules quelques petites flammes vacillaient encore. Des nuages de fumée se formaient dans la pièce.

Soudain, comme si une main m'avait tiré, je me retournai complètement : *Mon sosie se tenait sur le seuil. Mon double*. En blanc manteau. Avec une couronne sur la tête.

Rien qu'un instant.

Puis des flammes percèrent le bois de la porte et un nuage d'épaisse fumée s'engouffra dans la pièce.

Déferlement de feu dans la maison ; au feu ! Au feu !

J'ouvre la fenêtre d'un coup. Grimpe sur le toit, dehors.

De loin j'entends le son peu harmonieux des cloches des voitures de pompiers qui s'approchent.

Casques étincelants et ordres secs.

Puis la respiration spectrale, rythmée, flasque des pompes, les démons de l'eau qui s'apprêtent à bondir sur leur ennemi mortel : le feu.

Verre cassé, rougeoiement brûlant qui déferle par toutes les fenêtres ; on balance les matelas dans les rues, les cours. La ville en est jonchée, les gens sautent, se blessent, on les emmène.

Une espèce d'extase frénétique et furieuse exulte en moi ; je ne sais pas pourquoi. Mes cheveux se hérissent.

Je cours vers la cheminée pour ne pas être brûlé, car les flammes commencent à me lécher.

La corde d'un ramoneur est encore enroulée tout autour.

Je la déroule, me passe des boucles autour des poignets et des jambes, comme je l'ai appris en gymnastique quand j'étais gamin. Je me laisse tranquillement descendre le long de la façade de la maison.

Je passe devant une fenêtre ; je regarde à l'intérieur :

Et là je vois – là je vois... Tout mon cœur n'est plus qu'un unique cri de joie :

« *Hillel ! Myriam ! Hillel !* »

Je veux sauter sur les barreaux de la grille.

Je les manque. La corde s'échappe de mes mains.

Pendant un moment je reste *pendu, la tête vers le bas, les jambes en croix, entre ciel et terre.*

La corde chante sous l'effet du choc. Les fibres se distendent avec des craquements.

Je tombe.

Ma conscience s'éteint.

Dans ma chute, j'agrippe la moulure de la fenêtre. Mais je glisse.

Rien ne m'arrête :

la pierre est lisse.

Lisse comme un morceau de gras.

CONCLUSION

« … *comme un morceau de gras* ! »

C'est la pierre qui ressemble à un morceau de gras.

Les mots résonnent encore désagréablement dans mes oreilles. Alors je me redresse, je dois réfléchir un instant pour savoir où je suis.

Je suis couché dans un lit et j'habite un hôtel.

Je ne m'appelle pas du tout Pernath.

Ai-je seulement rêvé tout ça ?

Non ! On ne rêve pas comme ça.

Je regarde l'heure : j'ai à peine dormi une heure. Il est deux heures et demie.

Et là-bas j'aperçois ce chapeau qui n'est pas à moi et que j'ai confondu aujourd'hui dans la cathédrale du Hradschin, quand j'assistais au service et que j'étais sur le banc de prière.

Est-ce qu'il y a un nom inscrit dedans ?

Je le prends et lis en lettres dorées, sur la doublure de soie blanche, ce nom étrange et pourtant si connu :

ATHANASIUS PERNATH

Il ne me laisse plus en paix : je m'habille en hâte et dévale les escaliers.

« Portier ! Ouvrez ; je vais me promener une heure.

– Où ça, s'il vous plaît ?

– Dans la ville juive. Dans la Hahnpassgasse ; y a-t-il vraiment une rue qui s'appelle comme ça ?

– Pour sûr ! Pour sûr, sourit le portier malicieusement, mais j'attire votre attention, dans la ville juive, il ne se passe plus grand-chose. Tout est reconstruit – s'il vous plaît…

– Tant pis. Où est-elle la Hahnpassgasse ? »

Le gros doigt du portier me montre sur la carte : « Là, s'il vous plaît…

– Et la taverne au “Loisitschek” ?

– Là, s'il vous plaît…

– Donnez-moi une grande feuille de papier.

– Là, s'il vous plaît… »

J'enveloppe le chapeau de Pernath dans le papier. Étonnant : il est presque neuf, impeccablement propre et pourtant aussi fragile que s'il était très vieux.

Sur le chemin, je réfléchis :

Tout ce que cet Athanasius Pernath a vécu, je l'ai vécu moi aussi en rêve, je l'ai vu, entendu, senti avec lui pendant une nuit, comme si j'avais été lui. Et pourquoi donc ne sais-je pas ce qu'il a aperçu derrière les barreaux de la grille, au moment où la corde s'est rompue, quand il a crié « Hillel ! Hillel ! ».

Je réalise que c'est à cet instant là qu'il s'est séparé de moi.

Il faut que je déniche cet Athanasius Pernath, quand bien même je devrais courir la ville pendant trois jours et trois nuits : voilà ce que je me propose de faire.

Ça, c'est la Hahnpassgasse ?

Je ne l'avais pas vue comme ça, même approximativement, en rêve !

Rien que des maisons neuves…

Une minute après, je suis installé au « Café Loisitschek ». C'est un établissement sans style, assez propre.

Au fond, c'est vrai, il y a une estrade avec une balustrade de bois. On ne peut nier une certaine ressemblance avec le vieux « Loisitschek » de mon rêve.

« Vous commandez quoi, s'il vous plaît ? » me demanda la serveuse, une fille bien en chair littéralement emboutie dans un habit de velours rouge trop étroit.

« Cognac, mademoiselle – voilà… merci. – Hmm… mademoiselle ! »

« S'il vous plaît… »

« À qui appartient le café ? »

« À Monsieur le conseiller commercial Loisitschek. – Toute la maison est à lui. Quelqu'un de très bien, très riche. »

Aha, je me souviens, ce type avec les dents de goret à sa chaîne de montre !

Une heureuse inspiration me vient. Elle peut m'orienter :

« Quand donc s'est-il effondré, le pont de pierre ? »

« Il y a trente-trois ans. »

« Hm. Trente-trois ans ! » Je réfléchis : le tailleur de gemmes Pernath doit avoir dans les quatre-vingt-dix ans.

« Mademoiselle ! »

« S'il vous plaît ? »

« Y a-t-il parmi vos clients une personne qui peut encore se souvenir de ce à quoi ressemblait la vieille ville juive d'autrefois. Je suis écrivain, et le sujet m'intéresse. »

La serveuse réfléchit : « Parmi les clients – non… Mais… Attendez voir, le marqueur de billard, qui est en train de jouer au carambole avec un étudiant – vous le voyez ? Celui avec le nez crochu, le vieux – lui, il a toujours vécu ici et il vous dira tout. Faut-il que je l'appelle quand il aura fini ? »

Je suivis le regard de la fille.

Un vieil homme mince, cheveux blancs, est appuyé là-bas contre le grand miroir, en train de mettre du bleu sur sa queue. Il a le visage passablement ravagé, mais étrangement distingué. À qui me fait-il penser ?

« Mademoiselle, comment s'appelle-t-il, le marqueur ? »

La serveuse est debout et s'appuie du coude sur la table, elle lèche un crayon, écrit à toute vitesse son propre prénom sur la plaque de marbre puis le réefface aussitôt avec son doigt mouillé. Ce faisant elle m'adresse des regards plus ou moins ardents selon qu'elle les réussit ou non. Pas moyen d'échapper naturellement au mouvement concomitant de ses sourcils vers le haut, qui augmente le côté merveilleux du regard.

« Mademoiselle, comment s'appelle le marqueur ? » Je répète ma question ; je vois bien à son air qu'elle aurait préféré que je dise : mademoiselle, pourquoi ne portez-vous pas seulement une jaquette, ou quelque chose dans ce genre-là – mais ce n'est pas ce que je lui demande… je suis trop hanté par mon rêve…

« Ah, comment est-ce donc qu'il s'appelle ? lâche-t-elle à voix presque inaudible. Ferri, il s'appelle… Ferri Athenstädt. »

Tiens donc, Ferri Athenstädt ! Encore une vieille connaissance.

« Parlez-moi de lui, si vous le voulez bien, mademoiselle… susurré-je, mais il faudrait d'abord que je prenne des forces avec un cognac… C'est si agréable de vous entendre causer. » (Je me dégoûte…)

Elle se penche alors avec des airs mystérieux tout contre moi, pour que ses cheveux viennent me chatouiller le visage, et chuchote :

« Ferri, avant c'était un sacré lascar. On dit qu'il était d'une très vieille famille noble – c'est bien sûr rien qu'un racontar, parce qu'il avait pas de barbe – et qu'il aurait eu énormément d'argent. Il s'est fait ramasser par une Juive rousse, qui depuis l'enfance était dans le circuit – elle se mit à écrire de nouveau son nom à toute vitesse – et qui l'a complètement ratiboisé. Question argent, je veux dire, naturellement. Bon, et alors quand le pauvre gars il n'a plus eu d'argent ni rien, elle est partie et elle s'est fait marier par un gars de la haute : celui-là… » Elle me chuchote un nom à l'oreille, que je ne comprends pas. « Le monsieur de la haute, ça va de soi, a dû renoncer à toute honorabilité et se faire appeler, à partir de ce jour-là, chevalier von Dämmerich. Ouais. Mais comme avant elle avait été dans le circuit, une “personne” comme on dit, il a pas pu la laver de ça malgré tout ; je dis toujours… »

« Fritzi ! L'addition ! » lui crie quelqu'un là-haut depuis l'estrade.

Je parcours l'établissement du regard et soudain j'entends derrière moi une espèce de discret chant de grillon, métallique.

Je me retourne, curieux, et n'en crois pas mes yeux :

Je vois, le visage tourné vers le mur, aussi vieux que Mathusalem, avec une petite boîte à musique aussi minuscule qu'un paquet de cigarettes, dans des mains squelettiques toutes tremblantes, assis dans son coin entièrement affaissé sur lui-même – le vieillard aveugle Nephtali Schaffranek, en train de tourner la petite manivelle et de chanter.

Je m'approche de lui.

Il chante à voix très, très basse, comme pour lui seul.

> Frau Pick,
> Frau Hock, et l'étoile rouge, l'étoile bleue,
> elles font rien que fricoter,
> *Von Messinung, an Räucherl und Rohn.*

« Vous savez comment s'appelle le vieux ? » demandé-je à un garçon qui passait là, pressé.

« Non, Monsieur, personne ne le connaît ni ne sait son nom. Lui-même ne le sait plus. Il est tout seul au monde… Imaginez, il a cent dix ans ! Tous les soirs on lui sert un “café gracieux” comme on dit. »

Je me penchai sur le vieillard – lui criai un mot dans l'oreille : « Schaffranek ! »

Ça le transperce comme un éclair. Il murmure quelque chose, se frotte le front, songeur.

« Vous me comprenez, Monsieur Schaffranek ? »

Il opine.

« Faites bien attention : je voudrais vous demander quelque chose de très ancien. Si vous me répondez bien, je vous donnerai le florin que je pose ici sur la table. »

« Florin », répète le vieillard en se remettant à tourner la manivelle de sa boîte à musique grésillante.

Je tiens sa main fermement. « Souvenez-vous ! Avez-vous connu voici trente-trois ans un tailleur de gemmes nommé Pernath ? »

« Hadrebolletz ! Tailleur de culottes ? » bredouille le vieux avec des accents asthmatiques, cependant que son visage s'inonde d'un large sourire à l'idée sans doute que je lui en aurais raconté une bien bonne.

« Non, pas hadrebolletz : Pernath ! »

« Pereles ? ? ! » le vieux jubile littéralement.

« Non, pas Pereles non plus : Per-nath ! »

« Pascheles… » il n'y tient plus et croasse à tue-tête.

J'abandonne, dépité.

« Vous vouliez me parler, Monsieur ? » Le marqueur Ferri Athenstädt se tient maintenant devant moi et s'incline avec froideur.

« Oui. Tout à fait. Nous pouvons faire une partie de billard, peut-être. »

« Jouez-vous pour de l'argent, Monsieur, je vous rends quatre-vingt-dix pour cent. »

« Eh bien, d'accord. Pour un florin ? Commencez, non ? Marqueur… »

Son Excellence prend la queue, dévisse, fait une tête pas possible ; je connais la musique. Il me laisse arriver facile à quatre-vingt-dix. Et après ça, il me « sort » en une série.

Ma curiosité va croissant. J'en viens sans attendre à ce qui m'occupe.

« Souvenez-vous, Marqueur, il y a très longtemps, c'était dans les années où le pont s'est effondré, dans la ville juive de l'époque, avez-vous connu un nommé Athanasius Pernath ? »

Un homme en veste de toile rayée rouge et blanche, avec des yeux chassieux et de petites boucles d'oreilles en or, jusqu'alors assis sur un banc contre le mur en train de lire un journal, sursaute alors, me regarde intensément et fait le signe de croix.

« Pernath, Pernath… répète le marqueur en faisant un effort de mémoire. Pernath… Il était grand, mince, non ? Avec des cheveux noirs et une barbiche poivre et sel coupée court ? »

« C'est ça, exactement. »

« Environ quarante ans à l'époque ? Il ressemblait à… » Son Excellence me regarde soudain fixement, surpris… « Vous êtes un parent, Monsieur ? »

Le bigleux se signe.

« Moi ? Un parent ? Drôle d'idée… Non. Je m'intéresse seulement à lui. Vous en savez plus ? » dis-je sur un ton égal, mais avec le sentiment intérieur que mon cœur se glace.

Ferri Athenstädt réfléchit de nouveau.

« Si je ne me trompe, il passait en son temps pour fou. – Un jour il a prétendu qu'il s'appelait – attendez voir… oui : Laponder ! Et après ça il voulait se faire passer pour un nommé Charousek. »

« Il y a pas un mot de vrai, là-dedans, s'immisce le bigleux, parce que le Charousek, lui, il a vraiment existé. Mon père a hérité plusieurs milliers de florins de lui. »

« Qui est cet homme ? » demandai-je au marqueur à mi-voix.

« Il est passeur et s'appelle Tschamrda. – En ce qui concerne Pernath, je me rappelle seulement, ou plutôt je crois me rappeler au moins… que sur le tard il a épousé une très belle Juive à peau brune. »

« Myriam ! » pensé-je. Je suis tellement excité que mes mains tremblent et que je n'arrive plus à jouer ma comédie.

Le passeur se signe.

« Eh bien, que se passe-t-il aujourd'hui, Monsieur Tschamrda, qu'est-ce qui vous arrive ? » demande le marqueur étonné.

« Le nommé Pernath, il n'a jamais existé ! crie le bigleux sans discontinuer. Je ne le crois pas. »

J'offre aussitôt un cognac à cet homme pour qu'il soit plus loquace.

« Il y a bien sûr des gens qui disent que Pernath vit toujours, finit par lâcher le passeur, on dit qu'il serait tailleur de peignes et qu'il habiterait dans le Hradschin. »

« Où ça dans le Hradschin ? »

Le passeur se signe :

« Eh bien voilà. Il habite là où personne de vivant ne peut habiter : *près du mur à la dernière lanterne.* »

« Vous connaissez sa maison, Monsieur, Monsieur Tschamrda ? »

« Pour rien au monde je ne voudrais y monter ! proteste le bigleux. Pour qui me prenez vous ? Jésus, Marie, Joseph ! »

« Mais vous pouvez au moins me montrer le chemin de loin, Monsieur Tschamrda ? »

« Ça, peut-être bien, grommela le passeur. Si vous voulez bien attendre six heures du matin ; là je m'en vais descendre à la Moldau. Mais je vous le déconseille ! Vous allez vous casser la figure dans la Fosse aux cerfs et vous briser les os ! Sainte Marie, mère de Dieu ! »

Nous marchons côte à côte dans le petit matin ; un vent frais monte du fleuve. Je suis tellement impatient que je ne sens pas le sol sous mes pieds.

Soudain la maison de la rue de la Vieille-Synagogue se dresse devant moi.

Je reconnais la moindre fenêtre : la gouttière moulurée, la grille, le rebord de pierre luisant de crasse – tout, tout !

Je demande au bigleux :

« Quand est-ce qu'elle a brûlé, cette maison ? »

J'ai les oreilles qui bourdonnent d'impatience.

« Brûlé ? mais elle n'a jamais brûlé !

– Si ! Je le sais, j'en suis sûr.

– Non.

– Mais je le sais bien, quoi ! On parie ?

– Combien ?

– Un florin.

– Tope là. » Et Tschamrda va chercher le gardien : « Elle a brûlé une fois cette maison ? »

« Et comment ça, c'te histoire ? » L'homme éclate de rire.

Rien à faire, je n'arrive pas à le croire.

« Ça fait soixante-dix ans que j'habite ici, m'assure le gardien, je le saurais bien, non ? »

... Étrange, étrange !...

Le passeur me fait traverser la Moldau. Sa barque est faite de huit planches mal dégrossies. Il rame en faisant de drôles de mouvements, des à-coups de travers. Les eaux jaunes bouillonnent contre le bois. Les toits du Hradschin rougeoient dans le soleil de l'aube.

Un indescriptible sentiment de solennité s'empare de moi. Comme l'aube grise d'une existence antérieure qui remonterait doucement, comme si le monde tout autour de moi était la proie d'un sortilège. C'est une expérience onirique, comme si je vivais dans plusieurs lieux en même temps.

Je débarque.

« Ça fait combien, Monsieur Tschamrda ? »

« Un kreutzer. Si vous m'aviez aidé à ramer, ça aurait fait deux kreutzers… »

Je refais le chemin déjà parcouru une fois en rêve cette nuit : le petit escalier solitaire du Château. Mon cœur bat et, déjà, je sais : là, c'est l'arbre nu, dont les branches débordent du mur.

Non : il est en fleur, tout blanc.

L'air est gorgé du parfum suave des lilas.

La ville est étendue à mes pieds dans la première lumière, comme une vision de la Promesse.

Pas un bruit. Rien que les odeurs et cette luminosité.

Je pourrais m'y retrouver les yeux fermés dans la petite rue, si bizarre, des Alchimistes, tant mon pas maintenant est assuré…

Mais là où, cette nuit, se dressait une palissade de bois devant la maison peinte de chaux luisante, une grande grille dorée, ventrue, imposante, ferme maintenant la ruelle.

Deux ifs s'élancent des buissons bas en fleur, de chaque côté de la porte d'entrée, dans le mur qui court derrière la grille.

Je me redresse pour voir par-dessus les plantations, et suis ébloui par une nouvelle splendeur :

le mur du jardin est entièrement couvert de mosaïque. Bleu turquoise avec des fresques dorées, curieusement moulurées, qui représentent le culte du dieu égyptien Osiris.

Le portail proprement dit est le dieu en personne : un hermaphrodite constitué de deux battants, femme à droite, homme à gauche. Il est assis sur un trône plat de nacre précieuse – en demi-relief – et sa tête est d'or, c'est une tête de lièvre. Les oreilles sont dressées, très hautes et très proches l'une de l'autre, on dirait les deux pages d'un livre ouvert.

Ça sent la rosée, des effluves de jacinthe franchissent le mur.

Je reste là longtemps, pétrifié, étonné. On dirait qu'un monde inconnu s'avance devant moi, puis un vieux jardinier, ou un serviteur, en chaussures à boucles d'argent et vêtu d'une drôle de veste et d'un jabot, s'en vient vers moi par la gauche derrière la grille et me demande à travers les barreaux ce que je veux.

Je lui tends sans rien dire le chapeau d'Athanasius Pernath emballé dans son papier.

Il le prend et disparaît par la porte aux deux battants.

Au moment où celle-ci s'ouvre, j'aperçois derrière elle une maison de marbre en forme de temple, et sur les marches :

Athanasius Pernath

et appuyée contre lui :

Myriam

La ville est à leurs pieds, ils la regardent.

Un instant Myriam se retourne, m'aperçoit, sourit et chuchote quelque chose à l'oreille d'Athanasius Pernath.

Je suis fasciné par sa beauté.

Elle est aussi jeune que dans mon rêve de cette nuit.

Athanasius Pernath se tourne lentement vers moi, mon cœur s'arrête :

C'est comme si je me voyais dans un miroir, tant son visage est semblable au mien.

Puis les deux battants de la porte se referment, et je ne distingue plus que l'hermaphrodite légèrement brillant.

Le vieux serviteur me tend mon chapeau, sa voix semble venir des profondeurs de la terre :

« Monsieur Athanasius Pernath me charge de vous remercier très sincèrement et vous prie de ne pas le tenir pour trop inhospitalier s'il ne vous invite pas à entrer dans son jardin, mais c'est là depuis toujours une règle très stricte de la maison.

Je suis chargé de vous faire savoir qu'il n'a jamais porté votre chapeau, étant donné qu'il a constaté aussitôt la confusion.

Il espère simplement que d'avoir porté le sien ne vous aura pas occasionné trop de maux de tête. »

CHRONOLOGIE

1868 : 19 janvier. Naissance de Gustav Meyer à Vienne, fils naturel du baron Karl von Varnbüler (âgé de soixante ans), ministre d'État du Wurtemberg, et de Maria Wilhelmine Adelaïde Meyer, vingt-cinq ans, la comédienne préférée de Louis II de Bavière. L'enfant reçoit le baptême protestant.

1868-1880 : Scolarité à Munich (Wilhelms Gymnasium).

1881-1883 : Poursuite de la scolarité au Johanneum à Hambourg.

1883-1889 : Fin des études secondaires à Prague. Début des études à l'Académie de commerce.

1889 : Gustav Meyer dirige la banque « Meyer et Morgenstern » à Prague, avec le neveu du poète humoriste allemand Morgenstern.

1891 : Tentative de suicide. Il s'initie à l'occultisme, à l'ésotérisme, au yoga, à l'alchimie, etc., ainsi qu'à la consommation de certaines drogues. Cofondateur de la loge théosophique *Zum blauen Stern* (À l'étoile bleue), il étudie la Kabbale. Il adhère à l'ordre des Illuminés (1897) et fréquente le mystique Alois Mailänder, l'occultiste Karl Weinfurter et l'anthroposophe Rudolf Steiner.

1892 : 1er mars. Meyer épouse Hedwig Aloysia Certl.

1896 : Il rencontre Philomena Bernt, vingt-trois ans, cousine de Rainer Maria Rilke, qu'il épousera en 1905.

1901 : Problèmes de santé (diabète, tuberculose). Il commence à écrire. Parution du *Soldat brûlant* dans la revue *Simplicissimus*.

1902 : Accusé d'escroquerie à la suite d'une cabale fomentée par son beau-frère, il est incarcéré pendant deux mois et demi, et ruiné… La même année il est réhabilité, et pauvre.
1903-1904 : Gustav Meyer déménage à Vienne. Il devient rédacteur à la revue *Der Liebe Augustin.*
1904-1905 : Divorce. Il épouse Philomena Bernt à Douvres.
1905-1906 : Séjourne à Montreux, où naît sa fille Sybille, le 16 juillet 1906.
1906-1907 : Parution du *Cabinet de cire.* Début du travail au *Golem.*
1907 : Naissance de son fils, Harro, le 17 janvier. Traduction d'un ouvrage de Camille Flammarion.
1909-1910 : Traduction d'ouvrages de Charles Dickens.
1910 : Installation près de Munich (au bord du lac de Starnberg). Parution du *Cor enchanté du petit-bourgeois allemand,* qui réunit des nouvelles publiées dans *Simplicissimus.* Les *Weisse Blätter* publient plusieurs chapitres du *Golem.*
1915 : *Le Golem* paraît.
1916 : Parution du *Visage vert* (roman).
1917 : Parution de *La Nuit de Walpurgis* (roman).
1918 : Meyrink refuse de réintégrer la famille de son père.
1921 : Parution du *Dominicain blanc* (roman).
1922 : Parution de *Au seuil de l'Au-delà* (roman).
1925 : Parution de *Histoires d'alchimistes.*
1926 : Meyrink traduit Rudyard Kipling.
1927 : Parution de *L'Ange à la fenêtre d'Occident* (roman rédigé en collaboration avec Alfred Schmid Noerr).
1928 : Première traduction française du *Golem* (chez Émile-Paul, éditeur).
1931 : Meyrink intente un procès à l'auteur d'un article où il était accusé d'être juif.
1932 : Suicide en juillet de son fils Harro (à l'âge de vingt-quatre ans), qu'un accident de montagne avait laissé incurablement paralysé. Le 4 décembre, Meyrink, très malade, se donne pratiquement la mort en s'exposant nu au froid de la nuit.
1933 : Inscription sur sa pierre tombale : *vivo* (je suis vivant).

BIBLIOGRAPHIE

Éditions en langue allemande

Der Golem, K. Wolff Verlag, Leipzig et Munich, 1915.

Der Golem constitue le premier tome de l'édition en six volumes des *Œuvres* (in *Gesammelte Werke*, Leipzig et Munich, K. Wolff Verlag).

Der Golem, Ullstein Taschenbuchverlag, Munich, 2001 (édition utilisée pour la présente traduction).

Adaptations cinématographiques

Der Golem, 1914. Production Bioscop-Film, Berlin. Texte de G. Meyrink. Réalisation : Paul Wegener et Hendrik Galeen (avec Paul Wegener dans le rôle du Golem). Film muet.

Der Golem (deuxième version), 1920. Texte de G. Meyrink. Réalisation : Paul Wegener et Carl Boese.

Le Golem, 1936. Texte d'après Meyrink, par A. et J. Duvivier. Réalisation J. Duvivier (avec Harry Baur…)

Traductions françaises

Le Golem, traduit et adapté de l'allemand par E. von Etthofen et M. Perrenoud, Émile-Paul éditeur, Paris, 1928.

Le Golem, traduit de l'allemand par Denise Meunier, Stock, Paris, 1969.

Études et ouvrages généraux sur le Golem

Chaïm Bloch, *Le Golem de Prague. De sa naissance à sa mort.* Berlin, 1920.

Gershom Scholem, Article « Golem », in *Encyclopaedia Judaica*, Berlin, 1933.

Beate Rosenfeld, *Die Golemsage und ihre Verwertung in der deutschen Literatur* [La légende du Golem et son utilisation dans la littérature allemande], Breslau, 1934.

Gershom Scholem, *Les Grands Courants de la mystique juive*, New York, 1946 [traduction française 1973].

Gershom Scholem, *Zur Kabbala und ihrer Symbolik*, Zurich, 1960 [traduction française 1966].

André Neher, *Le Maharal de Prague*, PUF, Paris, 1972.

Sigrid Mayer, *Golem. Die literarische Rezeption eines Stoffes*, Berne, 1975.

Gershom Winkler, *The Golem of Prague. A New Adaptation of the Stories*, New York, 1980.

Arnold L. Goldsmith, *The Golem Remembered, 1909-1980. Variations of a Jewish Legend*, Detroit, 1981.

Peter Cersowsky, *Phantastische Literatur im ersten Viertel des 20. Jahrhunderts*, Munich, 1983.

Michel Achard, *Aux frontières de l'au-delà, Meyrink, le Golem et l'initiation au Ghetto*, Éditions de Neustrie, Caen, 1986.

Moshe Idel, *Golem. Jewish Magical and Mystical Traditions on the Artificial Anthropoïd*, Albany, 1990.

Thomas Le Blanc et Bettina Twrsnick (éd.), *Traumreich und Nachtseite. Die deutschsprachige Phantastik zwischen Décadence und Faschismus. Schriftenreihe und Materialien der Phantastischen Bibliothek Wetzlar*, tome 15, Wetzlar, 1995.

Études et ouvrages généraux sur Gustav Meyrink

H. E. Zornhoff, *Gedanken über Meyrink und die metaphysische Dichtung*, Leipzig, 1918.

Max Brod, « In memoriam Gustav Meyrink », in *Frankfurter Zeitung* du 11 décembre 1932.

Eduard Frank, *Gustav Meyrink, Werk und Wirkung*, Büdingen-Gettenbach, 1957.

Manfred Lube, *Beiträge zu einer Biographie G. Meyrinks und Studien zu seiner Kunsttheorie*, Graz, 1970.

Gustav Meyrink. Cahier de l'Herne, Sous la direction d'Yvonne Caroutch, Paris, 1976.

Mohammad Qasim, *Gustav Meyrink. Eine monographische Untersuchung*, Stuttgart, 1981.

Jan Christoph Meister, *Hypostasierung – Die Logik mythischen Denkens im Werk Gustav Meyrinks nach 1907*, Peter Lang, Francfort, 1987.

Frans Smit, *Gustav Meyrink. Auf der Suche nach dem Übersinnlichen.* Knaur Verlag, Munich, 1990.
Marianne Wünsch, Die fantastische Literatur der frühen Moderne, Wilhelm Fink, Munich, 1991.

On consultera également les articles suivants de Jean-Jacques Pollet :

« L'image de Gustav Meyrink dans les lettres allemandes », in *Études germaniques*, 1977.
« Gustav Meyrink : l'enjeu de l'occultisme », in *Recherches germaniques*, 16/1986.
« Territoire du Golem », in *Magazine littéraire*, juin 1988.
« Le roman initiatique meyrinkien. Lecture du *Golem* », in *Images de l'homme dans le roman d'éducation ou Bildungsroman*, Bibliothèque le Texte et l'Idée, Nancy, 1995.
« Leo Perutz, Gustav Meyrink : éléments de réflexion sur la littérature fantastique pragoise », in *Allemands, Juifs et Tchèques à Prague 1890-1924*, université Paul-Valéry de Montpellier, 1996.
« Le satiriste de l'ésotériste : G. Meyrink interprète de la Grande Guerre », in *Écritures et langages satiriques en Autriche (1914-1938)*, Peter Lang, 1999.

ÉTUDES ET OUVRAGES SUR PRAGUE

Paul Leppin, *Severins Gang in die Finsternis*, Munich, 1914.
Karl Hans Strobl, *Die Vaclavbude. Eine Prager Studentengeschichte* (roman), Leipzig, 1919.
Angelo Maria Ripellino, *Praga Magica. Voyage initiatique à Prague*, traduit de l'italien par Jacques Michaut-Paternò, Plon, Paris, 1992 [Einaudi Editore, Turin, 1973].
Hartmut Binder, *Literatur-Reisen. Prag*, Klett Verlag, Stuttgart et Dresde, 1992.
Guide *Voir Prague*, Hachette, Paris, 1997 (adaptation du guide anglais *Eyewitness Travel Guide : Prague*, Londres, 1994).
Allemands, Juifs et Tchèques à Prague. 1890-1924. Actes du colloque international de Montpellier des 8-10 décembre 1994. Maurice Godé, Jacques Le Rider et Françoise Mayer (éd.), Bibliothèque d'études germaniques et centre-européennes, Montpellier, 1996.

TABLE

GF Flammarion

05/11/118106-XI-2005 – Impr. MAURY Eurolivres, 45300 Manchecourt.
N° d'édition FG109802. – Janvier 2003. – Printed in France.